燈火話千年
宋代文藝的繁華盛景

從《夷堅志》到《太平寰宇記》
民間傳說與文化百態如何塑造宋代的精神世界？

高有鵬 著

戲曲、說話與市井風華，
宋代庶民文藝與百戲人生

市井說書、戲曲演繹、筆記小說、神話傳說……
吟詠愛恨悲歡，勾勒出宋代市井文化的風俗畫卷！

目錄

前言
清明上河風俗畫：宋代民間文藝的歷史圖景　　005

第一章
歌謠與諺語：宋代百姓的智慧與心聲　　011

第二章
語言的交融：《突厥語大詞典》與《福樂智慧》中的民間文藝　　025

第三章
筆記小說與傳說：宋人筆下的世俗與奇幻　　035

第四章
說話藝術：宋代說書文化與民間娛樂　　059

第五章
戲曲的興盛：宋代民間戲劇的發展與特色　　077

第六章
《路史》的民間文藝價值　　091

目錄

第七章
故事與風俗：宋代社會生活的民間敘事　　131

第八章
傳說地圖：《太平寰宇記》的文化地理學　　205

第九章
歷史的側影：《宋史》中的傳說與社會記憶　　251

前言
清明上河風俗畫：宋代民間文藝的歷史圖景

民間文藝穿越過大唐的風煙，走進宋代歷史文化，呈現出一派繁榮。趙宋王朝整理和吸收唐代文化，重視文治[01]，尤其是隨著城市經濟和城市文化的迅速發展，戲曲藝術異軍突起，整個宋代的民間文藝，在藝術形式上幾乎具備了所有的類型。宋王朝（包括西夏、遼、金等不同民族政權的歷史階段）民間文藝的發展，猶如一幅〈清明上河圖〉，融會了中華民族在這個特殊時期的各式各樣的生活。

與唐代社會不同的是，宋王朝的疆域相對狹小，它失去了大唐帝國那樣寬闊的胸襟和視野，在它的周圍，西有吐蕃，南有交阯，東有高麗，北方則有其政治和軍事上的勁敵西夏王朝和遼王朝，以及後來崛起的金。趙宋王朝的統治者曾統一中原以及南部和北部的割據政權，但揚文抑武的政策，嚴重限制了它自身的發展，以至於後來出現徽欽二帝被擄，政治和文化重心全面移向東南這樣慘痛的局面。尤其是理學的崛起，在對民族思想文化進行規範的同時，也嚴重限制了民族的創造力。這種種現象的出現，具體影響到宋代民間文藝的文化風度。

宋王朝曾有過熙寧年間的改革，出現了像王安石那樣偉大的改革家，甚至在偏居東南時還一度中興，但它到底還是滅亡了。它的滅亡是否是中國傳統文化的悲哀呢？特別是它對腐敗的治理全面無效，個中原因應該引

---

[01] 《宋史·文苑傳》中有「藝祖革命，首用文吏而奪武臣之權。宋之尚文，端本乎此」等內容的記述，《宋稗類鈔》卷一稱，宋太祖曾立戒碑，言「不得殺士大夫及上書言事人」，「子孫有渝此誓者，天必殛之」。

前言　清明上河風俗畫：宋代民間文藝的歷史圖景

起我們深思。宋代的法制和吏選制度是相當完備的。在科學技術和文化建設上，也取得了令世界矚目的成就。印刷術的發達，民間書院的繁盛，都促進了科學文化的發展。如沈括的《夢溪筆談》、秦九韶的《數書九章》、李誡的《營造法式》、蘇頌的《新儀象法要》、宋慈的《洗冤錄》，以及傅肱的《蟹譜》、韓彥直的《橘錄》、呂大臨的《考古圖》等，都代表著當時世界科學技術的最高成就；更不用說《文苑英華》、《太平御覽》、《太平廣記》、《冊府元龜》、《太平寰宇記》、《樂府詩集》、《夷堅志》、《資治通鑑》、《通志》等文史典冊，洋洋數萬卷，舉世無雙；宋代文學大家輩出，如群星閃爍。但是，制度也好，文化也好，都擋不住金兵的鐵蹄。作為中國古典文化集大成時代的宋王朝，其滅亡是必然的──使其滅亡的正是宋王朝自身，是其自身思想、文化和體制上的嚴重缺陷。單純地發展文化，企圖以文化治國、強國，猶如在沙灘上建造大廈，其薄弱的根基無論如何是經不起八方會聚的狂飆的。歷史不容許假設，宋代民間文藝用最真實而形象的話語，向我們講述著這個充滿恥辱的年代。這個時代的長卷，在審美表現上有著數不清的巧奪天工之舉，徽宗等人喜的是天上人間的《大晟樂》，愛的是緣自筆端的花鳥，心裡唯獨沒有千百萬勞苦百姓。與大唐帝國的豪邁恢宏氣象相比，我們深深地感到愴然。應該說，大宋王朝的統治者們錯過了讓中華民族最早步入現代化的大好時機，令我們惋惜不已。從這種意義上講，民間文藝是這個時代最忠實的記錄，一面是風花雪月，一面是「啼天哭地」。

　　宋代民間文藝有著自己的時代特色。趙宋王朝統一中國，對民族文化的發展做出了卓越貢獻，他們進一步加強中央集權，中國封建專制文化於此時已經走過了最輝煌的歷程，漸漸出現了衰敗。這是宋王朝的統治者無力回天的大趨勢，他們對歷史採取了錯誤態度，其責任是無可推脫的。他

們面對的現實是內憂外患，外患在於北方少數民族屢次騷擾入侵，內憂在於不斷發生農民起義，尤其是封建文化自身出現了許多矛盾。世間常說仁者壽，我詳細讀過《宋史》、《續資治通鑑長編》等史籍，看到一個尤為突出的生命現象，那就是宋代皇帝命運大多不佳，或者無子，或者短壽，幾乎沒有一個是壽終正寢者。這究竟是什麼原因呢？像宋神宗，可謂歷史上難得的一位頗有作為的政治家，他曾經堅定不移地支持王安石的改革事業，元豐年間累積的財帛至徽宗初年還沒用完，但他年僅三十八歲便撒手而去；宋哲宗繼承了他的皇位，結果是高太后垂簾聽政，司馬光等守舊勢力捲土重來，盡廢新法，使改革的成果損失殆盡；正當高太后死去，宋哲宗欲大展宏圖時，這位少年天子也是精疲力盡，二十多歲就早早地離開了人間。整個宋王朝的歷史，總是無法令人揚眉吐氣，儘管這個時代的文化成就遠遠超過了唐代。宋王朝的統治者們太重視文化的發展和控制，過於講究純正的文化。他們一次次拒絕少數民族王朝的求親，失去了聯結姻親使天下安定的重要機會。他們吸取唐代節度使割據稱雄的教訓，一次次讓那些無德無才的宦官充當戰爭的決策者，使渴望報國的將領們束手無策。在文化發展上，經學箋註趨於沒落，佛與道競相崛起，宋王朝的統治者極力倡導「理」，希望諸種民間文藝和宗教信仰能夠兼收並蓄，營造出一個以儒學的「三綱五常」理論為核心的精神體系，並到處封神，甚至出現宋徽宗自稱道君的荒唐局面。儘管理學的完善是在宋末才出現的，但瀰漫在宋王朝精神世界的就是這種儒學、神學相統一的腐朽沒落的文化，靠這種裝神弄鬼、自欺欺人的伎倆，怎能實現中華民族文化的真正復興！

　　與此相異的是金的崛起，讓我們看到年輕政治力量的盎然生機。撇開中原王朝唯一合法性社會政治理念，宋、夏、遼（契丹）和金等歷史地理版圖，都是中華民族不可分割的疆域。政治鬥爭中的此消彼長，都是競

前言　清明上河風俗畫：宋代民間文藝的歷史圖景

爭，而宋王朝在競爭中之所以被動，其實還是文化思想的重要缺失。在我看來，宋王朝的悲劇關鍵在於這個王朝集體表現出的心胸狹隘，過於急功近利，所以導致它的改革不徹底、不全面。范仲淹、王安石等政治家都倡導改革，但每一次改革都觸動了強大的守舊勢力的利益，阻力重重，只取得了政治改革和經濟改革的短暫勝利，文化和思想的改革幾乎談不上有什麼進展。中國傳統的專制文化極度成熟的同時，也象徵著它走到了末路，它對范仲淹他們多次呼喊的「窮則變，變則通，通則久也」的古訓常常充耳不聞，所以這個王朝在異族入侵面前就顯得格外脆弱。在宋代民間歌謠中，百姓們對腐敗、黑暗的社會現實的批判，成為一個重要主題，這說明主流文化再也無法承擔起復興中華民族的歷史重任了。當然，有一些歌謠存在著誤識，表現了社會文化氛圍中所充斥的愚昧、短視等現象。改革的徹底性、全面性、長久性關乎國家和民族的命運，這種道理在宋代民間文藝中反覆詠唱，我們應給予它應有的重視和思索。民間文藝是特定歷史階段的某種文化生活的集中反映，宋代民間文藝中對改革的迫切呼喚告訴我們，只有改革，才有出路。宋王朝的統治者們更多的是不敢正視現實，他們迴避矛盾，甚至沉溺於聲色犬馬，其命運也就可想而知了。

　　民間文藝在歷史文化的長河中前浪連著後浪；一切都不會風平浪靜，都不會無動於衷。

　　宋代民間文藝對唐代有許多繼承和發展，而且這種繼承不局限於唐代，對唐之前的時代，宋代民間文藝也有所繼承。如宋人較早提出了「筆記」這一概念（宋祁《筆記》），在《四庫全書總目》中，收宋人筆記113種，其中子部小說家類43種，子部雜家類56種，史部類14種。在所謂「雜家」筆記中包含著一些唐及魏晉時代的傳說，「史部」筆記中包含得更多。在《太平廣記》中這種現象更加明顯，幾乎保存了唐及唐之前重要民

間故事的所有內容。這固然與宋皇室編修《太平廣記》的目的有關,而更重要的是宋代的文化風尚形成了這種保存狀況。宋代的民間傳說和民間故事,其原型、母題有許多都能在唐代之前的民間文藝中找到。最為典型的是民間歌謠和變文,諸如竹枝詞在宋代繼續存在,並成為文學創作中常見的形式,許多民間詞曲在宋代進一步完善,出現了宋詞的繁榮;變文在宋代初葉真宗時期被禁止,但它轉變成其他形式,瀰漫在其他民間文藝之中。誠如鄭振鐸所說:「變文的名稱雖不存,她的軀殼雖已死去,她雖無法再在寺院裡被講唱,但她卻幻身為寶卷,為諸宮調,為鼓詞,為彈詞,為說經,為說參請,為講史,為小說,在瓦子裡講唱著,在後來通俗文學的發展上遺留下最重要的痕跡。」[02] 宋代的民間戲曲更離不開對唐代民間戲曲的繼承。如《宋史‧樂志》所載:「凡祭祀、大朝會,則用太常雅樂,歲時宴享,則用教坊諸部樂。前代有宴樂、清樂、散樂,本隸太常,後稍歸教坊,有立、坐二部。宋初循舊制,置教坊,凡四部。其後平荊南,得樂工三十二人;平西川,得一百三十九人;平江南,得十六人;平太原,得十九人;餘藩臣所貢者八十三人;又太宗藩邸有七十一人。由是,四方執藝之精者皆在籍中。」在太平興國三年,「詔籍軍中之善樂者,命日引龍直」,至淳化四年又改名為「鈞容直」,大中祥符五年,「增龜茲部,如教坊」。由此可見,宋代宮廷和軍隊中的音樂機構,對唐代教坊有直接繼承,那麼民間文藝也應當如此。教坊是唐代音樂藝術的重要教育和演出場所,崔令欽在《教坊記》中曾記述「阿叔子」、「談容娘」等女優、調弄之類的內容;南宋紹興三十一年教坊被遣散罷去,宴享中的演唱由勾欄樂工、百戲雜劇藝人來充當,教坊始讓位於新興的民間文藝。教坊演出對宋代雜劇的形成和發展有著十分重要的意義;同時我們也可以看到,宋代民間文

---

[02] 鄭振鐸:《中國俗文學史》上冊,作家出版社 1954 年版,第 269 頁。

前言　清明上河風俗畫：宋代民間文藝的歷史圖景

藝，尤其是戲曲藝術，存在著官民共享的現象。據《東京夢華錄》記載，許多民間歌舞雜技的演出活動，都是由皇家與民間百姓共同觀看的。當然，宋代民間文藝的時代特色也是非常明顯的，諸如說唱、諸宮調、雜劇、大麯、歌舞等民間藝術，尤其是「或云宣和間已濫觴，其盛行則自南渡」的「永嘉雜劇」（徐渭《南詞敍錄》），即南戲，都有鮮明的個性。

同時代的少數民族文學，諸如維吾爾族的《突厥語大詞典》和《福樂智慧》，其中保存著豐富的民間文藝作品；《蒙古秘史》記述了大量蒙古族歷史傳說，書末記有「大聚會，鼠兒年七月，寫畢於客魯漣河的闊迭額阿敕勒地面的朵羅安孛勒答合和失勒斤扯克之間的行宮」[03]，由此可知，雖然這部鉅著的漢文音譯本在明代才出現，但其成書於1240年間，相當於南宋第一部法醫著作《洗冤錄》問世前後，在《數書九章》問世之前。民間文藝作為社會風俗生活的重要形式，在科技發展、文化繁榮的風浪中前行，常常洶湧澎湃。

更重要的是，繼漢代之後，宋朝，尤其是北宋時期，形成民間文藝思想理論的又一次高峰。諸如范仲淹、歐陽脩、王安石、蘇軾和司馬光他們，表現出對民間文藝為核心內容的社會風俗生活的熱忱，形成他們獨具特色的民間文藝思想體系。這是中國民間文藝史上非常重要的思想文化內容。

宋代民間文藝是中國民間文藝史上具有重要意義的一頁，它記錄了宋王朝319年間的風風雨雨及其所形成的繁榮景象。

---

[03]　謝再善譯本《蒙古秘史》，中華書局1956年版。

第一章
歌謠與諺語：
宋代百姓的智慧與心聲

第一章
歌謠與諺語：宋代百姓的智慧與心聲

宋代民間歌謠主要保存在《宋史》、《宋季三朝政要》、《宣和遺事》、《宋名臣言行錄》、《東都史略》等史籍和一些筆記之中，其中時政歌謠占據了相當大的比重。

時政歌謠最鮮明的主題集中在兩個方面，一是對醜惡現象的辛辣諷刺與深刻批判，一是對正義力量的維護和讚頌。

對邪惡現象的指斥表現出民間百姓清醒的認知，包含著他們對黑暗勢力的憎恨、輕蔑。如《宋史·李稷傳》中記李稷「擢鹽鐵判官……遂為陝西轉運使，制置解鹽。秦民作舍道傍者，創使納侵街錢，一路擾怨。與李察皆以苛暴著稱，時人語曰：寧逢黑殺，莫逢稷察」。《宋史·崔鶠傳》中載：「徽宗初立，以日食求言，鶠上書曰：……今宰相章惇狙詐凶險，天下士大夫呼曰惇賊。貴極宰相，人所具瞻，以名呼之，又指為賊，豈非以其孤負主恩，玩竊國柄，忠臣痛憤，義士不服，故賊而名之，指其實而號之以賊邪！京師語曰：『大惇，小惇，殃及子孫』，謂惇與御史中丞安惇也。」（《東都事略·崔鶠傳》亦載此）《宋史·蘇紳傳》載：「紳與梁適同在兩禁，人以為險詖。故語曰：草頭木腳，陷人倒卓。」《宋史·秦檜傳》記述秦檜陰險殘忍，報復忠正之臣，貶至「地惡瘴深」的安遠縣，諺語稱「龍南安遠，一去不轉」，言被貶者必死。《宋季三朝政要》卷一載：「理宗紹定三年，上飲宴過度，史彌遠臥病中，時人譏之曰：陰陽眠燮理，天地醉經綸。」《輿地紀勝》卷三十二「江南西路」載，「宣和末，金敵入寇」，贛州李大有「守虔州」，他進行「召募，不旬日得五千人，鼓行而前」，於是「淮甸歌云」：「天下奸臣皆守室，虔州太守獨勤王。」賣官鬻爵，橫徵暴斂，是社會黑暗的集中表現。《曲洧舊聞》卷十載：「王將明當國時，公然受賄賂，賣官鬻爵，至有定價。故當時為之語曰：三千索，直祕閣；五百貫，擢通判。」陸游《老學庵筆記》卷一載：「方臘破錢唐時，朔日，太守

客次有服金帶者數十人，皆朱勔家奴也。」朱勔是著名奸臣，敗壞朝政。所以「時諺」曰：「金腰帶，銀腰帶，趙家世界朱家壞。」《老學庵筆記》卷二載：「崇寧間，初興學校，州郡建學，聚學糧，日不暇給。士人入辟雍皆給券，一日不可緩，緩則謂之害學政，議罰不少貸。已而置居養院、安濟坊、漏澤園，所費尤大，朝廷課以為殿最，往往竭州郡之力，僅能枝梧。諺曰：不養健兒，卻養乞兒；不管活人，只管死屍。」《老學庵筆記》卷六載：「及大駕幸臨安，喪亂之後，士大夫亡失告身批書者多。又軍賞百倍平時，賄賂公行，冒濫相乘，餉軍日滋，賦斂愈繁，而刑獄亦眾，故吏、戶、刑三曹吏胥，人人富饒，他曹寂寞彌甚，吏輩為之語曰：吏勳封考，三婆兩嫂；戶度金倉，細酒肥羊；禮祠主膳，淡吃齋麵；兵職駕庫，咬薑呷醋；刑都比門，人肉餛飩；工屯虞水，生身餓鬼。」《雞肋編》中「建炎後俚語，有見當時之事者」載有「仕途捷徑無過賊，上將奇謀只是招」、「欲得官，殺人放火受招安；欲得富，趕著行在發酒醋」（《張氏可書》卷一載：紹興間，盜賊充斥，凡招致必以厚爵；又，行朝士子多鬻酒醋為生）等歌謠。社會黑暗腐朽之至，宋代出現的這種狀況，在歷史上是不多見的，故《四朝聞見錄》戊集所載歌謠大聲疾呼：「滿潮（朝）都是賊！」

　　的確，有的人死了，他還活著，因為他為了他人更好地活著；有的人活著，卻被人詛咒，詛咒他不如死了，因為他活著，別人就無法好過！歷史上被人詛咒的壞東西，常常是有權有勢的傢伙，其肆無忌憚、為所欲為，下場一般都沒有好的。在民間傳說故事中，這些壞東西被神仙所報應；在現實生活中，其無一例外受到人民唾棄。這是歷史的必然規律，世世代代如此。宋代的民間歌謠批判現實，代表著時代的良心，是歷史的又一次重複證明。或者說，如果這些歷史的垃圾、民族的罪人、社會的敗類沒有被鞭撻，民間文藝就已經不存在！

第一章
歌謠與諺語：宋代百姓的智慧與心聲

民間文藝是歷史的良心。

民間時政歌謠對社會黑暗力量的仇恨，常常集中在對一些禍國殃民的奸佞的詛咒上，以此表達人民胸中的憤懣。如《獨醒雜志》卷九載：

何執中居相位時，京師童謠曰：

殺了種（童）蒿割了菜（蔡），

吃了羔（高）兒荷（何）葉在。

說者謂指童貫、蔡京、高俅三人及執中也。

《清波別志》卷上載有同樣內容：「蔡京、童貫，朋奸誤國，時有謠語：打破筒，潑了菜，便是人間好世界。」《續通鑑綱目》卷十三中記述了「大蔡、小蔡，破壞天下；大惇、小惇，殃及子孫」（《夷堅志》、《宋史》亦載此歌謠），對蔡京、蔡卞、章惇、安惇等「誤國欺君」之流進行了無情鞭撻。

《宜和遺事》記述的歌謠中對這些奸臣的詛咒更加嚴厲：

徽宗建中靖國元年……用丞相章惇言，舉蔡京為翰林學士。滿朝上下皆喜諛佞，阿附權勢，無人敢言其非。……

殿中侍御史龔夬亦上表奏言：「臣伏聞蔡卞落職，太平州居住，天下之士，共仰聖斷。然臣竊見卞、京表裡相濟，天下知其惡，民謠有云：二蔡一惇，必定沙門，藉沒家財，禁錮子孫。又童謠云：大惇、小惇，入地無門。大蔡、小蔡，還他命債。百姓受苦，出這般怨言，但朝廷不知之耳。蔡京、蔡卞為人反覆變詐，欺陷忠良，皆由京、卞二人簸弄。」

是時，章惇罷相……貶雷州居住。

蔡京成為宋代民間文藝中狡詐、陰險、殘忍、狠毒的一個典型，一切罪惡都集中在他的身上。民間文藝正是透過這個典型來概括全社會的黑

暗。姑且不論歷史上真正的蔡京是一個什麼樣的人物，從這裡我們可以看到全社會複雜的矛盾交織在蔡京身上，匯聚著數不盡的仇恨。不獨這些史籍，在其他一些筆記諸如《太清樓侍宴記》、《避戎夜話》中，也記述了「蔡京居中人不羨，萬乘官家渠底串」、「不管肅王，卻管舒王。不管燕山，卻管聶山。不管山東，卻管陳東。不管東京，卻管蔡京。不管河北界，卻管秀才解」等歌謠。在這裡，我們沒有必要為蔡京辯護，證明他在歷史上其實是一個很有學識、很有能力的幹臣，證明他曾經蒙冤，是民間歌謠如何對他不公平；我們可以理解的是，民間百姓恨透了黑暗，而蔡京、童貫、朱勔、高俅、何執中、章惇之流，在歷史上確曾製造了數不勝數的黑暗，他們是一層遮天蔽日的烏雲，所以他們成為民間文藝詛咒的對象是理所當然的。這裡面固然有「只反貪官，不反皇帝」的傾向，然而更重要的是民間文藝表達了人民的情感，我們在理解它的真實時不必拘泥於歷史，更何況歷史在文獻中有許多內容並不真實。

《宋詩紀事》中記述了一些無能將帥的醜態，如其卷九六中的〈嘲張師雄〉：

昨夜陰山賊吼風，

帳中驚起蜜翁翁。

平明不待全師生，

連著皮裘入土空。

其卷一百〈行在軍中謠〉載：

張家寨裡沒來由，

使它花腿抬石頭。

第一章
歌謠與諺語：宋代百姓的智慧與心聲

二聖猶自救不得，

行在蓋起太平樓。

前一首講述的是張師雄「好以甘言悅人」，「洛中人目為蜜翁翁」，其「會官於塞外，一夕，傳胡騎犯邊，師雄倉惶震恐，衣皮裘兩重，伏於土穴中」（《宋詩紀事》引《隱居詩話》）。後一首講述的是「車駕渡江，韓、劉諸軍皆征戍在外，獨張俊一軍常從行在，擇卒少壯長大者，自臂而下，文刺至足，號花腿，軍人皆怨之」，「加之營第宅房廊，作酒肆，名太平樓；搬運花石，皆役軍兵」（《宋詩紀事》引《雞肋編》），所以兵卒們唱此歌謠諷刺之。由此可見宋王朝軍事腐敗的普遍性。

《京本通俗小說・馮玉梅團圓》中記述了「風高放火，月黑殺人；無糧同餓，得肉均分」的歌謠，還有《宣和遺事》中記述的「來時三十六，去後十八雙。若還少一個，定是不還鄉」，則反映了著名的水滸英雄與朝廷官軍的殊死抗爭，歌頌了人民對黑暗勢力的反抗。

民間歌謠對寇準、包拯、范仲淹、岳飛等歷史上的英雄，給予了深情的謳歌與讚頌，包含著的是民間百姓的嚮往和呼喚，是他們渴望光明、期待社會安定和國家富強的心聲。這些英雄身上，會聚著民族的愛戴和希望，他們的無私、剛正、為人民謀福利等光輝品格被盡情地宣揚，在民間文藝中被塑造成濟世救人、光明磊落的典型。如《宋史・岳飛傳》中所記，岳飛「師每休舍，課將士注坡跳壕，皆重鎧習之。……善以少擊眾，欲有所舉，盡召諸統制與謀，謀定而後戰，故有勝無敗，猝遇敵不動。故敵為之語曰：撼山易，撼岳家軍難」。范仲淹，字希文，是一位先天下之憂而憂的志士，「明敏通照，決事如神」，《東都事略・范仲淹傳》中記述「京師謠」：「朝廷無憂有范君，京師無事有希文。」其知延州時，「訓練齊整」，「與韓琦俱有威名」，《東都事略・范仲淹傳》載軍中歌謠：「軍中有

一韓，西賊聞之心骨寒。軍中有一范，西賊聞之驚破膽。」寇準是一位受人尊重的宰相，丁謂曾陷害他，《東都事略・寇準傳》中載民間歌謠：「欲得天下寧，當拔眼中釘；欲得天下好，莫如召寇老。」《宋名臣言行錄》中稱他「性忠樸，喜直言，無顧避」，載有「寇準上殿，百僚股慄」的歌謠。包拯是民間百姓崇敬的「清官」，《宋史・包拯傳》載，他「立朝剛毅，貴戚宦官為之斂手，聞者皆憚之。人以包拯笑比黃河清，童稚婦女亦知其名，呼曰包待制」，「舊制，凡訟訴不得徑造庭下。拯開正門，使得至前陳曲直，吏不敢欺」，所以，歌謠中稱讚他的威嚴：「關節不到，有閻羅老包。」其他還有《輿地紀勝》卷九八所載的「君不見恩平陳守賢，優遊治郡如烹鮮」，這是對「守南恩州」的陳豐「田野無秋毫之擾」的讚頌；其卷一八七所載「日出而耕，日入而歸。吏不到門，夜不掩扉。有孩有童，願以名垂。何以字之？薛孫薛兒」，是對巴州刺史薛逢的讚頌；其卷一八八中載「我有父母，前呂后王。撫愛我民，千里安康」的歌謠，是對蓬州官吏呂錫山、王大辯「相繼為守」政績的讚頌。《過庭錄》中記述范純仁「門下多食客」，他「以己俸作布衾數十幅待寒士」，民間歌謠稱「孟嘗有三千珠履客，范公有三千布被客」。這雖然有譏諷之意，但我們也可以從另一方面看到范純仁之「仁」。這些歌謠表明，正是因為范仲淹、包拯、寇準、岳飛等賢臣名將的盡職盡責，才緩和了社會衝突，他們才是真正的國家棟梁，展現出民族的浩然正氣。正因為如此，宋王朝才持續了三百多年而沒有很快滅亡。

但是，民間文藝有時也會出現為傳統的主流話語所支配的現象，宋代時政歌謠中對於王安石變法的態度，就表現出宋代民間文藝的嚴重缺憾。王安石變法是宋代社會發展中具有重要意義的大事。王安石是一位偉大的改革家，他有著遠大的政治抱負，希望以改革實現富國強兵的宏偉理想；

第一章
歌謠與諺語：宋代百姓的智慧與心聲

但是，他面對的不僅是諸如富弼、司馬光、文彥博這些德高望重的老一代具有保守意識的政治家，而且是千百年來累積而成的傳統的腐朽力量，同時還有呂惠卿之流的險惡之徒；特別是他觸動了皇室曹太后、高太后等人和為富不仁的鉅商大賈這些傳統政治中的既得利益者，所以面臨著兒子王雱的早逝、呂惠卿的背叛，他勢單力薄，終於失敗了。王安石無私無畏地推行變法，他應該被視作中華民族歷史上的英雄，卻沒有得到應有的尊重。北宋末年的邵伯溫之流，用無恥讕言攻擊、中傷王安石，這與宋代民間文藝中王安石形象被扭曲有著直接連繫。元代學者就有人想把他歸入奸臣之列，但是找不出他利己的一絲蛛跡，連他的敵人也不得不承認他的無私。他沒有家產，沒有墓碑，只有一腔熱血；而至今還有一些心胸狹隘的學者對他不理解，甚至無視其貢獻，橫加非議。在宋代歷史文獻中，就有不少人把社會的混亂、醜惡，歸於他的改革。如《老學庵筆記》卷六中稱「自元豐官制，尚書省復二十四曹，繁簡絕異」，記述京師歌謠道：「吏勳封考，筆頭不倒；戶度金倉，日夜窮忙；禮祠主膳，不識判硯；兵職駕庫，典了襪褲；刑都比門，總是冤魂；工屯虞水，白日見鬼。」這語言不是民間社會的語言，而是讕言，是謠言；因為它沒有民間文藝的清新。

更為無理的是《續通鑑綱目》卷十三所載：

宋高宗紹興六年七月，以陳公輔為左司諫。分注云：公輔還為吏部員外郎，言今日之禍豈非王安石學術壞之耶！廣義云：王安石萬世之罪人也，自其作俑於神宗之朝，故後來凡有懷奸挾詐，誤國欺君者，莫不悉蹤其轍，其在徽宗時特甚焉耳。故時人語曰：大蔡、小蔡，破壞天下；大惇、小惇，殃及子孫。是知汴宋之亡，亡於王安石也。

這是極為不公正的；這同樣不是民間文藝語言。王安石生前即遭陷害，身後亦被潑汙水，這只能說明小農生產方式下中國文化心理的狹隘、

愚昧、保守。《楓窗小牘》中記有人舉「宣和中有反語」,即「寇萊公之知人則哲,王子明之將順其美,包孝肅之飲人以和,王介甫之不言所利」,稱「此皆賢者之過,人皆得而見之者也」。又如《孔氏談苑》卷一載:「王雱,丞相舒公之子。不慧,有妻未嘗接,其舅姑憐而嫁之,雱自若也。侯叔獻再娶而悍,一旦叔獻卒,朝廷慮其虐前婦之子,有旨出之,不得為侯氏妻。時京城有語云:王太祝生前嫁婦,侯兵部死後休妻。」《東軒筆錄》中說:「王雱為太常寺太祝,素有心疾,娶同郡龐氏女為妻。踰年,生一子,雱以貌不類己,百計欲殺之,竟以悸死。又與其妻日相鬥哄,荊公念其婦無罪,遂與擇婿而嫁之。是時有工部員外郎侯叔獻者,荊公之門人也,娶魏氏女為妻,少悍,叔獻死而幃薄不肅。荊公奏逐魏氏歸本家。」考諸史實,王雱何曾「不慧」!又何曾以其子「貌不類己」而「百計欲殺之」!腐朽文人仇恨改革,鼠目寸光,治世濟世無術,唯以造謠誣衊為能事。與之相對照者,可見《聞見後錄》卷二中對「起司馬光為宰相,天下歸心焉」的「宣仁皇后」則謬讚為「復見女中堯舜」。一個毫無建樹的高太后,一個垂簾聽政,敗壞改革成果,使國家迅速衰退的頑固、保守的代表者,竟有「耆老盛德之士,田野至愚之人,皆有復見女中堯舜」之語,可見史冊文獻的騙人實質。腐朽文人嫉恨社會變革,誣衊王安石,連其兒子也不放過。應該說,這不是真正的民間百姓的心聲。在民間歌謠中,真正如此詛咒改革者的內容,是很少見甚至幾乎是見不到的。把禍國殃民的罪名輕易地扣在王安石的頭上,是不折不扣的讕言。民間文藝的愛和恨都是鮮明的,有人民利益的展現,並作為思想文化立場在民間歌唱中表達,這與無恥文人利用所謂民間文藝的口頭形式進行招搖撞騙、混淆視聽,完全是兩回事。

  諺語是歌謠的姊妹,都有詩一般的語言;諺語更為精粹,述說的道理

第一章
歌謠與諺語：宋代百姓的智慧與心聲

也更為精闢。

宋代的民間諺語大多保存在筆記中，諸如《農書》、《孔氏談苑》、《後山談叢》、《雞肋編》、《老學庵筆記》、《鶴林玉露》等都有記載。如陳旉《農書》所記「凡從事於務者，皆當量力而為之，不可苟且貪多務得，以致終無成遂也」，引諺語「少則得，多則惑」、「多虛不如少實，廣種不如狹收」；在論及「耕耨之先後遲速，各有宜」時，引諺語「春濁不如冬清」；在論及「民居去田近，則色色利便，易以集事」時，引諺語「近家無瘦地，遙田不富人」等。孔平仲的《孔氏談苑》中詳細論述了南方農諺，如「正旦晴，萬物皆不成」，作者還以「元豐四年正旦，九江郡天無片雲，風日明快，是年果旱」來驗證。其他還有「芒種雨，百姓苦」、「一日雨，百泉枯。二日雨，傍山居。三日雨，騎木驢。四日雨，餘有餘」、「春雨甲子，赤地千里」、「夏雨甲子，乘船入市」、「雲向南，雨覃覃；雲向北，老鸛尋河哭；雲向西，雨沒犁；雲向東，塵埃沒老翁」、「上元一夕晴，麻小熟；兩夕晴，麻中熟；三夕晴，麻大熟」、「朝霞不出門，暮霞行千里」、「月如懸弓，少雨多風；月如仰瓦，不求自下」等。陳師道的《後山談叢》中，記述了浙西諺語「夏旱修倉，秋旱離鄉」和潁諺「黃鶻口噤，蕎麥斗金」，以及「杏熟當年麥，棗熟當年禾」、「行得春風有夏雨」、「田怕秋旱，人怕老貧」等。陸游在《老學庵筆記》中記述了「淮南諺」即「雞寒上樹，鴨寒下水」和「雞寒上距，鴨寒下嘴」，還記述了「《文選》爛，秀才半」和「蘇文熟，吃羊肉；蘇文生，吃菜羹」等文壇諺語。「蘇文」指蘇氏（軾）文章，「吃羊肉」即步入上流社會，「吃菜羹」即仍處於社會下層。「《文選》爛」，是指「國初尚《文選》，當時文人專意此書」。莊綽即莊季裕的《雞肋編》中，記述了「蘇杭兩浙，春寒秋熱」、「地無三尺土，人無十日思」、「麥過人，不入口」、「甘刀刃之蜜，忘截舌之患」、「病從口入，禍從口出」、「巧媳婦做

不得無麵餺飥」、「遠水不救近渴」、「瓦罐終須井上破」、「人作千年調，鬼見拍手笑」、「將勤補拙」等諺語。羅大經的《鶴林玉露》中，記述了「吃拳何似打拳時」、「但存方寸地，留與子孫耕」、「成人不自在，自在不成人」等生活諺語。

記述這個時代民間歌謠、諺語的典籍，還有陳元靚的《歲時廣記》、高承的《事物紀原》、無名氏的《分門古今類事》[04]、周密的《乾淳歲時記》和《武林舊事》、吳自牧的《夢粱錄》、孟元老的《東京夢華錄》、耐得翁的《都城紀勝》、西湖老人的《繁勝錄》、范成大的《桂海虞衡志》、朱輔的《溪蠻叢笑》等。在元代陶宗儀的《說郛》中，存有葉隆禮撰寫的《遼志》、宇文懋撰寫的《金國志》等，記述了遼和金的民俗生活與民間作品，諸如歌謠、諺語等。更值得一提的是郭茂倩的《樂府詩集》，這部典籍在某種程度上可以看作是宋人所編的歌謠整合；特別是其分類方法，應看作最早的歌謠分類法。郭茂倩嘔心瀝血，採錄唐代及唐代之前各個時期的民間歌謠，為我們研究民間歌謠的發展提供了大量珍貴的資料。尤其應該提到的是范成大所撰的《桂海虞衡志》和朱輔所撰的《溪蠻叢笑》，這是兩部少數民族風俗志。《桂海虞衡志》記述了瑤族和黎族等民族的民俗文化生活，《溪蠻叢笑》記述了瑤族和仡佬族等民族的民俗文化生活，兩者都保存了宋代少數民族中的民間歌謠。

今天看來，宋朝文化繁榮，並不是中國歷史文化的時代內容的全部；展現中國思想與中國文化的民間文藝，還應該包括宋王朝政治疆域以外的中國土地上那些絢麗多彩的口頭創作。

---

[04] 此書 20 卷，《四庫全書總目》中提到其「大旨在徵引故事，以明事有定數，無容妄覬」，「蓋亦《前定錄》、《樂善錄》之類」，「且其書成於南渡之初，中間所引如《成都廣記》、《該聞錄》、《廣德神異錄》、《唐宋遺史》、《賓仙傳》、《蜀異記》、《晉紳脞說》、《靈驗記》、《靈應集》諸書，皆後世所不傳，亦可以資博識之助也」。

第一章
歌謠與諺語：宋代百姓的智慧與心聲

在中國南方，大理國的存在時代與宋王朝相當。《續資治通鑑長編》中引有楊佐《雲南買馬記》，記述宋曾封大理首領為「雲南八國都王」。大理國時代上承南詔時代，產生了許多本主故事和相關的民間歌謠，白族與漢族之間的文化交流頻繁，「像〈孟姜女哭夫〉、〈姜太公釣魚〉、〈諸葛亮〉、〈梁山伯與祝英台〉等古老的漢族民間傳說故事，就不可能不傳入白族人民聚居的地區。這些作品一經傳入，白族人民就欣賞它，接受了它，並在口頭流傳的過程中，根據自己的生活理想，不斷地加工和豐富，並把它們創作成詩（歌謠），使它們具有獨特的民族風格及濃厚的地方色彩，使它們成為白族文學的一個組成部分」[05]。

立於宋代的碑〈興寶寺德化銘〉、〈嵇肅靈峰明帝記〉和〈淵公塔之碑銘〉等，可作此佐證。宋代少數民族民間文藝異常繁榮，如這一時期所流傳的彝族儀式歌謠《指路經》、《送魂曲》、《六祖分支》等畢摩經典，以及納西族《東巴經》（以《創世紀》、《黑白戰爭》、《魯搬魯饒》為典型）等，如串串珍珠，閃爍著異彩。

在《遼史》和《金史》中，保存了與宋王朝同時代的一些民間歌謠和諺語，反映出遼和金的社會發展變化，這也是我們應該重視的。如《遼史·楊佶傳》中記述「重熙十五年，（楊佶）出為武定軍節度使。境內亢旱，苗稼將槁。視事之夕，雨澤沾足」，百姓用歌謠為之唱道：

何以蘇我？

上天降雨。

誰其撫我？

楊公為主。

---

[05] 張文勳主編：《白族文學史》（修訂版），雲南人民出版社1983年版，第151頁。著名的民歌如〈讀書歌〉等，顯然都是白族情調。

《遼史・皇子表》中記述「太祖淳欽皇后生三子」,「倍第一,太宗第二,李胡第三」。李胡立為皇太弟,兼天下兵馬大元帥;世宗「即位於鎮陽」,太后怒,「遣李胡將兵往擊」,引起朝中爭議;太后在論述「我與太祖愛汝(指李胡)異於諸子」的道理時,引用諺語「偏憐之子不保業,難得之婦不主家」。《遼史・蕭巖壽傳》引用諺語「以狼牧羊,何能久長」,來說明「巖壽雖竄逐,恆以社稷為憂」的道理。在《金史・五行志》中集中引用了「易水流,汴水流,百年易過又休休。兩家都好住,前後總成留」、「團圝冬,劈半年。寒食節,沒人煙」、「青山轉,轉山青。耽誤盡,少年人」等「童謠」,以此作為時讖。《金史》諸「傳」中也引用了許多歌謠和諺語,藉以表現人物性格。如《楊伯雄傳》記述「先是張浩治平陽,有惠政,及伯雄為尹」,受到百姓稱讚,所以有歌謠「前有張,後有楊」作為讚語。在《趙秉文傳》中,記述「有司論秉文上書狂妄,法當追解,上不欲以言罪人,遂特免焉」,當時歌謠中描述道:「古有朱雲,今有秉文;朱雲攀檻,秉文攀人。」因此,「士大夫莫不恥之」。在《撒合輦傳》中,引諺語「水深見長人」;在《王競傳》中,引諺語「西山至河岸,縣官兩人半」;在《佞幸・胥持國傳》中,引諺語「經童作相,監婢為妃」等。這些諺語從不同方面表現出金代社會的各種歷史狀況。有一些歌謠的流傳,還伴隨著一定的傳說,如《遼史・太祖淳欽皇后述律氏傳》中,稱皇后「簡重果斷,有雄略」,以童謠「青牛嫗,曾避路」,來作為「有女子乘青牛車,倉猝避路,忽不見」所顯示的立皇后的讖言。這種現象在歷史文獻中是相當普遍的。

第一章
歌謠與諺語：宋代百姓的智慧與心聲

第二章
語言的交融：
《突厥語大詞典》與
《福樂智慧》中的民間文藝

第二章
語言的交融：《突厥語大詞典》與《福樂智慧》中的民間文藝

西元 11 世紀，在維吾爾族中出現了兩部鉅著，一部是麻赫穆德‧喀什噶里的《突厥語大詞典》，一部是玉素甫‧哈斯‧哈吉甫的《福樂智慧》。這兩部鉅著都保存了豐富的民間文藝。因為這兩部鉅著完成的時間相當於宋代的北宋年間（西元 960～1127 年），在此，我們也把它列入宋代民間文藝史。維吾爾族人民對於中國民間文藝的發展和繁榮，同樣做出了貢獻。《突厥語大詞典》和《福樂智慧》，就是這種貢獻的典型展現，我們從中可以看到維吾爾族民間文藝的特色。

《突厥語大詞典》是一部用阿拉伯語詮釋突厥語詞的詞書，完成於 1072 年至 1074 年間。它最早以手抄的形式流傳，包括「序論」、「正文」兩部分；在正文部分援引大量的民間傳說、故事、民間歌謠、諺語、謎語，藉以說明一些詞語的含義，從而保存了豐富的民間文藝。這部著作的作者麻赫穆德‧喀什噶里，全名為麻赫穆德‧依本‧阿勒侯賽音‧依本‧穆罕默德‧喀什噶里，其出生地在今新疆喀什噶爾疏附縣烏帕爾，其父曾是黑汗王朝的貴族。麻赫穆德‧喀什噶里因為宮廷政變而逃亡至中亞一帶，考察了中亞地區突厥部落民間文化等內容，為編寫這部著作打下了基礎。突厥是中國古代西北地區的重要民族，《周書‧突厥傳》中曾詳細記述了關於這個民族起源的神話傳說，提到一個 10 歲少年被侵滅阿史那部落的敵兵「刖其足，棄草澤中，有牝狼以肉飼之」，「及長，與狼合，遂有孕焉」，「遂生十男」，「子孫蕃育，漸至數百家」；還提到「阿謗步兄弟十七人」，「其一曰伊質泥師都，狼所生也」，「泥師都既別感異氣，能徵召風雨，取二妻，云是夏神冬神之女也」，「一孕而生四男」，其大兒被供奉為主，「號為突厥，即訥都六設也」。訥都六死後，其子阿史那與眾兄弟「相率於大樹下共為約曰：向樹跳躍，能最高者，即推立之」，因其「年幼而跳最高」，被奉為主，「號阿賢設」。據傳，「訥都六有十妻，所生子皆以母族為姓。

阿史那是其小妻之子也」。這些傳說表明了突厥民族祖先神話生成的社會背景。《突厥語大詞典》記述了大量的突厥神話傳說，還記述了豐富的天文、地理、歷史等知識，以及宗教、哲學、藝術等內容，具有百科全書的意義，堪稱古代突厥族人民的文化寶庫。其中的民間歌謠異常優美，內容包括對自然風光的讚頌，對節日習俗和狩獵生活的詳細描述等，表現出古代突厥族人民的情懷。諸如在表現節日習俗的歌謠中，記述了「讓小夥子們搖下樹上的果子，讓他們獵取野馬黃羊，讓我們歡度節日」，以及「壺頭如鵝頸，斟滿的酒杯如眼睛」，「吆喝著各飲三十杯」，「如獅子一樣吼叫」等生活場景；在表現狩獵生活的歌謠中，記述了「架上獵鷹，跨上駿馬追趕羱羊，鷹捕黃羊，放出獵犬抓狐狸」，「用石頭打狐狸和野豬」等內容。這些記述具有很高的史志價值，是研究突厥民族生活史的珍貴資料。特別是歌謠中對自然風光的描繪，表現出非凡的情致，展現出古突厥人民的審美方式和他們對大自然的熱愛：

百花盛開，

像織錦的地毯鋪開；

像天堂的住所，

今後將不再有嚴寒。

萬花簇擁，

結滿花蕾；

含苞欲放，

競相吐蕊。

亦的勒河水奔流，

擊打著崖壁，

第二章
語言的交融：《突厥語大詞典》與《福樂智慧》中的民間文藝

> 有許多魚兒和青蛙，
> 河水溢出了岸。
> 野馬奔馳，
> 野山羊和鹿子成群，
> 牠們奔向夏季牧場，
> 列隊成行。
> 鳥和野畜都甦醒，
> 雌雄群集，
> 牠們結群散開，
> 牠們不再回到窟中。[06]

在今天的維吾爾族等少數民族的民間歌曲中，我們可以看到相似的內容，由此可見維吾爾族人民悠久的文化傳統。

《福樂智慧》是玉素甫·哈斯·哈吉甫用回鶻語（「哈卡尼亞語」）寫成的詩集，它成功地運用了阿拉伯文學中「阿魯孜」格律「瑪斯納維」、「木塔卡里甫」等歌體，其前十一章為頌詞，第十二章之後具有生動的故事，講述了國王、大臣、大臣之子及修道士覺醒四人之間的對話。詩中既有優美的故事，又有生動的歌謠和諺語。這部長詩的寫作用了 18 個月，於西元 1069 年完成[07]，其作者玉素甫·哈斯·哈吉甫出身於虎思斡耳朵名門，生平未見於史籍。這部長詩完成於喀什噶爾，喀什噶爾是喀拉汗王朝的中心，其文化聯結著中國中原文化和阿拉伯文明，在這一時期出現了高度

---

[06] 《突厥語大詞典》所存抄本，以今存於土耳其的西元 1266 年抄本為最早，西元 1917 年之後由土耳其刊印，後有蘇聯出版的烏孜別克語譯本和中國的維吾爾語譯本。此歌謠轉自馬學良等主編《中國少數民族文學史》。

[07] 見《福樂智慧》「譯者序」，郝關中等譯，民族出版社 1986 年版。此書原意為「賦予（人）幸福的知識」，馮家升、耿世民等人譯作此名。

繁榮[08]。玉素甫·哈斯·哈吉甫就是這一時期文化繁榮中湧現出來的傑出詩人。

《福樂智慧》講述了一個大故事，即國王日出很想有所作為，求賢若渴，遇到賢士月圓自薦；月圓任大臣，兢兢業業，頗有政績；月圓辭世時，向國王託付幼子賢明，賢明有一位宗親覺醒，國王想讓賢明和覺醒一起輔助他，但覺醒潛心修行，賢明也生出遁世的念頭；後來覺醒死去，國王日出和賢明都很敬佩覺醒的人格，兩人團結一致，共同治理國家。在這個大故事中，又包含著諸多小故事，如第五章〈論七矅和黃道十二宮〉中所講的真主「按照自己的意願創造了乾坤，讓太陽和月亮照亮了宇宙」，「創造了冥冥藍天和燦爛星斗，創造了沉沉黑夜和光輝的白晝」，土星、木星、火星、太陽、金星、水星、月亮以及黃道十二宮，它們分屬春夏秋冬，眾星辰被「萬能的真主」安排得「井然有序，各按正道行走」；在第九章〈對善行的讚頌並略論它的益處〉中，記述了「試問狂悖的查哈克何以受人咒罵，幸福的費里頓何以受人讚譽」，「讓我們看看突厥人的伯克，人世的君王中，數他們優異。突厥諸王中唯他最為著名，他是幸福的同俄·阿里普·艾爾」；在第二十六章〈賢明供職於日出宮廷〉中，記述了「請聽三帳伯克怎麼教導，他說話在理，智慧甚高」，「樣磨伯克說得真好，他足智多謀，辦事周全」；在第二十八章〈賢明論國君應具備的條件〉中，記述了「請聽烏德犍伯克之言，他的言語符合於理性」；在第二十九章〈賢明論大臣應具備的條件〉中，記述了「真主在創造宇宙之前，即已創造了記載善惡的木板」；在第四十七章〈賢明對覺醒論如何為國君供職〉中，記述了「闊克·阿尤克、亦難赤、恰格里、特勤、喬黎、葉護、尤格魯西、艾爾·烏基」；在第五十八章〈論如何對待商人〉中，記述了「倘若契丹商隊

---

[08] 見《福樂智慧》「譯者序」，郝關中等譯，民族出版社1986年版。此書原意為「賦予（人）幸福的知識」，馮家升、耿世民等人譯作此名。

第二章
語言的交融：《突厥語大詞典》與《福樂智慧》中的民間文藝

的路上絕了塵埃，無數的綾羅綢緞又從何而來」；在第六十四章〈論如何管理手下的僕役〉中，記述了「莫要和洪水與伯克為鄰」；在第六十七章〈覺醒對賢明論遁世和知足〉與「附篇之一」即〈哀嘆青春的消逝和老年的到來〉中，尤為集中地記述了當時流傳的傳說故事。如前者記述：

> 那位索福求樂於今生的人啊，
> 為自己構築的鐵堡和宮殿何在？
> 那位騎跨黑鷹之背飛升蒼穹，
> 追求今世之樂的狂犬何在？
> 那位以真神自居的狂悖之徒，
> 終被真主擊沉海底的惡魔何在？
> 那位聚斂了現世的財富，
> 與財富一起被大地吞沒的妄人何在？
> 那位從東方到西方殺伐，
> 占有千邦萬郡的世界之主何在？
> 那位拋杖至地變為巨蟒，
> 海水為之分路的偉人何在？
> 那位主宰禽獸、人類和萬物精靈
> 偉大而公正的聖賢何在？
> 那位身具起死回生之力，
> 而自己卻為死亡所擄的聖人何在？
> 那位堪稱人類菁英，
> 失去他世界便荒蕪缺損的先知何在？

所有這一切都歸於「冥冥的死神帶走了這一切一切」，藉此告誡人們「切莫因尊貴而忘乎所以」，歡樂、幸福與災禍、痛苦是緊密連繫在一起的。這裡第一段詩句中所記述的是關於阿代之子謝達德的英雄傳說，相傳他們建造了人間天堂「伊蘭牟」；謝達德反抗真主，企圖進入天國樂園，被死神攫走了生命。第二段詩句所記述的是亞伯拉罕時代昏王乃木魯德的傳說，他曾乘黑鷹上天，被蚊蠅毀掉。第三段詩句所記述的是摩西同時代的埃及法老，他驕橫跋扈，不可一世，被真主投入大海。第四段詩句所記述的是富豪可拉，他為富不仁，欺壓族人，在地陷中身亡。第五段詩句所記述的是亞歷山大·馬其頓，他征服世界，有「雙角王」之稱，是強大帝王的典型。第六段詩句所記述的是摩西，傳說他感化法老，使手中的木杖化成巨大的蟒蛇；他還使用木杖將海水分開，帶領眾人逃脫法老的捕殺。第七段詩句所記述的是所羅門先知的傳說，在傳說中，所羅門主宰世間人、獸、鳥、蟲和各種精靈，處理事情非常公正。第八段詩句所記述的是先知耶穌，傳說他可以起死回生，但他自己卻被死亡之神所攫走。第九段詩句所記述的是先知穆罕默德，在民間傳說中，他是一位聖靈，若失去他，「世界便荒蕪缺損」。這些傳說中的英雄和先知都是了不起的，但他們誰都無存於世，這就是「今生的法則」。在後者即「附篇之一」〈哀嘆青春的消逝和老年的到來〉中，作者流露出對曾經有過的過失的懺悔，在「即使」句中一次次運用民間傳說，來說明「最終的去處仍是一抔黃土，只能將兩塊白布帶入墳塋」，詩人慨嘆道：「赤條條而來，赤條條而去，我卻為何對今世寄予了熱情！」在其所舉的傳說中，有威風無比的凱斯拉和凱撒，有建造了人間仙境的謝達德和阿代，有征服世界的斯堪德爾，有「活到千歲高齡」的人類第二始祖「努哈」（即諾亞），有「揮刀如電」的雄獅阿里，有「世間傳遍威名」的英雄魯斯臺模，有能飛上天空的爾撒（耶穌），以及

第二章
語言的交融：《突厥語大詞典》與《福樂智慧》中的民間文藝

公正的伊朗諾希爾旺大帝、摩西族人豪富葛倫（可拉）、雖鑄造鐵城也免不了為真主毀滅的古代阿拉伯濫斯人等。這些傳說在詩句中具有特殊的意蘊，與唐代詩歌中的神話傳說一樣，使詩歌因此獲得非凡的魅力。

《福樂智慧》中的傳說資料，有許多可以在古代典籍或至今仍流傳的故事中找到相應的內容。如第七十一章〈覺醒對國王的告誡〉中，有「無論是白鵠、黃鵠、大雁、水鴨，還有大鴇、鶴鶉、天鵝、錦雞；抑或是天穹中成群翱翔的黑鷹，蒼狼啊，牠們也都難以逃逸」，還有「莫忘卻死亡，墳墓是你鄉土；莫忘乎所以，珍惜你的聲譽。你萌於精液，別以我而自負，你軀體若說我，墳墓便是歸宿」。前一句中記述了「蒼狼」的傳說，在《周書‧突厥傳》等文獻中我們可以看到，在記述突厥族的起源時，有「狼所生也」、「及長，與狼合，遂有孕焉」等內容，都是狼圖騰的展現。後一句中記述了關於「精液」的傳說，與維吾爾族祖先起源神話〈庫馬爾斯〉有著密切連繫。在〈庫馬爾斯〉中，記述了庫馬爾斯的精囊中滴下兩滴精液，掉在地上，長成植物，植物中生出摩西和摩西娜一對男女；摩西和摩西娜婚媾之後，繁衍人類，於是庫馬爾斯被尊為維吾爾族的始祖神。[09] 這些資料絕不是一般意義上的巧合，而是文化傳承中民間傳說的具體嬗變形態。

民間諺語在《福樂智慧》中隨處可見。在某種程度上講，這部長詩可以稱為一部民間諺語集。如第六章〈論人類的價值在於知識和智慧〉中，有「知識極為高尚，理智極為珍貴」，「無知識的人，個個都是病人」，「智慧好比韁繩，誰若抓住了它，心願都能實現，萬事順遂」，「人若有了知識，才會顯得高貴」，「辦理任何事情，都要依靠智慧；須用知識駕馭時間，莫讓它荒廢」等內容。許多章節對諺語的運用不但準確，而且非常生

---

[09]　參見馬學良等主編《中國少數民族文學史》（上冊），中央民族學院出版社1992年版，第82頁。

動。如第九章〈對善行的讚頌並略論它的益處〉中,有「青春易逝,生命匆匆流失」、「無知識的人和盲人沒有兩樣」,「統治世界,必須多才多能;制服野驢,必須依靠雄獅」等內容;第十二章〈故事開始——關於日出王的敘述〉中,有「為使卑劣之徒遠離你身邊,男兒應當寬厚大度,果斷謹嚴。為人需要果敢與寬厚,人的價值由此二者展現」,「人人都讚美冷靜與清醒,多少人由於昏聵而喪生」,「明君治國,國人由窮變富;綿羊和野狼,一池清水同飲」等內容;第十六章〈月圓向國王闡述幸運的實質〉中,有「世間三物:流水、舌頭和幸運,總是反覆無常,流轉不停」,「幸運於人,好比羚羊般無羈;如果它來了,要捆住它的四蹄。你若會駕馭幸運,它不會逃走;它若逃走了,再無得到的時機」等內容。對知識、正義的尊崇,是全書的主調。處理人與人之間的關係,是諺語所表現的重要內容,在《福樂智慧》中,自第四十八章至第六十四章,集中論述了如何與宮廷人員、黎民、聖裔、哲人和學者、醫生、巫師、圓夢者、星占士、詩人、農民、商人、牧人、工匠、貧者、妻子、子女、僕役等各種人物交往的具體原則,其中所表現的價值觀念、審美觀念、道德判斷方式等內容,明顯反映出維吾爾人民的特色。如對待商人,中原漢族人民更多的是鄙夷,以為無商不奸,在道德上進行簡單而粗暴的否定。而《福樂智慧》第五十八章〈論如何對待商人〉中則熱情歌頌商人,稱「世界上無數的珍寶和綢緞,全都來自他們的身旁」,「對待他們應該慷慨大方,你的名聲由此而四處傳揚」,「他們對利害計算得十分精細,與之交往,需要特別注意」,「倘若你想使自己名揚四海,就應將異鄉人好好地對待。倘若你想在世上揚名,對商人的回贈千萬莫輕」。在第六十三章〈論如何教育子女〉中,強調「要教授給子女知識和禮儀,今生和來世他們都會獲益」,詩人也講述了「女大當嫁,男大當娶」,以及「女大待嫁時切莫讓她久居家裡,否則,

第二章
語言的交融：《突厥語大詞典》與《福樂智慧》中的民間文藝

無病無災，你也會悔恨而死」，「莫放陌生人進宅，莫讓女人出去，街巷的陌生目光，會誘惑她迷失道路」和「多少名流、豪傑和勇士，只因了女人而白白葬送了自己」等，這些觀念與中原漢族相似。此外，詩人還一再強調種瓜得瓜、種豆得豆，舉止要端正，秉性要和善，見賢思齊，尊重知識，珍惜時光，不要貪得無厭等。在全書中，詩人還突出表現了維吾爾族人民的生命觀念，使這些諺語的意義不斷得到昇華。《福樂智慧》看起來是講給國王的，事實上是說與每一個人的，所以它深受維吾爾族等少數民族的喜愛。在此後的盲詩人艾合麥提‧尤格納克《真理的入門》等作品中，都有其影響。

第三章
筆記小說與傳說：
宋人筆下的世俗與奇幻

第三章
筆記小說與傳說：宋人筆下的世俗與奇幻

宋代筆記小說的繁盛，是與宋代的文化風尚密切連繫在一起的。如胡應麟《少室山房筆叢·九流緒論》中所言，筆記小說的內容，「率俚儒野老之談故也」。當然，這裡的「俚儒野老」反映了筆記小說的民間故事色彩及其與民間文化之間的複雜連繫。宋代筆記小說的作者中，不僅有一般中下層文人，而且有歐陽脩、司馬光、蘇軾這樣的達官貴人，但不論其身分如何，他們都對民間文藝有著濃郁的興趣，在筆記小說中保存了豐富的民間傳說與民間故事。尤其是《夷堅志》和《路史》這樣典型的民間故事整合之作的出現，代表著宋代民間故事在中國民間文藝史上所形成的又一座高峰。

所謂筆記這一概念，宋人史繩祖在《學齋占畢》卷二〈陵菱二物〉中講，「前輩筆記小說固有字誤或刊本之誤，因而後生末學不稽考本出處，承襲謬誤甚多」；鄭樵在《通志·校讎略·編次之訛論》中說，「古今編書所不能分者五，一曰傳記，二曰雜家，三曰小說，四曰雜史，五曰故事。凡此五類之書，足相紊亂」。應當說，史繩祖與鄭樵所舉，正是筆記小說的特點，它自由、隨便，比一般文體要靈活得多。明代胡應麟在《少室山房筆叢·九流緒論》中舉小說數種，如《搜神》、《述異》、《宣室》、《酉陽》之類「志怪」，《飛燕》、《太真》、《崔鶯》、《霍玉》之類「傳奇」，《世說》、《語林》、《瑣言》、《因話》之類「雜錄」，《容齋》、《夢溪》、《東谷》、《道山》之類「叢談」，《鼠璞》、《雞肋》、《資暇》、《辨疑》之類「辨訂」，《家訓》、《世範》、《勸善》、《省心》之類「箴規」等。胡應麟的分類雖然顯得過於廣泛，卻列出了筆記小說內容廣泛性這一重要特點。《四庫全書總目》中「小說家類一」中，把筆記小說分為三大類：「其一敘述雜事，其一記錄異聞，其一綴輯瑣語。」此與後人所分小說故事、歷史瑣聞、考據辨證三大類基本相同。一句話，「雜」就是筆記小說的文體特點，也是其內容特點。這與民

間故事的文化個性有著直接連繫。諸如吳淑的《江淮異人錄》，黃休復的《茅亭客話》，張師正的《括異志》、《倦遊雜錄》，章炳文的《搜神祕覽》，劉斧的《青瑣高議》，洪邁的《夷堅志》，羅泌和羅萍的《路史》及《路史後紀》，郭彖的《睽車志》，王明清的《揮麈後錄》、《摭青雜記》、《投轄錄》，無名氏的《鬼董》，李石的《續博物誌》，鄭文寶的《南唐近事》，李獻民的《雲齋廣錄》，何薳的《春渚紀聞》，張洎的《賈氏談錄》，錢易的《南部新書》，張齊賢的《洛陽縉紳舊聞記》，歐陽脩的《歸田錄》，徐鉉的《稽神錄》，司馬光的《涑水紀聞》，王闢之的《澠水燕談錄》，魏泰的《東軒筆錄》，黃鑑與宋庠的《楊文公談苑》，沈括的《夢溪筆談》，陸游的《老學庵筆記》，岳珂的《桯史》，蔡絛的《鐵圍山叢談》，周密的《齊東野語》、《癸辛雜識》，孔平仲的《續世說》、《釋稗》、《孔氏雜說》、《孔氏談苑》，王讜的《唐語林》，李垕的《南北史續世說》，葉紹翁的《四朝聞見錄》，蘇軾的《艾子雜說》、《調謔編》，陳日華的《談諧》，沈俶的《諧史》，周文玘的《開顏錄》，朱暉的《絕倒錄》，高懌的《群居解頤》，徐慥的《漫笑錄》，無名氏的《籍川笑林》，天和子的《善謔集》，以及釋文瑩的《玉壺清話》和釋惠洪的《冷齋夜話》等等，都表現了筆記小說「雜」的特徵。宋代筆記小說則獨樹一幟。這些筆記小說無聞不錄、無異不取，與《新唐書》、《新五代史》、《兩朝國史》、《三朝國史》、《五朝國史》、《四朝國史》、《資治通鑑》、《續資治通鑑長編》、《建炎以來系年要錄》、《三朝北盟會編》、《通鑑紀事本末》等官修或私修的史冊，在文化性格上表現出鮮明的差異。民間傳說和民間故事成為這些筆記小說的重要內容，其中既有對前代各時期民間作品的繼承，又有著鮮明的時代特色。但正如古代的文人畫之於民間的木版年畫一樣，筆記小說畢竟是文人創作，與民間故事雖然發生一定連繫，兩者的區別也是明顯的。同時，我們還應該看到，宋代「講史」和「小說」兩

第三章
筆記小說與傳說：宋人筆下的世俗與奇幻

類市人小說以及傳奇小說，在宋代民間傳說和民間故事的保存上也占有重要地位。它們和筆記小說一起，使宋代民間文藝得到較為全面而完整的保存。由此可見，宋代筆記小說只是宋代小說的一種重要形式，只是從一個方面記述了宋代民間傳說故事；即使是其中保存了一些民間作品，也經過了文人的加工。

筆記小說中保存的民間傳說故事頗有特色者甚多。如北宋時期劉斧的志怪小說《青瑣高議》，《宋史・藝文志》中著錄謂有十八卷，而《文獻通考》與《四庫全書總目》等文獻曰有二十卷。高承的《事物紀原》卷十也稱「熙寧中劉斧撰《青瑣集》」。其中記述了許多報應故事，宣揚善有善報，惡有惡報。如〈龔俅傳〉記龔俅夜遇一婢女，騙其金珠；婢女被主人捕獲，致死，以冤相報，使龔俅遍身生惡瘡。〈異魚記〉記廣州夜漁者得一奇異的「重百斤」大魚，「舟載以歸」，此魚「人面龜身，腹有數十足，頸下有兩手如人手」，「詢諸漁人，亦無識者」，因「眾謂殺之不祥」，漁人「束荷而歸」，「置於庭下，以敗席覆之」，夜聽其「切切有聲」。「有市將蔣慶知而求之於漁者」，得其魚後，也聽到此魚夜語。魚言「渴殺我也」，「放我者生，留我者死」；後來，蔣慶「以小舟載入海，深水而放之」；「後半年」，蔣慶於市中見「有執美珠貨者」，廉價得之，原來是「龍之幼妻」使人以報「不殺之恩」。在這段故事的結尾，還有劉斧「此事人多傳聞者，余見慶子，得其實而書之也」一段補記。與此報應故事相似者在《青瑣高議》中頗多，如其中〈朱蛇記〉中的李百善因救蛇而登第；〈夢龍傳〉中的曹鈞夢見白龍求救，以弓箭相助，後獲報恩；在〈小蓮記〉中，某狐女同某郎中相愛，但狐女終遇獵人鷹犬而喪生，原來是她前世曾經陷害人，受陰司報應而有此下場。在〈大姆記〉中，因某人食龍子之肉，全城下陷為湖，「大姆廟今存於湖邊，迄今漁者不敢釣於湖，簫鼓不敢作於船」，「天氣晴明，

尚聞水下歌呼人物之聲」,「秋高水落,潦靜湖清,則屋宇階砌,尚隱見焉」。尤其是其中的〈卜起傳〉等篇,在《西遊記》的〈陳光蕊赴任救災,江流僧復仇報本〉中可見其原型。其中的〈呂先生記〉、〈何仙姑續補〉、〈韓湘子〉、〈施先生〉諸篇,可見呂洞賓、何仙姑、韓湘子、漢鍾離等著名的神仙傳說故事原型。《青瑣高議》中的故事強調「至孝,當有善報」,將世俗生活故事與精怪故事相糅合,其中的民間故事以幻想故事為典型,在宋代筆記小說中表現出自己獨有的風格。作者在許多故事結尾處所作的議論,表現出他的民間文藝觀,在民間文藝觀念發展史上具有重要意義。《青瑣高議》還記述了一些名臣傳說,如〈直筆〉中記范仲淹不畏一切,秉筆直書,「公之剛直足可見也」。徐鉉的《稽神錄》廣泛采錄民間傳說,記述了大量精怪故事。如其中的〈宋氏〉講述「江西軍吏宋氏,嘗市木,至星子江」,見人漁得大黿,「以錢一千贖之,放於江中」;後來宋氏因這一善舉而免遭在「疾風雨」中身死之災。其中的〈蜂餘〉與〈建安村人〉記述了蜜蜂成精、金子成精等情節,是尤為典型的民間幻想故事,前者可見夢幻主題的原型,後者可見識寶傳說的原型。〈婺源軍人妻〉講述已死的前妻回到陽間教訓後妻,是典型的幽冥還魂故事,作者在故事結尾還記述了「建威軍使汪延昌言如是」,作為記錄真實的說明。其他還有〈周潔〉、〈僧珉楚〉,以鬼神故事寫人間黑暗;〈劉璠〉中記述劉璠被海陵郡守褚仁規誣諂處死,他讓家人在棺槨中多放紙錢,決心在陰間與海陵郡守抗爭到底,一定要打贏官司,後來果有應驗。這些故事納入小說,使小說主題得到深化,尤為可貴。吳淑的《江淮異人錄》記述了大量世俗故事,如能隱身的潤州處士、會縮地的書生李勝、能日行千里的司馬效、善驅鬼的歙州江處士、善治病濟人的聶師道、能在白晝升天的杭州野翁、通於道術而能於懷中鍊金銀的明慧、愛打抱不平而能除暴安良的豪俠穿戶書生等。特別是其

第三章
筆記小說與傳說：宋人筆下的世俗與奇幻

中的〈洪州書生〉記述洪州錄事參軍成幼文在窗下見惡少欺侮賣鞋小兒，有一書生「憫之，為償其值」，惡少「因辱罵之」；成幼文「嘉其義，召之與語」，「夜共話」，書生顯示出穿戶奇術，又將惡少頭顱擲地，並「出少藥敷於頭上，捽其髮摩之，皆化為水」。這個生動的故事，對後世俠義傳說有重要影響。張師正的《括異志》也記述了許多善惡報應故事，如其中的〈黃遵〉記述黃遵死後，思念母親孤苦，請求判官放其回陽間奉孝，判官為其增陽壽，如其願；在〈萊州人王廷評俊民〉中記述了女厲報冤的故事：「或聞王未第時，家有灶婢，蠢戾不順，使令積怨，乘間排墜井中」，「又云王向在鄉間，與一娼切密，私約俟登第娶焉。既登第，為狀元，遂就媾他族。妓聞之，忿恚自殺，故為女厲所困，夫關而終」。有人考證此為著名的「王魁負桂英」故事原型，《雲齋廣錄》、《類說》、《醉翁談錄》等文獻以及宋元雜劇〈王魁三鄉題〉、〈海神廟王魁負桂英〉等文學作品，都以此為題材進行再創作。《括異志》中還有〈蒿店巡檢〉篇，記述渭州巡檢張殿直之妻為人擄為奴，有家犬相隨，後家犬引張妻逃回。作者藉此故事慨嘆家犬「既陷夷狄之域，尚猶思漢，又能導俘虜之婦間關而歸，可謂獸貌而人心也」，抨擊那些「有被衣冠而叛父母之邦者，斯（如）犬之罪人也」，這在當時是有新意的。章炳文的《搜神祕覽》卷上有〈王旻〉篇，記述某商人向費孝先問卦，費孝先對商人講了「教住莫住，教洗莫洗；一石谷搗作三斗米；遇明即活，遇暗即死」三句話，引發出商人之妻與人私通欲謀害商人和殺人者「糠七」即「康七」、清明之官使商人得清白的故事。李獻民的《雲齋廣錄》所記故事亦頗為清新，如其中的〈甘陵異事〉記述某人與燈檠成精所化美婦共眠，為人發覺，使精怪現形；其中的〈錢塘異夢〉記述司馬槱在夢中遇見「翠冠珠耳、玉珮羅裙」「顏色豔麗」的蘇小小，引發青年書生與女鬼相戀，在陰間成為夫妻的故事。後人對〈錢塘異夢〉格外青

睞，將其作為小說、戲曲的題材，頌揚純潔而熾烈的愛情。這些筆記小說所記述的民間故事各有特色，展現出北宋社會的思想文化風貌。

南渡之後，宋代筆記小說曾出現低潮，待到中後期，即孝宗之後，才出現新的轉機，而且出現了洪邁的《夷堅志》、羅泌羅萍父子的《路史》（及「注」）那樣的鉅制。何薳的《春渚紀聞》所記「嗜酒佯狂，時言人禍福」的金陵僧人「風和尚」；馬純的《陶朱新錄》中所記為鬼誘去，「每即出取食」的林家婦，以及生前被馬伯釋放，死後化為鬼魂為馬伯透題，使馬伯高中，其後又助其捕賊的營卒盜；王明清《投轄錄》中所記自為媒的女鬼、助人成眷屬的「豬嘴道人」、為京城廟靈迷惑的賈生、「易形外避」而適於太廟齋郎的劍仙夫人；郭彖的《睽車志》所記「引（飲）水不飢」以「供母」的滄州婦人、「首薦於龍舒」的劉觀、借屍還魂的丹陽牙校靳瑤之妻；無名氏《鬼董》中所記吃人成癖，先吃家中僮僕，又賄賂吏卒捕鄰境之人，案發後卻只輕判充軍的林千之，以及其中為鬼魅以女色相誘的樊生。這些傳說故事以鬼魅寫人間，影射了是非顛倒的黑暗現實。

又如《萍洲可談》，屬於南渡之後對過去時期社會風俗生活的「追憶」。《四庫全書總目提要》稱其「所記士俗民風，朝章國典，皆頗足以資考證」。其卷一中記述「三省俱在禁中，元豐間移尚書省於大內西，切近西角樓，人呼為『新省』。崇寧間，又移於大內西南，其地遂號『舊省』，以建左右班直。或云，舊省不利宰相，自創省至廢，蔡確、王珪、呂公著、司馬光、呂大防、劉摯、蘇頌、章惇、曾布更九相，唯子容居位日淺，亦謫罷，餘不以存沒，或貶廣南，或貶散官」，此為具有讖言故事；此處記述「茶見於唐時，味苦而轉甘，晚採者為茗。今世俗客至則啜茶，去則啜湯。湯取藥材甘香者屑之，或溫或涼，未有不用甘草者，此俗遍天下。先公使遼，遼人相見，其俗先點湯，後點茶。至飲會亦先水飲，然後品味以進。

第三章
筆記小說與傳說：宋人筆下的世俗與奇幻

但欲與中國相反，本無義理」，記述「京師買妾，每五千錢名一個，美者售錢三五十個。近歲貴人，務以聲色為得意，妾價騰貴至五千緡，不復論個數。既成券，父母親屬又誅求，謂之『偏手錢』。本朝貴人家選婿，於科場年，擇過省士人，不問陰陽吉凶及其家世，謂之『榜下捉婿』，亦有緡錢，謂之『繫捉錢』，蓋與婿為京索之費。近歲富商庸俗與厚藏者嫁女，亦於榜下捉婿，厚捉錢以餌士人，使之俯就，一婿至千餘緡。既成婚，其家亦索『偏手錢』，往往計較裝橐，要約束縛如訴牒，如此用心何哉」，則屬於記錄社會風俗生活的風物傳說；其記述「蘇子瞻謫黃州，居州之東坡，作雪堂，自號『東坡居士』，後人遂目子瞻為東坡，其地今屬佛廟。子瞻元祐中知杭州，築大堤西湖上，人呼為蘇公堤，屬吏刻石榜名。世俗以富貴相高，以堤音低，頗為語忌。未幾，子瞻遷謫。時孟氏作後，京師衣飾，畫作雙蟬。目為孟家蟬，識者謂蟬有禪意，久之後竟廢」，此屬於人物傳說。其卷二中記述「廣州蕃坊，海外諸國人聚居，置蕃長一人，管勾蕃坊公事，專切招邀蕃商入貢，用蕃官為之，巾袍履笏如華人。蕃人有罪，詣廣州鞫實，送蕃坊行遣。縛之木梯上，以藤杖撻之，自踵至頂，每藤杖三下折大杖一下。蓋蕃人不衣褌褲，喜地坐，以杖臀為苦，反不畏杖脊。徒以上罪則廣州決斷。蕃人衣裝與華異，飲食與華同。或云其先波巡嘗事瞿曇氏，受戒勿食豬肉，至今蕃人但不食豬肉而已。又曰汝必欲食，當自殺自食，意謂使其割己肉自啖，至今蕃人非手刃六畜則不食，若魚鱉則不問生死皆食。其人手指皆帶寶石，嵌以金錫，視其貧富，謂之指環子，交阯人尤重之，一環值百金，最上者號貓兒眼睛，乃玉石也，光焰動灼，正如活者，究之無他異，不知佩襲之意如何。有摩娑石者，辟藥蟲毒，以為指環，遇毒則吮之立愈，此固可以衛生」，「廣中富人，多畜鬼奴，絕有力，可負數百斤。言語嗜欲不通，性淳不逃徙，亦謂之野人。色

黑如墨，唇紅齒白，髮鬈而黃，有牝牡，生海外諸山中。食生物，採得時與火食飼之，累日洞洩，謂之換腸。緣此或病死，若不死，即可蓄。久蓄能曉人言，而自不能言。有一種近海野人，入水眼不眨，謂之崑崙奴」，以及「廣州雜俗，婦人強，男子弱。婦人十八九，戴烏絲髻，衣皂半臂，謂之『遊街背子』」，「廣州蕃坊，見蕃人賭象棋，並無車馬之制，只以象牙，犀角，沉檀香數塊，於棋局上兩兩相移，亦自有節度勝敗。予以戲事，未嘗問也」，「閩、浙人食蛙，湖湘人食蛤蚧，大蛙也。中州人每笑東南人食蛙，有宗子任浙官，取蛙兩股脯之，紿其族人為鶉臘，既食然後告之，由是東南謗少息。或云蛙變為黃鸛。廣南食蛇，市中鬻蛇羹，東坡妾朝雲隨謫惠州，嘗遣老兵買食之，意謂海鮮，問其名，乃蛇也，哇之，病數月，竟死。瓊管夷人食動物，凡蠅蚋草蟲蚯蚓盡捕之，入截竹中炊熟，破竹而食。頃年在廣州，蕃坊獻食，多用糖蜜腦麝，有魚雖甘旨，而腥臭自若也，唯燒筍菹一味可食。先公使遼日，供乳粥一碗甚珍，但沃以生油，不可入口。諭之使去油，不聽，因紿令以他器貯油，使自酌用之，乃許，自後遂得淡粥。大率南食多鹽，北食多酸，四夷及村落人食甘，中州及城市人食淡，五味中唯苦不可食」等，各卷相連接，便是一幅風物傳說地圖。這些傳說故事中所展現的社會風俗生活具有獨特的歷史價值。這也是一種民間文藝現象，即風物文化表現為風物傳說，風物傳說展現為風俗生活，循環往復，在生活中顯示傳說，在傳說中表現歷史。

　　宋代另一類記述朝野人物軼事的筆記小說，又從另一個方面保存了當時流傳的民間故事。

　　歐陽脩的《歸田錄》是宋代筆記小說中特色鮮明的著作，書中所記各類傳說和故事，與其身遭奸佞小人攻擊、陷害的處境相關；同時，我們也可以看到歐陽脩深邃的史學修養和文學修養在其中的展現。他記述了關

第三章
筆記小說與傳說：宋人筆下的世俗與奇幻

於宋太祖、宋仁宗等君王的傳說，也記述了普通人的故事，代表作〈賣油翁〉成為家喻戶曉的民間寓言的名篇。司馬光的《涑水紀聞》所記人物傳說，在後世也流傳甚廣，其筆下的趙普勇於坦言直諫，王嗣宗指責宋太宗不能任用賢俊，呂蒙正不記小怨而以仁愛為懷，曹彬攻下金陵後不濫殺無辜，向敏中、錢若水治獄清明，以及宋太祖知過而改等，成為後世小說和戲曲常用的題材。一些民間故事在傳說人物的形象塑造上頗見功力，如《涑水紀聞》卷七寫向敏中斷案，記述某僧人懼怕受盜賊牽連，夜墮窨井，而有「婦人已為人所殺，先在其中」，待「主人搜訪亡僧」時，向敏中以「贓不獲為疑」，「密使吏訪其賊」，得知「婦人者，乃此村中少年某甲所殺也」，「案問，心服，並得其贓」，使僧人未蒙冤屈，「一府咸以為神」。陸游的《老學庵筆記》共十卷，存576則，記述宋徽宗之後的各種傳說和民間故事尤其豐富。陸游是一位卓越的愛國主義詩人，曾親臨大散關前線，在仕途中幾起幾落，始終不渝的是堅持抗戰，以收復中原為己任。這種思想融入其筆記，表現為書中對愛國志士的熱情讚頌。在卷二中謳歌善畫馬「幾能亂真」的趙廣，他在「建炎中陷賊」，敵人讓他作畫，「脅以白刃」，仍「不從」，被敵人「斷右手拇指遣去」；而對「殺岳飛於臨安獄中」，致使「都人皆涕泣」的罪人秦檜，陸游表示了極大憤慨，在卷二記述「有殿前司軍人施全者，伺其入朝，持斬馬刀邀於望仙橋下斫之」，謳歌敢行大義、為國除害的英雄施全。《老學庵筆記》在表現作者愛國情懷的同時，也記述了許多關於王安石等同時代人物的傳說，如其卷五所記「張文昌〈紗帽詩〉云：『唯恐被人偷剪樣，不曾閒戴出書堂。』皮襲美亦云：『借樣裁巾怕索將。』王荊公於富貴聲色，略不動心，得耿天騭（憲）竹根冠，愛詠不已。予雅有道冠、拄杖二癖，每自笑嘆，然亦賴古多此賢也」。癖好最易於顯示人的真性情，這類傳說顯然是在文人間傳播的，於不經意間

塑造出王安石等鮮明生動的形象。蘇軾、蘇轍的筆記中，也保存了不少民間傳說故事。如《東坡雜著五種》中有蘇軾所著《艾子雜說》和《調謔編》等筆記，有人曾懷疑並不是蘇軾所作，如《直齋書錄解題》中陳振孫就說「相傳為東坡作，未必然也」，但他們並沒有太多的證據否定其出自蘇軾。在《艾子雜說》中，我們可以看到艾子這樣一個虛擬的歷史人物的經歷，其中保存了一些民間故事，有一些是典型的笑話。如其所記述「居於稷下」的田巴，「是三皇而非五帝」，「一日屈千人，其辨無能窮之者」；但這樣一個高才，卻無法回答「鼈媼」所提「馬鬃生向上而短，馬尾生向下而長」，「人之髮上搶，逆也，何以長？鬚下垂，順也，何以短」等問題，只好「乃以行呼滑鼇曰：禽大禽大，幸自無事也，省可出入」而閉門。艾子所經歷的事蹟，有古代帝王、神仙世界、水族、幽冥等生活場景，其中更多的是借古諷今，運用古代傳說故事來諷喻當時社會的種種醜陋和黑暗。蘇轍的《龍川別志》中記述了宋真宗、宋仁宗時代的宮廷傳說故事，如著名的貍貓換太子故事即源於此。仁宗本為李妃所生，劉后「欲取入宮養之」，後引發了一次未遂的宮廷政變；仁宗處亂不驚，在「有方仲弓者上書乞依武氏故事，立劉氏廟」時，章獻「不作此負祖宗事」，他隨機應變，曰「此亦出於忠孝，宜有以旌之」。這則傳說被後世不斷演繹，賦予新意。歐陽脩、司馬光、蘇軾、蘇轍、陸游等都是文壇鉅子，自覺進行筆記這一文體的寫作，在其中保存、記述民間傳說故事，這從一個方面展現出宋代作家與民間文藝的連繫。它告訴我們，無論什麼時候，包括民間文藝在內的現實生活，都是文學創作的重要泉源，閉門造車是不可能取得重要成就的。文學的前途，從來都在於與人民大眾的密切結合，在於對生活的熱愛，對時代的熱情參與。

　　宋代筆記小說還記述了相當豐富的歷史傳說故事，在一些筆記中，甚

第三章
筆記小說與傳說：宋人筆下的世俗與奇幻

至有人自覺地摒棄正史的記述傳統，有意追求與歷史典籍相背的民間傳聞。張洎的《賈氏談錄》記述了李德裕「厄在白馬」的傳說，具有謠讖色彩；錢易的《南部新書》記述了安西節度使哥舒翰剛正無畏的傳說，以及「西鄙人」所歌「北斗七星高，哥舒夜帶刀。吐蕃總殺盡，更築兩重壕」的歌謠，同時也記述了奸佞之徒楊國忠、張擢的罪惡的傳說；另外，還有淮西將李祐之婦姜氏「為亂卒所劫，以刀劃其腹」而「氣絕踣地」，「敷以神藥」後，「滿十月，生一男」等傳說。張齊賢的《洛陽縉紳舊聞記》被《四庫全書總目》稱為「殆出傳聞之訛，殊不可信」，其實是更典型的地方傳說故事彙編。張齊賢在「自序」中描述道：「余未應舉前十數年中，多與洛城縉紳舊老善，為余說及唐梁已還五代間事，往往褒貶陳跡，理甚明白，使人終日聽之忘倦，退而記之。旋失其本，數十年來無暇著述。今眼昏足重，率多忘失。邇來營丘事有條貫，足病累月，終朝宴坐，無所用心。追思曩昔縉紳所說及余親所見聞，得二十餘事，因編次之，分為五卷。」此縉紳與司馬遷在《史記》中所舉「縉紳先生所言之」並無區別，都是民間傳說講述群體。在《洛陽縉紳舊聞記》中，歷史傳說和民間故事被撰寫成文言小品，如〈梁太祖優待文士〉、〈白萬州遇劍客〉、〈田太尉候神仙夜降〉等篇，都有著文人創作的雕琢痕跡。其中最生動者為人物傳說，如〈張相夫人始否終泰〉篇講述張從恩繼室漂亮、聰明，多技藝，曾失身於某軍校，因患重病被遺棄，為人所救，又嫁一書生，後逢戰亂，書生又遭亂兵所殺，張從恩部下掠得之，獻與為妻室，「終享富貴大國之封」。又如〈齊王張全義〉記張全義為民祈祭，言「今少雨，恐傷苗稼，和尚慈悲，告佛降雨」，「如是未嘗不澍雨」，所以民間百姓為他唱道：「王禱雨，買雨具，無畏之神耶？齊王之潔誠耶？」文瑩的《湘山野錄》、《續湘山野錄》、《玉壺清話》等筆記，是從一個僧人的視野描述世事，記述民間傳說故事的。

如《續湘山野錄》中寫宋太祖宋太宗兄弟「燭影斧聲」的傳說；《湘山野錄》中記錢俶（即吳越王）還鄉省親，鄉人九十老媼稱其「小字」，並自唱〈還鄉歌〉，又「覺其歡意不甚浹洽，再酌酒，高揭吳喉唱山歌以見意」，其山歌中有「你輩見儂底歡喜，別是一般滋味子，永在我儂心子裡」等句，是原汁原味的民間鄉音，所以「今山民尚有能歌者」。在《玉壺清話》中也記述有錢氏傳說，但此時的錢俶已遠不比錢鏐的瀟灑，而是「拜訖慟絕」！魏泰的《東軒筆錄》記述了宋皇室及大臣的逸事，如「少貧悴」而後為一代名臣的范仲淹不取非分之財，對朋友講忠義；在記述「江南有國日，有縣令鍾離君與縣令許君結姻」故事時，特意在故事前加上「余為兒童時，嘗聞祖母集慶郡太守陳夫人言」，點明此傳說的記述背景。魏泰是曾布婦弟，《桐江詩話》中曾記述他在試院中毆打蠻橫的考官而不應舉一事，可見其個性頗突出。魏泰不阿附權貴與時勢，在《東軒筆錄》中對王安石懷著崇敬心情，記述了關於他性格正直、剛強、嫉惡如仇的傳說，這與南宋後期一些腐朽文人無端謾罵王安石形成鮮明對比，在宋代民間文藝史上寫下了很可貴的一頁。與魏泰對王安石傳說的如實記述不同，曾慥在《高齋漫錄》中極言蘇軾的詼諧、幽默，對王安石則大肆譏諷。如其記述「東坡聞荊公《字說》新成，戲曰：『以竹鞭馬為篤，以竹鞭犬有何可笑？』又曰：『鳩字從九從鳥，亦有證據。《詩》曰：鳴鳩在桑，其子七兮。和爹和娘，恰是九個』」，這就明顯具有詆毀性質了。但令人可惱的是，控制民間文藝主流話語的，在相當程度上就是曾慥這類不分大是大非的庸俗文人。莊季裕的《雞肋編》除了記述王公大臣的傳說，還記述了一些平民百姓的傳說故事。如其中所記「淮陰節婦」，講述某人為奪商人之婦，「因同江行，會旁無人，即排其夫水中」，「夫指水泡曰：他日此當為證」。某人待其夫「既溺」而「大呼求救」，並「號慟為之制服如兄弟，厚為棺斂，送終

第三章
筆記小說與傳說：宋人筆下的世俗與奇幻

之禮甚備」，迷惑了商人之婦，「嫁之」，而且婚後「夫婦尤歡睦」，「後有兒女數人」。但事情終於還是敗露，商人之婦「伺里人之出，即訴於官」，「鞠實其罪而行法焉」。後商人之婦以為因自己的顏色而「殺二夫」，遂「赴淮而死」。後人對此故事頗感興趣，在小說、戲曲中進行改編，如《歡喜冤家》中的〈陳之美巧計騙多嬌〉等，至今此故事還有流傳。其他還有費袞的《梁溪漫志》、王灼的《碧雞漫志》、羅大經的《鶴林玉露》、范公偁的《過庭錄》、王銍的《補侍兒小名錄》、王明清的《摭青雜記》、朱弁的《曲洧舊聞》等筆記小說，在記述世俗民間故事上都有突出成就。

最後還應該提到的是岳珂的《桯史》、蔡絛的《鐵圍山叢談》，以及周密的《齊東野語》等筆記小說。《桯史》作者岳珂為抗金名將岳飛之孫，岳飛的愛國熱忱在《桯史》中得到繼承。岳珂記述了許多關於秦檜這個歷史罪人的傳說故事，突出了秦檜殘忍、奸詐、無恥的本性。最生動者，是在秦檜與他人交往中對其個性的展示，如在「秦檜以紹興十五年四月丙子朔賜第望仙橋」一節中，借優伶之口，利用「此何鐶」、「二勝鐶」（即「二聖還」），抨擊秦檜的賣國行徑，「檜怒，明日下伶於獄，有死者，於是語禁始益繁」。在「秦檜在相位，頤指所欲為，上下奔走，無敢議者」一節中，記述「院官不敢違」，「夜呼工轎液」，而「富家聞之大窘」，可見「其機阱根於心，雖嵬瑣，弗自覺」的無恥小人形象。《桯史》對秦檜形象的塑造，在後世流傳甚廣。葉紹翁《四朝聞見錄》也有類似記述，如記「秦檜權傾天下，然頗謹小嫌」，不許家人著「黃葛」，責備夫人露富，以糟鯢魚掩飾家財等。這些傳說資料與《桯史》中的秦檜傳說相映，使宋代奸佞秦檜作為典型的千古罪人在口頭傳播中突顯出鮮明個性，遺臭萬年。蔡絛的《鐵圍山叢談》多記述宋代朝野傳說，如關於王安石的傳說故事。另外也記述了一些方術傳說，如其所記嗜酒「韓生」「夜不睡，自抱一籃，持匏杓出就庭

下」,「以杓酌取月光,作傾瀉入籃狀」;「適會天大風,俄日暮,風益急,燈燭不得張,坐上墨黑,不辨眉目」,韓生「從舟中取籃杓而一揮,則月光瞭焉」,「如是連數十揮,一坐遂盡如秋天夜晴,月光瀲灩,則秋毫皆得睹」,當其「又杓取而收之籃,夜乃黑如故」。《鐵圍山叢談》與《桯史》都是宋代筆記,前者因蔡絛與蔡京的關聯在後世流傳中命運不佳,後者因岳珂是岳飛之後而形成另一種命運。筆記傳播與作者出身背景的連繫,值得我們深思。周密的《齊東野語》在中國民間故事史上有著特殊的意義。《齊東野語》取名於孟子有「齊東野人之語」,其書雖然成於宋亡之後,但其記述的傳說故事皆取材於宋代,是宋元之際民間傳說故事文化轉型的典型。在《齊東野語》中,抗金的岳飛、多情的陸游、陰險的朱熹,以及千古罪人秦檜、賈似道等,他們的傳說故事都異常生動。周密還撰有《癸辛雜識》,其所記述的傳說故事,如楊昊客死他鄉,因為眷戀妻子兒女而身化彩蝶飛至妻兒身邊,從中可以看到著名的民間傳說〈梁山伯與祝英台〉中「化蝶」情節的借用。又如其所記「宋江三十六人讚」,從中也可以看到《水滸傳》成書的民間文藝背景。書中還有一些民間識寶故事,如《癸辛雜識續集》中的〈海井〉篇,記述華亭小常賣鋪中有一種「如小桶而無底,非竹非木,非金非石,既不知其名,亦不知何用」的寶物,卻無人認識。有一「海舶老商」發現此寶物後,稱「此至寶」即「海井」,能產生無盡的甘泉,幫助人們在「尋常航海」中解決淡水不足的困難。《桯史》、《鐵圍山叢談》和《齊東野語》代表著宋代記述世俗性民間故事的三種基本類型,其作品所顯示的影響,已超過文字自身所具有的實際價值和意義。

　　洪邁的《夷堅志》得名於《列子・湯問》中的「夷堅聞而志之」。夷堅是傳說中上古時的一位博學之士。據陳振孫《直齋書錄解題》載,《夷堅志》有二百卷,《夷堅支志》(即二志)有一百卷,《夷堅三志》有一百卷,《夷

第三章
筆記小說與傳說：宋人筆下的世俗與奇幻

堅四志》有二十卷，總計四百二十卷，所收故事在五千篇以上。《宋史・藝文志》則著錄其甲、乙、丙志六十卷，丁、戊、己、庚志八十卷。涵芬樓《新校輯補夷堅志》存二百零六卷，為今傳版本中收錄篇目最多者。今可見洪邁所作《夷堅志》〈乙志序〉、〈丙志序〉、〈丁志序〉、〈支甲序〉、〈支乙序〉、〈支景（丙）序〉、〈支丁序〉、〈支戊序〉、〈支庚序〉、〈支癸序〉、〈三志己序〉、〈三志辛序〉、〈三志壬序〉等序文；由這些序中，可以看到《夷堅志》曾陸續刻印於閩、蜀、婺、臨安等地，而且由洪邁自己出資刻印。宋人趙與時在〈夷堅志洪邁序大旨〉中稱，此志「積三十二編，凡三十一序，各出新意，不相複重，昔人所無也」，後人評價更高。《夷堅志》所記，大部分為「一話一首，入耳輒錄」的民間傳說故事；其分類依清人陸心源《夷堅志・又跋》中所總結，為「甲集分忠臣、孝子、節義三門；乙集分陰德、陰譴、禽獸三門；丙集分冤對報應、幽明二獄、欠債、妒忌四門；丁集分貪謀、詐謀、騙局、姦淫、雜附妖怪五門；戊集分前定宴婚、嗣息、夫妻三門；己集分神仙、釋教、淫祀三門；庚集分神道、鬼怪二門；辛集分醫術、雜藝、妖巫、卜相、夢幻五門；壬集分奇異、精布、墳墓三門；癸集分設醮、冥官、善惡、僧道惡報、入冥五門」，總計三十五門類。洪邁在〈夷堅支甲序〉中稱，「《夷堅》之書成，其志十，其卷二百，其事二千七百有九。蓋始末凡五十二年，自甲至戊，幾占四紀，自己至癸，才五歲而已，其遲速不侔如是」，一部書的寫作，花費了作者五十餘年的時間，這在中國文化史上是相當少見的[10]。特別是《夷堅志》中所記述民間傳說故事之豐富，完全可稱為宋代民間文藝的傳說與故事的整合，舉世無雙。

《夷堅志》中的民間故事最突出者，一類是精怪，一類是奇人，一類

---

[10] 洪邁還撰有《容齋隨筆》，其中所記民間傳說故事較少。此處不詳述。

是奇物,其中精怪故事占了相當大的比重。這正是民間文藝的重要特點「神祕性」的集中展現。在民間文藝的文化個性特徵上,人們一般多強調口頭性、集體性、傳承性和變異性,而忽略神祕性這一重要特點。應該說,正是這種神祕性的展現,才是民間文藝區別於其他文藝的底蘊。《夷堅志》中精怪故事占有較大比重,正是民間文藝真實狀況的表現。若把各種精怪故事進行分類,又可區分為精怪、鬼怪、神怪三種主要類型,而其中神鬼作為一種特殊的精怪,具有更複雜的意義。如《夷堅甲志》卷一共收十九事,幾乎每事都有精怪意蘊的展現。〈鐵塔神〉、〈冰龜〉、〈冷山龍〉、〈熙州龍〉、〈犬異〉、〈黑風大王〉、〈柳將軍〉等篇,都是以神靈為主角,演繹出生動的故事。如饒州安仁令蔣靜因「邑多淫祠」而「悉命毀撤」,「且禁民庶祭享」,只有柳將軍廟得倖免。柳將軍的化身是廟庭中的杉樹,「枝幹極大」而「蔽陰甚廣」,蔣靜「意將伐之」,得其夢中指點,自稱「姓木卯氏,居此方久矣」,並稱「幸司成賜庇,不敢忘德,後十五年當復來臨」。後來果然應驗,蔣靜「自中書舍人出鎮壽春、江寧」,「入為大司成」。顯然這是杉樹成精與報應故事相融的產物。[11] 又如「蔚州城內浮圖中有鐵塔神,素著靈驗」,當「契丹將亡」時,「州民或見其神奔走於城外」,人「亟詣寺視之」,則見「神像流汗被體」,而「莫測其故」。到夜裡,鐵塔神託夢,告以「來日午時,女真兵至破城」,勸其「從此而逝,庶萬一可脫」;後來果然「如神告之數」。由此可見宋代民間信仰之一斑。龍神信仰在宋代也有著不尋常的意義,如此卷中三次提到龍。在〈阿保機射龍〉中,記述阿保機「晨起見黑龍長十餘丈,蜿蜒其上」,「引弓射之」,卻見與人所藏「董羽畫〈出水龍〉絕相似」;在〈冷山龍〉中,記述「有二龍,不辨名色,身高丈餘,相去數步而死」,其「冷氣腥焰襲人,不可近」;在

---

[11]　樹木成精故事在《夷堅志》中頗多,如《夷堅丙志》卷七中的〈新城桐郎〉等。

第三章
筆記小說與傳說：宋人筆下的世俗與奇幻

〈熙州龍〉中，記述三日接連見龍，尤其是第三日，「見一帝者乘白馬，紅衫玉帶如少年中官狀。馬前有六蟾蜍，凡三時方沒」。此三則關於龍的傳說故事從不同方面表現出宋代民間信仰中的崇龍觀念及龍神在宋代所展示的形象。在《夷堅志》中，柳樹和桐樹等樹木可以成精，老鼠、猴子和蜥蜴等動物也可以成精，如《夷堅甲志》卷四中的〈鼠報〉、卷六中的〈宗演去猴妖〉、卷十二中的〈鼠壞經報〉、卷十三中的〈了達活鼠〉，及《夷堅丙志》卷十二中的〈紅蜥蜴〉等。花卉也可以成精，如《夷堅乙志》卷十九中的〈秦奴花精〉等。物老而生精，這是原始信仰萬物有靈觀念的遺存；其中的精怪、精靈讓人感到尤為熟悉，這正是宋代民間信仰中時代性的展現。鬼故事在《夷堅志》中所展現的民間文藝的審美意義最典型，也最豐富。

查遍各卷，幾乎每一卷都有鬼故事的記述。諸如《夷堅甲志》卷七中的〈法道變餓鬼〉、〈金釵辟鬼〉，卷八中的〈金四執鬼〉，卷十一中的〈五郎鬼〉，卷十四中的〈漳民娶山鬼〉、〈芭蕉上鬼〉、〈潮部鬼〉；《夷堅乙志》卷一中的〈臭鬼〉，卷八中的〈牛鬼〉、〈吹燈鬼〉、〈無頦鬼〉，卷十四中的〈魚陂癩鬼〉、〈結竹村鬼〉、〈大名倉鬼〉，卷十九中的〈廬山僧鬼〉、〈韓氏放鬼〉；《夷堅丙志》卷一中的〈九聖奇鬼〉、〈貢院鬼〉，卷三中的〈黃花佷鬼〉，卷七中的〈揚州雷鬼〉，卷十一中的〈華嚴井鬼〉、〈牛疫鬼〉、〈芝山鬼〉，卷十二中的〈朱二殺鬼〉；《夷堅丁志》卷二中的〈白沙驛鬼〉，卷十三中的〈李遇與鬼鬥〉，卷十九中的〈鬼卒渡溪〉，卷二十中的〈雪中鬼跡〉等等。這些鬼的身分也是多種多樣的，其性情更是「因鬼而異」。不用說，鬼怪世界中的情形就是世間的寫照，洪邁以鬼寫人，這種記述方式一方面使得《夷堅志》成為中國古代民間鬼故事的集大成者，一方面啟發和影響了後世以鬼魅寫人世的文化傳統，如《聊齋志異》中的許多鬼故事可以在

這裡找到原型。

《夷堅志》中的精怪傳說故事給人印象最深者，是《夷堅丁志》卷十九中的「江南木客」，其中記述「大江以南，地多山，而俗鬼。其神怪甚詭異，多依岩石樹木為叢祠，村村有之」。「木客」又名「木下三郎」、「獨腳五通」，「所謂木石之怪、夔、罔兩（魍魎）及山是也」。其「變幻妖惑」，「隱見不常」，「尤喜淫」，「陽道壯偉，婦女遭之者，率厭苦不堪」。作者「紀十餘事於此」，所記諸事表面上看都是真實的，細看時卻大都是假託，如某某家的某某氏、某某地方的某某，這種記述是為了增強故事的真實效果，是民間故事常用的手法。所記故事大都是某種精怪與人相交後，人或者精神失常，或者病死，或者生下怪胎。這種觀念正是淫祀產生的基礎，至今在蘇浙閩一帶還存在著。

《夷堅志》中的精怪、神怪、鬼怪作為文化象徵符號，其實也是連繫古今的文化紐帶。我們既可從中看到宋之前民間文化層層累積而形成的傳統，也可以從中看到由於多種因素而形成的宋代民間文化的特色，即以道教文化為重要內容的多種文化並存且相互影響的格局的展現。

《夷堅志》中奇異人物類傳說故事也相當豐富，展現出宋代社會發展及其與各色人物之間的具體連繫。如《夷堅甲志》卷一中的「石氏女」與人為善，「嘗有丐者病癩，垢汙藍縷，直詣肆索飲」，她從不嫌棄，結果她遇到了「呂翁」即傳說中的神仙呂洞賓，因而獲得富貴。《夷堅甲志》卷二中的〈張夫人〉篇記述張子能與夫人鄭氏相約守誓不娶，結果張子能依附右丞相鄧洵仁的權勢而與其女合婚，後變成閹人。《夷堅甲志》卷二十中〈一足婦人〉篇記述「泉州有婦人貨藥於市，二女童隨之，凡數日」，她們共處於某僧堂內，「旁人夜夜聞搗藥聲，旦則復出，初未嘗見其寢食處也」。後來，人發現她們「皆一足」，因「失聲嘆吒」，此後再沒有見到她們。《夷堅

第三章
筆記小說與傳說：宋人筆下的世俗與奇幻

乙志》卷十中記「張銳醫」是鄭州名醫，曾使人起死回生，他不盡信經書所載的藥方，而「特以意處之」，並感慨於「世之庸醫，學方書未知萬一，自以為足，籲！可懼哉」。在《夷堅志》中，上至王侯公卿，下至平民百姓、三教九流，各種人物紛紛登場；他們的故事，應該是宋代社會，尤其是民間社會百態的縮影。洪邁在記述不同的人物傳說故事時，流露出濃郁的個人情緒，表現了嫉惡如仇、見賢思齊，以及善惡有報等複雜情感。他所記述的故事也是有選擇的，除了大量記述宋高宗紹興年間的故事，對於徽宗時代也有著特殊的感情。如《夷堅甲志》卷一中的〈酒駝香龜〉，記述「徽廟有飲酒玉駱駝，大四寸許，貯酒可容數升。香龜小如拳，類紫石而瑩」，「去室蠟即駝出酒，龜吐香」，「禁中舊無之，或傳林靈素所獻也」；卷十一中的〈蔡衡食鱠〉以「蔡攸之子衡」入陰間所遇，展示蔡氏家族的罪惡；卷十四中的〈妙靖鍊師〉記述徽宗政和年間「婺州金華人」陳氏，能「行水上，閱數日，衣裳不濡」，自稱在「水中遇婺女星君，相導往蓬萊，始知元是第十三洞主」，「從此絕食，便能詩詞。及知人間禍福」，其事「聞於朝，召至京師賜對」，「至八九十歲容貌不衰」。《夷堅乙志》卷十中的〈餘杭宗女〉記述秀才唐通道於徽宗宣和五年在會稽聽人講述「宗室之女」的鬼魂與僧人幽會並且懷孕的故事；卷十一中的〈唐氏蛇〉仍記秀才唐通道在會稽所遇怪蛇的故事；卷十二中的〈成都鑷工〉記述徽宗政和初年成都鑷工「出行塵間」，其妻在家遇到「一髽髻道人來求摘耏毛」，原來是傳說中的仙人鍾離先生，鑷工便四處尋找，「狂走於市」，「夜以繼日，飢渴寒暑皆不顧」，終於感動天帝，後得道而去；卷十七中的〈林酒仙〉記述「崇寧間，平江有狂僧，嗜酒亡賴，好作詩偈，衝口即成」，郡人稱「林酒仙」，「多易而侮之」，只有郭氏待其「甚厚」，後得到其幫助，「遂致富」。《夷堅丙志》卷十三中的〈太平宰相〉記述宋徽宗夢見「金紫人」為艮嶽新

樓所取名與「翰林學士李邦彥入對」之後所奏相同,「自是數日間拜(李邦彥為)尚書右丞,遂為次相」。最令人注目的傳說是《夷堅丙志》卷十八中的〈林靈素〉:

　　林靈素傳役使五雷神之術。京師嘗苦熱,彌月不雨,詔使施法焉。

　　對曰:「天意未欲雨,四海百川水源皆已封錮,非有上帝命,不許取。獨黃河弗禁而不可用也。」

　　上曰:「人方在焚灼中,但得甘澤一洗之,雖濁何害!」

　　林奉命,即往上清宮,敕翰林學士宇文粹中涖其事。

　　林取水一盂,仗劍禹步,誦咒數通,謂宇文曰:「內翰可去,稍緩或窘雨。」

　　宇文出門上馬,有雲如扇大,起空中,頃之如蓋,震聲從地起,馬驚而馳。僅及家,雨大至,迅雷奔霆,逾兩時乃止。人家瓦溝皆泥滿其中,水積於地尺餘,黃濁不可飲,於禾稼殊無所益也。

　　這裡沒有必要講述林靈素如何蠱惑徽宗,如何敗壞朝政,但從《夷堅志》中可以看到洪邁在內心深處對徽宗時代這一北宋最後的王朝懷著難割難捨的情愫,這種感情應該包含著憂國的衷腸。

　　社會穩定與國家安全的責任是神聖的。宋徽宗也曾經是一位有作為的皇帝,有清明政治。但是,他盲目樂觀,剛愎自用,沉湎於酒色,致使大權旁落於禍國殃民的蔡京等人,最後匆忙間讓位於欽宗,導致亡國的悲劇。宋代許多有志之士耿耿難忘於這段歷史,把靖康之恥作為整個國家和民族的恥辱,洪邁也是這樣。在其記述中雖然未見對宋徽宗的指責,我們依然能感受到作者對北宋王朝的眷戀,對中原故國的無限感慨。

　　《夷堅志》中的奇人比比皆是,成為宋代民間文藝中的一個亮點。所

第三章
筆記小說與傳說：宋人筆下的世俗與奇幻

謂「奇」，或在外形，或在行為。許多奇人在故事中並不是孤立地存在，而是包含著許多複雜的內容。如《夷堅甲志》卷五中的〈人生鱉〉，洪邁自稱講述的是其「宗人」的故事，此人因喜歡捕魚捉鱉之類的事而獲「苦報」，「背生三物，隱隱皮肉間，數日，頭足皆具，儼然三鱉也」，使其「痛不可忍」，死後還借人之口要家人把「網罟之屬」即捕魚捉鱉的工具迅速燒掉，以免冥間使者得此證據後加重其罪罰。顯然，這裡記述的是報應主題，在報應背後，又包含著巫的成分。《夷堅乙志》卷二中的〈人化犬〉與此意義相同，都是為了勸誡人們珍惜生命，珍惜糧食。再則，在《夷堅志》的奇異人物傳說故事中，我們還可以看到其「奇」常與夢境連繫在一起，形成不平凡的人生預驗（示）。如《夷堅甲志》卷六中的〈史丞相夢賜器〉，記述其「未策名之時，清貧特甚」，「歲除之夕，隨力享先」，夢見有貴人引其「奉聖旨賜史某金器若干、銀器若干，凡四百七十件」，與其後來「躋位輔相」，「前後錫賚」的經歷正好相同。其他如《夷堅甲志》卷九中的〈鄒益夢〉、〈絢紡三夢〉、〈黃司業夢〉、〈張琦使臣夢〉，卷十一中的〈瓦隴夢〉、〈李邦直夢〉、〈趙敦臨夢〉和卷十三中的〈傅世修夢〉、〈樊氏生子夢〉、〈盧熊母夢〉；《夷堅乙志》卷一中的〈食牛夢戒〉、〈趙子顯夢〉、〈夢讀異書〉，卷四中的〈夢登黑梯〉、〈許夢賦詩〉、〈張聿夢〉和卷二十中的〈夢得二兔〉、〈龍世清夢〉；《夷堅丙志》卷九中的〈應夢石人〉、〈老僧入夢〉、〈后土祠夢〉，卷十一中的〈牛媼夢〉；《夷堅丁志》卷二中的〈張敦夢醫〉、〈張注夢〉，卷十六中的〈胡飛英夢〉、〈雞子夢〉、〈國子監夢〉，卷十八中的〈齊安百詠〉、〈東坡雪堂〉等，無不與夢有關。夢，在這些故事中成為奇異的人和事的關鍵性內容，把古今連繫在一起，把冥間與現世以及未來連繫在一起，既具有讖緯的意義，又具有占卜的意義，使民間傳說、民間故事的氛圍顯得更為凝重深厚。《夷堅志》中的奇人主要有道士、

僧人、巫、婦女和官吏，尤其是婦女奇人在故事中屢屢出現，她們的命運大多不幸，常常是被迫害、被蹂躪的對象。這些內容表現出洪邁對於婦女階層有一定的理解與同情，同時也顯示出廣大婦女在宋代社會中的實際地位。

《夷堅志》中的奇物作為風物傳說的描述對象，其內容也相當豐富。這些奇物有許多是作為寶物出現的。如《夷堅甲志》卷十五中的〈伊陽古瓶〉，記述「西京伊陽縣小水鎮」張虞卿「得古瓦瓶於土中」，用以養花，偶遇天寒而知此瓶為寶，「試注以湯，終日不冷」，「置瓶於篋，傾水瀹茗，皆如新沸者」。後來被人打碎，發現其祕密在於「夾底厚幾二寸，有鬼執火以燎，刻劃甚精，無人能識其為何時物也」。《夷堅乙志》卷五中的〈樹中盜物〉記述臨川王深之常丟失東西，「不復可得」，有一次因「暴風起」，「屋東大皂莢樹吹折，斷處中空」，「凡王氏積年所失物皆貯其內」；卷八中的〈萬壽宮印〉記述某人得神告而得到一紐印；同卷〈無縫船〉記述紹興年間「福州甘棠港有舟從東南漂來，載三男子一婦人，沉檀香數千斤」，有人在海島上生活了十三年，得到這隻船——這則傳說應是宋代貿易史的反映；卷十中的〈金馬駒〉記述某人「嘗夜半聞屋上甲馬奔驟聲」，發現「一馬大如貓而差高，馳走不止」，「收養於家，久而馴熟，出入無所畏」，「呼為金馬駒」，某日「有人扣門，曰：還太尉馬錢」，此馬即死，某人厚葬此馬，幾年後「發瘞而觀」，「則成一金馬，旋化為銅」。這應是宋代頗為典型的識寶傳說，其中所表現的令人遺憾的情節，是識寶傳說中普遍存在的現象。《夷堅丙志》卷五中的〈桐川酒〉記述「得一壺於兩竹間」與「亡酒數百尊」，酒壺成為神壺；卷十三的〈福州異豬〉記述福州某「賣豆乳人家」之豬「夜生七子」，「但一為豬，餘皆人頭馬足」，「郡守知為不祥，命亟殺之」。《夷堅丁志》卷一的〈夏氏骰子〉記述「衛州汲縣人」夏廛「居太學甚

第三章
筆記小說與傳說：宋人筆下的世俗與奇幻

久，未成名，家故貧至無一錢」，後學會了「博戲」，「束帶焚香，對局設拜」，投擲骰子，「三采皆同」，皆如心願，後來「登科」得官，「其家藏所卜骰子，奉之甚肅」；卷十九中的〈留怙香囊〉記述「衢人留怙」，「進士及第，調官歸鄉」，有一珠囊「皆北珠結成」，「極圓瑩粲潔，非世能有」，原來是水仙之物，留怙從此處學得養生之道而長壽；卷十九中還記有〈復塘龍珠〉、〈建昌犀石〉和〈謝生靈柑〉等傳說故事，都是記述奇物的。這些風物傳說在宋代民間文藝史上有著特殊意義，代表著宋代民間識寶傳說的重要轉變，即大量的胡人識寶傳說漸漸式微，蛻變為寶物神話，成為道術、巫術的工具性文化符號。無疑，這是與宋王朝閉國的政治策略密切連繫在一起的。

《夷堅志》作為民間傳說、民間故事的整合，在具體記述上，洪邁在許多篇章的末尾都註明講述人的姓名，這在中國民間文藝史上是很可貴的，如《夷堅甲志》卷二十〈一足婦人〉所注「三事王嘉叟說」；《夷堅乙志》卷二〈吳圻夢〉所注「圻之姪億說」；《夷堅乙志》卷十七〈宣州孟郎中〉所注「石田人汪拱說，王十三乃其家僕也」等。由此亦可見洪邁對傳說故事記述的審慎態度；在某些方面，他與段成式在《酉陽雜俎》中的做法是一致的。

第四章
說話藝術：
宋代說書文化與民間娛樂

第四章
說話藝術：宋代說書文化與民間娛樂

　　宋代民間文藝的發展，離不開對前代的繼承；有許多民間文藝作為一種藝術形式，常常是幾代人共同造就，才在某一個歷史時期得到成熟發展，並呈現出繁榮的。「說話」就是這樣。在段成式的《酉陽雜俎》中，我們曾見到關於「說話」即「市人小說」的描述：「予太和末，因弟生日，觀雜戲，有市人小說，呼扁鵲作褊鵲，字上聲。予令座客任道昇正之。市人言：二十年前，嘗於上都齋會設此，有一秀才甚賞。某呼扁字與褊同聲，云世人皆誤。」可知「說話」這種藝術形式屬於「雜戲」，而且與「齋會」有一定關聯。唐代「說話」即說唱，發展為講經、俗講等形式，至宋代由於政治干預、文化自身發展等原因，走向「雜戲」的其他形式。高承在《事物紀原》中曾記述「市人有能談《三國》者」，可見關於三國歷史的傳說故事，在宋代「說話」中已經發展成為相當通俗的表現內容。「說話」作為民間大眾娛樂的重要形式，展現出通俗性、平民性、商品性的時代特徵。

　　事實上，「說話」作為一種民間文藝生活，早在漢代就已經出現，如劉向《列女傳》卷一中提到的「夜則令瞽誦詩道正事」，以及漢代文物中的「說書俑」，都表明漢代已經有這種職業藝術行為。三國時期，裴松之在注《三國志》引《魏略》中，也記述有「誦俳優小說數千言」等資料。而只有到宋代，當城市經濟高度發展以後，市民這一特殊階層在社會生活中發揮越來越重要的作用，尤其是寺院俗講被宋真宗所禁止，民間百姓對審美藝術的要求越來越高，勾欄瓦肆林立，「說話」就成為社會的主流文化之一，日益繁榮。在文藝史研究中，有一些學者對於「說話」存在著許多誤識，或者把它作為寺院俗講的變體，或者僅僅把它作為一種文人生活。勿庸贅述，漢代社會就有了「說話」的雛形，甚至荀子的〈成相篇〉也可看作這種藝術的萌芽，只是僧人出於宗教宣傳需求，在講經時借用了這種形式；「說話」或者有文字底本，即話本，或者在傳唱中由師徒間口頭傳授，

從根本上就是一種口頭創作，是典型的民間文藝生活，包含著民間文藝的具體內容。中國文人素有學習和借用民間文藝的文化傳統，借用「說話」藝術創作話本小說，絕不是「說話」的源頭；相反，話本應是民間「說話」的衍生——一些異常淺薄而自負的學者動輒鄙視民間文藝，實在是數典忘祖。

為什麼只有到了宋代才出現「說話」的繁榮呢？其中一個非常重要的原因，是宋代城市商貿管理的飛躍發展，和整個宋代社會思想文化環境的相對寬鬆，在客觀上促成了這種民間文藝形式的規模性發展與繁榮。如唐代都城長安，雖然號稱當時世界上最大的都會，但在城市管理上卻異常拘謹。坊市分離嚴重限制了居民和工商業者的各種活動。程薔與董乃斌的《唐帝國的精神文明》[12]一書，在〈都市民俗篇〉中對此作了詳細描述。當時市場的拓展受到很大限制，坊區內由人把守，早晚開閉有嚴格規定，出入極為不便，它又如何使大眾得到充分的娛樂呢？而宋代城市管理能力有了很大提高，人們的閒暇時間較多，並且言路較為自由，雖然有「烏臺詩案」那樣的文字獄，但終未形成氣候。在這樣的氛圍中，「說話」有了廣大的聽眾，獲得了廣泛的社會支持；「說話」人在規模和技能上不斷擴大和提升，並且融入商業貿易活動，即聽眾付錢與「說話」人，使勾欄瓦肆的硬體建設得到迅速發展。在這種情況下，全社會的民間文藝日益繁榮，就是必然的了。

如孟元老《東京夢華錄》卷二〈東角樓街巷〉條載：「街南桑家瓦子，近北則中瓦，次裏瓦。其中大小勾欄五十餘座。內中瓦子蓮花棚、牡丹棚，裏瓦子夜叉棚、象棚最大，可容數千人。自丁先現、王糰子、張七聖輩，後來可有人於此作場。瓦中多有貨藥、賣卦、喝故衣、探搏、飲食、

---

[12] 程薔、董乃斌：《唐帝國的精神文明》，中國社會科學出版社 1996 年版。

第四章
說話藝術：宋代說書文化與民間娛樂

剃剪、紙畫、令曲之類。終日居此，不覺抵暮」；卷五〈京瓦伎藝〉條所記更為詳細：

崇、觀以來，在京瓦肆伎藝：張廷叟，《孟子書》。主張小唱：李師師、徐婆惜、封宜奴、孫三四等，誠其角者。嘌唱弟子：張七七、王京奴、左小四、安娘、毛團等。教坊減罷並溫習：張翠蓋、張成，弟子薛子大、薛子小、俏枝兒、楊總惜、周壽奴、稱心等。般雜劇：杖頭傀儡任小三，每日五更頭回小雜劇，差晚看不及矣。懸絲傀儡，張金線。李外寧，藥發傀儡。張臻妙、溫奴哥、真個強、沒勃臍、小掉刀，筋骨上索雜手伎。渾身眼、李宗正、張哥，毬杖踢弄。孫寬、孫十五、曾無黨、高恕、李孝詳，講史。李慥、楊中立、張十一、徐明、趙世亨、賈九，小說。王顏喜、蓋中寶、劉名廣，散樂。張真奴，舞旋。楊望京，小兒相撲、雜劇、掉刀、蠻牌。董十五、趙七、曹保義、朱婆兒、沒困駝、風僧哥、俎六弄，影戲。丁儀、瘦吉等，弄喬影戲。劉百禽，弄蟲蟻。孔三傳，耍秀才，諸宮調。毛詳、霍伯醜，商謎。吳八兒，合生。張山人，說諢話。劉喬、河北子、帛遂、胡牛兒、達眼五、重明喬、駱駝兒、李敦等，雜班外入。孫三，神鬼。霍四究，說《三分》。尹常賣，《五代史》。文八娘，叫果子。其餘不可勝數。不以風雨寒暑，諸棚看人，日日如是。教坊、鈞容直，每遇旬休按樂，亦許人觀看。每遇內宴前一月，教坊內勾集弟子小兒，習隊舞作樂，雜劇節次。

與此內容相似、相關聯者，還有卷六中的〈元宵〉、卷七中的〈駕登寶津樓諸軍呈百戲〉、卷八中的〈六月六日崔府君生日二十四日神保觀神生日〉、卷九中的〈宰執親王宗室百官入內上壽〉等處。這種情景的記述，對於我們研究古代戲曲史具有異常重要的意義。其他如耐得翁的《都城紀勝》中，有〈瓦舍眾伎〉條記述南渡之後的民間說話等藝術生活；《西湖老人繁勝錄》中也有記述；吳自牧《夢粱錄》卷二十中，列有〈百戲伎藝〉，

〈小說講經史〉等。「說話」的分類即職業化特徵越來越明顯,如《西湖老人繁勝錄》中提到「瓦市」有「南瓦、中瓦、大瓦、北瓦、蒲橋瓦。唯北瓦大,有勾欄一十三座,常是兩座勾欄,專說史書」,「小張四郎一世只在北瓦占一座勾欄說話,不曾去別瓦作場,人叫做小張四郎勾欄」。而且,「說話」藝人還有了自己的行會組織,諸如周密的《武林舊事》〈社會〉條所載「二月八日,為桐川張王生辰,霆山行宮,朝拜極盛,百戲競集,如緋綠社、齊雲社、遏雲社、同文社、角觝社、清音社、錦標社、錦體社、英略社、雄辯社、翠錦社、繪革社、淨髮社、律華社、雲機社」,其中「雄辯社」是專業的「小說」即「說話」行會。這些行會已形成了一定的行規,稱先生、名公等。他們或創作,或表演,使「說話」這種民間文藝形式專業化,有效地提升了其藝術水準。如羅燁《醉翁談錄》中〈小說開闢〉所述,其內容「論才詞有歐、蘇、黃、陳佳句,說古詩是李、杜、韓、柳篇章。舉斷模按,師表規模,靠敷演令看官清耳。只憑三寸舌,褒貶是非;略咽萬餘言,講論古今。說收拾尋常有百萬套,談話頭動輒是數千回」,「說國賊懷奸從佞,遣愚夫等輩生嗔;說忠臣負屈啣冤,鐵心腸也須下淚;講鬼怪令羽士心寒膽顫;論閨怨遣佳人綠慘紅愁」,「講論處不滯搭,不絮煩;敷演處有規模,有收拾;冷淡處提掇得有家數,熱鬧處敷衍得越久長」。從《三朝北盟會編》等史冊可知,宋仁宗曾要臣下「日進一奇怪之事」,宋高宗有「王六大夫」等人,「元係御前講話」,金人也曾「來索御前祗候」,有「雜劇、說話、弄影戲、小說」等藝人;《東京夢華錄》卷二〈酒樓〉中所記「大抵酒肆瓦市,不以風雨寒暑,白晝通夜,駢闐如此」,可見「說話」藝人的演出通宵達旦,其影響自朝廷至民間都有廣泛存在。《都城紀勝》和《夢粱錄》還提到「說話」有「四家」,可見「說話」在宋代不論是規模上還是藝術成就上都達到了相當高的水準;其內容有「小說」、「說鐵騎兒」、「說經」、「說參請」、「講史書」等,所講「煙粉、靈怪、傳奇、公案、朴

第四章
說話藝術：宋代說書文化與民間娛樂

刀、桿棒」，「寶庵、管庵、喜然和尚」，「講說《通鑑》、漢唐歷代書史文傳、興廢爭戰之事」等，「大抵多虛少實」，「真假相半」。所有這些資料都表明宋代「說話」的繁榮景象及其成熟的藝術發展形態。

總觀宋代民間「說話」，其存留至今的「話本」即「說話」的底本，在內容上可分為三大類：一類是「講史」[13]，即以歷史題材為講說對象，對歷史傳說故事進行講述；一類是「說經」，即對宗教文化中的世俗性傳說故事進行講述；一類是世俗性民間傳說和民間故事，即「小說」[14]，這是「說話」的核心部分，主要有時事類、劍俠類、言情類、神怪類和公案類等。

我們對民間「說話」的理解，現在只能依據文獻典籍；而由於歷史上一次次文化浩劫，保存宋代「說話」底本較豐富的典籍，如《永樂大典》等遭到損害，我們只能窺一斑而見全豹。同時，我們還可以結合異常艱辛的田野作業，從現在仍流傳的歷史傳說故事中去進行探究，但這項工作難度太大，只有在可能條件下盡量去努力。

「說話」中的「講史」，也有稱為「評話」或者「平話」的。今天我們所見的一些「平話」，如《武王伐紂平話》、《七國春秋平話後集》、《秦並六國平話》、《前漢書平話續集》、《三國志平話》、《五代史平話》和《宣和遺事》等，都初刻於元。這是否說明它們都是在元代才成書呢？我們的回答是否定的。顯然，在此之前，就應該有相當多的「說話」底本存在了；但是，我們缺乏宋刻本的文獻做憑據。我們所能看到的，只是在《東京夢華錄》

---

[13]「講史」類話本主要有《武王伐紂平話》、《七國春秋平話後集》、《秦並六國平話》、《前漢書平話續集》、《三國志平話》、《薛仁貴征遼事略》、《五代史平話》、《宣和遺事》等，其中除《薛仁貴征遼事略》刊於明代外，其他幾種最初皆刊於元代。關於為何會出現這種現象，在其他處再予以詳述。

[14] 關於「小說」，散佚亦較多，目前我們所能見到的，主要保存在明代洪楩所編的《六十家小說》和近人江東老蟬繆荃孫所刊《煙畫東堂小品》中。前一種因洪楩的「清平山堂」堂號，人稱「清平山堂話本」；後者摘取叢書，命名為「京本通俗小說」。此外，「小說」還存於明代的「三言」、「二拍」之中。

等典籍中所不斷提及的與歷史傳說故事相關的資料，如《東京夢華錄》卷五〈京華伎藝〉中提到的說《三分》、《五代史》；《夢粱錄》卷二十〈小說講經史〉中提到的「講說《通鑑》、漢唐歷代書史文傳、興廢爭戰之事」；《事物紀原》卷九中所記「仁宗時，市人有能談《三國》者」；《東坡志林》中所記「塗巷小兒薄劣，其家所厭苦，輒與錢，令聚坐聽說古話。說至《三國》事，聞劉玄德敗，頻蹙眉，有出涕者；聞曹操敗，即喜悅暢快」；《夷堅志》支丁卷三中所記「呂德卿偕其友⋯⋯出嘉會門外茶肆中坐」，「見幅紙用緋帖，尾云：今晚講說《漢書》」；《宋事實類苑》中所記「優者曰：說韓信」；《後村先生大全集》卷十〈田舍即事〉中，記劉克莊觀市優所見「縱談楚漢割鴻溝」，「聽到虞姬直是愁」；《醉翁談錄》〈小說開闢〉中所記更為系統而完整：

　　也說黃巢撥亂天下，也說趙正激惱京師。說征戰有劉項爭雄，論機謀有孫龐鬥智。新話說張、韓、劉、嶽，史書講晉、宋、齊、梁。三國志諸葛亮雄材，收西夏說狄青大略。說國賊懷奸從佞，遣愚夫等輩生嗔；說忠臣負屈啣冤，鐵心腸也須下淚。

　　在所保存下來的宋代「說話」文獻中，有人以曹元忠有〈宋巾箱本五代史平話跋〉[15]，認為《五代史平話》為「宋刊本」，但理由並不充分。關於這個問題，陳汝衡說得頗有道理：「最早將三國故事編刊為首尾完備的書本，並用話本形式出現，就已經發現的說，那就是元刊《全相三國志平話》。這書作蝴蝶裝，上欄為圖，下欄述事，頗類現今流行市上的連環圖畫。書首以司馬仲相斷獄故事為入話，指曹操、孫權、劉備就是漢初韓信、英布、彭越的再世，完全是因果報應之談。這些似乎是從北宋以來就

---

[15] 「董氏誦芬樓刊本」存，商務印書館 1925 年版。

第四章
說話藝術：宋代說書文化與民間娛樂

有的傳說。因為在宋刊本《五代史評話》裡，已有類似的故事了。」[16] 這裡陳汝衡也是把《五代史評話》作「宋刊本」對待的。

他又舉例《東京夢華錄》中提到「說三分」、「五代史」，推測現存的董氏誦芬室影印本《新編五代史評話》，「可能就是北宋（或南宋）講史遺留下來僅存的話本」[17]。他還說：「北宋既有專說三分的藝人，可見三國故事很早就被民眾所喜愛，並且說話人還根據聽眾的感情，已經把劉備作為正面人物，曹操作為反面人物來處理了。」[18] 對此，魯迅論述道：「說《三國志》者，在宋代已甚盛，蓋當時多英雄，武勇智術，瑰偉動人。而事狀無楚漢之簡，又無春秋列國之繁，故尤宜於講說。」[19] 宋代民間「說話」的史料鉤沉，是非常艱難的事。魯迅曾在這方面做出卓越的貢獻，有《古小說鉤沉》和《唐宋傳奇集》等著述。

「講史」不僅在一般「說話」中存在，而且在其他藝術形式中也有，這就是我們所講的廣義性的「說話」。諸如鼓子詞，其「多敘歷史上英雄和俠義故事，其題材往往採取長篇的講史小說」，而「北宋說書已有鼓子詞的存在」，如趙德麟〈元微之崔鶯鶯商調蝶戀花鼓子詞〉，「在北宋勾欄瓦肆裡久經作為題材在講唱」[20]。趙德麟在《侯鯖錄》卷五中保存了這篇鼓子詞。與一般「講史」不同的是，他所採用的題材不是那些叱吒風雲的歷史英雄，而是歷史上的愛情傳說故事。陳汝衡指出，趙德麟的鼓子詞在「體制」上有著重要意義，它「上承唐代變文形式，下開民間鼓子詞話本的先河」[21]。

---

[16]　陳汝衡：《說書史話》，作家出版社 1958 年版，第 35 頁。
[17]　陳汝衡：《說書史話》，作家出版社 1958 年版，第 35 頁。
[18]　陳汝衡：《說書史話》，作家出版社 1958 年版，第 34 頁。
[19]　魯迅：《中國小說史略》，人民文學出版社 1982 年版，第 128 頁。
[20]　陳汝衡：《說書史話》，作家出版社 1958 年版，第 37 頁。
[21]　陳汝衡：《說書史話》，作家出版社 1958 年版，第 39 頁。

「說話」中的「說經」即「演說佛書」，它對唐代「俗講」有所繼承，而更多的是與宋代的「說話」相融，那些被演說的佛教經義類傳說故事，因為社會需求而被演繹成具有鮮明的世俗意義的傳說故事。同時，在「演說佛書」中，還形成了蔚為壯觀的「說經」隊伍，如《武林舊事》中所記長嘯、彭道安、陸妙慧、陸妙靜、余信庵、周太辯、達理、嘯庵、隱秀、混俗、許安然、有緣、借庵、保庵、戴悅庵、息庵、戴忻庵等，又如《夢粱錄》中所記寶庵、管庵、喜然和尚等。宋代民間「說話」中，關於「說經」所存文獻，一般學者多舉《大唐三藏取經詩話》、《花燈轎蓮女成佛記》、《五戒禪師私紅蓮記》、《陳可常端陽仙話》等。其中，以《大唐三藏取經詩話》最為重要。

關於《大唐三藏取經詩話》的刊刻時代，王國維在《大唐三藏取經詩話跋》中提及，因「卷末有中瓦子張家印款一行」，與《夢粱錄》卷十三「鋪席」門中所記「保佑坊前」有「張官人諸史子文籍鋪」，其次即為中瓦子前諸鋪相合，故王國維認為「南宋臨安書肆，若太廟前尹家、太學前陸家、鞔鼓橋陳家所刊書籍，世多知之，中瓦子張家，唯此一見而已」，當為「南宋人所撰話本」，為「人間希有之祕笈」[22]。羅振玉也持此見，他以為「宋人平話，傳世最少」，此書與《宣和遺事》、《五代評話》、《京本小說》為「宋人平話之傳人間者，遂得四種」。[23]

三藏法師即玄奘，他本人曾撰《大唐西域記》，《舊唐書·方伎傳》錄其事蹟。唐代有慧立、彥悰《大唐大慈恩寺三藏法師傳》，記述玄奘取經途中所遇種種困難及其一次次化險為夷。《大唐三藏取經詩話》在內容上

---

[22] 古典文學出版社 1954 年版。羅振玉所據影印本《吉石庵叢書》類為宋刊大字本，藏日本德富蘇峰成簣堂文庫；另有宋槧巾箱本，亦為日本人所藏。

[23] 古典文學出版社 1954 年版。羅振玉所據影印本《吉石庵叢書》類為宋刊大字本，藏日本德富蘇峰成簣堂文庫；另有宋槧巾箱本，亦為日本人所藏。

第四章
說話藝術：宋代說書文化與民間娛樂

借用了《大唐大慈恩寺三藏法師傳》，敘述唐僧玄奘和猴行者西天取經，歷盡艱難險阻，最後勝利返回。其十七段故事，每段都有「行程遇猴行者處第二」、「經過女人國處第十」、「入沉香國處第十二」、「入波羅國處第十三」等「××處第×」之類的標題模式。在此話本中，記述唐僧取經路上，在某國遇到頗有神通的猴行者，入大梵天王宮，被賜以隱形帽、金環錫杖和缽盂三件寶物，一路又遇香山寺、獅子國、樹人國、大蛇嶺、火類坳、鬼子母國、女人國、王母池、沉香國、波羅國、優缽羅國等，後抵達天竺國，得到五千卷經文；最後回長安，受到皇帝歡迎，於七月十五日其師徒乘天降蓮舡而去。其中，第十一段〈入王母池之處第十一〉記述在王母池，三藏使猴行者偷桃，後世演為孫悟空偷吃王母仙桃故事；第六段〈過長坑大蛇嶺處第六〉記述猴行者鬥白虎精，白虎精化為白衣婦人被猴行者識破，以及猴行者鑽入白虎精腹中等情節，後世演為孫悟空三打白骨精故事。《大唐三藏取經詩話》當是宋代及其之前玄奘取經相關傳說和故事的集大成者，基本上奠定了後來家喻戶曉的《西遊記》這一文學經典的情節基礎。當然，《大唐三藏取經詩話》中的許多故事並不是孤立存在的，而是以宋代社會廣泛的民間文藝基礎作為其存在背景的。如劉克莊《釋老六言十首》中已經有「取經煩猴行者，吟詩輸鶴阿師」之句，記述玄奘得到猴行者幫助的內容；張世南在《遊宦紀聞》中也有相關的詩句：「無上雄文貝葉鮮，幾生三藏往西天。行行字字為珍寶，句句言言是福田。苦海波中猴行復，沉毛江上馬馳前。」《大唐三藏取經詩話》既吸收了同時代的傳說故事，也吸收了前代諸如《大唐西域記》中的傳說故事，同時它也吸收了《博物誌》、《漢武故事》和《舜子變》等典籍中的傳說故事。經過無數人的努力，在元代形成了吳昌齡的雜劇《唐三藏西天取經》和（朝鮮）《朴通事諺解》等作品，並出現了小說《西遊記》，成為明代吳承恩創作《西遊記》

的重要範本。

《花燈轎蓮女成佛記》[24]敘述的是花店主人張元善與其妻王氏年四十尚無子女，平素樂善好施，遇一年老乞婦，將她接往家中，老婦死後即轉生為張元善之女；後受能仁寺惠光長老的點化，「作善的俱以成佛」，此蓮女與李小官人結親，在出嫁中坐化。《五戒禪師私紅蓮記》開頭有「話說大宋英宗治平年間，去這浙江路寧海軍錢塘門外」，可知臨安在太平興國年間稱「寧海軍」，作品記述「紅蓮女淫玉禪師」故事，當在宋代成書。五戒禪師與紅蓮相淫而犯色戒，明悟禪師作偈相諷喻，使五戒羞慚不已。

後來五戒與明悟兩人圓寂，一個投生於蜀中眉州蘇家，轉世成蘇軾，一個投生謝家，轉世成佛印謝端卿，兩人又成好友。這則傳說在後世被不斷演繹成小說、雜劇，如〈東坡佛印二世相會〉[25]和〈兩世逢佛印度東坡，相國寺二智成正果〉[26]、〈月明和尚度柳翠〉[27]等。此類故事的流傳，其意義已經超過了文字自身。《陳可常端陽仙化》[28]在開頭有「話說大宋高宗紹興年間」和「溫州府樂清縣」字樣，由此可知此話本當在宋末出現，因為溫州置府是在南宋咸淳年間。此篇故事記述和尚陳可常頗有詩才，在吳七郡王府中填寫過〈菩薩蠻〉，被人指控與王府歌伎有姦情而下獄，「追了度牒」後，「杖一百」，「轉發寧家」；第二年端午澄清了陳可常的冤情，陳可常仙化。這兩篇故事都具有世俗性特徵，以「姦」即「淫」為故事發生的重要契機，展現出宋代民間「說話」由經卷味向世俗生活味轉化的大趨勢。和尚偷情故事在民間文藝中是並不少見的內容，它的流傳展

---

[24] 收入洪楩《六十家小說》之《雨窗集》，蕭相愷《宋元小說史》中以為其「大約出自南宋」，見浙江古籍出版社1997年版，第160頁。
[25] 見《繡谷春容》與《燕居筆記》。
[26] 見《警世奇觀》。
[27] 見《古今小說》卷二十九。
[28] 存於《警世通言》卷七中，《京本通俗小說》卷十一為〈菩薩蠻〉。

第四章
說話藝術：宋代說書文化與民間娛樂

現出中國民間文化中僧人形象被扭曲的一面；同時，大量的葷味被這類故事所渲染，也是民間文化中婚前性教育、世俗故事中性心理宣洩釋放的具體展現。後人因受腐朽而又虛偽的理學觀念影響，多鄙視這類作品；這對於中國文化生活的健康發展是不利的──因為它迴避現實，無視人的身心健康，只能使人越來越脆弱，越來越虛偽。

世俗性民間傳說和民間故事，是宋代民間「說話」最重要的內容。但是，與「講史」類「說話」一樣，許多文字散佚，我們只好依靠鉤沉等方式去管窺、探微。世俗的意義在「說話」中展現為以濃郁的生活氣息形成別具一格的文化特色，產生了人們所稱的「小說」。吳自牧、耐得翁、羅燁等人所分類目大致相同。如耐得翁在《都城紀勝》中，釋「小說」謂「銀字兒」，分為「煙粉、靈怪、傳奇、說公案，皆是朴刀、桿棒及發跡變泰之事」；吳自牧在《夢粱錄》中分為「煙粉、靈怪、傳奇、公案、朴刀、桿棒」等類；羅燁在《醉翁談錄》中分「靈怪、煙粉、傳奇、公案兼朴刀、桿棒、妖術、神仙」等類。其中，《醉翁談錄》所錄「小說」名目計有一百零七種，是宋代民間「說話」中「小說」類集大成者。如其「靈怪」類存〈楊元子〉、〈汀州記〉、〈崔智韜〉、〈李達道〉、〈紅蜘蛛〉、〈鐵甕兒〉、〈水月仙〉、〈大槐王〉、〈妮子記〉、〈鐵車記〉、〈葫蘆兒〉、〈人虎傳〉、〈太平錢〉、〈芭蕉扇〉、〈八怪國〉、〈無鬼論〉；其「煙粉類」存〈推車鬼〉、〈灰骨匣〉、〈呼猿洞〉、〈鬧寶錄〉、〈燕子樓〉、〈賀小師〉、〈楊舜俞〉、〈青腳狼〉、〈錯還魂〉、〈側金盞〉、〈刁六十〉、〈斗車兵〉、〈錢塘佳夢〉、〈錦莊春遊〉、〈柳參軍〉、〈牛渚亭〉；其「傳奇」類存〈鶯鶯傳〉、〈愛愛詞〉、〈張康題壁〉、〈錢榆罵海〉、〈鴛鴦燈〉、〈夜遊湖〉、〈紫香囊〉、〈徐都尉〉、〈惠娘魄偶〉、〈王魁負心〉、〈桃葉渡〉、〈牡丹記〉、〈花萼樓〉、〈章臺柳〉、〈卓文君〉、〈李亞仙〉、〈崔護覓水〉、〈唐輔採蓮〉；其「公案」類存〈石頭孫立〉、〈姜

女尋夫〉、〈憂（夏）小十〉、〈驢堆兒〉、〈大燒燈〉、〈商氏兒〉、〈三現身〉、〈火杴籠〉、〈八角井〉、〈藥巴子〉、〈獨行虎〉、〈鐵秤槌〉、〈河沙院〉、〈戴嗣宗〉、〈大朝（相）國寺〉、〈聖手二郎〉；其「朴刀」類存〈大虎頭〉、〈李從吉〉、〈楊令公〉、〈十條龍〉、〈青面獸〉、〈季鐵鈴〉、〈陶鐵僧〉、〈賴五郎〉、〈聖人虎〉、〈王沙馬海〉、〈燕四馬八〉；其「桿棒」類存〈花和尚〉、〈武行者〉、〈飛龍記〉、〈梅大郎〉、〈鬥刀樓〉、〈攔路虎〉、〈高拔釘〉、〈徐京落章（草）〉、〈五郎為僧〉、〈王溫上邊〉、〈狄昭認父〉；其「神仙」類存〈種叟神記〉、〈月井文〉、〈金光洞〉、〈竹葉舟〉、〈黃糧夢〉、〈粉盒兒〉、〈馬諫議〉、〈許巖〉、〈四仙鬥聖〉、〈謝塘落梅〉；其「妖術」類存〈西山聶隱娘〉、〈村鄰親〉、〈嚴師道〉、〈千聖姑〉、〈皮篋袋〉、〈驪山老母〉、〈貝州王則〉、〈紅線盜印〉、〈醜女報恩〉。其中存錄最多者是「水滸」故事，如「公案」類中的〈石頭孫立〉，「朴刀」類中的〈青面獸〉，「桿棒」類中的〈花和尚〉、〈武行者〉（還有「公案」類中〈獨行虎〉可能也是）等作品；其次是「楊家將」故事和「西遊記」故事，如「朴刀」類中的〈楊令公〉和「桿棒」類中的〈五郎為僧〉，「靈怪」類中的〈芭蕉扇〉和「妖術」類中的〈驪山老母〉等。其他還有存於「傳奇」類中的〈鶯鶯傳〉、〈愛愛詞〉、〈牡丹記〉、〈王魁負心〉、〈卓文君〉，存於「公案」類中的〈姜女尋夫〉，存於「神仙」類中的〈黃糧夢〉和「妖術」類中的〈西山聶隱娘〉、〈貝州王則〉、〈紅線盜印〉等故事，顯然是以前代小說和民間傳說故事為題材的，由此也可以看到元雜劇和明清小說的源頭或原型在宋代民間文藝中的具體展現。其中，宋代就已流行的「水滸」故事、「楊家將」故事和「包拯」故事（即「公案」類中的〈三現身〉，在後世演為〈三現身包龍頭斷案〉），在宋代民間文藝史上具有尤為獨特的價值和意義。《京本通俗小說》[29]中存有〈錯斬崔寧〉、〈碾玉

---

[29] 《京本通俗小說》編者不詳，1915年江東老蟬刊印時，收〈碾玉觀音〉、〈菩薩蠻〉、〈西山一窟鬼〉、〈志誠張主管〉、〈拗相公〉、〈錯斬崔寧〉、〈馮玉梅團圓〉等篇，後亞東圖書館在原七篇基

第四章
說話藝術：宋代說書文化與民間娛樂

觀音〉、〈西山一窟鬼〉，被馮夢龍錄入《醒世恆言》和《警世通言》，分別題作〈十五貫戲言成巧禍〉（注為「宋本作〈錯斬崔寧〉」）、〈崔待詔生死冤家〉（注為「宋人小說題作〈碾玉觀音〉」）、〈一窟鬼癩道人除怪〉（注為「宋人小說作〈西山一窟鬼〉」）。洪楩《清平山堂話本》中二十九種「小說」名目和晁瑮《寶文堂書目》所存二十八種，也都存有不少宋代「小說」。[30] 錢曾的《也是園書目》錄入「宋人詞話十二種」，諸如〈燈花婆婆〉、〈風吹轎兒〉、〈馮玉梅團圓〉、〈種瓜張老〉、〈錯斬崔寧〉、〈簡帖和尚〉、〈紫羅蓋頭〉、〈山亭兒〉、〈李煥生五陣雨〉、〈女報冤〉、〈西湖三塔〉、〈小金錢〉等，是尤為難得的資料。正如明代綠天館主人在《古今小說敘》[31]中所述：「史統散而小說興。始乎周季，盛於唐，而浸淫於宋……迨開元以降，而文人之筆橫矣。若通俗演義，不知何昉。按南宋供奉局，有說話人，如今說書之流，其文必通俗，其作者莫可考。泥馬倦勤，以太上享天下之養。仁壽清暇，喜閱話本，命內璫日進一帙，當意，則以金錢厚酬。於是，內璫輩廣求先代奇蹟及閭里新聞，倩人敷演進御，以怡天顏。然一覽輒置，卒多浮沉內庭，其傳布民間者，什不一二耳。」

在某種程度上講，宋代民間「說話」中的「小說」對社會現實的反映是相當及時的，與漢樂府民歌頗為相似，朝廷和民間都喜愛這種藝術，一方面用以娛樂，一方面則藉以「觀民風」。因此它獲得了廣泛的社會支持，所出現的繁榮景象也就是自然的了。

宋代「小說」對後世的影響相當久遠，有許多作品甚至因為在明清時期被改編成戲曲、小說而家喻戶曉。如《警世通言》中的〈碾玉觀音〉記述

礎上加入〈金主亮荒淫〉，刊印《宋人話本八種》。
[30] 陳汝衡：《說書史話》，作家出版社 1958 年版，第 59 頁。其中諸如〈簡帖和尚〉、〈西湖三塔記〉等，係宋人作品。
[31] 商務印書館訂正「明天許齋本」本，1947 年上海涵芬樓排印。

郡王韓世忠府內的養娘璩秀秀與碾玉待詔崔寧相愛，他們私奔他鄉後被排軍郭立發現。璩秀秀被抓回郡王府打死，崔寧被遣往建康，而璩秀秀的鬼魂與崔寧相結合，一起在建康生活。此事又為郭立發現，最後璩秀秀與崔寧在陰間做了夫妻。故事中的璩秀秀潑辣、勇敢、堅貞，崔寧則忠厚、樸實、聰明、善良，兩人的結合是由於崔寧將玉碾成觀音像，受到郡王重視而將璩秀秀許配給他，後來碾玉又成為他們的生計，因而作品取名〈碾玉觀音〉。〈小金錢〉即《警世通言》中的〈小夫人金錢贈年少〉，又名〈志誠張主管〉，記述小夫人身為人妾，被棄後嫁與比她大三四十歲的胭脂絨線鋪張員外，她愛上了店鋪中的年輕主管張勝；但張勝生性懦弱，不敢接受小夫人的愛，離開了店鋪。後來小夫人自縊而死，希望張勝能接受她，而張勝恪守「忠」、「孝」，仍然拒絕，使小夫人非常失望。《警世通言》中的〈金明池吳清逢愛愛〉即〈愛愛詞〉，記述酒家女愛愛與小員外吳清相遇，因受父母責罵而死。後來吳清再訪，愛愛鬼魂與其相會並結合。吳清因而身體消瘦，引起父母警覺，請來道士驅邪，道士送吳清寶劍用以鎮愛愛鬼魂。愛愛怒懲吳清，又因愛吳清而為其撮合親事。《醒世恆言》中的〈鬧樊樓多情周勝仙〉記述商人之女周勝仙與范二郎相遇並相愛，但周父拒絕此親事。周勝仙氣絕而亡，葬於墳中，遇朱真盜墓並姦屍，死而復生，成為朱真之妻。後來周勝仙與范二郎結成夫婦，朱真被斬。這幾篇故事有兩個共同的內容值得我們注意：一是都有店鋪出現，碾玉鋪、線鋪、酒鋪、商鋪，表明是市井故事；一是鬼魂與人相愛，璩秀秀、小夫人、愛愛、周勝仙四個女性都是死後仍摯愛著自己的情人，表現出宋人特有的人鬼觀念和婚姻觀念。《京本通俗小說》中的〈西山一窟鬼〉記述杭州秀才吳某娶李樂娘為妻，而李樂娘卻是鬼魅。後秀才與人過西山，得癩道人幫助，將鬼魅除去，吳某則因此出家。存於《寶文堂書目》中的〈西湖三塔記〉記述杭

第四章
說話藝術：宋代說書文化與民間娛樂

州有水獺、白蛇、烏雞三怪迷惑他人，被奚真人所收，造成三塔，鎮此三怪於湖中。此中有「白蛇」作為精怪，可以看出民間傳說〈白蛇傳〉生成的端倪。《古今小說》中的〈張古老種瓜得文女〉即《醉翁談錄》「神仙」類中的〈種叟神記〉，《也是園書目》作〈種瓜張老〉，記述文女（即天上玉女）下凡，張古老扮成種瓜人，娶文女為妻；文女之兄因殺心太重，只能做揚州城隍而無法成仙。這個故事中有八十老翁與十八少女成婚、雪中生瓜等神奇情節，引人入勝。這幾篇精怪、神仙類「小說」，更具體地展現出宋代民間信仰中的神怪觀念。《醒世恆言》中的〈十五貫戲言成巧禍〉即《也是園書目》中的〈錯斬崔寧〉，記述商人劉貴借得十五貫錢，回家與妾陳二姐開玩笑，戲稱已將其典賣，陳二姐為此離家，路上遇見崔寧，兩人結伴同行。適逢某盜賊入室行竊，搶走十五貫錢，殺死劉貴。崔寧因身邊亦有十五貫錢，被告成凶手、姦夫，屈打成招而被錯斬。後劉貴之妻王氏知悉實情，告至官府，盜賊被抓獲，陳二姐與崔寧之冤情始得昭雪。《警世通言》中的〈三現身包龍圖斷案〉即《醉翁談錄》「公案」類中的〈三現身〉，記述包拯「日間斷人，夜間斷鬼」，其中有孫押司被某算命先生算定某日必死，果然應驗，而罪犯竟是孫押司之妻及與之有姦情的小押司。孫押司的冤魂三次現身顯靈，託夢給包拯，包拯運用智慧，透過對冤魂所留字句和夢中所得「要知三更事，撥開火下水」的解析，最後使冤案大白。這兩篇「公案」類小說在展現宋人因果報應觀念的同時，也表現出宋代的法制情況與法制觀念。其中的包拯傳說對後世產生了深遠影響，為後世的清官傳說模式奠定了基礎。《警世通言》中的〈萬秀娘仇報山亭兒〉即《也是園書目》中的〈山亭兒〉，是《醉翁談錄》中「朴刀」類的〈十條龍〉和〈陶鐵僧〉兩篇故事的融合。作品記述萬秀娘被陶鐵僧等人所劫，義盜尹宗相救，並將萬秀娘送至家中，卻被十條龍苗忠所殺，後來鄉人報告官府，

苗忠等人被斬，尹宗則得以立廟受奉祀。這裡突顯的是義盜尹宗的「義」字，作品寫他以孝事母，遇人之危而捨身相救，並拒絕萬秀娘以身相許，以避乘人之危的嫌疑，其光明磊落的形象躍然而出。這些內容展現出宋代民間文化中崇尚俠義的觀念，從另一個方面表現出宋代社會的世俗生活。

宋代文獻在各朝代中特別豐富，而其殘損也尤為嚴重。我們理解宋代民間的「說話」藝術，只好從其他文獻的字裡行間去尋找蛛絲馬跡，判斷哪些屬於宋代的民間文藝。這必然影響我們對於宋代民間文藝史的全面認知。隨著更多史料、文獻的發現，這種局面必然會打破。更重要的是，在「說話」中，我們可以看到後世小說和戲曲等藝術的濫觴，看到民間文藝的繼承和發展情況。

第四章
說話藝術：宋代說書文化與民間娛樂

第五章
戲曲的興盛：
宋代民間戲劇的發展與特色

第五章
戲曲的興盛：宋代民間戲劇的發展與特色

宋代是中國戲曲藝術的黃金時期之一。

宋代民間戲曲在《東京夢華錄》和《夢粱錄》等典籍中以不同形式被記述，其發展與繁榮，代表著中國戲曲藝術的第一個高潮。同時我們也應該看到，宋代民間戲曲不僅僅在市井里巷和村野演出，而且為宮廷和王侯將相府第所青睞[32]。這種現象在中國古代文化史上應該是相當普遍的。

直到今天，在河南、山西、陝西等地，還分散著宋代神廟及為供演出神戲所築就的露臺等文物，從一個方面表現出往昔民間戲曲的繁榮景象。尤其是中原地區的民間文化中，至今還保存著與宋代文獻的記載相合的各種戲曲形式，諸如傀儡戲、雜技、歌舞、鼓子詞等，堪稱民間戲曲的「活化石」。這也是中國民間文藝史上一個特殊的現象。

《東京夢華錄》等文獻記述了北方地區的民間文藝生活，即以東京為中心的戲曲演出的具體場景，這是十分珍貴的內容，如《東京夢華錄》卷五中對「京瓦伎藝」的描述。其卷六對「元宵」的記述更加周詳：「奇術異能，歌舞百戲，鱗鱗相切，樂聲嘈雜十餘里」，「李外寧，藥發傀儡」，「榾拙兒，雜劇」，「溫大頭、小曹，嵇琴」，「黨千，簫管」，「王十二，作劇術。鄒遇、田地廣，雜扮」，「尹常賣，《五代史》」，「楊文秀，鼓笛」，「更有猴呈百戲，魚跳刀門，使喚蜂蝶，追呼螻蟻」；「內設樂棚，差衙前樂人作樂雜戲，並左右軍百戲，在其中駕坐一時呈拽」；「教坊、鈞容直、露臺弟子，更互雜劇」，「萬姓皆在露臺下觀看，樂人時引萬姓山呼」。其卷七〈駕幸臨水殿觀爭標錫宴〉中，記述「近殿水中，橫列四彩舟，上有諸軍百戲，如大旗、獅豹、掉刀、蠻牌、神鬼、雜劇之類。又列兩船，皆樂部。又有一小船，上結小綵樓，下有三小門，如傀儡棚，正對水中。樂船上參軍色進致語，樂作，綵棚中門開，出小木偶人，小船子上有一白衣人垂

---

[32] 如《東京夢華錄》卷六〈元宵〉中載「上有大牌，曰宜和與民同樂」。

釣，後有小童舉棹划船，遼繞數回，作語，樂作，釣出活小魚一枚。又作樂，小船入棚。繼有木偶築球舞旋之類，亦各念致語，唱和，樂作而已，謂之水傀儡。又有兩畫船，上立鞦韆，船尾百戲人上竿，左右軍院虞候監教，鼓笛相和」，待「水戲呈畢，百戲樂船並各鳴鑼鼓，動樂舞旗，與水傀儡船分兩壁退去」。卷七中〈駕登寶津樓諸軍呈百戲〉一節，記述最為詳細：

駕登寶津樓，諸軍百戲，呈於樓下。先列鼓子十數輩，一人搖雙鼓子，近前進致語，多唱「青春三月驀山溪」也。唱訖，鼓笛舉，一紅巾者弄大旗，次獅豹入場，坐作進退，奮迅舉止畢。次一紅巾者手執兩白旗子，跳躍旋風而舞，謂之「撲旗子」。及上竿、打筋斗之類訖，樂部舉動，琴家弄令，有花妝輕健軍士百餘，前列旗幟，各執雉尾、蠻牌、木刀。初成行列拜舞，互變開門奪橋等陣，然後列成「偃月陣」。樂部復動蠻牌令，數內兩人出陣對舞，如擊刺之狀，一人作奮擊之勢，一人作僵仆。出場凡五七對，或以槍對牌、劍對牌之類。忽作一聲如霹靂，謂之「爆仗」，則蠻牌者引退，煙火大起，有假面披髮，口吐狼牙煙火，如鬼神狀者上場，著青帖金花短後之衣，帖金皂褲，跣足，攜大銅鑼隨身，步舞而進退，謂之「抱鑼」。繞場數遭，或就地放煙火之類。又一聲爆仗，樂部動〈拜新月慢〉曲，有面塗青碌（綠），戴面具金睛，飾以豹皮錦繡看帶之類，謂之「硬鬼」。或執刀斧，或執杵棒之類，作腳步蘸立，為驅捉視聽之狀。又爆仗一聲，有假面長髯，展裏綠袍靴簡，如鍾馗像者；傍一人以小鑼相招和舞步，謂之「舞判」。繼有二三瘦瘠，以粉塗身，金睛白面，如骷髏狀，繫錦繡圍肚看帶，手執軟仗，各作詼諧趨蹌，舉止若俳戲，謂之「啞雜劇」。又爆仗響，有煙火就湧出，人面不相睹，煙中有七人，皆披髮紋身，著青紗短後之衣，錦繡圍肚看帶，內一人金花小帽，執白旗，餘皆頭巾，執真刀，互相格鬥擊刺，作破面剖心之勢，謂之「七聖

第五章
戲曲的興盛：宋代民間戲劇的發展與特色

刀」。忽有爆仗響，又後煙火。出散處以青幕圍繞，列數十輩，皆假面異服，如祠廟中神鬼塑像，謂之「歇帳」。又爆仗響，卷退。次有一人擊小銅鑼，引百餘人，或巾裹，或雙髻，各著雜色半臂，圍肚看帶，以黃白粉塗其面，謂之「抹蹌」。各執木棹刀一口，成行列，擊鑼者指呼，各拜舞起居畢，喝喊變陣子數次，成一字陣，兩兩出陣格鬥，作奪刀擊刺之態百端訖，一人棄刀在地，就地踣聲，背著地有聲，謂之「扳落」。如是數十對訖，復有一裝田舍兒者入場，念誦言語訖，有一裝村婦者入場，與村夫相值，各持棒杖，互相擊觸，如相毆態。其村夫者，以杖背村婦出場畢。後部樂作，諸軍繳隊雜劇一段，繼而露臺弟子雜劇一段。是時，弟子蕭住兒、丁都賽、薛子大、薛子小、楊總惜、崔上壽之輩，後來者不足數……

其後又有「引馬」、「開道旗」、「拖繡球」、「蠟柳枝」、「旋風旗」、「騙馬」、「跳馬」、「拖馬」、「飛仙膊馬」、「綽塵」、「黃院子」、「妙法院」、「小打」、「大打」等百戲動作。這裡我們看到的是雜劇演出及其演出之前的民間文藝即「百戲」作為準備、熱身的情景。雜劇演出被摻雜以百戲並與之相糅合，這是宋代民間戲曲的普遍現象，在此處得到集中而典型的展現。雜劇及百戲的演出服飾、面具、動作，在此處也得到完整的表現。應該說，這段記述對雜劇、百戲及傀儡戲等文藝形式的描繪，是整個宋代民間文藝生活，尤其是民間戲曲生活的一個縮影。這樣，我們就不難理解宋雜劇為何具有不斷的泉源，使其保持著旺盛的生機了。雜劇本身就是民間文藝的一種形式，與之相伴而生的傀儡戲，以及各種民間藝術，諸如舞蹈、雜技、大麴等內容，也是民間文藝生活的一部分，它們之間互相影響，共同發展。這裡值得我們注意的是，在雜劇演出的過程中，那些露臺弟子，諸如「蕭住兒、丁都賽、薛子大、薛子小、楊總惜、崔上壽之輩」，以及「不足數」的「後來者」，應當是當時的名角。這表明雜劇演出對專業演出人才的培養及他們藝術水準的提升，具有十分重要的影響。

耐得翁的《都城紀勝》、西湖老人的《繁勝錄》、吳自牧的《夢粱錄》和周密的《武林舊事》，所記民俗生活都是以杭州為中心的南方地區的內容，其中有許多關於民間戲曲演出的詳細記述。如《都城紀勝》中「瓦舍眾伎」條所記「雜劇」與「諸宮調」，以及其他民間「雜扮」（即「雜劇之散段」）、傀儡、影戲等藝術形式。耐得翁解釋「瓦」為「野合易散之意」，在京師「甚為士庶放蕩不羈之所，亦為子弟流連破壞之地」。在這樣的環境中，雜劇演出的氛圍與此相融合。如其記述「散樂傳學教坊十三部，唯以雜劇為正色」。舊教坊中，有「篳篥部、大鼓部、杖鼓部、拍板色、笛色、琵琶色、箏色、方響色、笙色、舞旋色、歌板色、雜劇色、參軍色」等，「雜劇部又戴諢裹，其餘只是帽子幞頭」。其他還有「小兒隊」、「女童採蓮隊」、「鈞容班」等，「乘馬動樂者，是其故事也」。《都城紀勝》對「雜劇」的創作、作曲扮演角色等，所記尤為詳細。如「有孟角球，曾撰雜劇本子，又有葛守成撰四十大曲詞，又有丁仙現捷才知音，紹興間，亦有丁漢弼、楊國祥」；「雜劇中，末泥為長，每四人或五人為一場，先做尋常熟事一段，名曰豔段；次做正雜劇，通名為兩段。末泥色主張，引戲色分付，副淨色發喬，副末色打諢，又或添一人裝孤」，這是現有文獻中較早的關於雜劇演出內容的記述。諸宮調是宋代民間曲藝中的重要形式，此中記述了「京師孔三傳編撰」，具體內容有「傳奇、靈怪、入曲、說唱」，所配樂器有「簫管、笙、箏、稽琴、方響」，又有「拍番鼓子、敲水盞鑼板、和鼓兒」；在諸宮調的演唱中，有「小唱」、「嘌唱」、「下影帶」、「散叫」、「打拍」、「唱賺」及「纏令」、「纏達」、「覆賺」等，「凡賺最難，以其兼慢曲、曲破、大曲、嘌唱、耍令、番曲、叫聲諸家腔譜也」。「雜扮」又名「雜旺」、「紐元子」、「技和」，「乃雜劇之散段」。「村人罕得入城」，於是「多借裝為山東、河北村人，以資笑」。「傀儡戲」有「弄懸絲傀儡、杖頭傀儡、水傀儡、肉傀儡」，「凡傀儡敷演煙粉靈怪故事、鐵騎公案之類，其話

第五章
戲曲的興盛：宋代民間戲劇的發展與特色

本或如雜劇，或如崖詞，大抵多虛少實，如巨靈神朱姬大仙之類是也」。關於「影戲」，其中記述道：「凡影戲乃京師人初以素紙雕簇，後用彩色裝皮為之；其話本與講史書者頗同，大抵真假相半，公忠者雕以正貌，奸邪者與之醜貌，蓋亦寓褒貶於市俗之眼戲也」。在《西湖老人繁勝錄》中，記有「國忌日，分有無樂社會（日）」[33]，如「恃田樂、喬謝神、喬做親、喬迎酒、喬教學、喬捉蛇、喬焦錘、喬賣藥、喬像生、喬教象、習待詔、青果社、喬宅眷、穿心國進奉、波斯國進奉」等；待重大節慶活動時，民間文藝活動更為繁盛，如「全場傀儡、陰山七騎、小兒竹馬、蠻牌獅豹、胡女番婆、踏蹺竹馬、交袞鮑老、快活三郎、神鬼斫刀」等；其他還有「清樂社」中的「韃靼舞、老番人、耍和尚」，「鬥鼓社」中的「大敦兒、瞎判官、神杖兒、撲蝴蝶、耍師姨、池仙子、女杵歌、旱龍船」，以及「福建鮑老一社，有三百餘人」，「川鮑老亦有一百餘人」，「喝涯詞，只引子弟；聽淘真，盡是村人」，「御街撲賣摩侯羅」者以「牛郎織女，撲賣盈市」，「賣荷葉傘兒，家家少女乞巧飲酒」等記載。「瓦市」條所記民間戲曲等民間文藝活動亦相當詳細，如其中的「北瓦」記有「勾欄一十三座」，「背做蓮花棚，常是御前雜劇，趙泰、王葵喜、宋邦寧、何宴清、鋤頭段子貴。弟子散樂，作場相撲，王僥大、撞倒山、劉子路、鐵板踏、宋金剛、倒提山、賽板踏、金重旺、曹鐵凜，人人好漢」；「女流，史惠英，小張四郎，一世只在北瓦，占一座勾欄說話，不曾去別瓦作場」；「勾欄合生，雙秀才」；「仗頭傀儡，陳中喜；懸絲傀儡，爐金線」；「雜班，鐵刷湯、江魚頭、兔兒頭、菖蒲頭」；「舞番樂，張遇喜」；「水傀儡，劉小僕射」；「影戲，尚保義、賈雄」；「賣嘌唱，樊華」；「唱賺，濮三郎、扇李二郎、郭四郎」；「說唱諸宮調，高郎婦、黃淑卿」；「喬相撲，黿魚頭、鶴兒頭、鴛鴦頭、一條黑、斗

---

[33] 此為「初八日」、「十二日」和「十三日」。

門橋、白條兒」;「談諢話,蠻張四郎」;「散耍,楊寶興、陸行、小關西」;「裝秀才,陳齋郎」;「學鄉談,方齋郎」等,其中「分數甚多,十三應勾欄不閒,終日團圓」。

《夢粱錄》卷一〈元宵〉條中,載有「清音、遏雲、掉(棹)刀、鮑老、胡女、劉袞、喬三教、喬迎酒、喬親事、焦錘架兒、仕女、杵歌、諸國朝、竹馬兒、村田樂、神鬼、十齋郎各社,不下數十」,以及「喬宅眷、旱龍船、踢燈、鮑老、駝象社」和「官巷口、蘇家巷二十四家傀儡」;其卷三〈宰執親王南班百官入內上壽賜宴〉條載有「教樂所伶人以龍笛腰鼓發諢子,參軍色執竹竿拂子,奏俳語口號,祝君壽」,「雜劇色打和畢」而「參軍色再致語,勾合大曲舞」,「百官酒,樂部起三臺舞,參軍色執竿奏數語,勾雜劇入場,一場兩段」,「是時,教樂所雜劇色何雁喜、王見喜、金寶、趙道明、王吉等,俱御前人員,謂之無過蟲」;其卷二十〈妓樂〉條載有「散樂傳學教坊十三部」等內容,與《都城紀勝》中〈瓦舍眾伎〉所記大致相同,當是吳自牧對此所做摘錄,本卷〈百戲伎藝〉條所記民間文藝則非常詳細而有頗為珍貴的價值,其所記「百戲踢弄家」「承應上竿搶金雞」,「能打筋頭、踢拳、踏蹺、上索、打交輥、脫索、索上擔水、索上走裝神鬼、舞判官、斫刀蠻牌、過刀門、過圈子」等「百戲」活動。「踢弄人」即民間藝術家,在此舉數 27 人,都是其他典籍中所少見的。這裡還記述了「又有村落百戲之人,拖兒帶女,就街坊橋巷,呈百戲伎藝,求覓鋪席宅舍錢酒之資」,這種村落間民間藝人的生活,在宋代文獻中也是很少見到的。關於傀儡戲,這裡集中記述道:「凡傀儡,敷演煙粉、靈怪、鐵騎、公案、史書歷代君臣將相故事話本,或講史,或作雜劇,或如崖詞。如懸線傀儡者,起於陳平六奇解圍故事也。今有金線盧大夫、陳中喜等,弄得如真無二,兼之走線者尤佳。更有杖頭傀儡,最是劉小僕射家數

第五章
戲曲的興盛：宋代民間戲劇的發展與特色

果奇，大抵弄此多虛少實，如巨靈神姬大仙等也。其水傀儡者，有姚遇仙、賽寶哥、王吉、金時好等，弄得百憐百悼。」周密的《武林舊事》卷一〈聖節〉條列舉了「天基聖節排當樂次」中各種樂曲的演奏與「雜劇」、「傀儡」、「百戲」的演出名目。在「雜劇色」中記述有「吳師賢、趙恩、王太一、朱旺（豬兒頭）、時和、金寶、俞慶、何晏喜、沈定、吳國賢、王壽、趙寧、胡寧、鄭喜、陸壽」；其他還記述有「歌板色」、「拍板色」、「簫色」、「箏色」、「琵琶色」、「嵇琴色」、「笙色」、「觱篥色」、「笛色」、「方響色」、「杖鼓色」、「大鼓色」、「舞旋色」、「內中上教」、「弄傀儡」、「雜手藝」、「女廝撲」、「築毬軍」、「百戲」、「百禽鳴」等，總計有 273 人，有姓名者 158 人。其卷三〈迎新〉條記述有「雜劇百戲諸藝之外，又為漁父習閒、竹馬出獵、八仙故事」等「臺閣」演出活動；其卷六〈諸色伎藝人〉條記述了「書會」、「演史」、「說經諢經」、「小說」、「影戲」、「唱賺」、「小唱」、「丁未年撥入勾欄弟子嘌唱賺色」、「鼓板」、「雜劇」、「雜扮」、「彈唱因緣」、「唱京詞」、「諸宮調」、「唱耍令」、「唱撥不斷」、「說諢話」、「商謎」、「學鄉談」、「舞綰百戲」、「神鬼」、「撮弄雜藝」、「踢弄」、「傀儡」、「清樂」、「角觝」、「喬相撲」、「女颭」、「散耍」、「裝秀才」、「吟叫」、「合笙」、「沙書」、「說藥」等民間文藝演出中的角色及其姓名。最有價值者是其第十卷中所記「官本雜劇段數」，總計有 280 段，其中有〈簡帖薄媚〉、〈鄭生遇龍女薄媚〉、〈柳毅大聖樂〉、〈二郎熙州〉、〈李勉負心〉、〈相如文君〉、〈崔智韜艾虎兒〉、〈裴航相遇樂〉、〈木蘭花爨〉[34]、〈鍾馗爨〉、〈王魁三鄉題〉、〈眼藥酸〉和〈二郎神變二郎神〉等，都是我們所熟悉的以民間傳說故事為題材的雜劇。由此，我們可以管窺宋代雜劇與民間文藝之間的密切連繫。

在民間文藝生活中，民間戲曲的存在和發展從來都是以豐富多彩的民

---

[34] 《水經注》曰：「常若微雷響，以草爨之，則煙騰火發。」此爨既不是姓氏，也不是軍事上的炊事，應該是短小的鼓曲。筆者另述。

間文化等內容為背景的;同時,有許多民間戲曲因為社會的廣泛需求,日益成為當時的名篇(劇),因而也從演出中湧現出一批有影響的民間文藝名角,帶動了民間文藝更大的繁榮。從《東京夢華錄》、《都城紀勝》、《西湖老人繁勝錄》、《夢粱錄》、《武林舊事》等典籍中,可以清晰地看到不同形式的民間文藝之間的相互影響和作用,以及民間藝人與民間文藝之間的具體關聯性。從這裡也可以看到,歷史上任何一種民間文藝形式的脫穎而出,首先都取決於社會的需求、時代的選擇,以及民眾的廣泛支持。其中,中下層文人的積極參與,也是一個很重要的因素;諸如「書會」[35]對團結民間藝人、提升創作和演出水準,發揮著重要作用。官方的參與,即透過召集民間文藝團體進入官方文藝活動,並不影響民間文藝本色的保持;在一定程度上講,這是民間文藝發展和提升社會知名度的重要機會,也是民間文藝在社會文化中更廣泛地傳播的契機。以往,我們在劃分文學類型時,總是強調民間文藝同文人文學相對立的一面,自覺或不自覺地忽視了它們之間的相互影響。它們共處於同一個民族文化的空間之中,共同構成了我們這個民族在不同時代的精神食糧,都是我們應該珍惜的文化資源。

宋代民間戲曲與文人文學的連繫,我們從宋祁、王珪、元絳、蘇軾等人所撰「教坊致語」與「勾雜劇詞」等作品,可以管窺其表現。如蘇軾在〈集英殿秋宴勾雜劇〉中,提到「朱弦玉管,屢進清音。華翟文竿,少停逸綴。宜進詼諧之技,少資色笑之歡。上悅天顏,雜劇來歟」。黃庭堅在〈傀儡詩〉中說:「萬般盡被鬼神戲,看取人間傀儡棚。煩惱自無安腳處,從他鼓笛弄浮生。」陸游在〈社日〉詩中記述「太平處處是優場,社日兒童喜欲狂。且看參軍喚蒼鶻,京師新禁舞齋郎」;又在〈賽神曲〉中記述「擊

---

[35] 《武林舊事》卷六〈諸色伎藝人〉條載「書會」,列「李霜涯、李大官人、葉庚、周竹窗、平江周二郎、賈廿二郎」。

第五章
戲曲的興盛：宋代民間戲劇的發展與特色

鼓坎坎，吹笙嗚嗚。綠袍槐簡立老巫，紅衫繡裙舞小姑。烏桕燭明蠟不如，鯉魚糝美出神廚。老巫前致詞，小姑抱酒壺。願神來享常歡娛，使我嘉穀收連車」；更不用說他在詩中對鼓子曲所作「斜陽古柳趙家莊，負鼓盲翁正作場；死後是非誰管得，滿村聽說蔡中郎」的記述。柳永的〈鶴沖天〉中，滿眼是「煙花蒼陌，依約丹青屏障」，嘆的是「忍把浮名，換了淺斟低唱」。清宋翔風在《樂府餘論》中說柳永「失意無俚，流連坊曲，遂盡收俚俗語言編入詞中，以便伎人傳習，一時動聽，散播四方。其後東坡、少遊、山谷輩相繼有作，慢詞遂盛」；於是，他的詞也深深影響了民間曲詞的發展，如葉夢得在《避暑錄話》中記「凡有井水飲處，即能歌柳詞」。周邦彥的〈蘭陵王〉是借用著名的民間曲式〈高長恭破陣曲〉而寫成的，毛開在《樵隱筆錄》中記述道：「紹興初，都下盛行周清真詠柳〈蘭陵王慢〉，西樓南瓦皆歌之，謂之『渭城三疊』。以周詞凡三換頭，至末段，聲尤激越，唯教坊老笛師能倚之以節歌者。」宋代民間戲曲的繁榮，離不開廣大文人的文藝創作對民風與文風的潛移默化，同樣，它也對宋代文人文學產生了深刻的影響和作用。宋代文人文藝與民間戲曲相連繫的例子舉不勝舉，尤其是宋詞的興起、繁榮及其作為民間詞曲對民間戲曲的融入，我們在《全宋詞》中屢見不鮮。宋代文人在詩詞中自覺學習民間文藝，以俚言俗語和民間歌謠、神話傳說融入作品，這是一個普遍存在的現象。尤其值得一提的是，南宋形成的溫州雜劇作為民間戲曲，直接影響到元雜劇的發展和繁榮，這在相當程度上是眾多文人和民間藝人共同努力的結果。

宋代民間戲曲的發展，在中國民間文藝史上具有承前啟後的意義。一方面，它作為一種綜合藝術，吸收了宋和宋之前的許多民間傳說故事，繼承了前代民間歌曲、舞蹈等文藝形式，諸如唐代參軍戲、傀儡戲和各種大麴等；另一方面，它為元代民間戲曲文化根基的鑄造、啟蒙和藝術上普遍

繁榮，作了必要的準備。也就是說，若沒有唐代民間戲曲和民間傳說等民間文藝的全面發展，就不會出現宋代民間戲曲的繁榮；同樣，若沒有宋代民間戲曲諸如雜劇、傀儡戲、影戲的全面充分的積聚，也就沒有元代雜劇的黃金時代。關於這些，近代學者王國維有許多獨到見解。王國維在《宋元戲曲史》中，把宋、金時代的戲曲分為五個部分，即「宋之滑稽戲」、「宋之小說雜戲」、「宋之樂曲」、「宋官本雜劇段數」和「金院本名目」。他在「宋之滑稽戲」中，先後舉劉攽《中山詩話》、范鎮《東齋紀事》、張師正《倦遊雜錄》、宋無名氏《續墨客揮犀》、朱彧《萍洲可談》、陳師道《談叢》、王闢之《澠水燕談錄》、李廌《師友談記》、曾敏行《獨醒雜誌》、洪邁《夷堅志》、周密《齊東野語》、劉績《霏雪錄》、張知甫《可書》、岳珂《桯史》、明田汝成《西湖遊覽志餘》、張端義《貴耳集》、張仲文《白獺髓》和羅大經《鶴林玉露》、仇遠《稗史》等文獻中的資料38條，並附「遼金偽齊」部分4條。他把雜劇當作「雜戲」，是頗有見地的。因為雜劇在宋代民間戲曲中，「全用故事，務在滑稽」，並非像元代那樣表現重大社會主題，而更多在於調節慶典中的嚴肅氛圍，衝之以荒誕類故事，以襯托、營造喜慶效果。他指出：「宋人雜劇，固純以詼諧為主，與唐之滑稽劇無異。但其中腳色較為著明，而布置亦稍複雜；然不能被以歌舞，其去真正戲劇尚遠。」然則何謂「真正戲劇」？其實，宋之雜劇正是民間戲曲的一種表現形式，所以才形成「去真正戲劇尚遠」的結果。王國維還說，「宋之滑稽戲，雖託故事以諷時事，然不以演事實為主，而以所含之意義為主」，他把「演事實之戲劇」歸為宋代傀儡戲、影戲等民間藝術，並以「宋代之滑稽戲及小說雜戲」作為「後世戲劇之淵源」。在「宋之樂曲」中，他考察了詞大曲、歌舞與故事之間的連繫，指出「蓋南北曲之形式及資料，在南宋已全具矣」。對於《武林舊事》卷十所載官本雜劇，王國維考察了《夢粱

第五章
戲曲的興盛：宋代民間戲劇的發展與特色

錄》所載「暠者汴京教坊大使孟角球曾做雜劇本子，葛守誠撰四十大曲」等史蹟，將「大麴一百有三本」等與《宋史‧樂志》和《文獻通考‧教坊部》中的史料相對比，指出「此二百八十本（雜劇），不皆純正之戲劇」，「可知宋代戲劇，實綜合種種之雜戲；而其戲曲，亦綜合種種之樂曲」，「此二百八十本（雜劇），與其視為南宋之作，不若視為兩宋之作妥也」。他還考察了「金院本名目」，指出其「為金人所作，殆無可疑者也」，其中的〈金明池〉等「上皇院本」為「皆明示宋徽宗時事」，這些認知都有見地。王國維的《宋元戲曲史》是我們研究宋代民間戲曲的明鑑。

聯結北宋與南宋民間戲曲的紐帶，是民間文藝自身。以往，我們常把南北兩宋人為地割裂成兩個階段，而事實上，這是很不確切的。南渡之前，宋代已有雜劇，如《東京夢華錄》中所記〈目連救母〉；那些傀儡戲其實也應看作民間雜劇，文獻中已提到它具有與雜劇相同的內容。宋雜劇的特點，在《夢粱錄》中被總結為「大抵全以故事，務在滑稽，唱念應對通徧」，「凡有諫諍，或諫官陳事，上不從，則此輩裝做故事，隱其情而諫之」；其實，這裡所說的是「官本雜劇」，而雜劇更多的是民間雜劇，其意義就在於「滑稽」。雜劇的稱呼在宋代和元代是不同的，如明代何元朗《四友齋叢說》中就提到「金元人呼北戲為雜劇，南戲為戲文」。明代徐渭《南詞敘錄》中說：「南戲始於宋光宗朝，永嘉人所作〈趙貞女〉、〈王魁〉二種實首之。故劉後村有『死後是非誰管得，滿村聽說蔡中郎』之句。或云宣和間已濫觴，其盛行則自南渡，號曰永嘉雜劇，又曰鶻伶聲嗽。其曲，則宋人詞而益以里巷歌謠，不葉宮調，故士大夫罕有留意者。」

王國維對一些問題的論述常常成為戲曲史定論，或曰，應該尊重歷史事實，不應該從概念出發。其對於南戲與雜劇的關係並沒有考察清楚，如他在《宋元戲曲史》中說「南戲當出於南宋之戲文，與宋雜劇無涉」。現

在我們沒能見到宋代原始刊刻的雜劇文字，只有金代董解元的〈西廂記〉與之相近。徐渭在《南詞敘錄》中還提到「南曲固無宮調，然曲之次第，須用聲相鄰以為一套。其間亦自有類輩，不可亂也」，他舉到〈黃鶯兒〉相鄰〈簇御林〉，〈畫眉序〉相鄰〈滴溜子〉。應該說，南宋雜劇作為民間戲曲，以溫州雜劇為代表，與北宋雜劇有了一些差別，但這種差別並不是根本性的。明代祝允明《猥談》中說，「南戲出於宣和之後、南渡之際，謂之溫州雜劇。予見舊牒，其時有趙閎夫榜禁，頗述名目，如〈趙貞女〉、〈蔡二郎〉等，亦不甚多」，與此是一樣的道理。南宋雜劇的變化，更多地表現在內容方面，如周密《齊東野語》中所記「宣和中。童貫用兵燕薊，敗而竄」，民間藝人以「蔡太師家人」、「鄭太宰家人」和「童大王家人」扮演故事，諷刺「大王方用兵，此三十六髻（計）也」。岳珂《桯史》中記述了高宗時，民間藝人先是「有參軍者前褒檜功德，一伶以荷葉交倚從之，詼語雜至，賓歡既洽」，後以「二勝環」諷刺其「但坐太師交椅」，「此環掉腦後」，「檜怒，明日下伶於獄，有死者」。這是時代性內容的展現。當然，沒有變化，作為民間戲曲的雜劇就不會發展進步；但藝術的創新，從來都是以繼承為基礎的。

　　宋代民間戲曲中的雜劇是綜合性的藝術，需要多方面的文化作為其生長發育的基礎，步入元代之後，它成為另一種意義上的雜劇。這是時代的發展在戲劇藝術中的展現。同時我們也可以看到，宋代民間戲曲至今還保存在我們的民俗文化生活中，既有神廟、露臺、廟碑、壁畫等實物的具體保存，又有豐富的傳說故事和民間曲藝等活在人們的口頭語言即「口碑」中作為記述的證據。前者在廖奔的《宋元戲曲文物與民俗》、康保成的《儺戲藝術源流》、王仲奮的《中國名寺志典》以及拙作《中國廟會文化》等處已有較詳細的記述，後者以中原地區所流行的木偶戲和民間曲藝「摩合

第五章
戲曲的興盛：宋代民間戲劇的發展與特色

羅」為典型，可見一斑。在中原地區民間木偶戲的演出中，宋代文獻《東京夢華錄》等典籍中所載木偶形式、木偶劇名，至今基本上都有保存，其中以土、木、布、皮和紙偶即傀儡戲為主要類型，在鄉村廟會不斷演出，有時成為民間百姓自演自樂的文娛節目。「摩合羅」又名「摩侯羅」，《東京夢華錄》卷八〈七夕〉中載「潘樓街東宋門外瓦子、州西梁門外瓦子、北門外、南朱雀門外街及馬行街內，皆賣磨喝樂（摩合羅），乃小塑土偶耳」，其唱段因賣者走村穿巷而形成固定格式，在宋代已經有磨喝樂唱曲，至元代則融入雜劇，演變成「耍孩兒」，至今演變為豫西南一帶流行的「羅戲」中的主要唱腔，豫劇演唱中也有此類唱腔，其韻、句段和字數都形成固定格式。此種格式，至今仍稱為「耍孩兒」。

其他還有以宋代民間傳說為題材的民間戲曲，諸如楊家將、岳家將、狄青將軍、包公等各種曲藝唱段，在中原地區民間文藝中琳瑯滿目。這種現象的存在不是偶然的，其中一個重要原因在於北宋的都城東京就是今天的古城開封。傳說學上常以某種歷史遺跡作為一定的民間傳說產生的依據物，並作為文化輻射的中心；因此，中原地區的開封和洛陽、商丘這些古代都城，分別以宋代東京、西京、南京作為文化中心，就自然成為民間傳說傳播中心區域的亮點。尤其是宋代文物對人們生活的影響，宋代歷史傳說也就很容易為中原人民所接受和傳承。

第六章
《路史》的民間文藝價值

第六章
《路史》的民間文藝價值

宋代學者羅泌、羅蘋所著《路史》保存了對中國古代神話傳說的大量記述與論述，堪稱《山海經》、《論衡》之後，中國民間文藝史上又一部具有劃時代意義的民間文藝經典著作。其既不同於《山海經》非常豐富的神話傳說記述，也不同於《論衡》中對於大量民間文藝現象的歷史文化研究，而是兼而容之，既保存了十分豐富的神話傳說故事內容，顯現出中國古代神話傳說故事的系統性特徵，又展現出其具有思想文化特色的民間文藝思想理論。

《路史》的價值不僅僅在於集中保存了極其豐富的民間文藝內容，而且在於它以對許多傳說中的重大事件作「紀」與注釋的形式，匯聚了宋代社會風俗生活內容。而對於中國民間文藝歷史發展，其價值主要表現在中國神話譜系的又一次整理、顯示，包括其中所表達的民間文藝思想。這是宋代社會風俗生活記述的又一重要形式。

《路史》的作者是南宋孝宗時期的羅泌、羅蘋父子；也有人考證，說羅泌是唯一的作者，其有意把羅蘋的名字列入，是徇私情。

《路史》之名，如人所言，其應該取自《爾雅》的「訓路為大」，即所謂路史為「大史」，神聖歷史。其實應該是「道聽塗說」之「道」與「途」，即道路途中所取得的對去往歷史的記述。此書主要記述了有關上古時期的歷史、地理、風俗、氏族之類內容中的歷史文化發展情況，因為其取材偏重於大量的緯書和道藏，採用許多民間傳說故事，在強調以歷史文獻為證據的傳統歷史學家看來，具有許多不確定性，所以常常被視為與《山海經》一樣的「不經」。正由於此「不經」，構成其保存豐富民間文藝內容的特色。

或曰，這是南宋孝宗時期社會文化訴求的應答。南宋之南，在於偏安一隅，中原文化成為許多人這時魂牽夢繞的情結；恢復中原，收復中原，

曾經的金戈鐵馬，都成為一個時代明知不可為卻強為之的文化夢想；或曰，一切述說都有一種情懷寄託其中，更不用說作者不無憂憤深廣於三皇五帝的修復性表述，絕不是無緣無故，用最簡單的道理講，是述往事而知來者！

《路史》全書共有〈前紀〉、〈後紀〉、〈國名紀〉、〈發揮〉以及〈餘論〉五個部分。其中〈前紀〉九卷，述「初三皇至陰康、無懷之事」；〈後紀〉十四卷，述「太昊至夏履癸之事」；〈國名紀〉八卷，述「上古至三代諸國姓氏地理，下逮兩漢之末」；〈發揮〉六卷、〈餘論〉十卷，皆「辨難考證」的著述。這是全書的基本框架，其民間文藝內容及其思想理論，集中在前後「紀」中；特別是〈後紀〉，成為其民間文藝價值，包括其民間文藝思想理論的核心。其餘部分，零散論及不同歷史時期的民俗與民間文藝，保存了傳統文化中的姓氏、傳說等社會風俗生活內容。當然，諸如〈發揮〉諸篇中對於「女媧補天說」的討論，對「共工氏無霸名」的討論，對「黃帝乘龍上升」說，對「盤瓠之妄」的討論等等，都是深入研究中國古代神話的專論，是中國古代神話學思想理論的重要內容。直到今天，我們還沒有完全真正理解羅泌神話學思想理論的深刻內涵。

《四庫全書提要》「史部」（四）中所述：「皇古之事，本為茫昧。泌多采緯書，已不足據。至於《太平經》、《洞神經》、《丹壺記》之類，皆道家依託之言，乃一一據為典要，殊不免龐雜之譏。〈發揮〉、〈餘論〉皆深斥佛教。而說《易》數篇，乃義取道家。其『青陽遺珠』一條，論大惑有九，以貪仙為材者之惑，諛物為不材之惑，尤為偏駁。然引據浩博，文采瑰麗。劉勰《文心雕龍‧正緯篇》曰：『羲、農、軒、皞之源，山、瀆、鐘律之要，白魚、赤烏之符，黃金、紫玉之瑞，事豐奇偉，詞富膏腴。無益經典，而有助文章。是以後來詞人，採摭英華。』泌之是書，殆於此類。至

第六章
《路史》的民間文藝價值

其〈國名紀〉、〈發揮〉、〈餘論〉，考證辨難，語多精核，亦頗有袪惑持正之論，固未可盡以好異斥矣。」可見《路史》因多引述「道家依託之言」、「義取道家」，與「深斥佛教」，被這些御用文人指責為「尤為偏駁」與「無益經典，而有助文章」云云，這正展現出羅泌的民間文藝思想理論特色，及其對保存民間文藝這些歷史文化內容的貢獻。

一、〈前紀〉的思想內涵與文化背景

《路史》的民間文藝史意義不在於其如何表現歷史文化真偽，而在於其述說以神話傳說為主要內容的歷史文化程序，以歷史文獻與當世傳說為基本依據，重新劃分中國歷史文化發展階段。或曰，《路史》以三皇為背景展示出中國神話傳說時代的輪廓與內容。

《路史》前紀之一包括「初三皇紀」，即初天皇、初地皇、初人皇；前紀之二包括「中三皇紀」與「天皇氏」等等。前紀各篇相當於《路史》整個思想文化體系的總領，有其文化哲學或神話哲學的意義，展現出作者獨具匠心的價值論與方法論。

三皇的文化概念在中國神話學的思想理論建構中具有十分突出的意義，以天地人的時空結構描畫出歷史文化的發生背景。這是中國神話傳說明顯不同於西方神話的重要內容與特點。

其論及神話傳說中的「三皇」，首先做出具有正本清源意義上的學術梳理與辨析，在甄別中形成比較，稱「諸書說三皇不同」，其曰：「《洞神》既有初三皇君、中三皇君，而以伏羲、女媧、神農為後三皇；《周官》、《大戴禮》、《六韜》、《三略》、文列《莊子》、不韋《春秋》有三皇之說，而劉

恕以為孔門未有明文。孔安國曰：伏羲、神農、黃帝之書，謂之《三墳》，世遂以伏羲、神農、黃帝為之三皇，斯得正矣。至鄭康成注《尚書中候敕省圖》，乃依《春秋運斗樞》，絀黃帝而益以女媧，與《洞神》之說合。然《白虎通義》乃無女媧而有祝融，《甄燿度》與〈梁武帝祠象碑〉則又易以遂人，蓋出宗均《援神契注》與譙周之《史考》。紛紜不一，故王符云：聞古有天皇、地皇、人皇，以或及此，亦不敢明。至唐天寶七載始詔，以時致祭天皇氏、地皇氏、人皇氏於京城內。而王璵建言，唐家仙系所宜崇表福區，請度昭福，作天華上宮及靈臺大地娑父祠。於是立三皇道君、太古天皇、中古伏羲女媧等堂皇，則太古天皇外復別立三皇矣。」顯然，他所說三皇未必就是完全意義上的文化概念，而應該是一種社會歷史的概念，他直接把三皇認定為一個確實存在的社會歷史起源的重要階段。以此展現出他具有宗教文化色彩的神話理論，或作為其民間文藝思想理論的一部分。

羅泌博學，其論述各種神話傳說故事，並不是僅僅作為一種講述或表白，而是在努力建構自己的文化思想理論體系。如其所稱：「項竣《始學篇》（曰）：天皇十三頭，皇氏《洞紀》云一姓十三人也，他書皆然，獨《春秋緯》言天皇、地皇、人皇皆九人，分為九州長天下。故《河圖括地象》云天皇九翼，提名旋復，蓋輔翼者九人。爾《易通卦驗》云：天皇氏之先，與乾曜合元。君有五期，輔有三名，注云君之用事五行，更王者亦有五期，三輔公卿大夫也。故《禮記正義》謂三才既判，尊卑自然，而有天地初分，即應有君臣治國第，年代綿遠而無文，爾三輔九翼並皇是十三人。」其「爾三輔九翼並皇是十三人」，毫不懷疑「一姓十三人」作為部落存在的真實性，便是其見解，是其判斷。

其論述三皇為代表的神話傳說譜系，自覺將其置於廣大的文化發展背景中，如其論述三皇世代更替的歷史發展時所說：「天皇氏逸，地皇氏作，

第六章
《路史》的民間文藝價值

出於雄耳、龍門之嶽，鏗名岳姓，馬蹄妝首。十一龍君，迭辟繼道。主治荒極，雲章載持。逮天協德，與地俓資。太始之元，上成正一。不生不化，覆卻萬物。得道之秉，立乎中央。神與化遊，唯庸有光。鬼出電入，龍興鶯集。鈞旋轂轉，周而復匝。爰定三辰，是分宵晝。魄死魂生，式殷月候。諸治徑易，火紀周正。草榮木替，亦號萬齡」。對於《三皇經》中的「天皇、地皇、人皇，開治各二萬八千歲」說，包括《河圖》、《帝系譜》中「天地二皇俱萬八千歲」，《始學篇》中「八千歲」等傳說，他引經據典，以《真源》所說「盤古氏後有天皇君一十三人，時遭劫火。乃有地皇君一十一人，各萬八千餘年。乃有人皇君兄弟九人，結繩刻木四萬五千六百年」為疑問，指出其「皆難取信」。他說：「夫太素莫莖固有定數，然方此時歲歷未著，烏從而紀之哉！《三墳書》以一歲為一易草木，蓋以草木周禪為之紀辨爾。今都波之人莫知四時之候；女貞之俗不知正朔紀年，但云已見草青幾度；流求之國以月生死辨時，以草木榮枯為歲；儋崖觀禽獸產乳識時，占薥芋成熟紀歲；土番以麥熟為歲首；宕昌、党項皆候草木以記時序。太古之世中國之俗，有以與蠻夷同斯不疑者。曰萬齡者，亦號數之萬爾。」他進而指出：「地皇氏逸，于有人皇。九男相像，其身九章。胡洮龍軀，驤首達腋。出刑馬山，提地之國。相厥山川，形成勢集。才為九州，謂之九圍。別居一方，因是區理。是以後世，謂居方氏。太平元正，肇出中區。駕六提羽，乘雲祇車。制其八土，為人立命。守一得妙，人氣自正。爰役風雨，以御六氣。昭明神靈，光際無臬。挺捐萬物，無門無毒。以葉言教，為天下谷。迪出谷口，還乘青冥。覆露六幕，罔不承命。道懷高厚，何德之僭。其所付界，與人天參。離艮是仇，有佐無位。主不虛王，臣不虛貴。政教君臣，所自起也。飲食男女，所自始也。當是之時，天下思服。日出而作，日內而息。無所用已，頹然汒終。為世之日，兩皇並

隆。」其中，他對「盤古氏後有天皇君一十三人」、「地皇君一十一人」、「各萬八千餘年」，以及「人皇君兄弟九人」、「結繩刻木四萬五千六百年」之類關於神話內容的懷疑，與王充無異，都展現出歷史文化觀中具有唯理意蘊的民間文藝思想。這是中國民間文藝史上具有特殊意義的一頁。

羅泌的神話傳說研究以考據見長。如有人論及「古有天皇，有地皇，有泰皇，泰皇最貴」，他對此議論說，所謂「貴者」，其實「非貴於二皇也。以其阜民物備、君臣政治之足貴也」。其引述道：「按孔衍《春秋後語》泰皇乃人皇，張晏云人皇九首，韓敕《孔廟碑》云前闔九頭，以什言教，是也。泰皇，即九頭紀。舊記不之知爾，〈真源賦〉云：人皇厭倦塵事，乃授籙於五姓，知為九頭紀也。韋昭亦云人皇九人，所謂九皇。然《鶡冠子》所稱九皇，則又非此。至董仲舒《繁露》乃推神農為九皇，異矣。」

同時，羅泌並不僅僅相信歷史文獻，他也並不是一個完全以虛妄建構自己思想文化體系的道教徒，而是保持嚴肅、嚴謹的學術態度與立場的學者。在其論述中，常常選取宋代社會流行的口頭傳說作為自己的證據，或以歷史文獻資料對這些口頭流傳的神話傳說做出自己的合理解釋。這是民間文藝史上非常有價值的內容，展現出宋代社會風俗生活中民間信仰的異化，即神話傳說與風物文化結合所形成的神話化。

如其所記「膚施縣有五龍山」與「黃帝五龍祠」的關聯，「天裂」與「於幻然亂應可知」的連繫，都是對神話傳說故事異化的文化義理的追溯。其所論《春秋命歷序》中「皇伯、皇仲、皇叔、皇季、皇少，五姓同期，俱駕龍，號曰五龍」與《遁甲開山圖》中「五龍見教天皇」，以及他人所述「五龍，爰皇后君也。昆弟五人，人面而龍身」等文獻中關於五龍的傳說，說：「然以五音五行，分配為五龍之名，如角龍木仙之類，而以宮龍土仙為父。又言五龍以降，天皇兄弟十二人分五方為十二部，法五龍之

第六章
《路史》的民間文藝價值

跡，行無為之化，為十二時神。是天皇在五龍之後，妄矣。」他結合酈道元《水經》中「父與諸子俱仙，治在五方」與李善《遊仙詩注》等資料，指出：「今上郡奢延膚施縣有五龍山，蓋其出治之所也。故漢宣帝立五龍僊人祠於膚施，亦著《地理志》。按膚施今隸延安五龍山在焉。有帝原水黃帝祠。《九域志》云：『五龍池，有黃帝五龍祠，四在山上，亦曰僊泉祠。』《（太平）寰宇記》：五龍泉，出山東一里平石縫，雄吼甘美，上有五龍堂。而五龍谷水乃在耀之雲陽縣雲陽宮之西南，又非上黨之五龍山也。」又如其解釋「雨土賈石星賈夜明」等自然變化引起神話化之類現象，其指出：「並詳〈發揮〉、《雨粟說》，天崩裂事，後世尤不勝多，漢惠二年天東北開，晉太康二年西北裂，太安二年天中裂，咸和四年西北又裂，昇平五年天中裂，哀帝即位又裂，梁太清二年西北裂，陳至德元年十二月從西北開至東南或百丈或數十丈，有聲如雷山，雉皆叫，或見宮室之類。按《內》記云：天墜，將相死。若見名字，妄言語為凶殃，十二年易主。蕭子顯《齊書》：永元中夜天開，而《時趙錄》：建元初天大裂，麟嘉二年天崩，五年又崩，唐乾元四年正月十八天中半裂，是均於幻然亂應可知。」這種解釋有其邏輯上的合理性，又保存了當時所發生的一系列社會風俗生活中的神話化現象。

正如羅泌自己所說，他著述次數的目的並不是「好為異」，他說：「於予之《路史》，亦異矣。凡孔聖之未嘗言者，予皆極言之矣。予非好為異也，非過於聖人也。夫以周秦而下迄於今，耳之所納，目之所接，其駭於聽熒者夥矣。況神聖之事，凡之莫既者邪？是堯舜崇仁義，六經、《論語》其理備矣。顧且言之，吾見焦脣乾呝，而聽之者愈悠悠也。是故莊周之徒，罵以作之，意以起之，而後先王之道以益嚴。然則予之所撅正，亦不得而不異爾。予悲夫習常玩正，與夫氛氛日趨於奇者之不可以虛言格也。於是引其暗而景者著之，此亦韓將軍學兵法之義，而蕭相國作未央宮之意

也。雖然詭亂惑猶弗薦焉,覽者知夫〈讓王〉、〈胠篋〉、〈漁父〉、〈說劍〉之惜,則吾知免矣。」他論述這些現象不僅僅是在自圓其說,而是自覺承擔了許多文化責任。如其言:「予所敘古之帝王,其世治壽考無以稽矣。計其年,皆不乏三數百歲。黃帝曰:上古之真人,壽蔽天地。蓋天真全而天一定,不滑其元者也。又曰:中古之時,有至人者,益其壽命而強者也。亦歸於真人而已。蓋乘間維而基七衡,陵岡閬而隮八落者也。又曰:後世有聖人者,形體不蔽,精神不越,亦可以齡逾數百,雖有修縮之不齊,亦時與數當,然爾未有不死者。釋氏有所謂《無常經》云:天地及日月時至皆歸盡。此言雖陋,以臺觀之物,莫不有數,故雖天地莫能逃,山亡,川邕,郡陷,谷遷,沙漠遭舊海之蹤,崖險著蜂蠃之甲,晉殿破檻昆明劫灰,則所謂地屢敗矣。土石自天,星隕如雨,或夜明逾晝,或越裂崩陀,則天有時而毀矣。」

他特別強調指出「《丹壺》之書其不繆」,即其具有文化義理的合理性,對種種所謂虛妄之說做出學理上的撥亂反正。其曰:《丹壺》之書,其不繆歟!今既闕著,而或者有不憪《命歷》之敘,其亦有所來乎!胡為而多盎也,貴人云何子之好言,古曰有是哉,今古一也。若以古為見邪,荀況有言,詐人者謂古今異情,是以治亂異道,而眾人惑焉。彼眾云者,愚而無知、陋而無度者也。於其所見,猶可欺也,況千世之傳乎!彼詐人者,門庭之間,猶挾欺也,況千世之上乎!以心度心,以類度類,以說度功,以道觀盡,今古一也,類不孛雖久同理,故往緣曲而不迷也。五帝之時無傳人,非無賢人,久故也。五帝之中無傳政,非無善政,久故也。虞夏有傳政,不如商周之察也,而況次民倚帝之時乎。以今觀今,則謂之今也;以後而觀,則今亦古矣。以今觀古,則謂之古;以古自觀,固亦謂之今也。古豈必古,今豈必今,特自我而觀之。千世之前,萬世之後,亦不過自我

第六章
《路史》的民間文藝價值

而觀爾。傳近則詳,傳久則略,略則舉大,詳則舉細。愚者聞其大,不知其細;聞其細,不知其大。是以文久而惑,滅節族久而絕,曷古今之異哉。

其述說「以今觀古,則謂之古;以古自觀,固亦謂之今也」而論「傳近則詳,傳久則略」,正是他對民間文藝變異律的合理解釋與概括總結;以此與中國現代學術體系中的「古史辯」學派的「層累構成的理論」做對比,或可以將其稱為王充之後疑古思想理論的又一重要源頭。

羅泌的思想文化基礎主要在於道家文化,因為中國古代神話與中國道家文化和道教文化有著天然的連繫,或曰,中國古代神話的流傳,主要依賴於道教文化。如其〈前紀〉中所說:「事有不可盡究,物有不可臆言,眾人疑之,聖人之所稽也。易有太極,是生兩儀。老氏謂有物混成,先天地生而蕩者,遂有天地、權輿之說。」誠然,道家「有物混成」的文化思想也並不完全等同於道教中的神仙文化,更不像道教文化那樣在宗教生活中極力渲染那些鬼神精怪觀念。而且,道家文化與道教思想在社會發展中都不斷吸收各種有益於其豐富完善的文化思想,表現出豐富性與複雜性。羅泌非常重視對這些思想文化的合理吸收,使其更宜於觀察和理解社會風俗生活中神話傳說故事各種形態的變化。

他指出,自己論述所謂三皇的必要性在於「雖然治故荒忽,井魚聽近,非所詳言。而往昔載諜又類不融正閏、五德終始之傳,乃謂天地之初,有渾敦氏者出為之治,繼之以天皇氏、地皇氏、人皇氏。在《洞神部》又有所謂初三皇君,而以此為中三皇,蓋難得而稽據,然既揄之矣。此予之所以旁搜旅撼,紀三靈而復著夫三皇也」,其引述王充《論衡》所議論「古之水火,今之水火也;今之聲色,後之聲色也。鳥獸、草木、人民、好惡,以今而見古,由此而知來。千世之前、萬歲之後,無以異也。事可知者,聖賢所共知也;不可知者,雖聖人不能知也,非學者之急」,強調「渾敦氏

之世，但聞罕漫而不昭晰，有不得而云矣」，而「今一切隔之」。說白了，其實就是要修復歷史文化傳承與傳播意義上的諸多斷裂，做歷史文化的補缺、完善，使得他人或後人對歷史文化本源有一個清晰而真實的理解。

在民間文藝史上，神話傳說故事應該視作民族最為古老的家譜；以此構成關於民族起源、發展歷程，及其影響民族命運變化的諸多重大事件。當然，家譜的歷史價值並不一定就是客觀如實地再現社會歷史發展的真實面目，其最重要的應該在於為「家」設立「譜系」。此應於我們常講的兩種文化發展規律，一是《左傳‧成公十三年》中所說「國之大事在祀與戎」，一是清代龔自珍所說「欲知大道，必先為史，欲滅其國，先毀其史」；羅泌之感於「今一切隔之」，嘔心瀝血，旁徵博引，論述三皇五帝事業，「紀三靈而復著夫三皇」，就是在為社會和民族修復此家譜，修補正史所缺少的大道。或曰，感時傷事，羅泌之舉在於為世人建造出來源於三皇五帝文化傳統的精神家園；其真正的歷史文化價值只有隨著社會發展進步，才能夠為人所理解。

二、〈後紀〉與中國神話傳說的文化傳承

〈後紀〉十四卷，其所述「太昊至夏履癸之事」，顯然以「太昊」為起始，與〈前紀〉中「混沌時代」等神話傳說內容相對應。

其修復遠古歷史譜系的主要用意在於文化倫理的建構，其實就是其風俗文化建設的表達。如其在〈後紀〉卷二中所述：

> 紀皇王，所以尊天子也；傳僭偽，所以懲霸據也。尊天子，所以壹天下之統；懲霸據，所以著叛竊之罪。統既一，罪既著，則亂常犯上、盜國賊民者，不能一日遁形欲地上矣。齊桓、晉文，眾所共德也，孔子作春

第六章
《路史》的民間文藝價值

秋，蓋甚貶之勤王而請隧，則並沒其功，爭入而無親；書齊小白，曾何問於州籲與無知乎？狄泉盟王人、河陽朝、襄王會宰、周公王世子，豈徒載之空言哉？亦竊取其義，以為人道之大經而已矣。百歲之後，有孟軻氏者，蓋知其統矣。故孔子作春秋，而亂臣賊子懼。又曰：仲尼之徒無道。桓、文之事，予之路史宜有合於此者，不可以弗察也。

對於神話傳說的保存與述說，《路史》各卷有別。如卷一，主要論及「太昊伏羲氏」；卷二，主要論及「女皇」，即「女媧氏」；卷三，主要論及「炎帝神農氏」；卷四，主要論及炎帝各派系與「蚩尤」神話；卷五，主要論及「黃帝」神話及其神話集團的歷史文化內容；卷六，主要論及「帝鴻氏」等黃帝後裔；卷七，主要論及「小昊」即「青陽氏」（其實當為少昊云云）；卷八，主要論及「顓頊帝高陽氏」；卷九，主要論及「帝嚳高辛氏」；卷十，主要論及「帝堯陶唐氏」；卷十一，主要論及「帝舜有虞氏」；卷十二，主要論及「帝禹夏后氏」；卷十三、卷十四主要論及夏禹之後「夏啟」以及「夷羿」、「寒浞」等神話傳說。〈後紀〉各卷前後呼應，各自獨立，在事實上共同構成一幅波瀾壯闊的中國古代神話傳說歷史畫卷。

羅泌論述中國神話傳說譜系，總結不同時期神話化民族祖先大神的「事蹟」，總是有特別意義的「贊」，形成對這些神話傳說內容的概括。這種形式可能與宋代社會風俗生活中流行的講史藝術風尚有關。這是中國民間文藝史上又一種景觀。如其每卷所列：

讚頌太昊伏羲曰：

泰始云遠，聖人成能。出包應世，書契代繩。肇修文教，以立治紀。經域奠部，畋漁棘幣。原始反終，分躔畫卦。消息甲乙，以成變化。升降禮樂，教而不殊。道凝體寂，雲自蒼梧。負方抱員，明一坐策。不慮不圖，鬼神受職。爰興神鼎，封岱禪云。萬世允賴，若稽三墳。

讚頌女媧曰：

制度承庖，彼女希。迪主東方。前蛇後螭，宓穆靈門。爰瑞席圖，上際九天，下契黃壚。川嶽效奇，馨烈宏集。道標萬物，神化七十。斷鼇立極，地平天成。笙簧迄今，載祀風陵。

讚頌炎帝曰：

火德開統，連山感神。謹修地利，粒我烝民。鞭苙嘗草，形神盡悴。避隰調元，以逃人害。列廛聚貨，吉蠲粢盛。夷疏損穀，禮義以興。善俗化下，均封便勢。虛素以公，威屬不試。弗傷弗害，受福耕桑。日省月考，獻功明堂。天不愛道，其鬼不神。盛德不孤，萬世同仁。

讚頌黃帝曰：

稽古齊睿，崇黃紀雲。秉籙□尤，得一奉宸。並謀兼智，稽功務德。立監興賢，命中建極。推策設部，體統陰陽。訪諮岐雷，爰敘五常。史垂世績，車陳大路。鼎樂雲門，克諧調露。袞衣棺衾，凶惡不起。井設什一城閭，士去殺勝殘。九瀛仰化，澤被生民，祚衍天下。

讚頌小昊(少昊)曰：

邈矣西皇，小昊青陽。秀外龍庭，抱雌守常。五鳳既至，乃法度量。通窮拒□，孤獨得養。唯能任道，人亡疵厲。德廣樂時，遠亡不至。降彼長流，是司反景。李趙隆興，於斯為盛。

讚頌顓頊曰：

玉子高陽，精契搖光。通眉戴干，是濟窮桑。履時象天，疏以知遠。上緣黃帝，通變不倦。集威成紀，悠自持。內戒器室，外覯客師。惠寢萌生，信沾翔泳。乘彼結元，范林何堋。

103

第六章
《路史》的民間文藝價值

讚頌帝嚳高辛氏曰：

帝逡高辛，厥德神靈。生而有異，自言其名。其色郁郁，倪衣菔屋。次序三辰，六畜遮育。工賈以通，拜師牧德。樂作五韺，鳳皇天翟。法尚乎一，政貴乎信。霜雹所沾，孰不尊親。

讚頌唐堯曰：

聰明文思，蕩蕩巍巍。惟天為大，惟帝則之。不激不委，因事立法。昭義崇仁，內穆外協。詢政行人，問老衢室。茅茨土階，允恭勿失。萬物備我，生化咸宜。誦言行道，比隆伏羲。

讚頌舜曰：

若昔善化，臧用於民，民由不知，孰識其仁？北面朝堯，君臣道盛，齋粟見瞽，父子以定。二女嬪降，夫婦以貞。庳貢源源，兄弟以成。形端表正，萬邦作孚。能事畢矣，夫何為乎？

讚頌大禹曰：

相彼夏后，天地功深。纂修前緒，載惜分陰。斬高喬下，纏風沐雨。身解揚□，為百神主。克勤克儉，菲食惡衣。奏□艱鮮，手足胼胝。捉髮投饋，為綱為紀。河洛興思，明德遠矣。

　　這些讚辭既是羅泌對神話傳說內容的概括總結，也是他對神話傳說中大神們敬仰之情的表達，從另一個方面顯示出其民間文藝思想理論內容。或曰，這是中國古代神話詩學的重要展現形式。中國神話詩學起源於《山海經》的時代，在不同歷史時期表現出不同的文化特徵，在宋代以此面目表現，具有非同尋常的意義。

　　羅泌在《路史》中對中國神話傳說文獻的鉤沉、整理和發微，篳路藍縷，為後人在事實上提供了一個路標。最重要的是他所做的中國神話傳說

故事的家底盤算，勾畫出中國神話傳說的歷史地理意義上的文化版圖。而且，它與後世的《三教源流搜神大全》與《神異典》等典籍有很大不同，不僅僅展示了民間文藝的內容，而且表達了自己獨立成為體系的民間文藝思想理論。

〈後紀〉所述神話傳說內容甚多，此選取一部分以管窺之。

1. 太昊伏羲神話

〈後紀〉題為羅氏父子合著，羅泌有編撰，羅蘋有註疏，共同構成對太昊神話內容的鉤沉與甄別。

羅泌把太昊伏羲作為三皇之首，有他自己的考慮。我們可以看到，他在〈前紀〉中也曾經引述盤古氏神話傳說，對於這樣一個開天闢地的民族創世大神，他沒有選擇作為歷史的開端，應該是他把三皇五帝視作歷史真實的觀念的具體表現。同時，太昊與伏羲本來是兩個並不完全等同的大神，而其作為一個神話整體，這同樣是他神話思想的展現。

其所論，在於勾勒，有論有注（括號內為注釋），如其言：

太昊伏羲氏（昊本作皞，按，太昊幣文作昊，又作爽，爽並太昊字），方牙（易通卦驗云：伏羲方牙，精作易，無書以畫事，謂以畫卦，事為治也。故《論衡》云：伏羲以卦治天下，鄭氏《六藝論》云：易者，陰陽之象，天地之所變化，政教之所生，人皇初起，鄭康成注以為伏羲世質作易，以為政令而不書，止畫其事之形象，非也），一曰蒼牙（通卦驗云：遂皇出握機矩表計置而其刻曰：蒼牙通靈，昌之成謂伏羲也。說者以為文王，非。按雷吏有蒼牙，所謂蒼牙利鋒者），風姓（孔演明道經云：燧皇在伏羲前，風姓始王天下，是伏羲因燧皇之姓矣。三墳書言，因風而生，為風姓。鄧

105

第六章
《路史》的民間文藝價值

氏姓書云：東方之帝，木能生風，故為姓。豈其然哉？予固謂上世嘗有風國，因為姓爾。故帝後有風后，風國之后，蓋久而後得之。《玄女經》云：禹問風后知其後云，詳國名記），是為春皇（《寶櫝記》王子年云：以木德王，故曰春皇，太昊氏居東方，葉於木德，故曰木皇），包羲（世多作庖犧，轉矣），亦號天皇（帝王世紀）、人帝、皇雄氏（一作熊，並音弘。世紀云：一作雄皇），蒼精之君也（見鄭禮記注梁武祠像碑云：伏羲蒼精始造工業，畫卦結繩以理）。

如此有論有注，相互補充，這種以神話傳說為主要內容的歷史文化道理講述神話傳說的互證方式，是羅氏的重要創造。其有效避免了像王充那樣的唯理論缺陷，即用現實世界客觀理性的態度對待本來就屬於想像的民間傳說故事，避免其簡單化所形成的以實證虛的尷尬。

羅泌論太昊伏羲，述及伏羲出身，或曰，此為伏羲氏與華胥氏部落歷史被神話化之後發展變化的梳理；其中的「長頭修目，龜齒龍唇，白髦委地」與「龍身牛首」，應該是圖騰意義上的歷史文化變異表現。這些內容的價值意義或許直到今天仍然沒有受到應有的重視。

其論述曰：

母華胥，居於華胥之渚（記云所都國有華胥之淵，蓋因華胥居之而名，乃閬中俞水之地，子年以華胥為九江神女，誣），嘗暨叔嬉，翔於渚之汾，巨跡出焉（《詩含神霧》云：巨跡出雷澤，華胥履之。《河圖》亦云：孝經鉤命決云，華胥履跡怪生皇羲，注云靈威仰之跡。《世紀》謂跡出於遂人之詩，又云遂人沒，伏羲代之，妄也，跡事詳高辛紀稷）華胥決履以踐之。意有所動，虹且繞之，因孕。十有二歲，以十月四日降神（《帝系譜》云：人定時生。《孝經河圖》云：伏羲在亥得，人定之，應張說〈大衍文符歷序〉云：謹以十六年八月端午赤光照室之夜，皇雄成紀之辰是以為

八月五日矣,非也),得亥之應,故謂曰歲(或曰伏羲即木帝,故曰歲十有二年而生也。木生於亥十月在亥復得亥時其符皆至。《寶櫝記》云:帝女遊於華胥之淵,感地而孕,十二年生庖羲,長頭修目,龜齒龍唇,白髦委地。或曰:歲歲星十二年一周也。《說文》云:古之神聖人母必感天而生子,故曰天子)。生於仇夷(《遁甲開山圖》云:仇夷山四面絕立,太昊之治也,即今仇池,伏羲之生處,地與彭池成紀皆西土知雷澤之說,妄也),長於起城(今秦治,成紀縣本,秦之小山谷名。《開山圖》云:伏羲生成起徙治陳倉,故《輿地廣記》以成紀為伏羲生處,起、紀本通用,詩有紀有堂作有起),龍身牛首(《玄中記》云:伏羲龍身,〈靈光賦〉乃云麟身,文子云蛇身麟首,有聖德,故周燮傳注云:麟身牛首,非也。《補史記世紀》帝系皆云:蛇身牛首,詳女媧記),渠肩達掖(亦同臂也,今作腋),山準日角,鳶目珠衡,駿毫翁鬣,龍唇龜齒(《孝經》援神契云:伏羲大目山準日角而連珠衡,宋均注云:木精之人日角額有骨表,取象日所出,房所立,有星也,珠衡衡中,有骨表如連珠,象玉衡星)。長九尺有一寸,望之廣,視之專(《春秋合誠圖》)。

　　伏羲氏神話傳說中「河圖洛書」與「畫制八卦」等故事的記述,應該視作我們的遠古祖先在漫長的歲月中不斷摸索所做出的偉大的文化創造,是對整個人類文明做出的重大貢獻。作為一種文化事實,即其被講述與認同於後世,其實就是關於遠古神話所表現的原始社會生活形態。其活動行為與活動空間同樣被神話化,諸如時代的荒蕪、人民的蒙昧,「方是時也,天下多獸,教人以獵」都具體構成一種述說背景的同時,也成為一種歷史文化記憶與想像的「事實」,在這裡表現為一種歷史文化程序作為社會發展階段的描述。因此,「天出文章,河出馬圖,於是觀象於天,效法於地,近參乎身,遠取諸物。兆三畫、著八卦,以逆陰陽之徵,以順性命之理,成神明之德,類萬物之情,而君民事,則陰、陽、家、國之事始明

第六章
《路史》的民間文藝價值

焉」等傳說作為文化事實成為被歌唱的內容。如其所論：

　　方是時也，天下多獸，教人以獵（《屍子》），豢育犧牲，服牛乘馬，草鞉皮蒙，引重致遠，以利天下，而下服度（世所有帝因存之）。天出文章，河出馬圖，於是觀象於天，效法於地，近參乎身，遠取諸物。兆三畫、著八卦，以逆陰陽之徵，以順性命之理，成神明之德，類萬物之情，而君民事，則陰、陽、家、國之事始明焉（《禮緯含文嘉》云：伏羲德洽上下，天應以鳥獸文章，地應以河圖洛書，乃則像而作易。故《大傳》云：伏羲氏作八卦，此即文王之所用者。《壺子》云：伏羲法八極作八卦，黃帝體九竅以定九宮，皆近取諸身，遠取諸物，作枝幹衍為甲子，而魏博士淳于後，乃以為伏羲因燧皇之圖以制卦，故高貴卿公以孔子不言燧人氏沒伏羲氏作難之也。《三墳書》云：伏羲三十二易草木，草生月，雨降日，河泛時。龍馬負圖，始畫卦也，蓋以草木紀歲也，雨降或以雨水言，然河泛時非所紀伏羲文成萬代貴八卦作，而歷數興疑未然也）。徵顯闡幽、章往察來，於是申六畫，作十言，以明陰陽之中，以厚君民之德，於以洗心，退藏於密（《管子・輕重》云：伏羲造六畫以迎陰陽，作九九之數而天下化之。《六藝論》云：伏羲作十旹之教以厚君民之別十言。乾、坤、艮、巽、坎、離、震、兌。消息也，消退而息進，謂天地萬物之間無非易，非可以文字見直在消息中爾，或作不言之教，旹不立文字或作十二言，皆非。《畫舊》云：古畫字蓋法字爾，古之為畫亦為法，法至是而乏，故有用九用六或作畫，非）。觀象之變、爻之動，於是窮天地之用，極數之原，參天兩地，而倚數以成變化，而行鬼神八卦，而小成因，而重之以盡生生之理，而天地之蘊盡矣。

　　在神話傳說故事的流傳中，我們應該看到一種事實存在，就是與生活故事一樣，在神聖性描述的過程中，每一次講述祖先神的神聖事蹟，總是不斷融入講述者自己的社會生活經驗與情感。這種現象在今天同樣廣泛存

在。或者說，不僅僅是神話傳說需要被不斷解釋其存在的價值與意義，整個民間文藝都需要被不斷完善。

而且，羅泌在作各種講說時，表現出兩個明顯特點，一是用歷史文化講說這些神話傳說的同時，總是從社會現實生活的另一面作說明，闡釋其合理性意義，再者就是特別注意與黃帝神話傳說故事相結合，在文化比較與連繫中述說伏羲氏及其神話傳說的價值意義。這是中國民間文藝史上一個值得重視的一個現象。

諸如《路史》此後紀所述，「所謂先天易也」，「原始反終，神明幽贊，於是神蓍蓍地，靈龜出洛，乃窮天地之跡，極天下之動。以龜為策，以蓍為筮，獻南占之一十八變而成卦，以斷天下之吉凶」，其注釋為「說卦言昔者聖人作易，幽贊於神明而生蓍，故鄭魴記云：黃帝受河圖而定玉鏢，伏羲得神蓍而乘皇策，《易緯乾坤鑿度》所謂乘皇策者羲也。《古史考》云：伏羲作卦，始有筮，其後殷巫咸善占筮，則筮自伏羲始矣。聖人之智，非不足以立事也，而人之於事不容無心，以故是非吉凶有時而謬，爰取信於無心之物爾，夫卦不六十四不可以筮，今先天圖始乾而終夬，豈止小成而已矣」云云。其解釋曰「出言唯辭，制器唯象，動作唯變，卜筮唯占（《三墳書》四事皆云伏羲），政治小大，無非取於易者」為「如網罟取離，離有麗之象。又離中虛，網亦中虛，然結繩以為網罟，以畋以漁，所取乃重離也。離為目，巽為繩，以巽變離，結繩而為網罟之象，罟罔目也，重目為罔罟，離為雉，巽為魚，自二至四有巽體，自三至五有兌體，巽為風，兌為澤，以畋以漁之象也。是六爻果自伏羲，重又可見矣。一十三卦皆取兩象，學者宜即此思之爾」云云。其論說「離象法，蚩狐作，為網罟以畋以漁，化蠶桑為穗帛，因網罟以制都布」，引述《黃帝內傳》中「黃帝斬蚩尤，蠶神獻絲，乃稱織維之功，因之廣織廣之爾」，稱「《淮南子》乃有黃

第六章
《路史》的民間文藝價值

帝指經緯掛之說，妄也」，並以王逸〈機賦〉中有「機織功用大矣，上自太始，下迄羲皇，帝軒龍躍庚業是創，語彼織女始製布帛，蓋始機織爾」為證。其論「給其衣服」為「古者衣被，即服制也，特衣裳未辨，羲炎以來裳衣已分，至黃帝而袞章等衰大立非謂始衣服也」；其論「黿龍時瑞，因以龍紀官，百師服，皆以龍名」，引「伏羲作易，名官命歷敘云：九頭紀時有臣無官，但立尊卑之別，故周禮疏序謂政教君臣起自人皇之世，伏羲因之」為據；其論「稽夬象，肇書契，以代結繩之政，百官以治，萬民以察，而文籍由是興矣」，以「書契代繩取之夬，百官以治，豈自後世神農之法，一君二臣三佐四使，言有虞氏官五十者孤矣，或謂太昊結繩而治，黃帝始有書契，尤非也」為證。或曰黃帝中心論，黃帝神話作為羅泌心目中的遠古時代真實的歷史，是他研究歷史文化的重要起點；這種現象與司馬遷《史記》中強調「百家言黃帝」以黃帝時代為文明社會開始的理念有密切連繫。

伏羲神話的歷史譜系中，伏羲與女媧在這裡被描述為：「（伏羲）落，而女弟炰媧立。字與包同。年百九十有四，葬山陽，都於宛丘，故陳為太昊之虛。始其父沒，華胥死之，葬覆車之原。厥妃殞洛，是為洛神，代所謂伏妃者。即宓妃，漢書音義如淳，以為伏羲之女，溺洛而死，為落水之神。非也，明曰宓妃，豈女哉？」顯然，這裡「女弟炰媧立」應該與唐代詩人盧仝「女媧本是伏羲婦」詩句有關聯；羅泌強調「伏羲之女，溺洛而死，為落水之神。非也」，其依據當在此。再如其所論「伏羲生咸鳥。咸鳥生乘釐，是司水土，生後炤。后炤生顧相，夅處於巴，是生巴人。巴滅，巴子五季流於黔而君之，生黑穴四姓。赤狄巴氏服四姓，為廩君。有巴氏、務相氏」，其應之與「黃帝應代有風后為之相，因八卦設九宮，以安營壘，次定萬民之竈。黃帝滅蚩尤，徽獸多本於后尤，北復以其輕剿，

其餘於輞谷。人賴其利,遂世祀之,是為金山之神。謾封其後於任,錫之巳姓,黃帝之孫任巳,實歸(是生帝魁)。其在唐虞,俱有封土,書缺不見。夏后氏之初,封之庙,為姒姓。遜周之興,武王復其後於宿,後有密宿、須句、顓臾,邑於洙上,實典太昊之祀,以為東蒙主。是以季氏將伐顓臾,而孔子傷之。須句後為侏所併,魯復取之。而宿之後則興於宋,俱不復見」;這同樣是他黃帝中心論的表現。此又有「後有風氏」、「帝之弟郝骨氏為帝,立制,其裔孫子期,帝乙封之太原之郝。後有郝氏、郝骨氏」云云,組成一個替代次序非常清晰的歷史譜系。也正是神話傳說的內容,使得這種講述在被認同能力上不斷增強。

2. 女媧神話

女媧神話在宋代社會風俗生活中的形象,是另外一番景象。不但與最初《山海經》中「女媧之腸,橫道而處」與〈天問〉中「女媧有體,孰制匠之」不同,與明確講述其摶土造人的《風俗通義》,與明確講述其煉五色石以補蒼天的《淮南子》,都有很大不同。特別是經過唐代「女媧本是伏羲婦」的歌唱,其社會生活世俗性特徵越來越明顯。羅泌在〈後紀〉中的講述,明顯出現地方化內容。

與其論述太昊伏羲神話一樣,羅泌首先要做的是正本清源,進行文化義理意義上的梳理與闡釋。

如其所記述「女皇氏炮媧,雲姓」,以及「伏羲姓風,女媧姓雲,號女皇名媧」,稱這種原因為「蓋古聖人有不相襲以知書傳所言,女媧風姓止本,伏羲言之不知其嘗更也」,其名「女希」,是出於「世紀云蛇身人首,一曰女希,是為女皇而姓書希氏,出於伏羲,《風俗通》亦云女媧伏希之

第六章
《路史》的民間文藝價值

妹,知義希古通用」。其「蛇身牛首,宣髮」,其借《玄中記》云「伏羲龍身,女媧蛇軀」,《列子》以為「皆蛇身牛首虎鼻」,「曹植贊女媧」所云「二皇牛首蛇形,蓋人之形自有同乎物者,今相家者流取象禽獸之形體者是矣」之類內容,「非真首牛而身蛇也」。他又舉「韓愈、柳宗元且不之達,至今繪畫羲炎者,猶真為太牢委蛇之狀。夫宛然戩然,作於堂上,而何以君人哉。王充云世圖女媧為婦人形,斯得之矣。至陶弘景遂疑佛氏地獄中有所謂牛頭阿旁者為是三皇五帝」,稱他們「尤可怪笑」。其稱「太昊氏之女弟」的解釋中,認為盧仝云「女媧本是伏羲婦」的詩句「非也」,「蓋以女媧一曰女婦,妄之」。其解釋女媧「出於承匡」時,稱「山名在任城縣東南七十里。《寰宇記》云,女媧生處今山下有女媧廟」云云。其講述曰:「(女媧氏)生而神靈,亡景亡,少佐太昊,禱於神祇,而為女婦,正姓氏、職昏因、通行媒,以重萬民之判,是曰神媒。」其舉例《風俗通》云「女媧禱祠神祇而為女媒,因置昏姻行媒始」,稱「此明矣,夫昏以昏時而昏,由此因以因婭而因乎,人姻者姻之始,媒者姻之聚,所謂昏因姻媒如此」云云。盡述己意。接著,其述說女媧氏世系更替曰:「太昊氏衰,共工唯始作亂,振滔洪水,以禍天下:墮天綱、絕地紀、覆中冀。人不堪命,於是女皇氏役其神力,以與共工氏較。滅共工氏,而遷之。然後四極正,冀州寧,地平天成,萬民復生。炮媧氏乃立,號曰女皇氏。」其舉例說「冀州即中冀,如蚩尤亦滅於此,蓋屢亂矣,或曰中國總謂之冀州」云云,都是在論述女媧氏神話形態流變。

進而,其記述女媧神話事蹟,解釋「女媧山」等傳說現象,同樣採用義理述說與地方化內容相結合的論說方式,曰:「治於中皇山之原,所謂女媧山也。(山在金之平利,上有女媧廟與伏羲山,接廟起。伏羲山在西城,女媧山在平利。《寰宇》引《十道要錄》云:拋錢二山,焚香合於此。

山亦見《九城志守令圖》。)繼興於麗(《長安志》云『驪山有女媧治處』,又云『藍田谷次北有女媧氏谷,三皇舊居之所,即驪山也』),爰絕瑞席蘿圖(許氏云殊絕之瑞),承庖制,度襲水勝,主於東方。(喬潭《女媧陵記》云:予謂媧皇受命在火,火以示水,谷不為陵,蓋謂太昊以木生火爾,非也。《年代歷》云:女媧共工大庭皆不承五運理或可信,而古史考以為女媧水德、神農木德,妄矣。《論語疏》云:女媧尚白,神農赤,黃帝黑,少昊白,高陽赤,高辛黑,唐白虞赤,此以三正言之也。)造天立極,惟虛亡醇一,而不翼喋於苛事。許云翼喋,猶深算也。上際九天,下契黃墟,合元履中,開陰布綱,而天下服度。(《春秋運斗樞》云:伏羲女媧神農為三皇,皇者中也。合元履中,開陰布綱,上合皇極,其施光明,指天畫地,神化潛通者也。)乃命臣隨作製笙簧,以通殊風,以才民用。(《禮記·明堂位》云『女媧之笙簧』,《世本》以為隨作,衷注以為女媧氏之臣笙簧二器。詩云『吹笙鼓簧』,吹笙並鼓簧,鼓而不吹則非笙也。許《說文》云:『隨作笙,女媧作簧,明為二物。仙傳王遙有五舌竹簧,漢武內傳鼓振靈之簧,說者皆以為笙中之簧,非也,蓋箏筑之類』。)命娥陵氏製都良之管,以一天下之音。命聖氏製頒莞,以合日月星辰,以易兆之晨作充樂。(《帝系譜》以都良管班管,名曰充樂,樂成,天下幽微,無不得其理也。)用五絃之瑟於澤丘,動陰聲,極其數,而為五十弦以交天。侑神聽之悲,不能克,乃破為二十五絃,以抑其情。具二均聲,樂成,而天下幽微,亡不得其理。(傳言帝女鼓瑟而云,泰帝謂伏羲女媧也,故何妥謂伏羲滅瑟而補。《史記》言伏羲之瑟二十五絃也。五絃乃朱襄氏之瑟,女媧用之,非伏羲也。《世本》云『庖羲五十弦,黃帝使素女鼓之,哀不自勝,乃破為二十五絃也。五絃具兩均聲』。而《拾遺記》亦謂『黃帝使素女鼓庖羲之瑟,滿席悲不已,後破為二十五絃,長七尺二寸』,則以為黃帝

第六章
《路史》的民間文藝價值

滅之，故宋《世本》注女媧笙簧為黃帝臣，謬矣。）」

對於「女媧之腸」、「女媧墓」等女媧神話化生的內容，羅泌在〈後紀〉中給出合理化解釋的同時，還論及了「申祠祝而枚占之日吉」的話題，闡釋「乃設雲幄而致神明，道摽萬物，神化七十」的故事，即《淮南子》中「以摶土為人之類，為七十化，且有煉五石以補蒼天，斷鰲足以立四極，積蘆灰以止淫水」等事。其論述道：「世有煉石成霞，地勢北高南下之說。按《易內篇》云：福萬民，壽九州，莫大乎真氣；煉五石，立四極，莫大乎神用。而麻姑仙人紫壇歌云：女媧煉得五方氣，變化成形補天地。三十六變世應知，七十二化處其位。王逸《楚辭注》亦謂：一日七十化其體，則特軀中之事爾，故安期生尚煉五石，踐修者宜知之有補天。」對於《山海經》中提到的「其腸爰化而神居於栗廣之野，橫道而處」，他闡釋道：「坵王裕於菫龍古塞、洪河之流，是為風陵堆也。墓今在潼關口河潭上，屹然分河有木數株，雖瀑漲不漂沒，今屬陝之閿鄉縣。按《元和郡縣志》，風陵堆在河東縣南五十，與潼關對。《寰宇記》：風陵城在其下閿鄉津，去縣三里即風陵故關也。女媧之墓，秦漢以來俱係祀典，然九域寰宇濟之，任城東南三十九里又有女媧陵。《成塚記》云：女媧墓有五，其一在趙簡子城東，今在晉之趙城東南五里，高三丈。《九域志》云：晉州有帝女媧廟。《寰宇記》又云：在趙城故，皇朝列祀亦在趙城。」之後又論述：「唐文武皇帝江都之役，夜徑其處，風雨中，有女人鱗身驪倡而前，餽生魚一匪。帝後果靖中華。後乾元中失之，刺史奏閿鄉墳。天寶十三載，天雨晦冥，俄失所在。至是河房，風雷夜聲。黎明視之，其墳湧復，夾之兩柳，肅宗命祝史祠焉。以其載媒，是以後世有國，是祀為皋禖之神。因典祠焉，又曰皇母。乾德四年，詔置守陵五戶，春穮少牢。或云三皇之一也。」其中「黎明視之，其墳湧復，夾之兩柳」、「肅宗命祝史祠焉」展現

了神話傳說不斷形成再述說的現實背景。諸如「祀為皋禖之神」的現象表明，現實社會生活不斷產生的文化訴求催生出了眾多的民間信仰形式，因此我們才會有許多不同版本的民間神話流傳於世。

3. 炎帝與黃帝神話

炎黃並稱，是中國神話傳說流傳中形成的重要文化現象。黃帝與炎帝聯合戰勝蚩尤，是華夏統一的象徵。在述及炎帝與黃帝時，羅泌提到「炎帝神農氏，姓伊耆，名軌，一曰石年，是為後帝皇君，炎精之君也。母安登感神於常羊，生神農於列山之石室，生而九井出焉。初少典氏取於有僑氏，是曰安登。生子二人，一為黃帝之先，襲少典氏；一為神農，是為炎帝」的內容。其稱「炎帝長於姜水，成為姜姓。其初，國伊繼國者，故氏伊耆。長八尺有七寸，弘身而牛顛，龍顏而大唇，懷成鈐、戴玉理。生三辰而能言，五日而能行，七朝而齒具。三歲而知稼穡、般戲之事，必於黍稷，日於淇山之陽，求其利民宜久食之穀、而蓺之。天感，嘉生菽、粟、誕芩，爰勤收拾，剛壤地而時焉已，則鰲牟五子偕至，神農灼其可以養民也」，是複述歷史傳說。其稱「官長師事悉以火紀，故稱炎焉」，述說「歲守十三，三年與少半；成歲三十一，而國有十一歲之儲，有以利下而不足以傷民。乃制為之數：一穀不登，損一穀，穀之法十倍；二穀不登，損二穀，穀之法倍十。葅夷疏滿之，亡食者與之塵；亡種者貸之新。農夫敬事力作，故天毀、地凶、旱泆並作，而亡有入於溝壑乞請者，時其時以待天權也。是以年穀順成，衣食足而禮義興，奸邪不作，亡制令而人從。眾金貨通有亡，列塵於國，日中為市，致天下之民，聚天下之貨，交易而退，各得其所而有亡，於是俱興」，稱「神而化之，使民宜之，故天下號曰皇神農」，特別是其所述「剗剗民食，形盡悴而不顧。每歲陽月，盡百種、

第六章
《路史》的民間文藝價值

率萬民,蠟戲於國中,以報其歲之成。(建亥之月,火伏而蟄,畢農事終而始蠟祭也。或云後世之文,考之郊特牲,乃以周正,非也。周蠟以十二月,蓋夏十月、商之十一月,晉以周十二月襲虞。故宮之奇曰:『虞不臘矣』。月令以孟冬祈來年,祠公社門閭,臘先祖、五祀,蠟臘共月,三代同之。皇氏以為三代皆以十二月,亦非也。)故祭司嗇山林、川澤,神示在位,而主先嗇,享農及郵。表畷禽獸、貓虎,水防昆蟲,而祝之曰:『土反其宅,水歸其壑,昆蟲亡作,草木歸其澤,葦籥土鼓,榛杖喪殺。』既蠟而收,民息已,年不順成之方,其蠟不通,以謹民財也。唯不順成,則厭禮而婚,條風至則合。其亡夫家者,以蕃其民。是故淳鹵作而人民毓,教化興行應如抔鼓,耕得利而究年受福」,與「命刑天作扶犁之樂,制豐年之詠,以薦釐來,是曰下謀。製雅琴、度瑤瑟,以保合太和而閑民,欲通其德於神明,同其和於上下,於是神澧瀁、嘉穀茁。乃命屏封作穗書,以同文敷令。命白阜度地紀脈水道,竆木方竹,杭潢洋而有亡達。遂甄四海、紀地形、遠山川林藪,所至而正其制。於是辨方正位,經土分域,處賢以便勢,於以相用,而寄其戚。近國地廣而遠彌小,負海之邦,率三在地。國土相望,雞狗之聲相聞。以大用小,由中下外,猶運指建瓴,而王者以家焉」之類論述,以及其所述「蓋宇於沙,是為長沙,崩,葬長沙茶鄉之尾,是曰茶陵,所謂天子墓者,有唐嘗奉祠焉。太祖撫運夢感見帝,於是馳節負求,得諸南方,爰即貌祀。時序隆三獻,惡戲盛德百世祀,至神農亡以尚矣。我宋火紀,上協神農,豈其苗裔邪?何誰昔之夜,神交萬載,而乃丕揚於今日歟?」「在治百四十有五祀,年百六十有八,亦謂赤帝。其崩也,天下之人為之不將者七日,納承桑氏之子,子十有三人」從總體上概括了炎帝神話獨立於炎黃傳說之外的存在景象。

　　黃帝神話則是另一種景象。

有人認為黃帝是一個部落酋長、領袖，也有人認為他其實是一群人，是一個部族權力傳承的文化符號。他與蚩尤的爭鬥，在羅泌的著述中被淡化，而他作為神明的形象則被強調了。如〈後紀〉記曰：「黃帝有熊氏，姓公孫，名荼，一曰軒，軒之字曰玄律。少典氏之子，黃精之君也。母吳樞曰符葆，祕電繞斗軒而震，二十有四月而生帝於壽丘，故名曰軒。生而紫炁充房，身逾九尺，附函挺朵，修髯花瘤，河目隆顙，日角龍顏。生而神靈，弱而能言，幼慧齊，長敦敏，知幽明、死生之故。少典氏沒後，軒嗣立成，為姬姓。並謀兼智，明法天明，以使民心一，四國順之，於是開國於熊。炎帝氏衰，蚩尤惟始作亂，赫其火燀以逐帝，帝弗能征。乃帥諸侯責於后，爰曁風后、刀牧神皇之徒，較其徒旅以曷小顥，而弭火災，得一奉宸。乃臨盛水，錄龜符，納三宮、五意之機，受八門、九江之要，衍握奇以為式，故五旗、五麾、六毒、而制其陣。年三十七戮蚩尤於中冀，於是炎帝諸侯咸進委命，乃即帝位，都彭城」，此同樣是重複歷史傳說，而其稱「王承填而土行，故色尚黃，而天下號之黃帝。自有熊啟胙，故又曰有熊氏。其即位也，適有雲瑞，因以雲紀，百官師長俱以雲名。乃立四輔、三公、六卿、三少，二十有四官，凡百二十官有秩，以之共理而視四民。命知命糾俗，天老錄教，刀牧準斥，鵁冶決法，五聖道級，闞紀補闕，地典州絡。七輔得而天地治，神明至」等，則應當是黃帝傳說神話化、宗教化、學術化之後的結果。

　　羅泌述說的黃帝神話，主要圍繞其在天下安定的背景下造福人民的「神聖功績」。如其所述：「十有五年，帝喜天下之戴己，乃養正命，娛耳目，昏然五情爽惑，於是放萬機、舍宮寢，而肆志於昆臺。方明執輿，昌寓參乘，張若、謵朋前馬，昆閽、滑稽後車。風后、柏常從負書劍，發軔紫宮之中，涉洹沙而屈陰浦，陟王屋而受丹經，登空桐而問廣成，封東山

第六章
《路史》的民間文藝價值

而奉中華君,策大面而禮甯生,入金谷而咨涓子心,訪大隗於具茨。即神牧於相成,升鴻隄,受神芝於黃蓋,遂盡群神大明之虛,而投玉策於鍾陰,自是愛民而不戰。四帝共起而謀之,邊城日警,介冑不釋。帝乃焦然嘆曰:『朕之過淫矣。君危於上者,民不安於下;主失其國者,其臣再嫁。厥病之由,非養寇耶。今處民萌之上,而四盜起,迭震於師,何以哉?』乃正四軍,即塋壘,滅四帝而有天下。謂『國雖大,好戰必亡;天下雖平,忘戰必危。』矢以仁義,擾以信禮,故投之死地而後生。知彼知己,故亡敵於天下。於是以兵為衛,內行刀鐮,外用水火,天目臨四維而巡行,句陣並氣而決戰。傍行天下,未嘗寧居,先之德正,而後之以威刑,必不讋者,從而徵之。是以麾之所擬而敵開戶,身五十二戰而天下大服焉。乃達四面,廣能賢,稽功務法,秉數乘剛,而都於陳。師於大填,學於封鉅、赤誦,復岐下見岐伯,引載而歸,訪於治道。於是申命封胡以為丞,鬼容蓲為相,刀牧為將,而周昌輔之,大山稽為司徒,庸光為司馬,恆先為司空。建九法、七相,翌而下服度,猶且蛩蛩,常若備盜,豫若天令,令人知禁。風后善乎伏戲之道,以為當天而配上臺。」「帝處中央而政四國,分八節以紀農功。命天中建皇極,乃下教曰:『聲,禁重;色,禁重;香味,禁重;室,禁重;國亡邪教,市亡淫貨,地亡壙土,官亡濫士,邑亡遊民,山不童,澤不涸,是致正道。』是則官有常職,民有常業,父子不背恩,兄弟不去義,夫婦不廢情,鳥獸草木不失其長,而鰥寡孤獨各有養也。於是立貨幣,以制國用」,描繪的都是黃帝的政治功績,而非與蚩尤的部落戰爭。

在〈後紀〉中,與其說黃帝是華夏族的明君,倒不如說他其實就是一個文化大神。如羅泌所述:「河龍圖發,洛龜書威,於是正乾坤、分離坎、倚象衍數,以成一代之宜。謂土為祥,乃重坤以為首,所謂歸藏易也,故

又曰歸藏氏。既受河圖，得其五要，乃設靈臺，立五官，以敘五事。命臾蓲占星、鬥苞授規，正日月星辰之象，分星次象應著名，始終相驗，於是乎有星官之書。浮箭為泉，孔壺為漏，以考中星。命羲和占日、琮珥旺適，纓紐苞負，關啟亡浮；尚儀占月，繩九道之側匿，糾五精之留疾；車區占風，道八風以通乎二十四，隸首定數，以率其羡、要其會，而律度量衡由是成焉。伶倫造律，采解谿之筠，斷筠間三寸九分，為黃鐘之宮，曰『含少』。製十有二筒，以之阮隃之下。聽鳳之鳴以定其雌；乃作玉律，以應候氣；薦之宗廟，廢治忽；以知三軍之訊息；以正名百物；明民共財，而定氏族。氏定而繫之姓。庶姓別於上，而戚殫於下，婚姻不可以通，所以崇倫類、遠禽獸也。大橈正甲子、探五行之情，而定之納音；風后釋之，以致其用，而三命行矣。察三辰於上，跡禍福於下，經緯歷數，然後天步有常，而不倍。命容成作蓋天，綜六術以定氣象。」「命榮猨鑄十二鍾，以協月筒，以詔英韶，調政之緩急。分五聲以正五鍾，令其五鍾以定五音。伶倫造聲以諧八音，五音調以立天時，八音交以正人位，人天調而天地之美生矣。命大容作承雲之樂，是為雲門大卷。著之椌楬，以道其和。中陽之月、乙卯之辰，日在奎而奏之，弛張合施，動靜麗節。是故翕純皦繹，聲而聽嚴，五降之後而不彈矣。今曰咸池。乃廣宮室、壯堂廡，高棟深宇以避風雨。作合宮、建鑾殿，以祀上帝。接萬靈以采民言，四阿反坫禈亢，禈即庫臺，設移旋楹、復格、內階、幽陛、提唐、山廧、橘幹，唯工斫其材而礱之。乃命寧封為陶正，赤將為木正，以利器用。命揮作蓋弓，夷牟造矢，以備四方。岐伯作鼓吹、鐃角、靈鞞、神鉦，以揚德建武，厲士風敵而威天下，重門擊柝，備不速客。命邑夷法鬥之周旋，魁方標直，以攜龍角，為帝車大輅，故曲其輈，紹大帝之衛。於是崇牙交旍，羽蓊撽稍欘劍，華蓋，屬車，副乘，記里，司馬，以備道哄。」「乃

第六章
《路史》的民間文藝價值

命沮誦作雲書，孔甲為史，執青纂記，言動惟實。天下已治，百令具舉，猶且恤然。神蕊形茹，用作戒於丹書曰：『施捨在心平，不幸乃弗聞過』。禍福在所密，存亡在所用，下匿其私用試其上，上操度量以割其下。上下一日百戰，故作巾几之銘曰：『毋弆弱，毋佩德，毋違同，毋敖禮，毋謀非德，毋犯非義』。又著瑞書曰：『敬勝怠者吉，怠勝敬者滅，義勝欲者從，欲勝義者凶。凡事不彊則枉，不敬則不正，枉者滅廢，敬者萬世』。乃命史甲作戒，盤盂、籩豆、奩鏡、劍履、輿席、巾杖、戶牖、弓矛，一著銘詩，以彌縫其闕，惟口起兵，惟動得咎。乃為金人，三緘其口，而銘其背，曰：『古之慎言人也，夙夕念治，瞿然自克，是以功高業廣，而亡逋事』。於是親事法宮，觀八極而建五常。謂人之生也，負陰而抱陽，食味而被色，寒暑蕩之外，喜怒攻之內，夭昏凶札，君民代有。乃上窮下際，察五氣、立五運、洞性命、紀陰陽，極咨於歧、雷，而內經作。謹候其時，著之玉版，以藏靈蘭之室，演倉穀、推賊曹。命俞跗、岐伯、雷公察明堂，究息脈，謹候其時，則可萬全。命巫彭、桐君處方、盅餌、湔澣、刺治，而人得以盡年。命西陵氏勸蠶稼，月大火而浴種，夫人副褘而躬桑。乃獻繭絲，遂稱織維之功。因之廣織，以給郊廟之服。祀天圓丘，牲玉取蒼；祀地於方澤，牲玉取黃。築壇除墠，設醴醴，製蘭蒲，列圭玉而薦之。七登之床，十絕之帳，奏函夾之宮以致之，而祊禋乎壽宮。立五祀，作其祝嘏，咸以數薦，而山川之典禮為多。命共鼓化狐作舟車，以濟不通。命豎亥通道路、正里候。命風后方割萬里，畫埜分疆，得小大之國萬區，而神靈之封隱焉。命匠營國，國中九經九緯，五置而有市。市有館，以俟朝聘之需。置左右大監，監於萬國，侯牧交獻，而朝聘之事備。茹豐違命，於是刑而放之，而萬國服。」其「經土設井以塞爭端，立步制畝以防不足。八家以為井，井設其中，而收之於邑，故十利得。辨九地，

立什一，存亡相守，有無相權，是以情性可得而親，生產可得而均，分之於井，計之於州，因所利而勸之。是以地著而數詳，置法而不變，俾民得以安其法，是以不使而成，不亶而止，策天命而治天下，故天報眉壽，德澤深後世。故子孫皆以有土，黃祚衍於天下，於今未忘也。」黃帝「自即位百年，履地戴天，循機提象，不就物、不違害、不善求、不緣道法，中宿而要繆乎太祖之下。職道義、經天地、別雌雄、等貴賤，不使不仁者加乎天下，故用武勝殘，而百姓以濟。紀人倫、敘萬物，以信與仁為天下先，是故法令明，而上下無尤。不章功、不揚名、隱真人之道，以從天地之固然，故物無忿斂之心，而人亡爭傾之患。耕父推畔，道不拾遺，狗彘吐菽粟，而城郭不閉。人保命而不夭，歲時熟而亡凶，天地休通，五行期化，故風雨時節，而日月精明，星辰不失其行。蓂莢屈軼，紫房赬莖，史不廢書，海不揚波，山不愛寶。翠黃伏榴，茲白戀皂，焦明曬阿，而龍麟擾於階除，日蟹虹螾，禺蚼牛蟻，黃神黃爵，白澤解薦，府亡虛日。是以九瀛仰化，諸北貢職，楊裒、秬邑、貫胸、長股，莫不來庭而依朔。乃撫萬靈，度四方，乘龍而四巡，東薄海，禪凡山，西逾隴，欶笀屯，南入江，內涉熊湘，北屈渤碣，南臨玄扈。乃開東苑，袚中宮，詔群神，授見者齊心服形，以先焉。作清角樂，大合而樂之，鳴鶴翱翔，鳳凰蔽日，於是合符於釜山，以觀其會。采首山之銅，鑄三鼎於荊山之陽，以象泰乙，能輕能重，能瀆能行，存亡是諗，吉凶可知，武豹百物為之視火參爐。」黃帝的時代以文化大業而興盛，而黃帝的逝世也同樣承載了文化的創造。如其稱：「八月既望，鼎成，死焉，葬上郡陽周之橋山。其臣左徹感思，取衣冠、几杖而廟像之，率諸侯而朝焉，七年，而立子。年百十有七，或云三百。宰予以問於孔子，子曰：『人賴其利百年，用其教百年，威其神百年，曰三百年也。』」在黃帝時代，一切重要的社會政治制度與社會生

第六章
《路史》的民間文藝價值

活形制都被安排為「命」，展現出了華夏文明早期獨特的思想文化傾向性。

黃帝是華夏民族安定的象徵，也是人類文明發展的重要符號。作為當時的宗教文化領袖，其子孫後代，從「絕地天通」的顓頊等人，到治水的大禹，他們既是社會的管理者，也充當著神明與世俗之間的使者。

如其述說「帝顓頊」，稱「高陽氏，姬姓，名曰顓頊，黃帝氏之曾孫，祖曰昌意，黃帝之震適也。」論述其「神蹟」為「行劣不似，遜於若水。取蜀山氏，曰景僕。生帝乾荒，擢首而謹耳，貌喙而渠股。是襲若水，取蜀山氏，曰樞，是為河女，所謂淖子也。淖子感瑤光於幽防，而生顓頊，渠頭併幹、通眉帶午，淵而有謀，疏以知遠，年十五而佐小昊，封於高陽，都始孤棘。二十爰立，乃徙商丘，以故柳城、衛僕俱為顓頊之虛。兆跡高陽，故遂以高陽氏。黑精之君也，以名為號，故後世或姓焉。紹小昊金天之政，乘辰而王，以水窮歷，故外書皆稱玄帝。」稱其「祭餕牲用駢，薦玉以赤繒，載時以象天，養材以任地，依鬼神而制義，治氣性以立教，自是不克。遠紀始為民師，而命以民事，釐改服度，符采尚赤，乃立九寺九卿。重、該、修、熙，少昊氏之四叔也，實能金木及水，乃俾重為句芒，該為蓐收，修及熙為玄冥。孫犁顯曜，乃命祝融，而炎帝氏有子句龍，俾為后土，是為五官。（春秋傳云：句芒，春官，為木正；蓐收，秋官，為金正；祝融，夏官，為火正；玄冥，冬官，為水正；句龍，后土，中央，為土正。）恪共厥業，遂濟窮桑」。因為「上世人神異業，是以禍災不至，而求用不匱。小昊氏衰，玄都氏黎實亂天德，賢鬼而廢人，惟龜策之從，謀臣不用，喆士在外，家為巫史，亡有要質。方不類聚，物不群分，民匱於祀，神褻民狎，嘉生不降。龜策、鬼神不足以舉勝，左右背鄉不足以專戰」，所以顓頊「命重犁、典司祝融，重獻上天以屬神，犁抑下地以屬民，以絕上下之通，以規三辰之行，使復舊物，毋相浸瀆，民用安生。

於是窮四履,稱險易,申畫郊畿以殿任,賦立勤人以職孤。為正長以惠窮,置宰喪以恤亡。設射志以習雅,守獵、耘耔以習移。」「乃毀名岡,倮大澤,製十等之幣,以通有亡,曰權衡。宿疇以成,泉幣亡滯,工賈時市,臣僕州里,俾毋交為。是以主虞而安,民璞而親,官亡邪吏,市亡型民,事分職正,而人反其故。然猶悛懫自持,焦心蛾伏,以從事於賢,謂功莫美於去惡而之善,罪莫大於沓惡而不變。非惟善善,善因善也;非惟惡惡,惡緣惡也」,從而形成「上緣黃帝之道而行之,修黃帝之道而賞之。弗或損益而致治平」的現象。之後,又「取鄒屠氏、勝濆氏。初帝僇蚩尤,遷其民,善者於鄒屠,惡者於有北。鄒屠氏有女,履龜不踐,帝內之,是生禹祖及夢八人,蒼叔、伯益、檮演、大臨、龐江、霆堅、中容、叔達,是為八凱。帝崩,而元子立,襲高陽氏,是為孺帝,尋崩,而帝嚳立。」

其述說「帝嚳」,稱「帝嚳,高辛氏,姬姓,曰嚳。嚳之字曰亡斤,黃帝氏之子曰玄枵之後也。父僑極,取陣豐氏曰裒,履大跡而 偮生嚳。方嚳之生,握裒莫覺,生而神異,自言其名,遂以名。方頤龐顅,珠庭比齒,戴干。厥德神靈,厥行祇肅,年十有五而佐高陽氏,受封於辛,為侯國。高陽崩,而嚳是立,以木紀德,色尚黑,正朔服度,唯時之宜。仁而威,惠而信。其色郁郁,其德嶷嶷,其動也時,其服也士。聰明濬武,嶷嶷浼浼,倪衣服而不鵙,冬輕以暖,夏輕而清,窶薶其屋室,土事不文,木事不飾,以示民之節。謂德莫高於博愛人,政莫高於博利人,故政莫大於信,治莫大於仁,吾慎此而已。約身博施,唯愛人利物是圖。謂黃帝之言曰道,若川水其出亡已,其流亡止,是以服人而不為仇,分人而不為譚。順天之義,知民之急,修身而天下服。故達於天下而不忘緣巧者之事,行仁者之操,上由黃帝之道而明之,守高陽之庸而正之,節仁之器以

第六章
《路史》的民間文藝價值

修其財，而身專其美矣。於是敘三辰以著眾，曆日月而送迎之，以順天之則。謂寅賓出日，寅餞納日，魯語云：侉能次序三辰，以治歷、明時，教民稼穡，以因民也。命重為木正，犁為火正，該為金正，修及熙為水正，句龍為土正，是為五官，分職諸國，封為上公，社稷五祀，是尊是奉。黎氏克官，說天文卯下地，火紀昭融，而世賴之。逮其繼世，失遺其業守，乃命弟回嗣綏厥職，昭顯天地之光，以生柔嘉材，爰封之吳，謹農祥、乩欲傑，故六氣正而天道平，五正建而人事理」，稱「羿以善射服事先王，乃命司衡，賜以累贈、彤弓、蒿矢，羿是以去，下地之白難，而民得以佚。以故羿死，託於宗布。於是盡地之制，受少昊、高陽之經理，卒創九州以統理下國，正圳均賦以調民人，鰝以仁義，持以信禮，為亡為事，混美於下。故卿而不理，動而民罔不欽，言而民罔不勸。男有分，女有歸，壯有用，老有終。」

其論「堯」，稱「帝堯，陶唐氏，姬姓，高辛氏之第二子也。母陳豐氏，曰慶都。嘗觀三河之首，赤帝顯圖，奄然風雨。慶都遇而萌之，黃雲覆之，震，十有四月而生於丹陵，曰堯，是曰放勳。身倅十尺，豐下兌上，龍顏日角，八彩三眸，鳥庭荷勝，琦表射出。握嘉履翌，竅息洞通。聰明密微，其言不式，其德不回。仁如天，智如神，明如日，而晦如陰。好謀能深，和而不怒，憂而畏禍，快而愉。年有十三，佐摯封植，受封於陶。明人察物，昭義崇仁，禁詐偽，正法度，不廢窮民，不敖亡告，苦死者而哀婦人，底德靡解，百姓和欣。於是改國於唐。」「重先務急，親賢明駿德，以親九族。九族既穆，乃辨章於百姓。賢不昭明，而協和於萬邦，黎民於變時雍。丐施政制，因事立法，不激不浚，取人以狀明，非見有於人。翹翹惟以天下為憂，務求賢聖，爰得稷、契、夷、皋、朱、虎、伯譽，群龍輔德。是以教化大行，天下洽和，民安仁而樂義。」以及「更制

五服,均五等,五國相維。設四嶽、八伯,以典諸侯;均井邑,都制鄙;而臨民以十二。春省耕,秋省斂,宣聲教,以同俗。振凋瘵、聽民聲,觀四履之所以化其上。入其疆土,地闢岐旁趨,養老尊賢,駿傑在位,則有慶;反是,則絀。三載小考正職,九載大考有功,五載而一述職其所典職,以備則賞,不備則罰。因地之生美為貢賦,故民出而不憾;因人之好惡為政教,故令不犯。」「命偰司徒,和合五教,以保於百姓;棄為大田,職司馬,播嘉穀,辨五土之宜,教民稼穡。伯夷宗秩,降典邦禮,以治人神、和上下。皋繇為士庶,折繁獄,政教平,奸宄息,尊忠正之位,表勤孝之閭,厚廉潔愛民之祿。民之敬長憐孤,取舍克讓,而舉事功者,則命於上,然後得飾車駢馬,而被文錦;未命而乘衣之則罰。故雖有餘財侈物,亡禮義功德,謢亡用。以賢制爵,以庸制祿,故人慎德興功、輕利而興義。」其「在位七年,民不作忒。鷗久逃於絕域,麒麟遊於藪澤,則能信於人也。嘉言罔伏,賢亡野遺,猶絀聰明、開肺意,捨己稽眾,師於善綣、許由、尹中,而學於務成、子附。詢政行人,問老衢室,務急讜言,以為教先。達立建善之旌,廷置敢諫之鼓,博咨芻蕘,以成盛勳。塗說巷議,咸所不廢」,「命羲和,絕地天通,羲載上天,黎獻下地,俾主陰陽,羲和居卿而致日。立渾儀,欽若昊天,曆象日月星辰,敬授人時。命羲仲宅嵎夷,敬賓出日,平秩東作。張昏中而播穀。命羲叔宅南交,平秩南化敬致。火昏中種黍菽。命和仲宅西,寅餞納日,平秩西成。宵、昏虛中而傳麥」,「命倕為工,作和鍾利器用。命母句氏作離聲,制七絃,徽大唐之歌,而民事得。命質放山川谿谷之音,以歌八風,作大章之樂。擊石拊石,上當玉磬,乃麋輅置缶而鼓之,立瞽叟拌五絃之瑟,為十五絃。命延拌瞽叟之所為瑟,益之八弦,以為二十三絃,制咸池之舞,而為經首之詩,以享上帝,命之曰大咸。作七廟、立五府,以享先祖而祀五帝。祭

第六章
《路史》的民間文藝價值

以其氣,迎牲殺於廷,毛血詔於室,以降土神,然後樂作,所以交神明也。」「始舜之攝,俾益掌火,禹平水土。禹疏九河、瀹濟漯、決江漢、排淮泗,而注之海。益審封植,烈山澤,禽獸逃匿,然後人得平土而居;而食未足,禮莫起,於是富而教之。俾棄為田,教之稼穡,五穀熟而人民育。然後拼偰司徒,教以人倫,於曰招之,徠之,匡直之,輔翼之,又從而振德之。疆於行,舊於志,以養天下之形,是以庶政惟和,萬國咸寧,民皆迪吉,莫不振動服化,比屋可封,而隮仁壽。」

其論「舜」,曰「帝舜,有虞氏,姚姓,……瞽子,五帝之中獨不出於黃帝。自敬康而下,其祖也。敬康生於窮系,系出虞幕,後之幕姓宗焉。是生喬牛,喬牛生瞽叟,瞽叟天瞽。幕能平聽,協風以成,樂而生物,有虞氏報焉。舜長九尺,太上員首,龍顏日衡,方庭甚口,面頷亡髦,懷珠握褒。形卷婁,色黳露,目童重曜,故曰舜,而原曰重華。濬哲文明,溫恭通智,敏敦好學,而止至善。寅畏天命,而尤長於天文。初家於冀,夙喪其母,蒙茨縕棘,哀綿五至,猶未歉者,喪期之有數,蓋有是顯。瞽叟御而生象,象得親,乃咸惡舜,御以不道。舜於是往於田,泣旻天、號父母,負罪隱匿,大杖避,小杖受,事親拊弟,日以篤。象憂亦憂,象喜亦喜,唯恐不獲於象,以貽父母戚。道而不徑,舟而不遊,凡所以動心忍性,皆以增其所不能。夫然,故死生不入於心,而能動人。與木石俱,而光曜顯都,麗然汗著。年二十而以孝友聞四海,故天下大說而將歸焉。方是時,口不設言,手不指麾,執玄德而化馳若神。歷陽之耕侵畔,乃往耕焉,田父推畔,爭以督亢授。濩澤之漁爭坻,乃往漁焉,鮫人巽長,爭以深潭與。東夷之陶若窳,陶於河濱,期年,而器以利。牧羊潢陽,而獲玉;歷於河巖,所至向合。當其田也,旱則為耕者鑿瀆,儉則為敗者表虎,與四海俱利。是故光如日月,而天下歸之。」「命太師陳詩,以觀民

風。命市納賈,以稽民之好惡。命典禮協時月、正日,同律、度、量、衡,禮樂、制度、衣服正之。修五禮、五玉、三帛、二生、一死。質之器,卒則復。山川神祇,有不舉者為不敬,不敬者,君削以地;宗廟,有不順者為不孝,不孝者,君絀以爵;變禮、易樂者為不從,不從者,君流;革制度、衣服者為叛,叛者,君討。歸,次外三日,遂假於禰祖,用特。卒斂幣玉,藏諸兩階之間,然後命遍告入聽朝。五載一巡守,群後四朝。敷奏以言,明試以功。言奏功試,則輿服以庸之。設三公、四輔、師、保、凝、丞,官不必備,唯人也。肇十有二州,封十有二山。謀牧立嶽,以廣聰而燭隱。於是沉菑未復、民亡安止,爰命伯禹,繼平水土,主名山川,俾益掌火,烈山澤而焚之,禽獸逃匿,然後人得平土而居。乃商九州,以正五服,以定任賦。表提類考,疆域作,十有三載而後同。既釐下土,方別居,方別生,分類錫土姓,而下亡違者。壇四奧、沉四海,而函夏正,」「命偰司徒,別三族,親百姓,敬政率經,毋亟五作十道,孝力為右,萬民以成。皋陶為士,以五服、三次、五宅、三居之法政五刑,以消寇賊、奸宄,密勿淑問,制百姓於刑之中,以教祇德,惟明克允。帝曰皋陶,唯茲臣庶,罔或干予正,汝明五刑,以輔五教,刑期於亡刑,民協於中,是乃功以刑教中。陶乃祇陳九德之序,以刑俌僇。是故畫衣異服,而奸不犯其醇。垂為宗工,辨材楛,利器用。於是百用作,削修之跡,流髹其上,輸之宮寢,而當時之諫進者,十有三。乃崇納諫之官,益為公虞,若於上下,草木鳥獸佑之,朱虎熊羆而物蕃衍。夷作秩宗,降典三禮,惟寅惟清,以接幽玄,以節天下,哲民惟刑,而上下讓。後夔典樂,以樂德教冑子,樂語興道,其風頌語言直寬剛簡,惟克有濟,以六律、五聲、八音、七始在治忽,以出納五言,而賞諸侯。樂歌籥舞,以和鐘鼓。詩言志,歌永言,聲依詠,律和聲,八音克諧,神人以和,晏龍納言,主

第六章
《路史》的民間文藝價值

賓客,夙夜出納。射侯書據,以待庶頑。讒說殄行格,則承之、庸之,不者威之,而遠人至」云云。

其論「大禹」,曰「帝禹,夏后氏。姒姓,名禹,一曰伯禹,是為文命。其先出於高陽,高陽生駱明,駱明生白馬生,是為伯鯀。字熙,汶山廣桑人也。姱直敗數,帝使治水,稱遂共工之過,廢帝之庸,九載亡功。逮帝禪舜,熙怒於帝,曰:得天之道者,帝;得地之道者,王。」「始禹之治水七年矣,傷功未就,愁然沉思,於是上觀於河,河精授圖。乃北見六子,獲玉匱之書,以從事。受黑書於臨洮,得綠字於濁水。乃駐江山、棲桐柏,受策鬼神之書,乃得童律、狂章、鴻蒙之徒,制其水怪。乘龍降之,乃命范成光郭哀御以通原。」「勤求賢士以及方外,見耕者五偶而式之,所過之邑,必下。見山仰之,見谷俯之,以荀道秉德之士存焉。適於郊芬焉,遇其縛於路,謖降拊而泣之,左右曰:彼則不刑,於王何痛焉?曰:天下有道,民不離幸;天下亡道,罪及善人。堯舜之民,以堯舜為心;朕為民辟,百姓各以其心,是用矜之。立諫幡陣建鼓,不矜不伐,不自滿假投,一饋而七起,一沐而三捉髮,曰:予惟四海之士須於門,而四方之民弗至也;諸侯朝覲而親報之,士月見而躬接之。曰:諸侯能亡以予為驕乎?諸大夫能亡以予為汰乎?其驕若汰而不予穀,是逢君之惡而教寡人之殘也。是以天下大治,諸侯萬人而一知其體,則能以願為之也。故未施於民而民敬之。」「命伯封叔及昭明做衍,歷歲紀甲寅,鈐天行施,敬授人時,人事是重,故建首寅而後冬夏正。春斤不升山,夏罟不趣淵,以宛生長而專民力。乃布令曰:九月除道,十月成梁。故其時儆曰:收而場功待,乃畬桐營室之中,土工其始,火之初見,其於司里速畦塍之就,而執成男女之功。故生不失宜,而物不失性,人不失事,天得時而萬財成焉。昔孔子觀夏道,得其四時之書者是矣,謂:土少則民失業,土多則內亡守,於

是有不稱之災。故其箴曰：中不容利，民乃外次。又曰：小人亡兼年之食，遇天飢，妻子非其有也；大夫亡兼年之食，遇天飢，臣妾輿馬非其有也；國亡兼年之食，遇天飢，百姓非其有也。故諸橫生盡以養，從生盡以養。一人不煞胎、不夭夭、不墜時，十年而王道固。」「命任奚為車正，子吉光暨相土佐之，升物以時，五財皆良，乃刱鉤車、建綏旆。相土始乘，肇用六馬，於是登降有數，乃封奚仲於薛，謂政衰於唐虞，而民翾於昔始政肉刑、謀面用丕訓德，則乃宅人。乃三宅亡義之民，罪疑從輕，死者千鐶，中罪五百，下鐶二百，罰有罪，而民不輕；罰輕而貧者，不致於散。故不殺、不刑，罰弗及彊而天下治。」「扶登氏為承夏之樂，歌九敘以樂其成，是謂九夏。設五器於庭，而詔於虞曰：有以道憲我者，聲鼓；以義告我者，鳴鐘；以事詔者，振鐸；以憂聞者，發聲；以獄復者，揮鞀。政天下於五聲，後世寶用。至於追蠡作棧鍾於會稽以定奏。遠方圖物貢金，九牧鑄九鼎於紫金條荊之山。鼎之為物，左氏嘗言之，人得藉口，使人知神、奸，入川澤而不逢不若，魑魅魍魎莫能逢之。鼎成而太白見者九日」，以及「伯禹之治水也，娶於塗山，生啟於行荒。度土功，三過門而弗入。塗山氏能明訓教，而致其化，以故啟知王事、達君臣義，持禹之功。禹崩，啟繼世有天下。戶氏不恭，信相失度，威侮五行，怠棄三正，帝乃遷廟。與有戶大戰甘澤，乃召六卿而誓。整軍實以伐之，不勝，六卿請攻之，帝曰：不可，吾地非淺，民非寡也。兵刀接焉而不勝，是吾德薄而教不善也。何以伐為？於是般師。琴瑟不張，鍾弗撞，鼓弗考，不因席、不仍味、親親長長、尊賢委能，隱神期月。而戶來享，遂滅之，復昭夏功。既徵西河，能拘是達，敬承繼禹之道」等等。此「普天之下莫非禹功」，才有「微禹，人民或為魚鱉」之感慨。此神話生活世界神奇而浩渺，集顯波瀾壯闊之勢，除了羅泌從緯書、道書中採來的醴露瓊漿，其傳說敘述中也不

第六章
《路史》的民間文藝價值

乏諸多質樸的表達。或曰如此風格,其實正是宋代文風極盛時,社會風俗生活中這些神話傳說以不同形式受到傳播講述的真實表現,也是中國神話傳說體系形成與發展變化的具體表現。或曰,正因為這些祖先都無一例外是宗教文化中的大神與人間社會的監督、主導與守護者,才形成了如此風貌的社會,而這當然是民眾的選擇與時代的認同。

《路史》的民間文藝思想理論是非常複雜的,其民間文藝的紀錄、記述所展現的價值也是極其豐富的,但因為種種原因,許多人沒能真正認知和理解其價值。後人論及此著曰:「神話(Mythology)者,未有文學以前之歷史,各國皆有之,中國一部《路史》,大足為此類之代表。後人覺其荒唐斥為不典,當時視之,則固金匱石室之祕史,即今日粵若稽古,亦不能盡廢其書。神怪小說起於晚近,盡知其寓言八九而已。神話史謂之有小說滋味則可,竟隸之於小說則不可也。」[36] 許多歷史文化鉅著的熔鑄者孜孜以求、殫精竭慮,甚至為此花費其一生的心血,這是中國文化的福音,可遇而不可求。羅泌父子生於憂患,身處大宋王朝風雨交加的轉折時期,一方面受到北宋以來文化風浪的鼓舞,在得天獨厚的江南一隅沉思著中國歷史文化的前前後後、是是非非;一方面,社會現實生活中無數的惆悵和無奈與文化在世俗生活中表現出的奢靡之風產生了鮮明的割裂。這一切,都化作羅泌父子對時代考問的應答,又或化作竊竊私語,聊以慰藉自己困頓的心靈。其未必是有意為後世的民間文藝提供又一個具有指標般意義的神話寶典,但確實以自己獨特的表達方式,不斷啟發著後人。

---

[36] 孫毓修:《歐美小說叢談》,商務印書館 1916 年 12 月版,第 37 頁。

第七章
故事與風俗：
宋代社會生活的民間敘事

第七章
故事與風俗：宋代社會生活的民間敘事

一切都來源於時代，即民間文藝從來應運而生。

宋代社會揚文抑武，強幹弱枝，在政治經濟文化發展策略的選擇上，明顯不同於唐代社會。尤其是市場開放與市民階層的日益壯大，其社會風尚與風俗生活在民間文藝發展中呈現出文雅與風流的一面，也呈現出富足與荒淫的一面。社會財富的不斷增加，並不一定就代表著時代的穩定與物質基礎的繁榮，而思想文化的兼收並蓄與市民階層日益強烈的文化訴求，確實積極促進了社會文化藝術的發展。當鱗次櫛比的瓦子在東京等大都市出現時，代表民間文藝與民間藝術在城市裡有了自己的家。從當年的鄉村田頭地邊、村野集市、鄉間廟會的風風雨雨中走進大都市，市民階層中出現一群群飽食終日的藝術享受者，他們無拘無束地享受著說唱等民間藝術生活，聽「說三分」、「說春秋」與各種俗說、俗講、俗唱，民間文藝藝術形成自己的廣泛的專業群體的同時，也顯示出時代的文化風采。

從內容上看，宋代民間故事可以分為俗說、述古、仙話、精怪故事、風物傳說五大類。這是宋代民間故事以民間文化生活形式在文獻中的被記述。其中，俗說內容最豐富。

一、俗說：日常生活中的世事評述

俗說，就是以俗語述說當下社會世俗生活，包括民間文藝中的傳說故事以口頭敘事形式表現社會現實。當下是一種語境，也是一種文化存在方式，是一種複雜的社會現象，是一種展現社會事實的社會生活現象，更是一種展現社會與民眾精神和情感的文化現象。其被述說內容多種多樣，都作為現世即現在進行時的社會風俗生活狀態的具體存在。

民間文藝的述說與表演，從來都與時代風尚息息相關。

　　宋代文風很盛，文化生活豐富多彩，一些文人傳說故事、文字語言生發的笑話諷刺嘲笑類故事等，在俗說中有許多表現。如王羲之傳說故事，前代《晉書》已經有記述，此《圖書會粹》記述曰：羲之罷會稽，住蕺山下。且見一老姥，把十許六角竹扇出市。王聊問：「此欲貨耶，一枚幾錢？」答云：「二十許。」右軍取筆書扇，扇五字。姥大悵惋云：「老婦舉家朝飡，俱仰於此，云何書壞？」王答曰：「無所損，但道是王右軍書字，請一百。」既入市，人競市之。後數日，復以數扇來詣，請更書，王笑而不答。《邵氏聞見後錄》卷十七〈寫經換鵝〉記述：「山陰道士好養鵝，羲之往觀，意甚悅，欲得之。道士云：為寫《道德經》，當舉群相贈。羲之欣然寫畢，籠鵝以去。李太白〈送賀監〉詩乃云：鑑湖流水春始波，狂子歸舟逸興多。山陰道士如相見，應寫《黃庭》換白鵝。世人有以右軍寫《黃庭經》換鵝者，又承太白之誤耳。」此其意在於附庸風雅嗎？如祝穆《方輿勝覽》「鐵杵磨針」保存了李白兒時受人啟發而勤奮學習的傳說，記述道：「磨針溪在眉州象耳山下。世傳李太白讀書山中，未成棄去。過小溪，逢老媼方磨鐵杵，問之，曰：欲作針。太白感其意，還卒業。媼自言姓武，今溪旁有武氏巖。」李白傳說的時代意義在於這個故事被認同。

　　最典型的是當代文人傳說，如蘇軾，他是北宋時期著名文學家，其博學多聞，且正直、善良、機智，在當世留下許多傳說故事，為世人所傳頌。如陳賓《桃園手聽》「東坡書扇」篇，記述蘇東坡畫扇子故事，說其為錢塘守時，用判筆在欠債人絹扇上書畫，世人爭相購買，幫助欠債人得以還清債務。故事講道：「東坡為錢塘守時，民有訴扇肆負債二萬者，逮至則曰：天久雨且寒，有扇莫售，非不肯償也。公令以扇二十來，就判事筆隨意作行、草及枯木、竹石以付之。才出門，人競以千錢取一扇，所持立

第七章
故事與風俗：宋代社會生活的民間敘事

盡。遂悉償所負。」何薳《春渚紀聞》卷六〈寫畫白團扇〉記述為：「（蘇東坡）先生臨錢塘日，有陳訴負綾絹錢二萬不償者。公呼至，詢之。云：『某家以製扇為業，適父死，而又自今春以來連雨天寒，所製不售，非故負之也。』公熟視久之，曰：『姑取汝所製扇來，吾當為汝發市也。』須臾，扇至。公取白團夾絹二十扇，就判筆作行書、草聖及枯木竹石。頃刻而盡。即以付之，曰：『出外速償所負也。』其人抱扇、泣謝而出。始逾府門，而好事者爭以千錢取一扇，所持立盡。後至而不得者至懊恨不勝而去。遂盡償所逋。一郡稱嗟，至有泣下者。」曾慥《高齋漫錄》「品飯與毳飯」記述蘇軾與錢勰的故事：「東坡嘗謂錢穆父曰：尋常往來，須稱家有無；草草相聚，不必過為具。一日，穆父折簡召坡食皛飯。及至，乃設飯一盂、蘿蔔一碟、白湯一盞而已，蓋以三白為皛也。後數日，坡復召穆父食毳飯，穆父意坡必有毛物相報。比至日晏，並不設食。穆父餒甚。坡曰：蘿蔔湯飯俱毛也。穆父嘆曰：子瞻可謂善戲謔者也。」同一題材的故事，在《宋朝事實類苑》所引《魏王語錄》「三白與三毛」中被記述為：「文潞公說頃年進士郭震、任介皆西蜀豪逸之士。一日，郭致簡於任曰：來日請食皛飯。任不曉厥旨，但如約以往。具飯一盂，蘿蔔、鹽各一盤，餘更無別物。任曰：何者為皛飯？郭曰：飯白，蘿蔔白，鹽白，豈不是皛飯？任更不復校，食之而退。任一日致簡於郭曰：來日請食毳飯。」郭亦不曉，如約以往。迨過日午，迄無一物。郭問之，任答曰：昨日已上聞，飯也毛，蘿蔔也毛，鹽也毛，只此便是毳飯。郭大噱。蜀人至今為口談。」《曲洧舊聞》卷六中，也有「三白飯與三毛飯」故事，其記述為：「東坡嘗與劉貢父言：『軾與舍弟習制科時，日享三白，食之甚美，不覆信世間有八珍也。』貢父問三白，答曰：『一撮鹽，一碟生蘿蔔，一碗飯，乃三白也。』貢父大笑。久之，以簡招坡過其家吃皛飯，坡不省憶嘗對貢父三白之說也，謂人云：『貢

134

父讀書多,必有出處。』比至赴食,見案上所設,唯鹽、蘿蔔、飯而已,乃始悟貢父以三白相戲笑,投匕箸食之幾盡。將上馬,云:『明日可見過,當具毳飯奉待。』貢父雖恐其為戲,但不知毳飯所設何物。如期而往,談論過食時,貢父飢甚索食,東坡云:『少待。』如此者再三,東坡答如初。貢父曰:『飢不可忍矣!』東坡徐曰:『鹽也毛,蘿蔔也毛,飯也毛,非毳而何?』貢父捧腹曰:『固知君必報東門之役,然慮不及此也!』東坡乃命進食,抵暮而去。世俗呼無為模,又語訛模為毛,嘗同音,故東坡以此報之。宜乎,貢父思慮不到也。」

不唯如此,蘇軾故事不斷衍生新的故事,如施元之《東坡詩注》「甕算」篇,為蘇軾的〈過於海舶,得邁寄書酒。作詩,遠和之,皆粲然可觀。子由有書相慶也,因用其韻賦一篇,並寄諸子姪〉詩「中夜起舞踏破甕」句作注云:「世傳小話,有甕算之事,故今俗間指妄想狂計者謂之甕算。」其講述道:「有一貧士,家唯一甕,夜則守之以寢。一夕,心自唯念:苟得富貴,當以錢若干,營田宅,蓄聲妓,而高車大蓋,無不備置。往來於懷,不覺歡適起舞,遂踏破甕。」所謂「俗間指妄想狂計者」故事類型,意在諷刺人異想天開、好逸惡勞等不良品行,與黃粱一夢頗為相似。

程顥是著名的理學家,其傳說見於《折獄龜鑑》,此書卷六〈程顥〉中記述程顥判案故事,這是一篇公案傳說,也是表現其聰明智慧的人物傳說。一為「初為京兆府鄠縣主簿」故事,《折獄龜鑑》中記述道:「程顥察院初為京兆府鄠縣主簿,民有借其兄宅以居者,發地中藏錢,兄之子訴曰:『父所藏也。』令言:『無證佐,何以決之?』顥曰:『此易辨耳。』問兄之子曰:『爾父藏錢幾年矣?』曰:『四十年矣。』『彼借宅居幾何時矣?』曰:『二十年矣。』即遣吏取千錢視之,謂曰:『今所鑄官錢不五六年,則遍天下,此錢皆爾父未居前數十年所鑄,何也?』其人遂服。令大奇之。」一

第七章
故事與風俗：宋代社會生活的民間敘事

為「知金華縣」故事，《北窗炙輠錄》卷下「明道判錢」與之相似，其中細節有不同，其記述道：「明道知金華縣，有人借宅居者，偶發地得錢窖千餘緡，其主人至日：『吾所藏也。』客日：『吾所藏也。』遂致訟，二人爭不已。明道問主人曰：『汝藏此錢幾何時？』曰：『久矣。自建宅時即藏此錢在地矣。』『汝借宅幾何時？』曰：『三年。』明道乃取其錢，盡以錢文類之。明道既視其錢文，乃謂客曰：『此主人錢也。』客爭之曰：『某之錢。』明道曰：『汝尚敢言。汝借宅才三年，吾遍閱錢文皆久遠年號，無近歲一錢，何謂汝所藏也！』其人遂服。」

與程顥傳說類似的還有向敏中故事。向敏中是文人出身宰相，其故事顯示聰明智慧，是文人判案的又一個典型。如《涑水紀聞》卷七〈枯井屍案〉記述道：「向敏中丞相西京。有僧暮過村舍求宿，主人不許，求宿於門外車箱中，許之。是夜有盜入其家，攜一婦人並囊衣逾牆出。僧不寐，適見之。自念不為主人所納，而強求宿，明日必以此事疑我而執詣縣矣，因亡去。夜走荒草中，忽墜眢井。而逾牆婦人已為人所殺，屍在井中，血汙僧衣。主人蹤跡捕獲送官，不堪掠治，遂自誣云：與婦人奸，誘以俱亡，恐敗露，因殺之。投屍井中，不覺失腳，亦墜於井。贓與刀在井旁，不知何人持去。獄成，皆以為然。敏中獨以贓杖不獲，疑之。詰問數四，僧但云：前生負此人命，不可言者。固問之，乃以實對。於是密遣吏訪其賊，食於村店。有嫗聞其自府中來，不知其吏也。問曰：僧某獄如何？吏紿之曰：昨日已笞死於市矣！嫗嘆息曰：今若獲賊如何？吏曰：府已誤決此獄，雖獲賊，亦不敢問也。嫗曰：然則言之無害。彼婦人乃此村少年某甲所殺也。吏問其人安在，嫗指示其舍，吏往捕並獲其贓。僧始得釋。一府咸以為神。」

宋代文化生活中，充滿戲謔，與其他時代迥然不同。如陳正敏《遁齋

閒覽》「諧噱」篇「但圖對屬親切」故事載:「有李廷彥獻百韻詩於達官,有句云:『舍弟江南沒,家兄塞北亡。』達官惻然曰:『君家禍如此。』廷彥遽曰:『實無此事,但圖對屬親切耳。』」彭乘撰《續墨客揮犀》「但圖對屬親切」篇所述內容相同。邢居實撰《拊掌錄》也有「但圖對屬親切」記述,曰:「李廷彥曾獻百韻詩於一上官,其間有句云:『舍弟江南殁,家兄塞北亡。』上官惻然憫之,曰:『不意君家凶禍,重並如此!』廷彥遽起自解曰:『實無此事,但圖對屬親切耳。』上官笑而納之。」陳正敏《遯齋閒覽·諧噱》「應舉忌落字」記述秀才應舉多忌諱,常語「安樂」為「安康」,以忌落籍。榜出後其僕來報:「秀才康了」,其講道:「柳冕秀才性多忌諱,應舉時同輩與之語,有犯落字者,則忿然見於詞色。僕伕誤犯,輒加杖楚。常語安樂為安康。忽聞榜出,亟遣僕視之。須臾,僕還,冕即迎問曰:『我得否乎?』僕應曰:『秀才康了也。』」《春渚紀聞》卷四〈謔魚〉記述了一個白字先生認字「蘇」的故事:「姑蘇李章敏於調戲,偶赴鄰人小集。主人者,雖富而素鄙。會次,章適坐其旁。既進饌,章視主人之前一煎鮭特大於眾客者,章即請於主人,曰:『章與主人俱蘇人也,每見人書『蘇』字不同,其魚不知合在左邊者是,在右邊者是也?』主人曰:『古人作字不拘一體,移易從便也。』章即引手取主人之魚示眾客曰:『領主人指撝,今日左邊之魚亦合從便移過右邊如何?』一座輟飯而笑,終席乃已。」

宋代俗說中有許多生活故事,充滿文雅調笑,是當世文風興盛的表現。如《遯齋閒覽·諧噱》記述故事道,有一郎官,其年老,「置婢妾數人,鬢白,令妻妾鑷之。妻忌其少,為群婢所悅,乃去其黑者;妾欲其少,乃去白者。未幾,頤頷遂空。又進士李居仁盡摘白髮,其友驚曰:昔日皤然一翁,今則公然一婆矣」。

又如王讜《唐語林》卷六所記「口鼻眉眼爭高下」故事,曰:「顧況從

第七章
故事與風俗：宋代社會生活的民間敘事

闕，與府公相失，揖出幕，況曰：某夢口與鼻爭高下，口曰：『我談今古是非，爾何能居我上？』鼻曰：『飲食非我不能辨。』眼謂鼻曰：『我近鑑豪端，遠察天際，唯我當先。』又謂眉曰：『爾有何功，居我上？』眉曰：『我雖無用，亦如世有賓客，何益主人？無即不成禮儀；若無眉，成何面目？』府公悟其譏，待之如初。」同樣故事，羅燁《醉翁談錄》卷二〈面皮安放〉記述道：「眉、眼、口、鼻四者，皆有神也。一日，口為鼻曰：『爾有何能，而位居吾上？』鼻曰：『吾能別香臭，然後子方可食，故吾位居汝上。』鼻為眼曰：『子有何能，而位在我上也？』眼曰：『吾能觀美惡，望東西，其功不小，宜居汝上也。』鼻又曰：『若然，則眉有何能？亦居我上？』眉曰：『我也不解與諸君廝爭得，我若居眼鼻之下，不知你一個面皮，安放那裡？』」

宋代社會風俗生活被述說於民間故事，如其對社會現實中各種社會現象的記述，世態永珍，紛繁萬千，從不同方面顯示出民風民情。

諸如宋代婦女社會問題，其屢屢出現於民間文藝中，在事實上表現出這個時代婦女群體被關注與婦女群體在社會生活中不平凡的擔當與表現；其聰明智慧如何，其孝與不孝，其善良與否，作為惡婦與孝賢兩種社會形象，都是宋代社會社會風俗生活的重要內容。

洪邁《夷堅丙志》卷十三〈藍姐〉中記述，有故事發生在南宋初年，即故事中的「紹興十二年」。這個故事的情節與班固《漢書》卷七十六〈張敞傳〉中內容有相似之處，即某人故意在賊寇身上留下印痕作為來日證據。其記述道：

紹興十二年，京東人王知軍者，寓居臨江新淦之青泥寺。

寺去城邑遠，地迥多盜，而王以多貲聞。嘗與客飲，中夕乃散，夫婦皆醉眠。

俄有盜入，幾三十輩，悉取諸子及群婢縛之。

婢呼曰：「主張家事獨藍姐一人，我輩何預也！」

藍蓋王所嬖，即從眾中出應曰：「主家凡物皆在我手，諸君欲之非敢惜。但主公主母方熟睡，願勿相驚恐。」

秉席間大燭，引盜入西偏一室，指床上篋笥曰：「此為酒器，此為彩帛，此為衣衾。」

付以鑰，使稱意自取。盜拆被為大袱，取器皿蹴踏置於中。燭盡，又繼之，大喜過望，凡留十刻許乃去。

去良久，王老亦醒，藍始告其故，且悉解眾縛。

明旦訴於縣，縣達於郡。王老戚戚成疾，藍姐密白曰：「官人何用憂？盜不難捕也。」

王怒罵曰：「汝婦人何知！既盡以家貲與賊，乃言易捕，何邪？」

對曰：「三十盜皆著白布袍，妾秉燭時，盡以燭淚汙其背，但以是驗之，其必敗。」

王用其言以告逐捕者，不兩日，得七人於牛肆中。展轉求跡，不逸一人，所劫物皆在，初無所失。

這裡所顯示的是婦女的勇敢和智慧，在遭遇「俄有盜入，幾三十輩，悉取諸子及群婢縛之」的時候，奴婢出身的「藍姐」從容不迫，智勇雙全，是歷史上巧女故事的又一個典型。

中國婦女文化有自己的風度與傳統，被人總結為婦容、婦德，以德為報，好心好報。如郭象《睽車志》卷三〈常州孝媳〉講：「常州一村媼，老而盲，家唯一子一婦。婦一日方炊未熟，而其子呼之田所，婦囑姑為畢其炊。媼盲無所睹，飯成，捫器貯之，誤得溺器。婦歸不敢言，先取其當中

第七章
故事與風俗：宋代社會生活的民間敘事

潔者食姑，次以饋夫，其親器臭惡者，乃以自食。良久，天忽晝暝，覿面不相睹，其婦暗中若為人攝去。俄頃開明，身乃在近舍林中，懷掖間得小布囊，貯米三四升，適足給朝晡。明旦視囊，米復如故，寶之至今。」其「親器臭惡者，乃以自食」，便是鋪陳或假設，述說婦德高尚與好報。

譙郡公《宣政雜錄‧孝女》與歷史上《孝女傳》、《列女傳》中那些女性典型相似，歌頌賢良美德，把孝的品格作為婦德象徵，其記述了「政和中」一位當代孝女不尋常的舉動，即「濟南府禹城縣孝義村崔志，有女甚孝」臥冰求魚的故事：

政和中，濟南府禹城縣孝義村崔志，有女甚孝。

母臥病久，冬忽思魚食而不可得。其女曰：「聞古者王祥臥冰得魚，想不難也。」

兄弟皆曰：「盡信書則不如無書。汝女子，何妄論古今。」

女曰：「不然。父母有兒女者本欲養生送死，兄謂女不能邪！」

乃同乳媼焚香誓天，即往河中臥冰。凡十日，果得魚三尾，鱗鬣稍異，歸以饋母食之，所病頓愈。

人或問方臥冰時，曰：「以身試冰，殊不覺寒也。」

如洪邁撰《夷堅丙志》卷八〈謝七嫂〉帶有反面解說《孝女傳》的色彩，卻選擇「紹興三十年七月七日」時間，「信州玉山縣塘南七里店」地點，所發生「民謝七妻，不孝於姑，每飯以麥，又不得飽，而自食白粳飯」引發報應事件，講述了一個逆婦如何變為牲口的故事：

信州玉山縣塘南七里店民謝七妻，不孝於姑，每飯以麥，又不得飽，而自食白粳飯。

紹興三十年七月七日，婦與夫皆出，獨留姑守舍。

遊僧過門，從姑乞食，笑曰：「我自不曾飽，安得有餘？」

僧指盆中粳飯曰：「以此施我。」

姑搖手曰：「白飯是七嫂者，我不敢動，歸來必遭罵辱。」

僧堅求不已，終不敢與，俄而婦來，僧徑就求飯，婦大怒，且毀叱之。

僧哀求愈切，婦咄曰：「脫爾身上袈裟來，乃可換。」

僧即脫衣授之，婦反覆細視，戲披於身，僧忽不見，袈裟變為牛皮，牢不可脫。胸間先生毛一片，漸遍四體，頭面□成牛。其夫走報婦家，父母遽至，則儼然全牛矣。今不知存亡。

報應總有緣由，在民間故事中，此形成一個模式，日常生活中，一方無辜，一方惡毒，無辜者遭受痛苦或委屈，在某種偶然情況下，或為神仙，或為政府官員出現，主持正義，種種惡的行為最後都得到應有的懲罰。

與唐代社會風俗不同者，宋代通姦傳說故事甚多。如佚名《綠窗新話》卷上〈王尹判道士犯奸〉，講述的是某寡婦與道士通姦，而且以不孝罪名陷害其兒子的故事：

開封吳氏，早年喪夫，其子尚幼。因命西山觀道士黃妙修設黃籙，投度亡夫。百日之內，妙修常在孝堂行持。

吳氏妙年新寡，其春心難守。妙修揣其意，每於聲音間，寓詞挑之。令吳氏擇吉日，以白絹為橋，當空召請，能置亡魂。

吳氏感此言，時與妙修議論此事，情意狎暱，遂諧繾綣。妙修往來無間。

其子劉達生，得知其用意，設計杜絕。

141

第七章
故事與風俗：宋代社會生活的民間敘事

吳氏忿怒訴府，論子不孝。

王府尹曰：「據汝所陳，一子當置重罪，能無悔乎？若果不悔，可買一棺來請屍。」

吳氏欣然而出。府尹密使人覘之，隨所見聞報覆。須臾，回報，言：「吳氏笑謂道士曰：『事了矣，為我買棺入府，取兒屍。』道士欣然自得。」

少頃，棺舁至府庭。府尹差人捉道士，送獄鞫勘。供招：「只因達生拒奸之事，故妄訴不孝以除之。」

吳氏所供亦同。

府尹釋達生，重治道士於法。

通姦故事在宋代社會的流行，展現在民間傳說故事中，表明宋代社會風俗生活的頹廢風尚；或曰飽暖思淫慾，當社會安定、物質財富充裕時，人的情慾以及物慾也被不斷刺激，形成極致的同時，事實上形成一系列情感的衝突與災難。或者說，通姦表明淫慾膨脹，是對婚姻的背叛，更是對道德與情誼的嚴重踐踏，諸如《折獄龜鑑》中「私謀誣其子」行為，只能說是物慾橫流的泛濫，這從來是社會風俗生活中的醜惡，絕不是什麼美麗的愛情。

如鄭克《折獄龜鑑》卷五〈李傑〉附〈葛源〉等篇，記述道：

曾孝序資政知秀州，有婦人訟子，指鄰人為證。

孝序視其子頗柔懦，而鄰人舉止不律，問其母又非親，乃責鄰人曰：「母訟子，安用爾為？事非涉己。」

因並與其子杖之，聞者稱快。

葛源郎中為吉水令時，有毛氏寡婦告其子不孝，源以恩義喻之，不聽。

使人微捕，得與間語者，驗其對，乃出寡婦告狀者也。

鞫之，具服為私謀誣其子。

此類故事如《夢溪筆談》卷十二〈張杲卿判案〉中記述：

張杲卿丞相知潤州日，有婦人夫出外，數日不歸。

忽有人報菜園井中有死人，婦人驚往視之，號哭曰：「吾夫也！」遂以聞官。

公令屬官集鄰里，就井驗是其夫與非。眾皆以井深不可辨。請出屍驗之。

公曰：「眾皆不能辨，婦人獨何以知其為夫？」

收付所司鞫問，果奸人殺其夫，婦人與同其謀。

同類通姦風俗事件還被記述於鄭克《折獄龜鑑》等文獻，如其卷五〈張弄〉故事，以及後來明代孫能傳編《益智編》中〈殺夫哭夫〉故事，馮夢龍編纂《智囊補》卷九〈得情張升〉故事，皆與此有關聯。

《癸辛雜識》後集〈過癩〉，講述的是另一種通姦故事：

閩中有所謂過癩者，蓋女子多有此疾。凡覺面色如桃花，即此證之發見也，或男子不知而誤與合，即男染其疾而女瘥。土人既皆知其說，則多方詭作以誤往來之客。

杭人有嵇供申者，因往莆田，道中遇女子獨行，頗有姿色，問所自來，乃言為父母所逐，無所歸。

因同至邸中，至夜，甫與交際而其家聲言捕奸，遂急竄而免。及歸，遂苦此疾，至於墜耳、塌鼻、斷手足而殂。癩即大風疾也。

通姦是一種社會問題，社會問題背後是感情和道德。與之並行的是強姦、搶婚、逃婚，包括納妾、嫖娼賣淫等，這些社會問題被民間故事講述

第七章
故事與風俗：宋代社會生活的民間敘事

的同時，即俗說成俗，在整體上表現為宋代社會風俗生活的傾向性內容；法制與道德對倫理的約束，及其化生為風俗中的一系列社會生活行為，其意義就更加複雜了。

物欲橫流，在民間傳說故事講述中，是生發諸端罪惡的重要源頭。因此，社會風俗生活中各種平靜的文化秩序與文化模式被打破，諸如各種親情、友情出現破裂，民間傳說故事表現出形態各異的矛盾衝突。後人總說，人為財死鳥為食亡，這種情結其實也展現出一個時代社會風俗生活過於形而下的品味。

民間傳說故事述說社會風俗中的道德風尚，具體展現為社會風尚的財富觀念與物權觀念，爭奪或盜竊財產特別是家產的社會現象就成為這一問題的焦點。

諸如家產分割故事，在宋代文獻中尤為平常。分家是私有制社會宗族之內實行財產分配、建立新的家庭的一種基本社會行為。兄弟分家，財產平均，有利於家庭生活的有效執行，也是化解多種社會矛盾的有效途徑。但是，家產分割，被兄弟之外的勢力所具有，這種財產分配形式就有了非常不尋常的社會意義。

如《國老談苑》（王君玉撰，舊本題夷門隱叟王君玉撰。所紀乃宋太祖、太宗、真宗三朝民間傳說）卷二記述「張詠鎮杭州」，被其他文獻所引述。其講述道：

張詠鎮杭州，有訴者曰：「某家素多藏，某二歲而父母死。有甲氏贅於某家，父將死，手券以與之曰：『吾家之財，七分當主於甲，三分吾子得之。』某既成立，甲氏執遺券以析之。數理於官，咸是其遺言而見抑。」

詠嗟賞之,謂曰:「爾父大能。微彼券,則為爾患在乳臭中矣。」

遽命反其券而歸其貲。

田況《儒林公議》主要記述宋太祖和宋仁宗時期社會風俗生活,《儒林公議》卷上〈子七婿三〉中記述這則故事道:

張詠守餘杭,有民家子與姊之贅婿爭家財者,婿訴曰:「妻父遺命,十之七歸婿,三與子,手澤甚明耳。」

詠竦然,命酒酹之,謂其子曰:「爾父可謂有智者矣。死之日,爾甫三歲,故托育於婿也。若爾有七分之約,則爾死於婿之手矣。今當七分歸爾,三分歸婿也。」

其子與婿皆號泣再拜而去。

人稱神明焉。

《自警編》記述宋代靖康之前故事,作者趙善璙,太宗七世孫。人稱其家於南海,端平中嘗知江州。其書乃編次宋代名臣大儒嘉言懿行之可為法則者。《自警編·獄訟》記述了同樣故事:

張忠定公在杭,有富民病將死,子方三歲,乃命其婿主其貲,而與婿遺書曰:「他日欲分財,即以十之三與子,七與婿。」

子時長立,果以財為訟。婿持其遺書詣府,請如原約。

公閱之,以酒酹地,曰:「汝之婦翁,智人也。時以子幼,故以此屬汝。不然,子死汝手矣。」

乃命以其財三與婿,而子與其七。

皆泣謝而去,服公明斷。

《折獄龜鑑》卷五〈子產〉附錄〈張詠〉篇故事,記述道:

第七章
故事與風俗：宋代社會生活的民間敘事

近時小說亦載一事：

張詠尚書鎮蜀日，因出過委巷，聞人哭，懼而不哀，亟使訊之，云：「夫暴卒。」

乃付吏窮治。吏往熟視，略不見其要害，而妻教吏：「搜頂髻，當有驗。」

及往視之，果有大釘陷其腦中。

吏喜，輒矜妻能，悉以告詠。

詠使撥出，厚加賞勞。問所知之由，令並鞫其事。蓋嘗害夫，亦用此謀。發棺視屍，其釘尚在。遂與哭婦俱刑於市。

宋代文獻記述民間傳說故事，出現諸多斷案題材，形形色色，既不同於前代歷史時期財產爭奪與情感糾紛，也不同於後世同類現象，其集中展現了宋代社會風俗生活中法與財富的觀念和信仰。斷案題材傳說故事的突出特點在於顯示非凡的智慧使案情水落石出，而在智慧的背後，都是物欲橫流與正義的較量。當然，其中也不乏冤屈。總之，都是錢財與情感惹的禍，一切都化作傳說，為人所戒。

財富傳說中，還有一類故事表現出關於財富歸屬的思索，即俗語中所說的財去人安樂。故事從另外一個方面講述了不義之財不可取的樸素道理，是對唯利是圖觀念與行為的嘲諷。

如《睽車志》卷六〈河朔劉先生〉所記述：

劉先生者，河朔人。年六十餘，居衡嶽紫蓋峰下。間出衡山縣市，從人丐得錢，則市鹽酪徑歸，盡則更出。日攜一竹籃，中貯大小筆棕帚麻拂數事，遍遊諸寺廟。拂拭神佛塑像，鼻耳竅有塵土，即以筆挑出之，率以為常。環百里人皆熟識之。

縣市一富人，嘗贈一衲袍，劉欣謝而去。

越數日見之，則故褐如初。問之，云：「吾幾為子所累。吾常日出庵，有門不掩；既歸就寢，門亦不扃。自得袍之後，不衣而出，則心繫念。因市一鎖，出則鎖之。或衣以出，夜歸則牢關以備盜。數日營營，不能自決。今日偶衣至市，忽自悟以一袍故，使方寸如此，是大可笑。適遇一人過前，即脫袍與之，吾心方坦然，無復繫念。嘻，吾幾為子所累矣！」

嘗至上封，歸路遇雨。視道邊一塚有穴，遂入以避。會昏暮，因就寢。

夜將半，睡覺，雨止，月明透穴，照壙中歷歷可見，凳凳甚光潔。北壁唯白骨一具，自頂至足俱全，餘無一物。

劉方起坐，少近視之。白骨倏然而起，急前抱劉。

劉極力奮擊，乃零落墜地，不復動矣。

劉出，每與人談此異。

或曰：「此非怪也，劉真氣壯盛，足以翕附枯骨耳。今兒意拔雞羽置之懷，以手指上下引之，隨應，羽稍折斷，即不應，亦此類也。」

民間傳說故事中更多的是直接述說不義之財同於罪惡的道理。如《夷堅志補》卷四〈李大夫庵犬〉記述：

無錫李大夫家墳庵，名曰華麗，邀惠山僧法嵩主之。

嵩為人柔和，好接納，凡布衣緇黃至，必待以粥飯，其與同堂，雖或過時，亦特為具饌，了不慳嗇，如是三十年，往來稱誦。

已嘗盛冬苦寒，而一客遊謁，嵩延之入坐，日已下，是客指腹告餒，云：「自旦到今未得食。」

嵩憐之。適庵人及僕使數輩俱不在，乃自取米淘澤，作糜滿器。

客食畢，雪忽作，嵩語之曰：「天色甚惡，秀才宜少駐。」

第七章
故事與風俗：宋代社會生活的民間敘事

即啟西房，使宿一榻上，並授以布衾。

迫昏暮，嵩閉門，入東室擁爐，視客冷臥，喚之附火。

逾時客起，取衾烘炙，將就寢，忽萌惡念，謂此僧住庵，必當富有衣缽，今旁無一人，若乘勢戕殺，席捲其囊以行，誰能御我。

是時嵩方暖，因遂舉衾蒙其頭，拆爐側大磚，打數十下，仆地未絕，繼傾瓶內沸湯沃注，嵩叫呼之久之乃死。

於是執燈發篋，皆敝衣敗絮，僅得一銀香爐，重二兩許，客悔恨欲去，而雪深夜永，道黑不可行，復返宿舍，坐而須明，從後牆越遁。

庵中一犬，隨而悲吠，至三四里，過山嶺，猶獰怒弗舍。

遇兩村民從山北來，犬鳴聲益悲，伸前足伏地，如控訴狀。

民疑焉，謂客曰：「此李大夫庵犬也，凌晨雪逐汝而來，兼山間窄徑，非通行大路，尋常不曾有人及早經過者。觀犬聲殊哀憤，吾曹當相與詣彼察其故，幸而無他，則奉送出山，無傷也。」

客強為辯說，不欲還，而度不可免，遂偕返。

及庵外，門尚扃，民亟集近居者入驗，僧屍正在地爐邊，流血凝注。

客無可辯，自吐實本末，受執詣縣，竟服大刑。是日非義犬報恩復仇，必里保僮奴之累矣！

施德操《北窗炙輠錄》卷下〈魏公應〉講述：

魏公應為徽州司理。

有二人約以五更乙會甲家，如期往。

甲至雞鳴，往乙家，呼乙妻曰：「既相期五更，今雞鳴尚未至，何也？」

其妻驚曰：「去已久矣！」

復回甲家，乙不至。至曉，遍尋蹤跡，於一竹叢中獲一屍，乃乙也。隨身有輕齎物，皆不見。

妻號慟，謂甲曰：「汝殺吾夫也！」

遂以甲訴於官，獄久不成。

有一吏問曰：「乙與汝期，乙不至，汝過乙家，只合呼乙，汝舍乙不呼，乃呼其妻，是汝殺其夫也！」

其人遂無語。一言之間，獄遂成。

又如《夢溪筆談》卷十三〈權智・摸鐘辨賊〉講述道：

陳述古密直知建州浦城縣日，有人失物，捕得莫知的為盜者。述古乃紿之曰：「某廟有一鐘，能辨盜，至靈。」

使人迎置後閣祠之，引群囚立鐘前，自陳不為盜者，摸之則無聲；為盜者，摸之則有聲。

述古自率同職，禱鐘甚肅。祭訖，以帷圍之，乃陰使人以墨塗鐘。

良久，引囚逐一令引手入帷摸之。出乃驗其手，皆有墨，唯有一囚無墨。訊之，遂承為盜。蓋恐鐘有聲，不敢摸也。

《夷堅支志・庚卷》卷一〈鄂州南市女〉表面講述的是「鄂州南草市茶店僕彭先」與「對門富人吳氏女」的情感故事，其特別提到「《清尊錄》所書大桶張家女，微相類云」。其記述道：

鄂州南草市茶店僕彭先者，雖廛肆細民，而姿相白皙，若美男子。

對門富人吳氏女，每於簾內窺覘而慕之，無由可通繾綣，積思成瘵疾。

母憐而私扣之曰：「兒得非心中有所不愜乎？試言之。」

對曰：「實然，怕為爺孃羞，不敢說。」

149

第七章
故事與風俗：宋代社會生活的民間敘事

　　強之再三，乃以情告。母語其父。以門第太不等，將詒笑鄉曲，不肯聽。至於病篤，所親或如其事，勸吳翁使勉從之。

　　吳呼彭僕諭意，謂必歡喜過望。

　　彭時已議婚，鄙其女所為，出辭峻卻，女遂死。即葬於百里外本家，喪中凶儀華盛，觀者嘆詫。

　　山下樵夫少年，料其壙柩瘞藏之物豐備，遂謀發塚。

　　既啟棺，扶女屍坐起剝衣。女忽開目相視，肌體溫軟，謂曰：「我賴爾力，幸得活，切勿害我。候黃昏抱歸爾家將息，若幸安好，便做你妻。」

　　樵如其言，仍為補治塋穴而去。及病癒，據以為妻。布裳草履，無復昔日容態，然思彭生之念不暫忘。

　　乾道五年春，紿樵云：「我去南市久，汝辦船載我一遊。假使我家見時，喜我死而復生，必不究問。」

　　樵與俱行。才入市，徑訪茶肆，登樓，適彭攜瓶上。

　　女使樵下買酒，亟邀彭並膝，道再生緣由，欲與之合。

　　彭既素鄙之，仍知其已死，批其頰曰：「死鬼爭敢白晝現行。」

　　女泣而走。

　　逐之，墜於樓下。視之，死矣。

　　樵以酒至，執彭赴里保。

　　吳氏聞而悉來，守屍悲哭。殊不曉所以生之故，並捕樵送府。遣縣尉詣墓審驗，空無一物。

　　獄成，樵坐破棺見屍論死，彭得輕比。

　　雲居寺僧了清，是時抄化到鄂，正睹其異。

　　《清尊錄》所書大桶張家女，微相類云。

宋代訴訟故事中，謀財害命題材者不乏其見。如張知甫《可書·三道人》講述道：「天寶山有三道人，採藥忽得瘞錢，而日已晚，三人者議：先取一二千，沽酒市脯，待旦而發。遂令一道人往。二人潛謀：俟沽酒歸，殺之，庶只作兩分。沽酒者又有心，置毒酒食中，誅二道人而獨取之。既攜酒食示二人次，二人者忽舉斧殺之，投於絕澗。二人喜而酌酒以食，遂中毒藥而俱死。此事得之於張道人。」財富爭端，直接展現為社會道德的扭曲與墮落。此類民間故事，如此記述，便是對社會道德與良知的呼喚。

社會道德體系的崩塌，主要表現為人性良知的失落。這種現象展現在社會生活的各個方面。

廉布《清尊錄》記述「大桶張氏者，以財雄長京師」故事，講述人鬼之間的糾葛其實是一個冤案，其特意記述「時吳栻顧道尹京有其事云」曰：

大桶張氏者，以財雄長京師。凡富人以錢委人，權其子而取其半，謂之「行錢」。富人視行錢如部曲也。或過行錢之家，設特位置酒，婦女出勤，主人皆立侍，富人遜謝，強令坐，再三，乃敢就位。

張氏子年少，父母死，主家事，未娶。因祠州西灌口神歸，過其行錢孫助教家。孫置酒數行，其未嫁女出勤，容色絕世。

張目之曰：「我欲娶為婦。」

孫惶恐不可，且曰：「我公家奴也，奴為郎主丈人，鄰里笑怪。」

張曰：「不然，煩主少錢物耳，豈敢相僕隸也。」

張固豪侈，奇衣飾，即取臂上古玉條脫與女，且曰：「擇日納幣也。」飲罷去。

孫鄰里交來賀曰：「有女為百萬主母也。」

其後張別議婚，孫念勢不敵，不敢往問期，而張亦恃醉戲言耳，非實有意也。

第七章
故事與風俗：宋代社會生活的民間敘事

　　踰年，張婚他族，而孫女不肯嫁。其母曰：「張已娶矣。」

　　女不對，而私曰：「豈有信約如此，而別娶乎？」

　　其父乃復因張與妻祝神回，並邀飲其家，而使女窺之。既去，曰：「汝見其有妻，可嫁矣！」

　　女語塞，去房內，蒙被臥，俄頃即死。

　　父母哀慟，呼其鄰鄭三者告之，使治喪具。

　　鄭以送喪為業，世所謂「仵作行」者也。且曰：「小口死，勿停喪。即日穴壁出瘞之。」告以致死之由。鄭辦喪具，見其臂有玉條脫，心利之，乃曰：「某一園在州西。」

　　孫謝曰：「良便。」且厚相酬，號泣不忍視，急揮去，即與親族往送其殯而歸。

　　夜半月明，鄭發棺欲取條脫，女蹶然起，顧見鄭曰：「我何故在此？」

　　亦幼識鄭，鄭以言恐曰：「汝之父母，怒汝不肯嫁而念張氏，辱其門戶，使我生埋汝於此。我實不忍，乃私發棺，而汝果生。」

　　女曰：「第送我還家。」

　　鄭曰：「若歸必死，我亦得罪矣。」

　　女不得已，鄭匿他處以為妻，完其殯而徙居州東。

　　鄭有母，亦喜其子之有婦，彼小人不暇究所從來也。積數年，每語及張氏，猶忿恚，欲往質問前約，鄭母勸阻防閒之。

　　崇寧元年，聖端太妃上仙，鄭當從御翣至永安。將行，囑其母勿令婦出遊。

　　居一日，鄭母晝睡，孫出僦馬，直詣張氏門，語其僕曰：「孫氏第九女欲見某人。」

152

其僕往通,張驚且怒,謂僕戲已,罵曰:「賤奴,誰教奴如此?」

對曰:「實有之。」

乃與其僕俱往視焉。

孫氏望見張,跳踉而前,曳其衣,且哭且罵。

其僕以婦女不敢往解,張以為鬼也,驚走。

女持之益急,乃擘其手,手破流血,推仆地立死。僦馬者恐累也,往報鄭母。母許之有司,因追鄭對獄具狀,已而園陵復土,鄭發塚罪該流,會赦得原。而張實推女而殺之,該死罪也,雖奏獲貸,猶杖脊,竟憂畏死獄中。

時吳栻顧道尹京有其事云。

沈俶《諧史·我來也》,也是一個冤案故事,其記述道:

京師闤闠之區,竊盜極多,蹤跡詭祕,未易跟緝。趙師尚書尹臨安日,有賊每於人家作竊,必以粉書「我來也」三字於門壁,雖緝捕甚嚴,久而不獲。「我來也」之名,哄傳京邑,不曰「捉賊」,但云「捉我來也」。

一日,所屬解一賊至,謂此即「我來也」,亟送獄鞫勘。乃略不承服,且無贓物可證,未能竟此獄。其人在京禁,忽密謂守卒曰:「我固嘗為賊,卻不是『我來也』,今亦自知無脫理,但乞好好相看。我有白金若干,藏於寶叔塔上某層某處,可往取之。」

卒思塔上乃人跡往來之衝,意其相侮。賊曰:「毋疑,但往此寺,作少緣事,點塔燈一夕,盤旋終夜,便可得矣。」

卒從其計,得金,大喜。次早入獄,密以酒肉與賊。

越數日,又謂卒曰:「我有器物一甕,置侍郎橋某處水內,可復取之。」

卒曰:「彼處人鬧,何以取?」

賊曰:「令汝家人以籠貯衣裳,橋下洗濯,潛掇甕入籠,覆以衣,昇

第七章
故事與風俗：宋代社會生活的民間敘事

歸可也。」

卒從其言，所得愈豐。次日，復勞以酒食。卒雖甚喜，而莫知賊意。

一夜，至二更，賊低語謂卒曰：「我欲略出，四更盡即來，絕不累汝。」

卒曰：「不可。」

賊曰：「我固不至累汝，設使我不復來，汝失囚，不過配罪，而我所遺盡可為生。苟不見從，卻恐悔吝有甚於此。」

卒無奈，遂縱之去。卒坐以伺，正憂惱間，聞簷瓦聲，已躍而下。卒喜，復桎梏之。

甫旦，啟獄戶，聞某門張府有詞云：「昨夜三更被盜失物，其賊於府門上寫『我來也』三字。」

師擇撫按曰：「幾誤斷此獄，宜乎其不承認也。」止以「不合夜行」，杖而出諸境。

獄卒回，妻曰：「半夜後聞扣門，恐是汝歸，亟起開門，但見一人以二布囊擲戶內而去，遂藏之。」

卒取視，則皆黃白器也。乃悟張府所盜之物，又以略卒。

賊竟逃命，雖以趙尹之嚴，而莫測其奸，可謂黠矣，卒乃以疾辭役，享從容之樂終身。沒後，子不能守，悉蕩焉，始與人言。

冤案叢生，是社會風俗生活極度敗壞的重要表現。如《夷堅支志‧丁卷》卷一〈營道孝婦〉記述道：

道州營道縣村婦，養姑孝謹。姑寡居二十年，因食婦所進肉而死。鄰人有小憾，訴其臘毒。縣牒尉薛大圭往驗，婦不能措詞，情志悲痛，願即死。

薛疑其非是，反覆扣質。

婦曰:「尋常得魚肉,必置廚內柱穴間,貴其高燥且近。如此歷年歲已多,今不測何以致斯變?」

薛趨詣其所,見柱有蠹朽處,命劈取而視,乃蜈蚣無數,結育於中。

愀然曰:「害人者此也。」

以實告縣,婦得釋。

予記小說中似亦有一事相類者。薛字禹圭,河中人,予嘗志其墓。

宋慈《洗冤錄》(又稱《洗冤集錄》)〈荊花毒案〉,從另一個方面記述道:

單縣農人某,力作田間,其婦饁之,食畢乃死。翁姑悼子之死,乃以謀殺控諸官。婦備嘗三木,不勝痛楚,遂誣服。

案甫定,邑令遷調去。

後令至,察閱是案,反覆審度,曰:「此婦冤也。夫謀殺其夫者,必惑於姦夫,此婦無之,一可疑也。凡謀斃人者,必於密室,烏有鴆之於田間,以自彰其跡者哉,二可疑也。婦必冤矣。」

提訊之,再三研究,婦但哭訴冤苦,亦不自知致死之由。

令乃詳叩其居室耕地,親至其處詳察之。

復詰婦當日饋食何品?曰:「魚羹、米飯耳。」

曰:「饁出,曾他往耶?」

曰:「無也。唯行至某地,覺乏,少息於荊林下耳。」

令乃呼魚及炊具至,命婦當堂作魚羹,投荊花其中,雜以飯,投諸犬豕,無不立斃者。

婦之冤乃白。

邪惡橫行,如佛教聖地廟院,本是傳播佛教文化的莊嚴之地,卻成為不法僧人行淫穢之處。楊和甫《行都紀事》有「嘉興精嚴寺」故事記述道:

第七章
故事與風俗：宋代社會生活的民間敘事

嘉興精嚴寺大剎也。僧造一殿，中塑大佛，詭言婦人無子者，唯祈禱於此，獨寢一宵即有子。

殿門令其家人自封鎖。蓋僧於房中穴道地，直透佛腹，穿頂而出，夜與婦人合。

婦人驚問，則云：「我是佛。」

州民無不墮其計，次日往往不敢言。

有仕族之妻亦往求嗣，中夜僧忽造前，既不能免，則齧其鼻，僧去。

翌日其家遣人遍於寺中物色，見一僧臥病，以被韜面，揭而視之，鼻果有傷，掩捕聞官。

時韓彥古子師為郡將，流其僧而廢其寺。

《行營雜錄》記述「行都崇新門外鹿苑寺」故事，資料源自《葦航紀談》，與《行都紀事》「嘉興精嚴寺」故事屬於同類，都是世風敗壞的表現：

行都崇新門外鹿苑寺，乃殿帥楊存中郡王持建以處北地流寓僧。

一歲元宵，側近營婦連夜入寺觀燈。

有殿司將官妻同一女往觀，乃為數僧引入房中，置酒盛饌，逼令其醉。遂留夜於幽室，遽殺母而留女，女不敢哀。

及半年，三僧盡出其房。

窗外乃是野地，女因窺窗，見一卒在地打草，呼近窗下，備語前事，可急往某寨某將家報知，速來取我。

卒如言往報，將官即告楊帥。

帥令人告報本寺云：來日郡王自齋，合寺僧行人力，本府自遣廚師排齋，至是坐定，每二卒擒下一僧。

合寺僧行人力盡縛之。

又令百餘卒破其寺,果得此女,見父號慟。

遂綁三人主首送所屬,依法施行而毀其寺,逐去諸髠。

世風混濁,無存禮義廉恥。再如《夷堅支志·乙卷》卷三〈妙淨道姑〉故事講述道:

余仲庸初病目,招臨川醫鄭宗說刮障翳,出次於舍傍徐氏菴廬,蓋法當避囂塵以護損處。

時十一月中,憩泊甫定,立於門,遇一道姑,負月琴,貿貿然來,僅能辨衢路,向前揖不去,問為何人,何自而至,對曰:「妙淨,只是餘干人,尋常多往大家求化,不幸有眼疾,見鄉里傳說官人迎良醫到此,是以願見之。但妙淨行丐苟活,囊無一錢,乞為結一段因緣,使得再見天日。」

余惻然,命僧童引入灶下,留之宿。

時已昏暮,將俟旦拯視。童見之甚喜,燒湯與濯足,時時以微言挑謔。迨夜,置榻偕宿。

明日,呼之出,鄭曰:「此名倒睫,睫毛入眶,所以不能覷物,治之絕易,然亦須數日乃可了。」

余語之曰:「汝是女子,住此有嫌。汝不過有服食之慮,吾令汝往田僕家暫歇,以飯飼汝。」

其人笑曰:「妙淨乃男人,非女也。」

余察行步容止語言氣味,為男子無疑,不欲逆詐,竟喚僕導至彼舍。

徐徐訪之,果一男子耳。平日自稱道姑,遍詣富室,或留連十餘夕,其為奸妄,不一而足。至是方有知之者。

此故事表現的是宋代人妖,述說其「平日自稱道姑,遍詣富室,或留連十餘夕」故事,意在揭露不端與罪惡。又如周密撰《癸辛雜識》前集〈人

第七章
故事與風俗：宋代社會生活的民間敘事

妖〉記述：「趙忠惠帥維揚日，幕僚趙參議有婢慧點，盡得同輩之歡。趙暱之，堅拒絕從。疑有異，強即之，則男子也。聞於有司，蓋身具二形，前後姦狀不一，遂置之極刑。」

海洋故事是宋代民間傳說故事的又一特色，這應該與南宋社會在地理上移居東南沿海有關。當年中原腹地汴梁，得天下供給，無憂無慮，海洋引發了中原文化的無限想像。靖康之後，大宋王朝偏安一隅，苟延殘喘，宋人浪跡在海邊思索天地之間的循環往復，心中又有多少無奈、苦悶與恥辱。與此同時，我們也可以看到，諸如媽祖這樣影響了東南乃至東南亞廣大地區的神靈，也正是在這一時期出現的。如果說宋真宗泰山封禪之後形成的碧霞元君崇拜以及在中原地區的大量泰山奶奶信仰，是用以抵消澶淵之盟的文化失敗的，那麼媽祖信仰的形成是否與靖康之恥有關呢？

總之，海洋傳說故事從想像變成了現實，但只是言及海洋並非就意味著宋人開闊了胸襟，開拓了實業。這也是宋代民間文藝的一個重要特點。

如郭彖《睽車志》卷四〈海島長人〉所述：

建炎間，泉州有人泛海，值惡風，漂至一島。其徒數人登岸，但見花草甚芳美。初無路徑，行入一大林，有溪限其前，水石清淺。眾皆揭涉，得一徑。入大山谷間。俄見長人數十，身皆丈餘，耳垂至腹，即前擒數人者，每兩手各挈一人，提攜而去。至山谷深處，舉大鐵籠罩之。長人常一人看守，倦即臥石上，卷其耳為枕焉。時揭罩取一人，褫去其衣，眾共裂食之。內一人竊於罩下，抔土為窟，每守者睡熟，即極力掘之。穴透得逸，走至海邊，值番舶，得還。言其事，莫知其何所也。

《夷堅甲志》卷十〈昌國商人〉記述道：

宣和間，明州昌國人有為海商，至巨島泊舟，數人登岸伐薪，為島人所覺，遽歸。一人方溷不及下，遭執以往，縛以鐵縆，令耕田。後一二

年，稍熟，乃不復縶。始至時，島人具酒會其鄰里，呼此人當筵，燒鐵箸灼其股，每頓足號呼，則哄堂大笑。親戚間聞之，才有宴集，必假此人往，用以為戲。後方悟其意，遭灼時，忍痛囓齒不作聲，坐上皆不樂，自是始免其苦。凡留三年，得便舟脫歸，兩股皆如龜卜。

《夷堅乙志》卷八〈長人國〉記述道：

明州人泛海，值昏霧四塞，風大起，不知舟所向。天稍開，乃在一島下。兩人持刀登岸，欲伐薪，望百步處有筱籬，入其中，見蔬茹成畦，意人居不遠。方蹲踞摘菜，忽聞拊掌聲，視之，乃一長人，高出三四丈，其行如飛。兩人急走歸，其一差緩，為所執，引指穴其肩成竅，穿以巨藤，縛諸高樹而去。俄頃間，首戴一鑊復來。此人從樹杪望見之，知其且烹己，大恐，始憶腰間有刀，取以斫藤，忍痛極力，僅得斷，遽登舟斫纜，離岸已遠。長人入海追之，如履平地，水才及腹，遂至前執船。發勁弩射之，不退。或持斧斫其手，斷三指，落船中，乃捨去。指粗如椽，徐兢明叔云嘗見之。

《夷堅丙志》卷六〈長人島〉記述道：

密州板橋鎮人航海往廣州，遭大風霧，迷不知東西，任帆所向。歷十許日，所齎水告竭，人畏渴死，望一島嶼漸近，急奔赴之。登其上，汲泉甘甚，乃悉輦瓶罌之屬，運水入舟。彌望皆棗林，朱實下垂，又以竿撲取，得數斛，欲儲以為糧。大喜過望，眷眷未忍還，共入一石巖中憩息。俄有巨人四輩至，身皆長二丈餘，被髮裸體，唯以木葉蔽形。見人亦驚顧，相與耳語，三人徑去，行如奔馬。巖下大石，度非百人不可舉，其留者獨挈之以塞竇口，亦去。然兩旁小竅，尚可容出入，諸人相續奔入船，趣解維。一人來追，跳入水，以手捉船。船上人盡力撐篙，不能去。急取搭鉤鉤止之，奮利斧斷其一臂，始得脫。臂長過五尺，舟中人泡之以鹽，攜歸示人。高思道時居板橋，曾見之。沈公雅為予說。予《甲志》書昌國

第七章
故事與風俗：宋代社會生活的民間敘事

人及島上婦人,《乙志》書長人國,皆此類也。海於天地間為物最鉅,無所不有,可畏哉。

《夷堅甲志》卷七〈島上婦人〉記述道：

泉州僧本偁說,其表兄為海賈,欲往三佛齊。法當南行三日而東,否則值焦上,船必縻碎。此人行時,偶風迅,船駛既二日半,意其當轉而東,即回柁,然已無及,遂落焦上,一舟盡溺。此人獨得一木,浮水三日,漂至一島畔。度其必死,舍木登岸。行數十步,得小逕,路甚光潔,若常有人行者。久之,有婦人至,舉體無片縷,言語啁不可曉。見外人甚喜,攜手歸石室中,至夜與共寢。天明,舉大石窒其外,婦人獨出。至日晡時歸,必齎異果至,其味珍甚,皆世所無者。留稍久,始聽自便。如是七八年,生三子。一日,縱步至海際,適有舟抵岸,亦泉人,以風誤至者,及舊相識,急登之。婦人繼來,度不可及,呼其人罵之。極口悲啼,撲地,氣幾絕。其人從蓬底舉手謝之,亦為掩涕。此舟已張帆,乃得歸。

《夷堅支志‧甲卷》卷十〈海王三〉接著記江蘇淮安商賈遭遇與「泉州海客遇島上婦人事」相似的「今山陽海王三者」之事。其記述道：

甲志載泉州海客遇島上婦人事,今山陽海王三者亦似之。王之父賈泉南,航巨浸,為風濤敗舟,同載數十人俱溺。王得一板自託,任其簸盪,到一島嶼傍,遂陟岸行山間,幽花異木,珍禽怪獸,多中土所未識,而風氣和柔,不類蠻嶠,所至空曠,更無居人。王憩於大木下,莫知所届。忽見一女子至,問曰：「汝是甚處人？如何到此？」王以身行遭溺告,女曰：「然則隨我去。」女容狀頗秀美,髮長委地,不梳掠,語言可通曉,舉體無絲縷襆檄蔽形。王不能測其為人耶,為異物耶,默唸業已墮他境,一身無歸,亦將畢命豺虎,死可立待,不若姑聽之,乃從而下山。抵一洞,深杳潔邃,晃耀常如正晝,蓋其所處,但不設庖爨。女留與同居,朝暮飼以果

實，戒使勿妄出。王雖無衣衾可換易，幸其地不甚覺寒暑，故可度。歲餘，生一子。迨及周晬，女採果未還，王信步往水涯，適有客舟避風於岸隩，認其人，皆舊識也，急入洞抱兒至，徑登之。女繼來，度不可及，呼王姓名而罵之，極口悲啼，撲地幾絕。王從蓬底舉手謝之，亦為掩涕。此舟已張帆，乃得歸楚。兒既長，楚人目為海王三，紹興間猶存。

此類海洋故事多註明故事發生時間，如「建炎間，泉州有人泛海，值惡風，漂至一島」、「宣和間，明州昌國人有為海商，至巨島泊舟，數人登岸」等，或有「遺跡」作證，如「徐兢明叔云嘗見之」、「泉州僧本俙說」、「紹興間猶存」等，皆意在述說其真實性。

俗說中，也有許多生活瑣事，以奇異成為人們談笑的內容。

俗說中的故事有談笑間成嬉笑怒罵者，如鄭文寶《南唐近事》、《江南餘載》中都記述了「宣州」土地神的故事，意在諷刺貪官。《南唐近事》記述：「魏王知訓為宣州帥，苛政斂下，百姓苦之。因入覲侍宴，伶人戲作綠衣大面胡人，若鬼狀，傍一人問曰：『何為者？』綠衣人對曰：『吾宣州土地神，王入覲，和地皮掠來，因至於此。』」《江南餘載》記述：「徐知訓在宣州，聚斂苛桑，百姓苦之。入覲侍宴，伶人戲作綠衣大面，若鬼神者。傍一人問：『誰何？』對曰：『我宣州土地神也，吾主入覲，和地皮掘來，故得至此。』」

其更多是一笑了之。如《夷堅支志‧丁卷》卷八〈王甑工蠱異〉記述：「處州松陽民王六八，及箍縛盤甑為業。因至縉雲，為周氏葺甑。方施工，而腰間甚癢，捫得一蠱。戲鑽甑成竅，納蠱於中，剡木塞之而去。經一歲，又如縉雲，周氏復使理故甑。忽憶前所戲，開竅視之，蠱不死，蠕蠕而動。王匠怪之，拈置掌內，祝之曰：『爾忍餓多時，如今與爾一飽。』」蠱遽齧掌心，血微出，癢不可奈，抓之成癬。久而攻透手背，無藥能療，

第七章
故事與風俗：宋代社會生活的民間敘事

遂至於死。」《貴耳集》〈鄰僧積飯〉記述：「王黼宅與一寺為鄰。有一僧，每日在黼宅溝中流出雪色飯顆，漉出洗淨晒乾，不知幾年，積成一囤。靖康城破，黼宅骨肉絕糧。此僧即用所收之飯，復用水淘蒸熟，送入黼宅，老幼賴之無飢。」《事林廣記》辛集卷下〈兄弟相拗〉記述：「昔有人家兄弟三人，不相和順，動輒有言，即便相拗。一日，兄弟相聚云：『我兄弟只有三人，自今後，要相和順，不得相拗；如有拗者，罰鈔三貫文作和順會，以今日為始。』須臾，大哥云：『昨夜街頭井被街尾人偷取去。』二哥云：『怪得半夜後街上水漕漕，人哄哄。』三哥云：『你是亂道，井如何可偷？』大哥云：『你又拗了，罰錢三貫。』三哥歸去取錢，其妻問取錢作何使，三哥以實告，其妻云：『你去床上臥，我為你將錢去還大哥。』其妻將錢去與大哥：『伯伯，云你小弟夜來歸腹痛，五更頭生下一男子，在月中，不敢來，教媳婦把錢還伯伯作和順會。』大哥云：『你也是亂道，丈夫如何會生子？』其妻云：『大伯，你也拗，此鈔我且將歸去。』」《續博物誌》卷九〈狠子葬父〉記述：「有一狠子，生平多逆父旨。父臨死，囑曰：必葬我水中。意其逆命得葬土中。至是，狠子曰：生平逆父命，死不敢違旨也。破家築沙潭水心以葬。」蘇軾《東坡志林》卷二〈三老語〉記述道：「嘗有三老人相遇，或問之年。一人曰：『吾年不可記，但憶少年時與盤古有舊。』一人曰：『海水變桑田時，吾輒下一籌；爾來吾籌已滿十間屋。』一人曰：『吾所食蟠桃，棄其核於崑崙山下，今已與崑崙山齊矣。』以余觀之，三子者，與蜉蝣朝菌何以異哉？」這些故事未必都有多麼深刻的寓意，更多是增加生活情趣，在傳播過程中形成新的社會生活風俗。

如《夷堅丁志》卷二〈宣城死婦〉記述：

宣城經戚方之亂，郡守劉龍圖被害，郡人為立祠。

城中蹀血之餘，往往多丘墟。民家婦妊娠未產而死，瘞廟後，廟旁人

家或夜見草間燈火及聞兒啼，久之，近街餅店常有婦人抱嬰兒來買餅，無日不然，不知何人也。

頗疑焉。嘗伺其去，躡以行，至廟左而沒。他日再至，留與語，密施紅線綴其裾，復隨而往。

婦覺有追者，遺其子而隱，獨紅線在草間塚上。因收此兒歸。

訪得其夫家，告之故，共發塚驗視，婦人容體如生，孕已空矣，舉而火化之。自育其子，聞至今猶存。

《荊山編》亦有一事，小異。

《夷堅志補》卷二十一〈鬼太保〉記述：

京師省吏侯都事一妾懷妊，未及產而死，葬於城外二年。旁近居人，數見一婦人往來，每歸必攜一餅，久而共疑其事，蹤跡所由，知為侯氏妾，往告侯生。侯從省中歸，適與相遇，妾闊步而走，侯逐之，相去十餘步，不能及。出城訪瘞所，略無隙罅，悒悒然，因為守塚僧言之。僧曰：「此為業翳牽纏，未能解脫，當舉焚其骨，使得受生。」會寒食拜掃，遂啟其藏，見白骨已朽，一嬰兒坐於足上食餅。眾大駭，視此兒蓋真生人，眉目可愛，姨媼輩抱出撫玩，便能呼父母為爹爹媽媽。侯無子，以為神貺，鞠養之甚至。年二十時，遭建炎亂離，隨駕南渡，與親故相失，不復可歸。入省隸兵籍，於御廚為庖者，後以隨龍恩，得祇事德壽宮。識之者目為鬼太保。淳熙五年方卒。

如《醉翁談錄》丙集卷一〈因兄姊得成夫婦〉：

廣州姚三郎家，以機杼為業。其妻雙生一男一女，女居長，狀貌無別。其男名宜孫。女名養姑，少時為高客子高太議親。

過聘後，女因春遊，大適見之，乃起慕妻之心。

第七章
故事與風俗：宋代社會生活的民間敘事

時太年已十七矣，欲取其妻，以女年紀未及為辭。太因成病。高使媒者來曰：「高郎甚危，恐因思成病，權欲取婦歸，以滿其意，冀得病癒。」

姚與約曰：「彼既有疾而欲取妻，是速其死。如欲畢親，此斷不可。但欲取歸見面而慰安之，此亦從便。」

議既定，密與其妻謀曰：「不若權以養姑服飾，裝束宜孫而歸之，少慰其家。但丁寧勿與歸房。」

及行時，宜孫年方十五，宛然與女子無異。及到其家，入見高郎於其父母之房。

時高郎羸甚，其家乃置養姑於他房，以其室女伴之。

經月餘，高太病癒，夫豈知養姑之來，乃宜孫假為之也，與其伴宿之女，所為不善久矣。

姚恐事覺，乃促其歸。其子依依不忍離矣。

及敗露，高欲興訟。

眾謂曰：「若到官，彼此有罪，則不若用交親之說為上。」

高思之，不欲壞其女，於是從之。

時人為之語曰：「弟以姊而得婦，妹以兄而獲夫。打合就鴛鴦一對，分明歸男女兩途。好個風流伴侶，還它終久歡娛。」

後遂成親，二家修好，釋然如初矣。

生活故事的基本用意就在於透過生活瑣事表現生活情趣，而情趣的實質正在於宣洩，形成語言的狂歡。可以說，其開導了後世戲劇文學中嬉笑怒罵皆成文章的敘事模式，諸如唐寅、徐文長之流處處大興風流，裝瘋賣傻，真真假假，製造許多笑料，只為樂得他人高興而已。

164

二、述古：歷史傳說與時代記憶

　　所謂述古，其實就是舊話重提，舊事新說。其述說對象選取歷史文化題材，立意深遠，既是在事實上進行著文藝傳統的自覺傳承，也是營造和培育時代的文化。當然，並不是所有故事都有意述說世態炎涼，或是是非非，或嬉笑怒罵，而完全沒有一點用意。如「翰林棋者王積薪」故事見之於唐代《集異記》。曾慥《類說》卷八〈王積薪聞婦姑圍棋〉記述曰：「翰林棋者王積薪，從明皇西幸，寓宿深溪之家。但有婦姑止給水火。才暝，闔戶，積薪聞姑謂婦曰：『良宵無以為適，與汝同圍棋可乎？』堂內無燭，婦姑各在東西室，婦曰：『起東五南九置子矣。』姑曰：『東五南十二置子矣。』婦曰：『起西八南九置子矣。』姑曰：『西九南十置子矣。』夜及四更，其下止三十六。姑曰：『子已北矣，吾止勝九枰耳。』遲明，請問於姥，姥顧婦曰：『是子可教以常勢耳。』婦乃指示攻守殺奪應拒防救之法，甚略。姥曰：『止此已無敵於人間矣。』積薪行至數步，回顧已失向之室廬。自是其伎絕倫。竭心較九枰之勢，終不能得。因名鄧艾開蜀勢。」又如范致明撰《岳陽風土記》引庾穆之撰《湘州記》「不死酒」傳說：「庾穆之《湘州記》云：君山上有美酒數斗，得飲之即不死為神仙。漢武帝聞之，齋居七日，遣欒巴將童男女數十人來求之，果得酒。進御未飲，東方朔在旁竊飲之。帝大怒，將殺之。朔曰：『使酒有驗，殺臣亦不死；無驗，安用酒為？』帝笑而釋之。寺僧云：『春時往往聞酒香，尋之莫知其處。』」周文玘《開顏錄》中「有獻不死之藥於荊王」故事，早見於《韓非子》，也曾見之於東方朔故事，其做記述：「有獻不死之藥於荊王，射士取而食之，王欲殺射士，曰：『臣謂不死藥而食之，今殺臣，是殺人藥。』王乃笑而赦之矣。」其用意何在？這些傳說故事與李白、王羲之他們的傳說故事在時代意義上的表

第七章
故事與風俗：宋代社會生活的民間敘事

達又有什麼關聯呢？

再如許多舊故事中的鬼怪故事，比如歐陽云《睽車志·賣鬼》，顯然依據《搜神記》內容講述：「南陽宗定伯年少時，夜行逢鬼，問鬼所忌。答云：『唯不喜人唾。』定伯便擔鬼著頭上，急持行，徑至市中。下著地化為一羊，唾之，恐其變化。賣之，得錢千五百。」其《睽車志·黎丘鬼》講的也是舊時的鬼故事：「梁北丈人有之市而醉歸者。黎丘鬼喜效人子姪之狀，扶而迫苦之。歸而誚其子，始知奇鬼也。明旦復往，其真子往迎之。丈人望其真子拔劍而刺之。」其用意又何在？《辨惑論·巫覡》「河伯娶婦」則取材於《史記》所記述，其講：「西門豹為鄴令問民所疾苦，長老曰：『苦為河伯娶婦。』豹曰：『至時幸來告吾。』及告，豹往會河上，見巫女數十人立大巫後，豹呼河伯婦視之，曰：『是女不好，煩大巫為嫗投之河中。』有頃曰：『何久也？』弟子趣水投三弟子。豹曰：『巫嫗女子不能白事，煩三君為人白之。』復投三老河中。久，欲使廷掾等人趣之。皆扣頭流血，乃免。自是不復言伯娶婦。」曾慥《類說》卷十一〈幽怪錄·黃石化金〉，稱故事出自《幽怪錄》，其講述道：「侯適劍門外見四黃石大如斗，收之皆化為金，適貨錢百萬，市美妾十餘人，大第良田甚多。忽一老翁負笈曰：『吾來求君償債，將我金去，不記憶乎？』盡收拾妓妾投於笈，亦不覺窄。須臾已失所在。後數年見老翁攜妓遊行，問之皆笑不言。逼之，遂失所在。」《太平廣記》卷四百五十六〈太元士人〉的故事出自《續搜神記》，其講述道：「晉太元中，士人有嫁女於近村者。至時，夫家遣人來迎，女家好發遣，又令女弟送之。既至，重門累閣，擬於王侯，廊柱下有燈火，一婢子嚴妝直守，後房帷帳甚美。至夜，女抱乳母涕泣，而口不得言。乳母密於帳中，以手潛摸之，得一蛇，如數圍柱，纏其女，從足至頭。乳母驚走出，柱下守燈婢子，悉是小蛇，燈火是蛇眼。」前前後後，所講故事內

容相同,只是敘述語言更簡約,其意當在於述說精怪之情古今皆同。

　　在述古一類中,確實有許多具有鬥智色彩的故事一再被述說,如五代《疑獄集》卷一〈張舉辨燒豬〉記述「張舉殺豬破案」故事曰:「張舉,吳人也,為句章令。有妻殺夫,因放火燒舍,乃詐稱火燒夫死。夫家疑之,詣官訴妻,妻拒而不承。舉乃取豬二口,一殺之,一活之,乃積薪燒之,察殺者口中無灰,活者口中有灰。因驗夫口中,果無灰,以此鞫之,妻乃伏罪。」宋代王欽若、楊億等輯《冊府元龜》記述為:「吳張舉,字子清,為句章令。有婦殺夫者,因焚屋言燒死。其弟疑而訟之。舉案屍開口視無灰。令人取豬二頭,殺一生一,而俱焚之。開視其口,所殺者無灰,生者有灰。乃明夫死。婦遂首服焉。」宋鄭克《折獄龜鑑》卷六〈張舉〉,明謝肇淛《塵餘》「燒豬斷案」,明鄭瑄《昨非庵日纂》卷十五〈張舉判案〉,明馮夢龍編纂《智囊補》察智部卷九〈得情張舉〉,明張岱撰《夜航船》卷七政事部〈燭奸‧驗火燒屍〉等,均與《疑獄集》卷上〈張舉燒豬〉相同。或曰,燒豬斷案引起不同時期人共同的興趣?

　　眾多文獻中,宋代鄭克編著的《折獄龜鑑》,又名《決獄龜鑑》,其民間文藝史價值尤其值得重視。這是中國古代一部著名的案例彙編,也是中國民間文藝史上一部重要的傳說故事文獻。《折獄龜鑑》中的許多案例以民間傳說故事為基礎,有學者進行統計,有三百多則與訴訟、斷案有關傳說故事。其詳細分為釋冤、辨誣、鞫情、議罪、宥過、懲惡、察奸、核奸、擿奸、察慝、證慝、鉤慝、察盜、跡盜、譎盜、察賊、跡賊、譎賊、嚴明、矜謹二十類。有全書的正篇,諸如奸、慝、盜、賊的副篇,又有分論和結論。編者蒐集整理到許多歷史文獻中的法制傳說故事,有一些來自於墓誌、小說等野史,是更典型的傳說故事。如《朝野僉載》卷五〈裴子雲〉故事,在鄭克《折獄龜鑑》卷七〈張允濟〉,得到相似講述,只不過其

第七章
故事與風俗：宋代社會生活的民間敘事

被告雙方不是甥舅，而是翁婿。其講述道：「唐張允濟隋大業中為武陽令，務以德教訓下，百姓懷之。元武縣與其鄰接，有人以牸牛依其妻家者八九年，牛孳生至十餘頭，及將異居，妻家不與，縣司累政不能決。其人詣武陽質於允濟，允濟曰：『爾自有令，何至此也？』其人垂泣不止，且言所以。允濟遂令左右縛牛主，以衫蒙其頭，將詣妻家村中，云捕盜牛賊，召村中牛悉集，各問所從來處。妻家不知其故，恐被連及，指所訴牛曰：『此是女婿家牛也，非我所知。』允濟遂發矇謂妻家人曰：此即女婿，可以歸之。妻家叩頭服罪。」《折獄龜鑑》卷七〈趙和〉侯臨附與「裴子雲」傳說故事內容也有相似處。其記述道：「近時小說載侯臨侍郎一事云：臨為東陽令時，他邑有民，因分財產，寄物姻家，遂被諱匿，屢訴弗直。聞臨治聲，來求伸理，臨曰：『吾與汝異封，法難以治。』止令具物之名件而去。後半年，縣獲強盜，因縱令妄通有贓物寄某家，乃捕至下獄引問，泣訴盜所通金帛，皆親黨所寄。臨即遣人追民識認，盡以還之。」另如唐代《朝野僉載》卷五「李傑察奸」曾經記述過「寡婦有告其子不孝者」故事，歐陽脩、宋祁等撰《新唐書》卷一百二十八〈李傑傳〉做此記述道：「寡婦有告其子不孝者，傑物色非是，謂婦曰：『子法當死，無悔乎？』答曰：『子無狀，寧其悔。』乃命市棺還斂之。使人跡婦出，與一道士語，頃持棺至。傑命捕道士按問。乃與婦私不得逞。傑殺道士內於棺。」《疑獄集》卷一〈薛宣追聽縑〉記述「前漢時有一人持一縑入市」故事，與《風俗通義》中爭子故事屬於同類型，其稱：「遇雨以縑自覆，後一人至求庇廕，因授與縑一頭。雨霽當別，因爭云：是我縑。太守薛宣，命吏各斷一半，使人追聽之，一曰君之恩，縑主乃稱冤不已。宣知其狀，拷問乃伏。」宋人桂萬榮《棠陰比事》中也有記述。《折獄龜鑑》卷六〈薛宣〉記述道：「前漢時，臨淮有一人持匹縑到市賣之，道遇雨披覆。後一人至，求共庇廕。雨霽當

別,因相爭鬥,各云我縑,詣府自言。太守薛宣考核良久,莫肯首服。宣曰:「縑直數百錢,何足紛紜,自致縣官!」呼騎吏中斷縑,人各與半。使追聽之。後人曰太守之恩,縑主乃稱冤不已。宣知其狀,詰之服罪。」《疑獄集》卷一〈惠仕拷羊皮〉故事在《北史》卷八十〈外戚傳〉保存為「二人爭羊皮」故事,其記述道:「人有負鹽負薪者,同釋重擔息樹蔭,二人將行,爭一羊皮,各言其藉背之物。(李)惠仕遣爭者出,顧州綱紀曰:『此羊皮可拷知主乎?』群下咸無答者,惠令人置羊皮席上,以杖擊之,見少鹽屑,曰:『得其實矣。使爭者視之,負薪者乃伏而就罪。」《折獄龜鑑》卷六〈李惠〉記述為:「李惠為雍州刺史,人有負鹽負薪者,同釋重擔息於樹蔭。二人將行,爭一羊皮,各言藉背之物。惠遣爭者出,顧州綱紀曰:『以此羊皮拷知主乎?』郡下以為戲言,咸無應者。惠令人置羊皮席上,以杖擊之,見少鹽屑,曰:『得其實矣。』使爭者視之,負薪者乃伏而就罪。」這些傳說故事的內容其實在於其當世價值,是法制故事啟迪意義的時代展現。

三、仙話:仙人異事與修道傳說

　　仙話的實質是幻想,是對現實生活和自然世界的超越,展現著人們在具體時空條件下對自由、幸福、快樂生活的嚮往。

　　宋代仙話是宋代社會風俗的重要組成部分,展現出宋代社會的精神面貌。其不同於魏晉和唐代那樣的「仙味十足」,而是多了一些日常生活的樸實,而且,有許多仙話就是來自其他文獻,或采自現實。總有一個模式,即一人誤入一處,見人對弈,對弈者即神仙,其不覺給予某物,人

第七章
故事與風俗：宋代社會生活的民間敘事

出，物皆變異。曾慥編《類說》卷十二「洞中道士對棋」，即取材於五代時期徐鉉《稽神錄》，記述曰：「婺源公山二洞有穴如井，咸通末有鄭道士以繩縋下百餘丈，旁有光，往視之，路窮阻水，隔岸有光，岸有花木，二道士對棋，使一童子刺船而至，問：『欲渡否？』答曰：『當還。』童子回舟而去。鄭復縋而出。明日，井中有石筍塞其口，自是無入者。」《遊宦紀聞》卷四「永福下鄉有農家子張鋤柄」故事記述道：「永福下鄉有農家子，姓張，以採薪鬻鋤柄為業，鄉人目為張鋤柄。狀貌醜怪，口能容拳。一日入山，遇仙人對弈。投之以桃，苦不可食。張心知為仙，冀有所遇，忍苦啖咽。且及半，若將螫舌，遂棄其餘而歸。因忽忽若狂，絕粒，食草木實。時言人隱惡，能道未來禍福。素不諳書，忽奮筆作字，得羲、獻體。口占頌偈，立成如宿構。傳聞四散，士夫多往赴之。因度為僧人，號為張聖者。」《釋常談・手談》記述：「昔有樵人入終南採薪，忽見一石室中有二老人棋，樵人迷路，問棋者：『此是何處？』棋者不應。樵者拱立多時候畢局，又問之。老人曰：『向來我方手談，不暇對汝。』乃指樵人出路。樵人出告居人，居人驚異，乃領樵人入山尋訪，攀蘿引蔓，無處不到，已失其所。」此「樵人入終南採薪，忽見一石室中有二老人棋，樵人迷路」、「洞中道士對棋」，成為故事基本場景，其中或為道士，或為仙人，指示「樵於山者」成仙、升仙之路，或與之神奇食品而使人不老，待人再回凡間，一切都變換，這是民間文藝史上極其流行的仙話模式。

仙話之仙，在於撲朔迷離，昇仙為其主要內容；仙話之話，就是一系列超凡脫俗的傳說故事。八仙過海各顯神通故事源自唐代社會，於宋代形成固定的傳說故事文字，這種現象並不是偶然的，而是與宋代仙話的內容特點密切相關。

洪邁《夷堅志》中，仙話保存尤其多，諸如「蟒精」、「道士」、「仙童」

等角色非常有特色。

如前所述,《夷堅志》書名出自《列子‧湯問》所記《山海經》乃「大禹行而見之,伯益知而名之,夷堅聞而志之」,其「夷堅」即為神仙,故《夷堅志》為神仙之書。《夷堅志》四百卷之多,此堪稱宋代民間傳說故事大全,亦如作者於〈夷堅支志丁集序〉說:「《夷堅》諸志,皆得之傳聞,苟以其說至,斯受之而已矣」,〈夷堅支志庚集序〉稱其「鄉士吳潦伯秦出其迺公時軒居士昔年所著筆記,剟取三之一為三卷,以足此篇。」其「皆得之傳聞」,便是民間傳說故事作為其重要來源的證明。這部託名夷堅的傳說故事書流傳甚廣,如洪邁〈乙志序〉中說:「《夷堅》初志成,士大夫或傳之,今鏤板於閩、於蜀、於婺、於臨安,蓋家有其書。」其取材於民間,又深刻影響到民間,是中國民間文藝史上十分重要的文獻。

特別值得注意的是,《夷堅支志‧丁卷》卷十〈張聖者〉記述「蓋鍾離子云」,表明八仙故事已經在這裡具體出現:

福州張聖者,本水西雙峰下居民。入山採薪,逢兩人對弈於磐石上。與之生筍使食,張不能盡,遂謝去。

即日棄家買卜,未嘗呵錢布卦,而人禍福死生,隨口輒應,自稱曰張鋤柄。

紹興中,張魏公鎮閩,母莫夫人多以度牒付東禪寺,使擇其徒披剃。

長老夢黑龍蟠踞寺外,旦而視之,張也。

問之曰:「欲為僧乎?」

曰:「固所願。」

於是落髮而立名圓覺。嘗以雙拳納口中,每笑時,幾至於耳。素不識字,而時時賦詩。見交遊間過舉,必盡言諷勸。

第七章
故事與風俗：宋代社會生活的民間敘事

郡士林東，有才無行，嘗批張頭曰：「圓覺頭生角。」

張應聲曰：「林東不過冬。」

及期，東以罪編隸。後行遊建安，放達忤轉運副使馬子約純，馬擒赴獄。桎梏棰掠，而肌膚無所傷。竟用造妖惑眾，劾於朝，流梅州。

久之，復歸鄉。

己卯之冬，或問：「新歲狀元為誰？」

曰：「在梁十兄家。」

皆莫能曉。既乃溫陵梁丞相魁天下，十兄者，克字也。

張所遇弈者，一巾一髽，髽者與之筒，蓋鍾離子云。

宋代升仙故事對道士給予許多渲染，在神仙、精怪、道士、凡人之間，道士充當了使者，將仙話故事的矛盾衝突等內容不斷啟用。

如洪邁《夷堅志再補》「道人符誅蟒精」所記述：

南中有選仙道場，在一峭崖石壁之下，其絕頂石洞穴，相傳以為神仙之窟宅，時有雲氣蒙靄。常有學道之人，築室於下，見一神人現前曰：「每年中元日，宜推選有德行之人祭壇，當得上升為仙。」於是學道慕仙之人咸萃於彼。

至期，遠近之人，齎香赴壇下，遙望洞門祝禱，而後眾推道德高者一人，嚴潔衣冠，佇立壇上，以候上升，餘皆慘然訣別而退。於時有五色祥雲，油然自洞門而至壇場，其道高者，衣冠不動，躡雲而升。時至洞門，則有大紅紗燈籠引導，觀者靡不涕泗健羨，遙望作禮。

如是者數年，人皆以道緣德薄，未得應選為恨。至次年，眾又推舉一道高者，方上升間，忽一道人，云自武當山來掛搭，問所以。具以實對。

道人亦嗟羨之曰：「上升為仙，豈容易得？但虛空之人，有罡風浩氣，

必能過截。吾有一符能御之,請置於懷,慎勿遺失。」

道高者懷之,喜甚。至時果有五色祥雲捧足,冉冉而升。

逾日,道人遣眾登視洞穴,見飛升之人,形容枯槁,橫掛於上,若重病者,奄奄氣息,久方能言。問之,則曰:「初至洞門,見一巨蟒,吐氣成雲,兩眼如火,方開口欲吞噉間,忽風雷大震,霹死於洞畔。視之,蟒大數圍,長數十丈,又有骸骨積於巖穴之間,乃前後上升者骨也。」

蓋五色雲者,乃蟒之毒氣,紅紗燈籠者,蟒之眼光也。

《夷堅志補》卷二十二〈武當劉先生〉記述道:

均州武當山王道士,行五雷法,效驗彰著。

其師劉先生,道業頗高。一日昏暮間,雲霧擁門,幢幡旌節,相望踵至,一仙童持上天詔,召劉上升。

劉大喜,王道士白言:「常聞升天者多在白晝,今已曛黑,正恐陰魔作奇祟,切宜審諦。」

劉不聽,叱之使去,曰:「吾平生積功累行,時節因緣至此而集,無多言!」

乃沐浴更衣,趺坐磻石上,與眾訣別,將即騰太空,王密反室,敕呼雷部神將。

忽霹靂一聲震起,仙童與幡幢俱不見。

俄頃再震,有黑氣一道,長數十百丈,直下巖谷中,道眾遂散。明旦出視,一路血跡斑斑,窮其所之,有巨蟒死於巖下。

再者是對弈故事,常常形成一個固定模式。《夷堅乙志》卷一〈仙奕〉講述「南劍尤溪縣浮流村民林五十六」故事,是這種模式的典型,其記述道:「南劍尤溪縣浮流村民林五十六樵於山,見二人對弈,倚擔觀之。旁

第七章
故事與風俗：宋代社會生活的民間敘事

有兩鶴啄楊梅，墜一顆於地，弈者目林使拾之。俯取以食，遽失二人所在。林歸，即辟穀不食，不知其所終。」其「不知其所終」是民間傳說故事的常見結局。

又如《夷堅支志・戊卷》卷一〈石溪李仙〉所記「南劍州順昌縣石溪村民李甲」故事，「常伐木燒炭」與「望其中有兩士對弈」經歷，與其他觀弈過程類同：

南劍州順昌縣石溪村民李甲，年四十不娶，但食宿於弟婦家。常伐木燒炭，鬻於市。得錢，則日糴二升米以自給，有餘，則貯留以為雨雪不可出之用，此外未嘗妄費。

紹興二年九月，入山稍深，倦憩一空屋外。聞下棋聲，知是人居。望其中有兩士對弈。

李趨進揖之，呼為「先生」。

弈者笑而問曰：「汝以何為業？」

對曰：「賣炭爾。」

又曰：「能服藥乎？」

應曰：「諾。」

即顧侍童，取瓢中者與之。

童頗有吝色，曰：「此何為者？而輕付之。」

咄曰：「非汝所知。」

藥正紅而味微酸。服竟，亟遣出，約曰：「三十年後，復會此山中。」出門反顧，茫無所睹。嗅腰間所齎飯，臭不容口，傾之於水而行。

迨還家，既歷三日矣，遂連夕大瀉。自是不復飲食，唯啖山果，鄉人稱之曰李仙。

四、精怪故事：神祕奇幻的民間傳聞

精怪故事的精，其實是人精，其中的怪，包括鬼怪，其實是人怪。精怪背後都是人，是人的想像和情感，以人為故事中心，透過述說各種怪異，展現世間的風俗生活，或藉以述說人世間的社會生活道理，並給予人更深刻的印象。

精怪故事中，鬼成為精怪的特殊形式，或曰鬼怪。如蘇軾《漁樵閒話》講述「倀鬼」故事，其講述故事的基本目的在於其所感嘆「悲哉，人之愚惑已至於此乎！近死而心不知其非，宜乎沉沒於下鬼也」：

長慶中有處士馬拯，與山人馬紹相會於衡山祝融峰之精舍。見一老僧，古貌龐眉，體甚魁梧，舉止言語殊亦樸野。得拯來，甚喜。及倩拯之僕持錢往山下市少鹽酪。俄亦不知老僧之所向。

因馬紹繼至，乃云在路逢見一虎食一僕，食訖，即脫斑衣而衣禪衲，熟視乃一老僧也。拯詰其服色，乃知己之僕也。拯大懼。及老僧歸，紹謂拯曰：「食僕之虎，乃此僧也。」拯視僧之口吻，尚有餘血殷然。

二人相顧而駭懼，乃默為之計。因紿其僧云：「寺井有怪物，可同往觀之。」僧方窺井，二人併力推入井中。僧遂乃變虎形也。於是壓之以巨石而虎斃於井。

二人者急趨以圖歸計。值日已薄暮，遇一獵者張機道旁而居棚之上，謂二人曰：「山下尚遠，群虎方暴，何不且止於棚上？」二人悸慄，相與攀援而上，寄宿於棚。及昏暝，忽見數十人過，或僧或道，或丈夫或婦女，有歌吟者，有戲舞者。俄至張機所，眾皆大怒曰：「早來已被二賊殺我禪師，今方追捕，次又敢有人殺我將軍？」遂發機而去。二人聞其語，遂詰獵者：「彼眾何人也？」獵者曰：「此倀鬼也，乃疇昔嘗為虎食之人。既已

第七章
故事與風俗：宋代社會生活的民間敘事

鬼矣，遂為虎之役使，以屬前道。」

二人遽請獵者再張機。方畢，有一虎哮吼而至。足方觸機，箭發貫心而踣。逡巡，向之諸倀鬼奔走卻回，俯伏虎之前，號哭甚哀，曰：「誰人又殺我將軍也！」二人者乃後聲叱之曰：「汝輩真所謂無知下鬼也。生既為虎之食，死又為虎之役使。今幸而虎已斃，又從而哀號之，何其不自疲之如此耶！」忽有一鬼答之曰：「某等性命既為虎之所食啖，固當拊心刻志以報冤。今又左右前後以助其殘暴，誠可愧恥，而甘受責矣。然終不知所謂禪師、將軍者乃虎也。」

悲哉，人之愚惑已至如此乎！近死而心不知其非，宜乎沉沒於下鬼也。

蔡絛撰《鐵圍山叢談》卷四「河中有姚氏十三世不拆居矣，遭逢累代旌表」講述的是「義門姚家」故事，有鬼母在世間得到食物，餵養其生養的孩子。同類故事甚多，如郭彖撰《睽車志・鬼太保》曾記述「侯都事妾懷未及產而死，後改葬，見白骨已朽，一嬰兒坐於足上食餅。侯眾大駭，抱出鞠養之。及長，祗事宮禁，識者目為鬼太保」故事。郭彖《睽車志》卷三「李大夫妾」，講的也是此類故事。

《鐵圍山叢談》中講述道：

河中有姚氏十三世不拆居矣，遭逢累代旌表，號義門姚家也。一旦大小死欲盡，獨兄弟在。方居憂，而弟婦又卒。弟且獨與小兒者同室處焉。度百許日，其家人忽聞弟室中夜若與婦人語笑者，兄知是，弗信也。因自往聽之，審。一日勵其弟曰：「吾家雖驟衰，且世號義門，吾弟縱喪偶，寧不少待，方衰絰未除而召外婦人入舍中耶！懼辱吾門將奈何？」弟因泣涕而言：「不然也。夜所與言者乃亡婦爾。」兄瞠諤，詢其故，則曰：「婦喪期月，即夜叩門曰：『我念吾兒之無乳而復至此。』因開門納之，果亡婦，遂徑登榻接取兒乳之。弟甚懼，自是數來，相與語言，大抵不異平時

人，且懼且怪而不敢以駭兄也。」

兄念家道死喪殆盡，今手足獨有二人，此是又欲亡吾弟爾，且弟既不忍絕，然吾必殺之。因夜持大刀，伏於門左，其弟弗知也。果有排門而入者，兄盡力以刀刺之，其人大呼而去。拂旦視之則流血塗地，兄弟因共尋血汗蹤，迄至於墓所，則弟婦之屍橫墓外，傷而死矣。

會其婦家適至，睹此而訟於官，開墓則啟空棺而已。官莫能治。俄兄弟咸死獄中，姚氏遂絕。

郭彖《睽車志》卷三「李大夫妾」講述「汴河岸有賣粥嫗，日以所得錢置鈢筒中，暮則數而緡之，間得楮鏹二，驚疑其鬼也」，其宣告此故事「李知縣明仲說」，是宋代精怪故事中鬼怪故事的又一個典型：汴河岸有賣粥嫗，日以所得錢置鈢筒中，暮則數而緡之，間得楮鏹二，驚疑其鬼也。自是每日如之，乃密自物色買粥者。

有一婦人青衫素襠，日以二錢市粥，風雨不渝。乃別貯其錢，及暮視之，宛然楮鏹也。

密隨所往，則北去一里所。闃無人境，婦人輒四顧入叢薄間而滅，如是者一年。

忽婦人來謂嫗曰：「吾久寄寓比鄰，今良人見迎，將別嫗去矣。」

嫗問其故，曰：「吾固欲言，有以屬嫗。我李大夫妾也，舟行赴官至此，死於蓐間，藁葬而去。我既掩壙，而子隨生，我死無乳，故日市粥以活之，今已期歲。李今來發叢，若聞兒啼必驚怪，恐遂不舉此子，乞嫗為道其故，俾取兒善視之。」

以金釵為贈而別。

俄有大舟抵岸，問之則李大夫也。徑往發叢，嫗因隨之。舉柩而兒果啼，李大夫駭懼，因為言，且取釵示之。

第七章
故事與風俗：宋代社會生活的民間敘事

李諦視，信亡妾之物，乃發棺取兒養之。

李知縣明仲說。

人間鬼怪如此，狐狸精怪亦如此，如《夷堅支志・庚卷》卷六「海口譚法師」，講述的是「予記唐小說所書黎丘人張簡等事」之「德興海口迫市處居民黃翁」，為「狐狸作怪，化形為人」，其記述道：

德興海口近市處居民黃翁有二子，服田力穡以養其親，在村農中差為贍給。又於三里外買一原，其地肥饒。二子種藝麻粟，朝往暮歸。久而以為不便，乃創築茅舍，宿食於彼。

翁念其勤苦，時時攜酒或烹茶往勞之。

路隔高嶺，極險峻。子勸止勿來，翁曰：「汝竭力耕田，專為我故，我那得漠然不顧哉！」

自後其來愈密。

正當天寒，二子共議：使老人跋陟如此，於心終不安。舍之而歸。

翁問何以去彼，具以誠告。

翁曰：「後生作農業是本分事，我元不曾到汝邊，常以念念，可惜有頭無尾。」

二子疑驚，詢其妻，皆云：「□翁不曾出。」

始大駭，復為翁述所見。

翁曰：「聞人說此地亦有狐狸作怪，化形為人。汝如今再往原上，若再敢弄汝，但打殺了不妨。」

子復去。追晚翁至，持斧迎擊於路。即死，埋諸山麓。

明日歸，翁曰：「夜來有所見乎！」

曰：「殺之矣。」

翁大喜,二子亦喜。遂益治原隰,為卒歲計。然翁所為浸浸改常。

家有兩犬,俊警雄猛,為外人所畏,翁惡之,犬亦常懷搏噬之意。

其一乘其迎吠,翁使婦餌以糟䬾,運椎擊其腦。既又曰:「吠我者乃見存之犬,不可恕。」

婦引留之,不聽,皆死焉。

固已竊訝。且頻與婦媟謔,將呼使侍寢。

里中譚法師者,俗人也,能行茅山法,雖非道士,而得此稱。董翁待之厚,來必留飲。

是時訪翁,辭以疾作不出,凡三至皆然。

已而又過門,徑登床引被自覆。

譚曰:「此定有異。」

就房外持咒捧杯水而入,覺被內戰灼,形軀漸低,噀水揭視,拳然一老狐也,執而鞭殺之。

而尋父所在弗得。試發葬處,則父屍存焉,已敗矣。

蓋二子再入原時,真父往視,既戕之,狐遂據其室。

予記唐小說所書黎丘人張簡等事,皆此類云。

洪邁《夷堅志補》卷二十一「猩猩八郎」,講述的是「猩猩國」故事,述說「建炎中,李捧太尉獲一牝,自海島攜歸為妾,生子」,並以「小二至慶元時尚存,安國長老了祥識之」為證。其記述道:

猩猩之名見於《爾雅》、《禮記》、《荀子》、《呂氏春秋》、《淮南子》,又唐小說載焦封孫夫人事。

建炎中,李捧太尉獲一牝,自海島攜歸為妾,生子,不復有遇之者。

金陵商客富小二,以紹興間泛海,至大洋,覺暴風且起,喚舟人下碇

第七章
故事與風俗：宋代社會生活的民間敘事

石堅帆檣以為備,未訖而舟溺。富生方立篷頂,與之俱墜,急持之。

漂盪抵絕岸。行數十步,滿目皆山巒,全無居室,飢困之甚,值一林,桃李纍纍垂實,亟採食之。

俄有披髮而人形者,接踵而至,遍身生毛,略以木葉自蔽。逢人皆喜,挾以歸,言語極喎啾,亦可曉解。

每日不火食,唯啖生果。環島百千穴,悉一種類,雖在巖谷,亦秩秩有倫,各為匹偶,不相糅雜。

眾共擇一少艾女子以配富,旋誕一男。

富夙聞諸舶上老人,知為猩猩國,生兒全肖父,但微有長毫如毛。時慮富竄伏,才出輒運巨石窒其竇,或倩它人守視。

既誕此男,乃聽其自如。時時偕往深山,摘採果實。自料此生無由返故鄉,而妻以韶秀,頗安之,凡三歲。因攜男獨縱步,望林杪高桅,趨而下,為主人道其故,請得附行,許之,即抱男以登。

無來追者,遂得歸。

男既長大,父啟茶肆於市,使之主持,賦性極馴,傍人目之為猩猩八郎,至今經紀稱遂。

小二至慶元時尚存,安國長老了祥識之。

《太平廣記》卷四百三十一〈李大可〉講述的是「虎」精怪故事:

宗正卿李大可嘗至滄州。

州之饒安縣有人野行,為虎所逐。既及,伸其左足示之,有大竹刺,貫其臂,虎俯伏貼耳,若請去之者。其人為拔之,虎甚悅,宛轉搖尾,隨其人至家乃去。

是夜,投一鹿於庭。如此歲餘,投野豕獐鹿,月月不絕。或野外逢

之，則隨行。

其人家漸豐，因潔其衣服。虎後見改服，不識，遂齧殺之。

家人收葬訖，虎復來其家。母罵之曰：「吾子為汝去刺，不知報德，反見殺傷。今更來吾舍，豈不愧乎？」

虎羞慚而出。

然數日常旁其家，既不見其人，知其誤殺，乃號呼甚悲。因入至庭前，奮躍折脊而死。

見者咸異之。

《夷堅支志・庚卷》卷四〈海門虎〉，也是講述「虎」精怪故事：

淳熙二年八月，通州海門縣下沙忽有虎暴，民家牛羊豬狗，遭食者多。居人畏其來，至暮輒出避。陳老翁村舍窗戶籬壁，皆為觸倒。

陳語妻子曰：「虎吃人自係定數。我一家人八口，恐須有合受禍者，我今出外自當之。」

妻子挽勸不聽。

即開門，見虎肋間帶一箭，手為之拔取。

虎騰身哮吼，為感悅之狀而去。

次夜，擲一野麂以報，自此絕跡。

精怪形式多種多樣，有狐精、虎精、猩猩，也有鳥精，甚至銀錢也會成精。這反映出宋代社會風俗中的信仰觀念。

如《夷堅支志・甲卷》卷三〈包氏僕〉記述「鄱陽包氏」與「白頸鴉登背拋糞」故事，其中「白頸鴉」為精怪。其講述道：

鄱陽包氏，居玭洲門內，買一馬，付其僕程三養視，日浴之於放馬

第七章
故事與風俗：宋代社會生活的民間敘事

渚。常為白頸鴉登背拋糞，深患之，逐去復來。於是敲針作小鈎，貫以長縷，從馬腹旋繞致背，掛餌於表。

鴉啄餌，吞鈎不可脫。程剔其雙目睛，懷歸舍，求酒於主家而吞之。自此眼力日盛，能歷覽鬼物於虛空間。

嘗與包婢在廚，見一鬼瞠目拖舌，項下纏索，履門閾窺瞰。程持杖擊之，呻吟窘怖，冉冉入地而滅。蓋向時有縊死於彼處者。後每出野外，必有所睹，雖似人形，而支體多不具足。

屬怪望之，往往奔竄。

或人謂千歲鴉目能洞視，程所吞者其是歟？

鳥精的傳說故事在文獻中出現並不多，卻非常別緻。如郭彖《睽車志》卷三〈玉真娘子〉記述燕子故事：

程迥者，伊川之後。紹興八年，來居臨安之後洋街，門臨通衢，垂簾為蔽。

一日，有物如燕，瞥然自外飛入，徑著於堂壁。

家人就視，乃一美婦，僅長五六寸，而形體皆具，容服甚麗，見人殊不驚，小聲歷歷可辨，自言：「我玉真娘子也，偶至此，非為禍祟，苟能事我，亦甚善。」

其家乃就壁為小龕，香火奉之。

頗能預言，休咎皆驗。好事爭往求觀，人輸百錢，乃為啟龕。至者絡繹，小阜程氏矣。

如是期年，忽復飛去，不知所在。

《夷堅支志‧甲卷》卷三〈姜彥榮〉記述「淳熙十二年」所發生故事，其中「龐眉白首，髭髯如雪，著皂綠素袍」講述銀錢精怪。其講述道：

鄱陽醫者姜彥榮，淳熙十二年，遷居豐泰門內。因夜歸，停燭獨坐，尋繹方書，見老人拊戶而立，注目視之，已不見，知其為怪，而未暇窮其跡。

　　他夕，赴市民飲席醉歸，復遇之，灼然可識，龐眉白首，髭髯如雪，著皂綠素袍。

　　姜大呼叱之，沒於地。

　　姜曰：「是必窖藏物欲出耳。」

　　遲明，發土二尺許，獲銀小錠，重十有二兩。

　　復之，鏗鏗然聞金革之聲，堅不可入。

　　姜慮無望之福或反致禍，乃止。

　　與以往時期精怪故事一樣，蛇常常是典型的妖孽。應該說，這是宋代社會風俗中蛇信仰的重要表現。著名的民間傳說故事〈白蛇傳〉也正是在這一時期出現了完整的故事文字。

　　《太平廣記》卷四百五十七〈薛重〉記述「會稽郡吏鄮縣薛重得假還家」故事，引出蛇精「淫妄之罪」內容。其講述道：

會稽郡吏鄮縣薛重得假還家，夜至家，戶閉，聞婦床上有丈夫眠聲。

喚婦，久從床上出來開戶。

持刀便逆問婦曰：「床上醉人是誰？」

婦大驚愕，因且苦自申明：「實無人。」

重家唯有一戶，既入，便閉婦索。了無所見，見一蛇隱在床腳，酒醉臭。重斫蛇寸斷，擲於後溝。

經日而婦死。

數日，重又死，後忽然而生，說：「始死，有人桎梏之，將到一處，

第七章
故事與風俗：宋代社會生活的民間敘事

  有官察問曰：『何以殺人？』」

   重曰：「實不行凶。」

   曰：「爾云不殺者，近寸斷擲著後溝，此是何物？」

   重曰：「正殺蛇耳。」

   府君愕然有悟曰：「我當用為神，而敢淫人婦，又訟人。」

   敕左右持來。吏將一人，著平巾幘，具詰其淫妄之罪，命付獄。

   重為官司使遣將出。重倏忽而還。

  宋代文獻中，蛇之為妖孽傳說故事，多出自南方，這或許與宋代社會政治中心向南轉移有關。《夷堅丁志》卷二十〈蛇妖〉，故事環環相扣，講述了「蛇最能為妖，化形魅人，傳記多載，亦有真形親與婦女交會者」，引出「南城縣東五十里大竹村」婦女、「壕口寶慈觀側田家胡氏婦」、「宜黃富家」女、「葉落坑」董氏等與蛇精相關的精怪故事，其時間在「建炎」至「紹興丁丑」間，並特別強調「此四女婦皆存」。其講述道：

  蛇最能為妖，化形魅人，傳記多載，亦有真形親與婦女交會者。

  南城縣東五十里大竹村，建炎間，民家少婦因歸寧行兩山間，聞林中有聲，回顧，見大蛇在後，婦驚走。蛇昂首張口，疾追及，繞而淫之。婦宛轉不得脫，叫呼求救。見者奔告其家，鄰里皆來赴，莫能措手。盡夜至旦乃去。

  又壕口寶慈觀側田家胡氏婦，年少白皙，春月餉田，去家數里，負擔行山麓，過叢薄中。蛇追之，婦棄擔走，未百步驚顛而仆，為所及。以身匝繞，舉尾褰裳，其捷如手。裳皆破裂，淫接甚久。其夫訝餉不至，歸就食，至則見之，憤恚不知所出，呼數十人持杖來救。蛇對眾舉首怒目，呀口吐氣，蓬勃如煙。眾股慄，莫敢前，但熟視遠伺而已。數日乃去，婦

困臥不能起，形腫腹脹，津沬狼藉。昪歸，下五色汁斗餘，病踰年，色如蠟。

宜黃縣富家居近山，女刺繡開窗，每見一蛇相顧，咽間有聲鳴其傍。伺左右無人，疾走入室，徑就女為淫，時時以吻接女口，又引首搭肩上，如並頭狀。女啼呼宛轉不忍聞。家人環視，欲殺蛇，恐並及女。交訖乃去。遂妊娠，十月，產蜿蜒數十。

南豐縣葉落坑，紹興丁丑歲，董氏婦夏日浴溪中，遇黑衣男子與野合。又同歸舍，坐臥房內。家人但見長黑蛇，亦不敢殺，七日而後去。婦蓋不知為異物也。

此四女婦皆存。

《夷堅丁志》卷二十〈巴山蛇〉記述「崇仁縣農家子婦」、「穴深且暗，非人能處，殆妖魅所為，宜委諸巫覡」故事，其講述道：

崇仁縣農家子婦，頗少艾，因往屋後暴衣不還，求之鄰里及其父母家，皆不見，遂詣縣告，縣為下里正，揭賞搜捕，閱半月弗得。

其家在巴山下十里，山絕高峻。

樵者負薪歸，至半嶺，望絕壁巖崖間若皁衣人擁抱婦人坐者，疑此是也，置薪於地，尋磴道攀援而上。

稍近，兩人俱入穴中。穴深不可測。樵歸報厥夫，意為惡子竊負而逃者，時日已夕，不克往。

至明，家人率樵至其處偵視，莫敢入。

或云：「穴深且暗，非人能處，殆妖魅所為，宜委諸巫覡。」

聞樂安詹生素善術，亟招致之。詹被髮銜刀，禹步作法，先擲布巾入。

須臾，青氣一道如煙，吹巾出。又脫冠服擲下，亦為氣所卻，詹不得

第七章
故事與風俗：宋代社會生活的民間敘事

已，裸身持刀，躍而下。

穴廣袤如數間屋，盤石如床，婦人仰臥，大蛇纏其身，奮起欲鬥。

詹揮刀排墮床下，挾婦人相繼躍出。

婦色黃如梔，瞑目垂死。

詹為毒氛燻觸，困臥久乃蘇，含水噀婦，婦即活。

歸之，明日始能言。云：「初暴衣時，為皂袍人隔籬相誘，不覺與俱行，亦不知登山履危，但在高堂華屋內與共寢處，飢則以物如餳與我食，食已即飽，心常迷濛，殊不悟其為異類也。」

鄉人共請詹盡蛇命，詹曰：「吾只能禁使勿出，不能殺也。」

乃施符穴口鎮之，自是亦絕。

《夷堅支志‧戊卷》卷三〈池州白衣男子〉記述蛇精變為白衣男子嫖妓故事，現有「淳熙六年，有白衣男子詣其家，飲酒託宿，相得甚歡」，因為索要嫖資，發現白蛇真相，其「妙顏色萎悴」，「後鬻於染肆為妾」，應該是宋代社會中娼妓狀況的變相展現。其講述道：

李妙者，池州娼女也。

淳熙六年，有白衣男子詣其家，飲酒託宿，相得甚歡。

逾三月久，妙以母之旨，從之求物。男子曰：「諾，我今還家取之，明日持與汝。」

妙使其僕雍吉隨以往，男子拒之，曰：「吾來此多日，家間弗知，弗欲道所向。若雍吉偕行，恐事洩，於我不便。」

妙母子意其設辭，竟令尾其後。

迤邐出郭西門，至木下三廊廟前，謂雍曰：「可回頭，有親家叫汝。」

雍反顧，則無人焉。復前視之，但見大白蛇，望茅岡疾趨。駭顫欲

仆，歸以告妙。

妙與雍皆大病，期年乃愈。

而妙顏色萎悴，不復類曩時。郡為落籍，許自便。後鬻於染肆為妾。

《夷堅志補》卷四〈趙乳醫〉講述「乳醫趙十五嫂」故事，有虎精邀請其接生的內容——此虎精不但不害人，還報恩。其講述道：

資州去城五十里曰三山村，地產茅香絕佳，草木參天，豺虎縱橫，人莫敢近。

乳醫趙十五嫂者，所居相距三十里。

一夕黃昏後，聞人扣門請收生，遽從以行。趙步稍遲，其人負之而去，語曰：「只閉眼，聽我所之，切勿問。」

登高涉險，奔馳如風，趙不勝驚顫。

至石崖下，謂趙曰：「吾乃虎也，汝不須怖。吾平生不傷人，遇神仙，授以至法，在山修持，已三百年，今能變化不測。緣吾妻臨蓐危困，叫號累日，知媼善此伎，所以相邀。儻能保全母子，當以黃金五兩謝。」

便引入洞中，具酒食，見牝虎委頓，且跪，趙慰勉之。於洞外摘嫩藥數葉，揉碎窒其鼻，牝噴嚏數聲，旋產三子。

其夫即負趙歸。

明夜，戶外有人云：「謝你救我妻，出此一里，他虎傷一僧，便袋內有金五兩，可往取之。」

黎明而往，如言得金。

《夷堅志三補》有「猿請醫生」故事，與《夷堅志補》卷四〈趙乳醫〉講述「乳醫趙十五嫂」故事為同題材，都在述說人為精怪醫療，顯示出人獸相通的信仰觀念：

第七章
故事與風俗：宋代社會生活的民間敘事

商州醫者負篋行醫，一日昏黑，為數人擒去如飛。

醫者大呼求援，鄉人群聚而不可奪所擒之人。懸崖絕險，醫者捫其身皆毛。

行數里，到石室中，見一老猿臥於石榻之上，侍立數婦人，皆有姿色。

一婦謂醫曰：「將軍腹痛。」

醫者覺其傷食，遂以消食藥一服與之以服。

老猿即能起坐，且囑婦人以一帕與之，令數人送其回歸。

抵家視之，盡黃白也。

次日持賣，有人認為其家之物，欲置之官。醫官直述其由，盡以其物還之，其事方釋。

忽一夕，數人又來請其去，見猿有愧色。其婦人又與一帕，且謂：「得之頗遠，賣之無妨。」

醫者持歸，遂至大富。

馬純《陶朱新錄》講的是人為猴精醫療的傳說故事，其記述「政和中監中山府甲仗庫目擊一醫者為市人執以為盜，不承，忿爭至府」，並註明故事出處為「僕妻姑之夫鄭參秉乂言」。這與前面所述虎精故事意義大致相同，都在述說人與動物的關聯在精怪文化中的具體表現。其講述道：

僕妻姑之夫鄭參秉乂言：

政和中監中山府甲仗庫目擊一醫者為市人執以為盜，不承，忿爭至府。

醫者云：

去年以醫入山中，行一十里，越一嶺，嶺下山川奇秀，忽一猴挽驢不可卻，竟與之入道左山溪中，無復徑路。行二十許里，見泉石清麗，復有

猴千百為群，跳擲巖谷間。

至一石室，有巨猴臥其中，如人長，察其有疾且異其事，乃為視脈。又內自謀曰：「不過傷果實耳。」

既示之，猴首肯，似曉人事，遂以常所用消化藥餌四五粒，輒利者與之盈掬，飲以澗水。恐猴久必為患，故多與藥因欲殺之也。復令一猴送出。

既歸，不敢再經其地，意猴必死，恐為群狙所仇。

年餘偶至山中，果一猴復來引驢，察無他意，遂與俱行。至前石室，病猴引其類自山而下見之，大喜跳躍於前。眾猴爭索藥，所攜悉分與之，至空笈。病猴乃以白金數十匣、衣兩袱贈之，令向猴導以歸。

其鬻衣於市，遂與市人見執，實非盜也。願從公皀行驗之。帥異而許之，至挽驢山間，大呼曰：「猴我愈爾疾，而反禍我，度爾必有靈，豈不能雪我耶！」

俄一猴出，初不畏人，從吏與俱入府中，猴嗣廳下，指畫若辯理者。

帥大奇之，即以衣銀還醫者，猴亦奔而去。

猴也好，虎也罷，它們作為精怪，此求醫於人間，形成救助者與報答者之間的友好往來。這些傳說故事與前面蛇精、虎精、狐狸與鬼怪精等精怪為患人間的故事形成對比，是宋代社會風俗中精怪觀念的又一種展現。

五、風物傳說：地方風土與文化象徵

風物傳說的流傳記述，在宋代社會風俗中具有獨特的價值，其主要展現為風物觀念中的民間信仰在民間傳說故事中的具體表達。風物是社會風

第七章
故事與風俗：宋代社會生活的民間敘事

俗生活的重要概括，民間信仰是其作為文化形態的靈魂。其中，風物故事被傳說的過程，也正是民間信仰影響民間文藝發展的過程。

宋代風物傳說以歷史地理文獻《元豐九域志》、《太平寰宇記》、《輿地廣記》等典籍為代表，展現出宋代以風物傳說為主要內容的民間信仰時態。

《元豐九域志》所附《新定九域志》的民間文藝史價值很高，如人所記，其「上據歷代諸史地誌，旁及《左傳》、《水經》注釋並通典言郡國事，採異聞小說，由此成書」[37]，其「異聞小說」即民間傳說故事。其《新定九域志》中有「古蹟」部分，梳理其各州所載，幾乎各卷各州都有民間傳說故事的記述，可以稱之為以宋代神話傳說中歷史文化人物的「廟」或「墓」為亮點的民間文藝地理總彙。

如其卷一中，兗州有黃帝封泰山之「亭亭山」，有社首山、天貺殿、靈應亭，以及孔子故里闕里及其父親所葬處防山，還有羊續墓、黃巢墓等；徐州有曹操所築「曹公城」和漢高祖鄉社「枌榆社」；曹州有傳說中的「龍池」、「漢祖壇」等；鄆州有孔子講學的「講堂」，以及蚩尤塚、魯襄公墓、魯昭公墓、項囊墓、左丘明墳、陶朱公墳、郭巨墳；濟州有《左傳》中記述「西狩獲麟之地」的「獲麟堆」，有「女媧塚」，以及單父城、子貢墓、王粲墓等；單州有「伏羲塚」、漢高祖隱居地芒碭山、梁孝王建築百靈山，有漢井、琴臺；濮州有「堯母慶都廟」、「舜耕之地歷山」、雷澤、陶丘，其記述「島，古老相傳，嘗有翔其上」云云；襄州有「卞和廟」、「丁蘭廟」；鄧州有「光武臺，即光武帝舊宅也」，「漢武帝封霍去病為冠軍侯」的「冠軍城」、「鄧禹廟」、「鄧禹宅」，其記述「岐棘山，上有三湫池，其下

---

[37] 《玉海》卷一五熙寧都水名山記（下）載。其可見四庫全書總目提要卷七二地理類，存目所稱為南宋人增，屬於誤稱。

池,歲旱,民多禱」、「丹朱塚,荊州記云,丹川,堯子之所封」云云;隨州有「神農廟,在厲鄉村,郡國志云,厲山,神農所出」、「厲山廟、炎帝所起也」「斷蛇丘,隨侯見蛇傷,以藥傅之,蛇後銜珠以報,即此地」云云;金州有「伏羲山」、「藥父山」、「藥婦山」,其記述「女媧山,上有女媧廟」云云;房州有「竹山」、「鬼田」、「黃香塚」,其記述「鬼田,《圖經》云:此田每歲清明日,祭而燎之,以卜豐儉,草至盡,即是豐年」云云;均州有「武當山,一名仙室山」以及「上有石壇,世傳列仙所居」的「錫義山」;郢州有「三閭大夫廟」、「文武廟」與「龜鶴池」等傳說記述;唐州有「盤古廟」、「淮瀆廟」;許州有「夏啟有鈞臺之亭」的「鈞臺」、「魏文帝受禪之地」的「繁昌城」,以及「豢龍城」、「射犬城」、「潁城」、「許由臺」、「巢父臺」和「鍾繇塚」、「樊噲廟」、「郭巨塚」等,其記述「具茨山,《輿地誌》云:黃帝往具茨,見大隗君,授以神芝圖」云云;鄭州有「祝融塚」、「杞梁墓」和「溱水」、「洧水」、「子產墓」、「紀信廟」、「鹿臺」等;滑州有「比干墓」、「葛伯丘」和「星丘,秦始皇時星墜於此」;孟州有「三皇山」、「女媧廟」、「商湯廟」、「濟瀆廟」、「玉女祠」、「管叔墓」,其記述「皇母山,又名女媧山,其上有祠,民旱水禱之」云云;蔡州有「董永墓」、「李斯井」、「費長房墓」,以及「懸壺觀,即費長房舊宅,猶有懸壺樹存焉」、「冶爐城,韓國鑄劍之地」、「蔡順母墓,順至孝,母生時畏雷,每有雷,順即繞塚行,云順在此。太守聞之,每雷即給順車而往」等記述;陳州有「伏羲廟」、「商高宗陵」、「光武廟」、「賈逵廟」,以及「陳胡公所築」苑城、「丁蘭刻木為母像處」木母臺、「應瑒兄弟自比於高陽才子」高陽丘、「柏塚,應奉墓也」等記述;潁州有潁河、汝水、淝水,以及宋襄公「為鹿上之盟」的「原鹿城」、孫叔敖兒子封地「寢丘」;汝州有「堯山」、「堯祠」、「巢父井」、「潁考叔墓」、「葉公廟」、「衛靈公廟」、「漢光武廟」等,其記述許多傳說,如

第七章
故事與風俗：宋代社會生活的民間敘事

「魯山，即御龍氏所遷居」「崆峒山，黃帝問道於廣成子之地；上有廣成子舊廟基」、「歐冶子鑄劍之所」云云；信陽軍記述有「桐柏山」、「雞頭山」（今雞公山）、「董奉山，奉嘗學道於此」等等。其他如卷二澶州中有關於「帝丘，本顓頊之墟」的記述，卷三陝州有「女媧陵」和「鼎湖，昔黃帝採首山之銅，鑄鼎於荊山下，帝升天時，因名其地」記述，每一卷都有此類內容。這些傳說故事以不同形式記述其當世存在狀態與口頭流傳的具體內容，是神話傳說故事在歷史地理分布上的重要表現。

《太平寰宇記》記述最詳細，述及各地，具體描述「四至八道」及其「風俗」，總是用古代典籍與民間傳說故事來作說明，記述某地自然特徵、文化個性等內容。如其卷八「河南道」之「汝州」，記述「梁縣」境內「崆峒山」，曰「崆峒山，在縣西南四十里。有廣成子廟，即黃帝問道於廣成子之所也」，又述「禹跡之內山名崆峒者有三焉」，其中「廣成子廟」為「黃帝問道崆峒，遂言遊襄城，登具茨，訪大騩，皆與此山接壤」、「此山之下有洞焉，其戶上出，耆舊相傳云，洞中白犬往往外遊，故號山塚為狗玉峰」云云。又如《太平寰宇記》卷二十二〈海州朐山縣〉，其記述「秦始皇立石海上，以為秦東門闕」云云，並引述《神異傳》中的傳說故事，記述「西南隅今仍有石屋」、「狗跡猶存」：

碩濩湖在縣（南）一百四十二里。

《神異傳》曰：「秦始皇時童謠云：『城門有血，城將陷沒。』有一老母聞之憂懼，每旦往窺城門。門傳兵縛之。母言其故。門傳兵乃殺犬，以血塗門上。母往，見血便走。須臾大水至，郡縣陷。老母牽狗北走六十里，至伊萊山得免。」

西南隅今仍有石屋，名為神母廟，廟前石上，狗跡猶存。

這種記述地方風物傳說故事的方式，成為一種影響深遠的文化傳統，直到今天。此類風物傳說，如劉斧《青瑣高議》後集卷一〈大姆記〉所記「究地理，今巢湖，古巢州也」，「城溝有巨魚，長數十丈，血鬣金鱗，電目赭尾，困臥淺水，傾郡人觀焉。後三日，魚乃死。郡人臠其肉以歸，貨於市，人皆食之」故事：

究地理，今巢湖，古巢州也。或改為巢邑。一日江水暴泛，城幾沒。水復故道，城溝有巨魚，長數十丈，血鬣金鱗，電目赭尾，困臥淺水，傾郡人觀焉。後三日，魚乃死。郡人臠其肉以歸，貨於市，人皆食之。

有漁者與姆同里巷，以肉數斤遺姆，姆不食，懸之於門。

一日，有老叟霜鬢雪鬚，行步語言甚異，詢姆曰：「人皆食魚之肉，爾獨不食懸之，何也？」

姆曰：「我聞魚之數百斤者，皆異物也。今此魚萬斤，我恐是龍焉，固不可食。」

叟曰：「此乃吾子之肉也，不幸罹此大禍，反膏人口腹，痛淪骨髓，吾誓不捨食吾子之肉者也。爾獨不食，吾將厚報爾。吾又知爾善能拯救貧苦，若東寺門石龜目赤，此城當陷。爾時候之，若然，爾當急去無留也。」

叟乃去。

姆日日往視，有稚子訝母，問之，姆以實告。

稚子欺人，乃以朱傅龜目，姆見，急去出城。

俄有小青衣童子曰：「吾龍之幼子。」引姆升山，回視全城陷於驚波巨浪，魚龍交現。

大姆廟今存於湖邊，迄今漁者不敢釣於湖，簫鼓不敢作於船，天氣晴明，尚聞水下歌呼人物之聲。秋高水落，潦靜湖清，則屋宇階砌，尚隱見焉。居人則皆龍氏之族，他不可居，一何異哉！

第七章
故事與風俗：宋代社會生活的民間敘事

　　此類傳說顯示，中國大地到處都有美麗的傳說。如《太平寰宇記》卷一百五十七〈五羊城〉所記述「（廣州南海縣）五羊城。按《續南越志》云：舊說有五仙人，乘五色羊，執六穗秬而至，至今呼五羊城是也。」《太平御覽》卷四六引《宣城圖經》「望夫山」所記述「望夫山。昔人往楚，累歲不還。其妻登此山望夫，乃化為石。其山臨江，周迴五十里，高一百丈」故事。王象之撰《輿地紀勝》卷三十〈望夫山〉，記述「望夫山，在德安縣西北一十五里，高一百丈。按《方輿記》云，夫行役未回，其妻登山而望，每登山輒以藤箱盛土，積日累功，漸益高峻，故以名焉」故事。《輿地紀勝》卷一百八十七〈石盂〉記：「廣福寺在曾口縣南六十里，故屬歸仁縣，懸崖臨江創寺屋。故老相傳云：開山寺僧始得一石盂於漁人之繒，以歸儲殘食。翌日食滿，怪之。復以錢置其中，亦然。遂試以金，又如之。僧日以富，遂大興堂殿。及將死，乃舉手臨江擲之。其徒駭怪，百計俾漁人求之，不獲。」《太平廣記》卷二三二〈陴湖漁者〉記：「徐宿之界有陴湖，周數百里，兩州之莞蒯、萑葦、菱芡荷之類，賴以資之。唐天祐中，有漁者於網中獲鐵鏡，亦不甚澀，光猶可鑑面，闊六五寸。攜以歸家。忽有一僧及門，謂漁者曰：『君有異物，可相示乎？』答曰：『無之。』僧曰：『聞君獲鐵鏡，即其物也。』遂出之。僧曰：『君但卻將往所得之處照之，看有何睹。』如其言而往照，見湖中無數甲兵。漁人大駭，復沉於水。僧亦失之。耆老相傳：湖本陴州淪陷所致，圖籍亦無載焉。」無名氏輯《錦繡萬花谷》前集卷五引《坡詩注‧螺女廟》，記述：「謝端釣於江上，獲巨螺，置之於家，每歸則飲食盈案。潛伺之，有女子具饌於室，執而問焉。女曰：我乃螺女，水神，天帝憫君之孤，遣為具食，我亦當去。乃留空螺，曰：君有所求，取之於螺。出門不見。後端食乏，探螺皆如意。傳數世猶在。故有螺女洲、螺女廟，在虔州東南。」曾慥編《類說》卷三〈掘枸杞〉記述

「朱孺子幼事道士王元正,居大若巖。一日汲於溪上,見二花犬相趁,因逐之,入於枸杞叢下。掘之根形如二犬。烹而食之,忽覺身輕,飛於峰上,雲氣擁之而去。元正食其餘,亦得不死。因號童子峰」故事等等。風物影響傳說,傳說記述風物,述說世間風物百般氣象。

再者是七夕牛郎織女相會故事,民間傳說故事與《東京夢華錄》中「摩合羅土偶、綵棚」等風俗生活相映,說明了節日風俗與民間傳說的交融,這是中國民間文藝史上一個重要的現象。

如羅願《爾雅翼》卷十三〈烏鵲渡牽牛〉記述道:「涉秋七日,鵲首無故皆髡。相傳以為是日河鼓(即牽牛)與織女會於漢東,役烏鵲為梁以渡,故毛皆脫。」陳元靚撰《歲時廣記》卷二六引《荊楚歲時記》記述道:「嘗見道書云,牽牛娶織女,取天帝二萬錢下禮,久而不還,被驅在營室。言雖不經,有足為怪。」龔明之撰《中吳紀聞》卷四〈黃姑織女〉記述為:「崑山縣東三十六里,地名黃姑。古老相傳云:嘗有織女牽牛星降於此地。織女以金箆劃河,河水湧溢,牽牛因不得渡。今廟之西,有水名百沸河。鄉人異之,為之立祠」,「建炎兵火時,士大夫多避地東岡。有范姓者經從祠下,題於壁間云:『商飆初至月埋輪,烏鵲橋邊綽約身。聞道佳期唯一夕,因何朝暮對斯人!』鄉人遂去牽牛像,今獨織女存焉。」

此外是《荊楚歲時記》、《齊諧記》等文獻中所記述的五月五日端午風俗生活與傳說故事,與此時文獻相比,可以看到端午的風俗發生了許多變化。如《太平寰宇記》卷一百四十五引《襄陽風俗記》〈競渡之戲〉記述「(屈)原五日先沈,十日而出,楚人於水次迅楫爭馳,棹歌亂響,有悽斷之聲,意存拯溺,喧震川陸,風俗遷流,遂有競渡之戲。」《太平寰宇記》卷一百四十五引《襄陽風俗記・食粽》,記述「屈原五月五日投汨羅江,其妻每投食於水以祭之。原通夢告妻,所祭皆為蛟龍所奪。龍畏五色絲及

第七章
故事與風俗：宋代社會生活的民間敘事

竹，故妻以竹為粽，以五色絲纏之。今俗，其日皆帶五色絲，食粽，言免蛟龍之患」故事，表明宋代社會風俗生活中的端午祭祀屈原，從儀式到傳說，都有了明顯不同。

又如梁山伯與祝英台故事，講述祝英台男裝外出求學，與梁山伯同窗三載，後相親相愛成相思，從文獻中「晉丞相謝安奏表其墓曰義婦塚」內容看，其故事應該發生在東晉時期，梁載言撰《十道四蕃志》、張讀撰《宣室志》有記述。清翟顥撰《通俗編》卷三十七〈梁山伯訪友〉引《宣室志》記述：「英台，上虞祝氏女。偽為男裝遊學，與會稽梁山伯者同肄業。山伯，字處仁。祝先歸。二年，山伯訪之，方知其為女子，悵然如有所失。告其父母求聘，而祝已字馬氏子矣。山伯後為鄞令，病死。葬城西。祝適馬氏，舟過墓所，風濤不能進。問知有山伯墓，祝登號慟，地忽自裂，陷祝氏遂並埋焉。晉丞相謝安奏表其墓曰義婦塚。」宋人李茂誠撰《義忠王廟記》記述有梁山伯死後顯靈，陰助朝廷平寇，皇封「義忠神聖王」云云。南宋張津撰《乾道四明圖經》記述為：「義婦塚即梁山伯、祝英台同葬之地也，在縣西十里接待院之後，有廟存焉。舊記謂二人少嘗同學，比及三年，而山伯初不知英台之為女也，其樸質如此。按《十道四蕃志》云：義婦祝英台與梁山伯同塚，即其事也。」

再者如白蛇與許仙故事，即家喻戶曉的白蛇傳故事，宋代有洪邁撰《夷堅支志‧戊卷》卷二〈孫知縣妻〉保存其雛形，記述「丹陽縣外十里間，土人孫知縣，娶同邑某氏女」，故事中有「正見大白蛇堆盤於盆內，轉盼可怖」情節，並標明故事來源為「張思順監鎮江江口，府命攝邑事，實聞之」，發生時間為「時淳熙丁未歲」，其故事中沒有法海出現，而是以「此婦慶元三年，年恰四十，猶存」作為故事具有真實性的依據。其講述曰：

丹陽縣外十里間，土人孫知縣，娶同邑某氏女。

女兄弟三人，孫妻居少。其顏色絕豔，性好梅妝，不以寒暑著素衣衫，紅直系，容儀意態，全如圖畫中人。但每澡浴時，必施重幃蔽障，不許婢妾輒至，雖揩背亦不假手。

孫數扣其故，笑而不答。

歷十年，年且三十矣，孫一日因微醉，伺其入浴，戲鑽隙窺之。正見大白蛇堆盤於盆內，轉盼可怖，急奔詣書室中，別設床睡。自是與之異處。

妻蓋已知覺，才出浴，即往就之，謂曰：「我固不是，汝亦錯了，切勿生他疑。今夜歸房共寢，無傷也。」

孫雖甚懼，而無詞可卻，竟復與同衾，綢繆燕暱如初。然中心疑憚，若負芒刺，展轉不能安席。

怏怏成疾，未逾歲而亡，時淳熙丁未歲也。

張思順監鎮江江口鎮，府命攝邑事，實聞之。

此婦至慶元三年，年恰四十，猶存。

宋代龍的傳說與民間信仰，形成「龍化生」、「龍搖尾」、「龍子祭母」等傳說故事。

龍為神使，替天行道，監督人間的善惡，傳達上天的旨意，是歷史文化發展中逐漸形成的理念。民間以龍為貴，總是把一些地方的名稱與龍相連繫，如俗語說，「水不在深，有龍則靈」，靈氣成為風物中神聖的象徵。

龍傳說即龍信仰，本來與宗教文化連繫非常密切，如《太平廣記》卷四百十八〈張魯女〉故事出自《道家雜記》，其記：「張魯之女，曾浣衣於山下，有白霧蒙身，因而孕焉。恥之自裁。將死，謂其婢曰：『我死後，

第七章
故事與風俗：宋代社會生活的民間敘事

可破腹視之。』婢如其言，得龍子一雙，遂送於漢水。既而女殯於山。後數有龍至，其墓前成蹊。」同時代，祝穆《方輿勝覽》等文獻都保留了當世關於龍的傳說。(《測幽記‧龍母墓》記述「熙寧中」與龍信仰有關的傳說故事，曰：「農夫遊踐妻劉氏，浴於溪，遇黃犬迫之有孕。期年產兩鮎魚，驚異，以大缸貯之。須臾雷電晦暝，魚失其所，甫三日，劉亦死，葬於溪東。連日溪雨漲，兩魚游繞墓，所行處地輒陷，里人呼為龍母墓」。) 從龍到「鮎魚」，故事主體發生重要變化，但是，仍然有「里人呼為龍母墓」，正是龍信仰的深遠影響。

在民間信仰中，龍蛇一體是尤其古老的觀念，那麼，這種現象是否在宋代社會風俗中就已經出現了呢？《測幽記》「龍母墓」故事中，魚龍相混，是否就屬於這種現象的端倪呢？

如蛇精傳說主要分布在南方一樣，龍傳說故事也多出現在南方。《太平寰宇記》卷一百五十七〈龍母〉記：「程浦溪，顧微《廣州記》云：浦溪口有龍母，養龍，裂斷其尾，因呼其溪為龍窟，人時見之，則土境大豐而川利涉。」如孟琯《嶺南異物誌》〈蘇閏〉記：「俗傳有媼媼者，贏秦時，嘗得異魚，放於康州悅城江中。後稍大如龍。媼汲浣於江，龍輒來媼邊，率為常。他日，龍又來。以刀戲之，誤斷其尾。媼死，龍擁沙石，墳其墓上，人呼為掘尾，為立祠宇千餘年。」王象之《輿地紀勝》卷一百零一有「掘尾龍」，傳說資料出自《南越志》，曰：「昔有溫氏媼者，端溪人，常捕魚。忽於水側遇一卵，大如斗，乃將歸置器中。經十餘日，有一物如守宮，長尺餘，穿卵而出，能入水捕魚，常游波中。媼後治魚，誤斷其尾，遂去，數年乃還。媼謂曰：龍子今復來也。秦始皇聞之曰：此龍子也。詔使者聘媼。媼戀土，至始安江，龍輒引船還，如此數四，卒不能召媼。媼殂，瘞於江陰。龍子常為大波，至墓側，縈浪轉沙以成墳，土人謂之掘尾龍。」

此影響甚廣,如《續夷堅志》卷一〈產龍〉記述道:「平定葦泊村,乙巳夏,一婦名馬師婆,年五十許,懷孕六年有餘,今年方產一龍。官司問所由,此婦說,懷孕至三四年不產,其夫曹主簿懼為變怪,即遣逐之。及臨產,恍忽中見人從羅列其前,如在官府中,一人前自陳云:『寄託數年,今當捨去,明年阿母快活矣。』言訖,一白衣掖之而去,至門,昏不知人,久之乃蘇。旁人為說晦冥中雷震者三,龍從婦身飛去,遂失身孕所在。」或曰,龍孕說較早出現在漢代,如司馬遷《史記》中記述劉邦母親感孕故事,其地點在江淮一帶,同樣屬於南方地理範圍。

《太平寰宇記》卷一百六十四〈嶺南道〉地理記述「康州」之「雜俗」風俗,有「掘尾龍」故事,其引述南朝宋沈懷遠之《南越志》,記述「南人為船為龍搖尾」故事更為詳細,曰:

程溪水在都城縣東百步,亦名零溪水。

《南越志》云:昔有溫氏媼者,端溪人也,嘗居澗中捕魚,以資日給。忽於水側遇一卵,其大如斗,乃將歸,置器中。經十許日,有一物如守宮,長尺餘,穿卵而出,媼因任其去留。稍長五尺,便能入水捕魚,日得十餘頭。稍長二尺許,得魚漸多,常游波中,縈迴媼側。後媼治魚,誤斷其尾,遂逡巡而去。數年乃還,媼見其輝光炳燿。謂曰:「龍子,今復來也。」因蟠旋遊戲,親馴如初。秦始皇聞之,曰:「此龍子也,朕德之所致。」詔使者,以赤珪之禮聘媼。媼戀土,不以為樂,至始安江,去端溪千餘里,龍輒引船還,不逾夕至本所。如此數四,使者懼而止,卒不能召媼。

媼殞,葬於江陰。龍子常為大波,至墓側,縈浪轉沙以成墳。土人謂之掘尾龍。今南人為船為龍搖尾,即此也。

龍母媼墓,在悅城鄉東。

第七章
故事與風俗：宋代社會生活的民間敘事

宋代風物傳說故事中，財富傳說也表現出自己的特色。在財富背後，傳說故事顯現出各色人物之間的複雜關聯。

如《北窗炙輠錄》卷下〈姜八郎〉所記述：

平江有富人謂之姜八郎。後家事大落，索逋者雁行立門外，勢大窘，謂其妻曰：「無他策，唯有逃耳。」

顧難相挈以行，乃偽作一休書遣之，曰：「吾今往投故人某於信州，汝無戚心，事幸諧即返爾。」

將逃，乃心念曰：「委債而逃，吾負人多矣。使吾事倘諧，他日還鄉，即負錢千緡，當償二千緡，多寡倍受。」遂行。

信州道中有逆旅嫗，夜夢有群羊甚富，有人欲驅之。有一人呵之曰：「此姜八郎羊也，毋得驅逐。」怳然而覺。

明日，姜適至其所問津，嫗問其姓，曰：「姜。」

問其第幾，曰：「八。」

嫗大驚，延入其家，所以館遇之甚厚。久之，乃謂姜曰：「嫗有兒，不幸早死。有婦憐嫗老，義不嫁，留以侍嫗。嫗甚憐之，欲擇一贅婿，久之，未獲。觀子狀貌，非終寒薄者，顧欲以婦奉箕帚，可乎？」

姜辭以自有妻，不可。

嫗請之堅，姜亦以道途大困，不得已從之。

其妻一日出擷菜，顧有白兔，逐不可得，欲返，兔即止。又逐之，又不可得。欲返，兔又止。如是者屢，遂追之一山上。兔乃入一石穴中，妻探其穴，失兔所在，乃得一石，爛然照人，持歸以語夫。

姜視之，曰：「此殆銀礦也。」

冶之，果得銀。

姜遂攜其銀往尋其故人，竟無得而歸。因思曰：「吾聞信州多銀坑，向之穴非銀坑乎？」

遂與妻往攻之，果銀坑也。其後竟以坑冶致大富。

姜於是攜其妻與嫗復歸平江，迎其故妻以歸。召昔所負錢者，皆倍利償之。

又如《夷堅支志‧戊卷》卷九〈嘉州江中鏡〉記述「嘉州漁人王甲者，世世以捕魚為業，家於江上」，最後為寶物帶來財富過多而煩惱，出現「攜詣峨眉山白水禪寺，獻於聖前，永為佛供」故事，最後導致各種風風雨雨、是是非非，皆顯示出人心人情之善惡真偽。其特意記錄故事來源為「隆興元年，祝東老泛舟嘉陵，逢王生自說其事，時年六十餘」云云。這是宋代社會風俗生活的又一種典型。其講述曰：

嘉州漁人王甲者，世世以捕魚為業，家於江上。每日與其妻子棹小舟，往來數里間，網罟所得，僅足以給食。

它日，見一物蕩漾水底，其形如日，光采赫然射人。漫布網下取，即得之，乃古銅鏡一枚，徑圓八寸許，亦有雕鏤琢克，故不能識也。

持歸家，因此生計浸豐，不假經營，而錢自至。越兩歲，如天雨鬼輸，盈塞敗屋，幾滿十萬緡。王無所用之，翻以多為患，與妻謀曰：「我家從父祖以來，漁釣為活，極不過日得百錢。自獲寶鏡以來，何嘗千倍？念本何人，而暴富乃爾！無勞受福，天必殃之。我惡衣惡食，錢多何用？懼此鏡不應久留，不如攜詣峨眉山白水禪寺，獻於聖前，永為佛供。」

妻以為然，於是沐浴齋戒，卜日入寺，為長老說因依，盛具美饌，延堂僧，皆有襯施，而出鏡授之。

長老言：「此天下之至寶也，神明靳之，吾何敢輒預！檀越謹置諸三寶前，作禮而去可也。」

第七章
故事與風俗：宋代社會生活的民間敘事

王既下山，長老密喚巧匠，寫仿形模，別鑄其一。迨成，與真者無小異，乘夜易取而藏之。

王之貲貨日削，初無橫費，若遭巨盜輩竊而去者。

又兩歲，貧困如初。夫婦歸棄鏡，復往白水，拜主僧，輸以故情，冀返元物。

僧曰：「君知吾向時吾不輒預之意乎？今日之來，理之必然。吾為出家子，視色身非己有，況於外物耶？常憂落奸偷手中，無以藉口，茲得全而歸，吾又何惜！」

王遂以鏡還，不覺其贗也。鏡雖存而貧自若。

僧之衣缽充牣，買祠部牒度童奴，數溢三百。聞者盡證原鏡在僧所。

提點刑獄使者建基於漢嘉，貪人也，認為奇貨，命健吏從僧逼索。不肯付。羅致之獄，用楚掠就死。使者籍其貲，空無儲。蓋入獄之初，為親信行者席捲而隱。知僧已死，穿山谷徑路，擬向黎州。

到溪頭，值神人，金甲持戟，長身甚武，叱曰：「還我寶鏡。」

行者不顧，疾走投林。未百步，一猛虎張口奮迅來，若將搏噬。始顫懼，探懷擲鏡而竄。

久乃還寺，為其儔侶言之。後不知所在。意所隱沒，亦足為富矣。

隆興元年，祝東老泛舟嘉陵，逢王生自說其事，時年六十餘。

曾慥《類說》卷五十二引《祕閣閒談‧青磁碗》講述「巴東下巖院主僧水際得一青磁碗」之聚寶盆故事曰：

巴東下巖院主僧水際得一青磁碗，攜歸，折花置佛像前，明日花滿其中。

更置少米，經宿米亦滿碗，以錢及金銀置之皆然。自是院中富貴。

院主年老,一日過江檢田,懷中取碗,擲於中流。

從弟驚愕,師曰:「吾死,爾等寧能謹飭自守。棄之,不欲使爾增罪累也。」

院主尋卒。

中國傳統文化崇尚「君子於錢取之有道」,而世間常常不乏弄虛作假、招搖撞騙之惡行。《澠水燕談錄》卷九〈假羅漢欺人〉就講述了一個與欺騙有關的財富故事:

江南一縣郊外古寺,地僻山險,邑人罕至。僧徒久苦不足。一日,有遊僧方至其寺,告於主僧,且將與之謀所以驚人耳目者。寺有五百羅漢,擇一貌類己,衣其衣,頂其笠,策其杖,入縣削髮,誤為刀傷其頂,解衣帶取藥傅之,留杖為質,約至寺將遺千錢。削者如期而往,方入寺,閽者毆之曰:「羅漢亡杖已半年,乃爾盜耶!」削者述所以得杖貌,相與見主僧,更異之。共開羅漢堂,門鎖生澀,塵凝坐榻,如久不開者。視無杖羅漢,衣笠皆所見者,頂有傷處,血漬藥傅如昔。前有一千皆古錢,貫且朽,因共嘆異之。傳聞遠近,施者日至,寺因大盛。數年,其徒有爭財者,其謀稍洩,得之外氏。

《癸辛雜識》續集卷上〈海井〉講述的「華亭縣市中有小市賣鋪,適有一物如小桶而無底,非竹非木非金非石」,是又一種財富傳說故事,給人許多人生道理的啟發:

華亭縣市中有小市賣鋪,適有一物如小桶而無底,非竹非木非金非石,既不知其名,亦不知何用。

如此者凡數年,未有過而睨之者。

一日,有海舶老商見之,駭愕且有喜色,撫弄不已。叩其所直,其人

第七章
故事與風俗：宋代社會生活的民間敘事

亦駔點，意必有所用，漫索五百緡。

商嘻笑償以三百，即取錢付，駔因叩曰：「此物我實不識，今已成交得錢，絕無悔理，幸以告我。」

商曰：「此至寶也。其名曰『海井』，尋常航海必須載淡水自隨。今但以大器滿貯海水，置此井於水中，汲之皆甘泉也。平生聞其名於番賈，而未嘗遇。今幸得之，吾事濟矣。」

宋代社會文獻極其豐富，風俗生活中的傳說故事數不勝數。從這些傳說故事中，我們可以管窺宋代社會風俗生活之一斑。其中所蘊含的民眾情感與信仰，對宋代民間文藝的類型與內容產生重要影響，表現出濃郁的時代特色，這是中國民間文藝史上寶貴的一頁。

第八章
傳說地圖：
《太平寰宇記》的文化地理學

第八章
傳說地圖：《太平寰宇記》的文化地理學

樂史的《太平寰宇記》是一部成熟而富有民間文藝內容特色的歷史文化地理著作，其中不乏《山海經》、《水經注》的影子。唐代社會已經出現《海內華夷圖》、《古今郡國四夷述》、《貞元十道錄》等地理學著作，特別是《元和郡縣圖志》，為《太平寰宇記》的寫作奠定了重要基礎。《太平寰宇記》完整記述了宋代社會風俗生活與民間文藝的地理分布，在中國民間文藝史上具有非常重要的價值。

其價值首先在於它對風俗地理的記述。其依據典籍文獻，進行地方風俗變化的古今對比，並在述說方式上流露出作者的情感，表達其價值立場。

一、《太平寰宇記》的風俗與地理描繪

風俗是民間文藝的溫床，是民間文藝存在和發展的土壤，風俗地理則是民間文藝傳承與傳播的重要形式。《太平寰宇記》按照不同地域的風俗分布，做出具體敘說和評價。其敘說方式形成自己的模式，即以文獻的記述為主要依據，以「州」、「府」、「軍」等縣以上地域為評說對象，先敘述一個地方的歷史沿革，包括歷史上的人物、特產、「四至八到」的地理位置等，具有總攬的意味。

宋朝沿襲唐朝以山河地形為基礎的舊制，實行「道」、「路」並存的行政區劃制，初分全國為十三道：河南道、關西道、河北道、河東道、淮南道、江南東道、江南西道、隴右道、山南東道、山南西道、劍南東道、劍南西道、嶺南道，後來又有所變動。《太平寰宇記》記述各地風俗，便依照各個「道」分別敘說各府州縣的歷史文化沿革與社會風俗，其中不乏相

關歷史傳說故事的記述。

《太平寰宇記》述說風俗的地理分布有一個重要特點，即透過歷史認定現實。在敘說每一個地區的歷史文化狀況時，總有對其歷史文化起源與發展變化脈絡的描述。

在各個府州軍監的歷史文化概括總結中，包含一定歷史文獻的真實記述與部分的口述。

如卷一中「河南道」之「開封府」：

今理開封、浚儀二縣。〈禹貢〉為兗、豫二州之域，星分房宿。在春秋時為鄭地，戰國時為魏都。《史記》云：「魏惠王自安邑徙都大梁」，即今西面浚儀縣故城是也。後秦始皇二十二年攻魏，因引河水灌城而拔之，即以為三川郡地。漢祖起沛，酈生說曰：「陳留為天下衝，四通五達之郊，無名山大川之阻。」即此謂也。後定天下，為陳留郡之浚儀縣。至文帝，封皇子武為梁王，都大梁。後以其地卑溼，東徙睢陽，即今宋州也。晉武改為陳留國。東魏，孝靜帝廢國為梁州，分為陳留、開封二郡。北齊，廢開封，併入陳留郡。至後周，改梁州為汴州。以城臨汴水，因以為名。隋初，州如故。大業初，州廢，又為郡。二年，廢郡，以其地併入滎陽、潁川、濟陰、東萊等四郡。有通濟渠，即煬帝所開，以通江淮漕運，經中而過。唐武德四年，平王世充，置汴州總管府，管汴、洧、杞、陳四州。汴州領浚儀、新里、小黃、開封、封丘等五縣。七年，改為都督府。廢開封、小黃、新里三縣，入浚儀縣。復廢杞州之雍丘、陳留、管州之中牟、洧州之尉氏來屬。龍朔二年，以中牟隸鄭州。延和元年，復置開封縣。天寶元年，改汴州為陳留郡。乾元元年，復為汴州，建中築羅城。梁開平元年，升為東京，置開封府。後唐同光元年，復為汴州，以宣武軍為額。晉天福三年，又升為東京，置開封府。漢、周至皇朝並因之。

第八章
傳說地圖：《太平寰宇記》的文化地理學

又如卷十「河南道」之「陳州府」的概述：

淮陽郡，今理宛丘縣。昔庖犧氏所都，曰太昊之墟。〈禹貢〉為豫州之域，星分心宿二度。周初為陳國，武王封舜後胡公媯滿於此，以奉舜祀，以備三恪。至春秋時，為楚靈王所滅，乃縣之。後五年，復立陳惠公。後五十六年，楚惠王覆滅陳，而其地盡為楚所有。又楚襄王自郢徙於此，謂西楚是也。戰國時，為楚、魏二國之境。秦滅楚，改為潁川郡。漢為淮陽國之地。後漢如之。晉為汝南郡、梁國二境，兼置豫州，領郡國十，理於此。後魏得之，又立為陳郡。至天平二年，以淮南內附，於此置北揚州，理項城，以居新附之戶。高齊天保二年，以百姓守信，不附侯景，改北揚州為信州。隋開皇十六年，於宛丘縣更立陳州。煬帝初州廢，又為淮陽郡。唐武德元年，平房憲伯，改為陳州，領宛邱、箕城、扶樂、太康、新平五縣。貞觀元年，廢扶樂、箕城、新平三縣，三年，復以瀋州之項城、溵水二縣來屬。瀋州即今潁州沈丘縣。長壽元年，置武城縣。證聖元年，置光武縣。天寶元年改為淮陽郡。乾元元年復為陳州。晉天福六年升為防禦州。開運二年升為鎮安。漢天福十二年降為刺史州。周廣順元年又升為防禦州，二年復為鎮安軍節度。皇朝因之。

顯然，開封府的記述重於實，重在表現歷史的變遷，而陳州府的記述就有了神話傳說的成分。

對於地方風俗的記述，《太平寰宇記》常常以府州為單位，概括總結具體的文化性格，然後再具體敘說各個縣的山川河流與眾多的名勝古蹟。風俗的記述猶如綱繩，貫穿各個章節。風俗的主題內容，一般分為歷史典籍的證明與社會現實的映照，作者有意將兩者連繫起來，說明風俗的起源與當下的存在。如卷一「河南道」之「開封府」「風俗」的記述：「《漢書》：『河南之氣，厥性安舒。』今汴地，涉鄭、衛之境，梁、魏之墟，人多髦

俊,好儒術,雜以遊豫。有魏公子之遺風,難動以非,易感以義。」卷三「河南道」之「河南府」「風俗」記述:「《周禮職方氏》:『河南曰豫州,豫者逸也,言常安逸也。』李巡曰:『豫者,舒也,言稟中和之氣,性理安舒。』又《漢書·地理志》:『周人巧偽趨利,貴財賤氣,高富下貧,喜為商賈。』《九州記》云:『洛陽轉穀百數。』賈耽《郡國志》云:『無所不至。』」卷六「河南道」之「陝州」「風俗」記述:「《漢書地理志》:『韓地也,子男之國。虢會為大,恃勢與險,崇侈貪冒。』」卷六「河南道」之「虢州」「風俗」記述「與陝州同」。卷七「河南道」之「許州」「風俗」記述:「潁川本有夏之國,夏人尚忠,其弊鄙樸,有申、韓之餘烈,高仕宦,好文法,人以貪吝爭訟為俗。然漢韓延壽、黃霸繼為郡守,先之以敬讓,化之以篤厚,風教大行。」卷八「河南道」之「汝州」「風俗」記述:「《漢書·地理志》云:『古韓地也,土狹而險,其俗崇侈。』」卷九「河南道」之「滑州」「風俗」記述:「《漢書》:『衛地有桑間濮上之阻,男女亦亟聚會,聲色生焉。周末有子路夏育,民人慕之。故其俗剛武,尚氣力。』」卷九「河南道」之「鄭州」「風俗」記述:「與滑州同。」卷十「河南道」之「陳州」「風俗」記述:「《書序》曰:『古者伏羲氏之王天下也,始畫八卦,造書契,由是文籍生焉。』故文字之興,起於陳州也。於是風俗舊多儒學。周武王克商,封舜後於陳,是為胡公配以長女。婦人尊貴,好祭祀,其俗事巫。故《詩》曰:『坎其擊鼓,宛丘之下。』」卷十一「河南道」之「蔡州」「風俗」記述:「《漢書》:『角、亢、氐之分,東接汝南,皆韓地。其俗誇奢,尚氣力,好商賈漁獵,難制御。』今其俗人性清和,鄉閭孝友,男務墾闢,女修織紝。」卷十二「河南道」之「宋州亳州」「風俗」記述:「《漢書》云:『猶有先王遺風,重厚多君子,好稼穡,惡衣食,以致蓄藏。』《太康地記》云:『豫州之分,其人得中和之氣,性安舒,其俗阜,其人和。』今俗多寬

第八章
傳說地圖：《太平寰宇記》的文化地理學

慢。」卷十三「河南道」之「鄆州」「風俗」記述：「地連鄒、魯，境分青、齊，碩學通儒，無絕今古，家尚質直，人多魁岸，不規商賈，肆力農桑，亦風土之使然也。」卷十五「河南道」之「徐州」「風俗」記述：「風俗好尚與鄒魯同，無林澤之饒，俗廣義愛親，趨禮樂，好敦行。《地理志》謂：『沛楚之言多楚音。』又云：『沛楚之樸直舒徐。』」卷十六「河南道」之「泗州」「風俗」記述：「《漢書》：『魯分野，其人好學、尚禮義、重廉恥。其俗儉嗇愛財、趨商賈、好訾毀、多巧偽，然好學愈於他俗。』」卷十八「河南道」之「青州」「風俗」記述：「《輿地誌》云：『夫齊東有即墨之饒，南有太山之固，懸隔千里，齊得十二焉。此得東秦之地。』《漢書》云：『太公以齊地負海舄鹵，少五穀而人民寡，乃勸以女工之業，通魚鹽之利，而人物輻輳。』故其俗彌侈，織作冰紈、綺繡純麗之物。太公治齊，修道術，尊賢智，賞有功，故至今其士多好經術，矜功名，舒緩闊達而足智；其失則奢誇，朋黨，言與行謬，虛詐不情，言不可得其情也，急之則離散，緩之則放縱。南燕尚書潘聰曰：『青齊沃壤，號曰東秦。土方二千，戶餘十萬，四塞之固，負海之饒，所謂用武之國也。』《貨殖傳》云：『齊俗賤奴虜。』」卷十九「河南道」之「齊州」「風俗」記述：「同青州。按《十三州記》云：『濟南教子倡優歌舞，後女死，骨騰肉飛，傾絕人目。』俗言「齊倡」，蓋由此也。」卷二十「河南道」之「萊州」「風俗」記述：「土疏水闊，山高海深，人性剛強、志氣緩慢，語聲上，形容大，此水土之風也。」卷二十一「河南道」之「兗州」「風俗」記述：「《漢書》云：『周封周公子伯禽為魯侯，有聖人之教化。』故孔子曰：『齊一變，至於魯；魯一變，至於道。』言近正也，俗既益薄。孔子憫王道將廢，乃修六經以述唐虞三代之道，是以其人好學、尚禮義、重廉恥。周公遺化，銷微孔氏，庠序衰壞。地狹人眾，頗有桑麻之業，無林澤之饒。其俗儉嗇愛財，趨商賈，好訾毀，多巧偽，其

喪葬之禮，文備實寡，然而好學，猶愈於他俗。《貨殖傳》云：『魯人俗儉嗇，而曹邴氏尤甚，富至鉅萬，鄒魯以其故，多去文學而趨利。』」

《太平寰宇記》的風俗地理記述以歷史文化的傳承為主線，展現出典型的歷史決定論觀念。概括起來講，即歷史就是文化，就是地域文化性格。如卷二十五「關西道」之「雍州」「風俗」的記述：「秦有四塞之固，漢高納劉敬之言都之，因徙齊諸田，楚昭、屈、景，燕、趙、韓、魏之後豪族、名家於關中，強本弱末，以制天下，自是每因諸帝山陵則遷戶立縣，率以為常，故五方錯雜，風俗不一。漢朝京輔稱為難理。」如卷五十二「河北道」之「孟州」「風俗」的記述：「河南覃懷之地，於周為畿內，今所管縣本屬河內，故風俗與周地略同。《漢書》云：『子男之國，號為大。』虢國即今汜水縣也。恃勢與險，崇侈貪冒。」卷五十四「河北道」之「魏州」「風俗」記述：「《毛詩》云：『魏地狹隘，其人機巧。』《史記》云：『邯鄲亦漳、河之間一都會也，北通燕、涿，南有鄭、衛，鄭、衛俗與趙相類。然近梁、魯，微重而矜節。』《漢書》云：『邯鄲土廣俗雜，大率精急，高氣勢。』」卷五十五「河北道」之「相州」「風俗」記述：「自北齊之滅，衣冠士人多遷關內，唯伎巧商販及樂戶以實郡郭。由是人情險詖，至今好為訴訟。」卷五十六「河北道」之「衛州」「風俗」記述：「《十三州志》云：『朝歌，紂都，其俗歌謠，男女淫縱，猶有紂之餘風存焉。』」卷五十八「河北道」之「洺州」「風俗」記述：「燕、趙、邯鄲風俗，丈夫悲歌慷慨，多弄物，為倡優，女子多彈弦跕躧。隋《圖經》云：『今趙氏數百家，每有祭祀，別設位以祀。公孫杵臼及程嬰二氏，歷代相傳，號曰祀客。』」卷六十一「河北道」之「鎮州」「風俗」記述：「《通典》云：『山東之人，性緩尚儒，仗氣任俠。』《漢書》曰：『燕、趙之人，勇於急難是也。冀部天下上國，聖賢之藪澤。其人剛狠，無賓序之禮，丈夫相聚遊戲，悲歌慷慨，

第八章
傳說地圖：《太平寰宇記》的文化地理學

起則椎剽掘塚，作奸巧，多弄物，為倡優，女子彈弦跕躧，遊媚富貴。』又云：『邯鄲北通燕、涿，土廣俗雜，大率精急，高氣勢，輕為奸。嫁、娶、送、死奢靡，不事農、商。患其剽悍，故冀州之部盜賊，常為他郡劇。』又語云：『仕宦不偶值冀部，言人剽悍。』」卷六十三「河北道」之「冀州」「風俗」記述：「虞植《冀州風土記》云：『黃帝以前未可備聞。唐虞以來，冀州乃聖賢之泉藪，帝王之舊地。』又張彥貞《記》云：『前有唐虞之化，後有孔聖之風。』又《十三州志》：『冀州之地蓋古京也，人患剽悍，故語曰，仕宦不偶值冀部，其人剛狠，淺於恩義，無賓序之禮，懷居慳嗇。古語云，幽冀之人鈍如椎，亦履山之險，為逋逃之藪。』又許慎《說文》云：『冀州北部以月朝作飲食為腰，臘祭也。』又山東之人性緩尚儒，仗氣任俠是也。」卷六十五「河北道」之「滄州」「風俗」記述：「滄州，古渤海之地，屬趙分居多。《漢書》云：『渤海，趙之分野，趙地薄人眾，丈夫相聚遊戲，悲歌慷慨，起則椎剽掘塚，作奸巧，多弄物，為倡優。』《十三州志》云：『渤海風俗驚戾，高尚氣力，輕為姦凶。』」卷六十九「河北道」之「幽州」「風俗」記述：「《郡國志》云：『箕星散為幽州，分為燕國。其氣躁急。南通齊、趙，渤、碣之間一都會也。』又《漢書》云：『愚悍少慮，輕薄無威儀，亦有所長，勇於赴人之急難，此燕丹之遺風。』『燕之為言燕也，其氣內盛。燕俗貪，得陰性也。』又曰：『幽州在北，幽昧之地，故曰幽也。』『燕太子丹愛賓客、養勇士，不愛後宮美人，化為風俗，賓客相遇，以婦人侍宿。』又曰：『幽、冀之人鈍如錐。』」

《太平寰宇記》的風俗地理記述特別重視歷史文化對社會現實的影響，認為歷史勝蹟能夠作為風俗教化的重要資源。如卷四十「河東道」之「并州」「風俗」記述：「其人有堯之遺教，君子深思，小人儉陋，又多晉公族子孫，以詐力相傾，矜誇功名。嫁娶、送死，皆侈靡於他國。隋《圖經》

云:『并州,其氣勇抗誠信,韓、趙、魏謂之三晉,剽悍,盜賊常為他郡劇。』《漢書》:『韓信謂陳豨曰:代為天下精兵處。』後漢末,天下擾亂,高幹為并州刺史,牽招說幹曰:『并州左有恆山之險,右有大河之固,北有強胡之援,可以守焉。』又風俗以介之推焚身,民咸言神靈,忌燒火,由是土人至冬中,輒一月寒食,不復煙爨,老少不堪,多因而死。周舉為并州刺史,乃作書置子推廟言:『盛寒去火,殘損人民,非賢者之意。』使溫食,眾惑少解,風俗頗革。今有祠存。」卷四十三「河東道」之「晉州」「風俗」記述:「詩《含神霧》云:『唐地磽确。其人儉而蓄積,外急而內仁。』《地理志》云:『晉之人,君子深思,小人儉陋。』《別傳》云:『剛強,多豪傑,矜功名,薄恩少禮,與河中太原同。』」

《太平寰宇記》具有明顯的地理決定論思想。如其卷四十五「河東道」之「潞州」「風俗」記述:「《漢書‧地理志》云:『上黨,本韓之別郡,去韓遠,去趙近,後乃降趙,土廣俗雜,其人大率精急,高氣勢,輕為奸。丈夫相聚遊戲,悲歌慷慨,女子彈弦跕躧,遊媚富貴。』」卷四十六「河東道」之「蒲州」「風俗」記述:「《漢書‧地理志》云:『其俗剛強,多豪傑,尚侵奪,薄恩禮,好生分。』《博物誌》云:『有山澤,近鹽,沃土之人不才。漢興少有名人,衣冠大族三代皆衰絕。』《通典》云:『山西土瘠,其人勤儉。而河東魏、晉已降,文學盛興,始自魏豐樂侯杜畿為河東守,開置學宮,親執經教授,郡中化之。自後,河東特多儒者,閭市之間,習於程法。』」卷四十六「河東道」之「解州」「風俗」記述:「按《左傳》曰:『吳公子札觀樂,為之歌《唐》,曰思深哉。其有陶唐氏之遺民乎!不然,何憂之遠也,非令德之後。誰能若是?』今民有上古之風,則唐堯之風俗也。」

當然,不同地區,歷史文化發展背景不同,《太平寰宇記》的記述方

第八章
傳說地圖：《太平寰宇記》的文化地理學

式也不盡相同。如其記述關西道，則多了一些關注社會現實風俗的內容。特別是西北地區少數民族與漢民族雜居的情況，在風俗記述中有所表現。如卷四十九「河東道」之「代州」「風俗」記述：「雁門，并州屬郡也，其風俗與太原略同。然自代北至雲、朔等州，北臨絕塞之地，封略之內，雜虜所居，戎狄之心，鳥獸不若，歉饉則剽劫，豐飽則柔從，芽報冤仇，號為難制，不憚攻殺，所謂衽金革死而不厭者是也。縱有編戶，亦染戎風，比於他邦，實為難理。」如卷三十「關西道」之「鳳翔府」「風俗」記述：「天水隴西，迫近戎狄，修習戰備，高尚氣力，以射獵為先。六郡良家子，選給羽林、期門，以才力為官名，將多出焉！故曰：『山西出將。』秦詩謂：『王於興師，修我甲兵，與子偕行。』此實遺風。又曰：『在其板屋。』乃山多林木，人獲居之。」卷三十二「關西道」之「隴州」「風俗」記述：「與鳳翔小異，尤類秦州。」卷三十二「關西道」之「涇州」「風俗」記述：「水土雜於河西，人煙接於北地，故安定處於山谷之間，其實昆戎舊壤。迫近夷狄，修習武備。士則高尚氣略。人以騎射為先，蓋與邠隴之俗同爾。」卷三十三「關西道」之「原州」「風俗」記述：「地廣人稀，質木不寇盜。」卷三十四「關西道」之「邠州」「風俗」記述：「《漢書》云：『公劉處豳，其人有先王遺風，好稼穡，務本業。』故〈豳詩〉言：『農桑衣食之本甚備焉。』其俗尚勇，力習戰備，居戎狄處，勢使之然。天水、隴西、安定頗同也。」卷三十五「關西道」之「鄜州」「風俗」記述：「秦塞要險，地連京師。漢時匈奴頻入朔方，故塞外烽火照甘泉，即今渭北九嵕山是也。白翟故地，俗與羌渾雜居，撫之則懷安，擾之則易動，自古然也。」卷三十六「關西道」之「靈州」「風俗」記述：「本雜羌戎之俗。後周宣政二年，破陳將吳明徹，遷其人於靈州，其江左之人崇禮好學，習俗相化，因謂之塞北江南。」卷三十七「關西道」之「夏州」「風俗」記述：「漢武攘卻戎狄，開

邊置郡,多徙關中貧民或報怨犯法者,以充牣其中,故習俗頗殊。地廣人稀,逐水草蓄牧,以兵馬為務,酒醴之會,上下通焉。」卷三十七「關西道」之「通遠軍」「保安軍」等地風俗記述,皆為「蕃漢相雜」。卷三十八「關西道」之「振武軍」「風俗」記述:「尚氣強悍。《漢書》曰:『定襄、雲中,本戎狄之地。』其人鄙樸,少禮文,好射獵。」卷三十九「關西道」之「豐州」「風俗」記述:「地居磧鹵,田疇每歲三易。自漢、魏以後,多為羌胡所侵。人俗隨水草以畜牧,迫近戎狄,唯以鞍馬騎射為事,風聲氣習自古而然。」

　　值得注意的是,《太平寰宇記》具體記述了西南地區少數民族的風俗文化,這是宋代民間文藝的重要內容。如卷七十九「劍南西道」之「戎州」「風俗」記述:「其土有四族:黎、䎽、虞、牟。夷夏雜居,風俗各異。其蠻獠之類,不識文字,不知禮教,言語不通,嗜慾不同。椎髻跣足,鑿齒穿耳,衣緋布、羊皮、莎草。以神鬼為徵驗,以殺傷為戲笑。少壯為上,衰老為下。男女無別,山岡是居。」其記述地方傳說,是中國民間文藝史上異常珍貴的內容。如其卷七十九記述僰道縣「貞婦石」故事:「在縣七里舊州岸。古老舊傳:昔有貞婦,夫沒無子,事姑甚孝。姑抑而嫁,竟不從之,終姑之世。後身沒,其居之室有一大石湧出。後人愛其貞操,號其石為『貞婦石』。」其記述南溪縣「鴛鴦圻」:「《益部耆舊傳》曰:『僰道有張真者,娶黃氏女名帛真,因乘船過江,船覆,沒。帛求夫屍不得,於溺所仰天而嘆,遂自沈焉。積十四日,帛乃扶夫屍出於灘下,因名鴛鴦圻。』」其記述「孝子石」:「蜀中古老云:隗叔通,僰人,性至孝。母食必須江水,通每汲江中,石為之出。今江口有石號孝子石。」其記述「乞子石」傳說:「在州南五里。兩石夾青衣江樹,對立如夫婦之相向。古老相傳:『東石從西乞子將歸。』故《風俗》云:『人無子祈禱有應。』」

第八章
傳說地圖：《太平寰宇記》的文化地理學

二、風物傳說的歷史記載與文化價值

　　《太平寰宇記》中風物傳說故事的記述有兩種重要方式，一是典籍的再敘述，二是現實的敘說。作者在敘說時，常常文獻典籍與世俗傳說混用，殊途同歸，都在敘述一定的傳說故事在某一地區的流傳狀況，在事實上形成對風物的解釋和說明。諸如一些節日與民間傳說，在其中的記述既有文獻的紀錄，又有故事的具體描述，這成為《太平寰宇記》記錄風物傳說故事的模式。如卷十一「河南道」之「新蔡縣」記述：「新蔡縣，東南一百八十里，六鄉。古呂國也。《國語》：『當成周之時，南有荊蠻、申、呂。』周穆王時，有呂侯訓夏贖刑。《史記》：『蔡叔二子，遷於新蔡。』《輿地誌》：「蔡平侯，自上蔡徙都於此。故曰新蔡。漢為縣，屬汝南郡。晉屬汝陰郡。宋屬新蔡郡。東魏孝靜帝於此置蔡州。隋開皇十六年，於此置舒州，領廣寧、舒縣。仁壽二年，改縣為汝北。大業二年，改為新蔡縣，屬蔡州。漢鮦陽故城，漢為縣，屬汝南郡。應劭曰：『城在鮦水之陽。』葛陂，周圍三十里。後漢，費長房，汝南人，為市掾，從壺公學道不成，思家辭歸。壺公與一竹杖，曰：『騎此，任所之，則自至矣。既至，可以杖投葛陂中。』長房乘杖，須臾歸。自謂適經旬日，而已十餘年矣。即以杖投陂中，顧乃成龍矣。後漢曾於此立葛陂縣。琥珀丘，在縣南三十里。汝水，經縣南，去縣二里。」

　　其中，歷史文獻與具體的神廟、大山與名川混合構成的傳說成為風物傳說的主體內容。山川遺跡被賦予傳說故事，這是風物傳說的普遍現象。如《太平寰宇記》卷四十九「河東道」之「代州」「五臺縣」記述：「五臺縣，東南一百二十里，五鄉。本漢慮虒縣，屬太原郡，因慮虒水為名。晉省，後魏孝文帝復置，即今理是也，屬新興郡。高齊改屬雁門郡。隋大業二年

改為五臺縣,因縣東五臺山為名。五臺山,在縣東北一百四十里。《水經注》云:『五臺山,五巒巍然,故謂之五臺。晉永嘉三年,雁門郡筱人縣百餘家避亂入此山,見山人為之先驅,因而不返,遂寧巖野。往還之士,稀有望見其村居者,至詣訪,莫知所在,故俗人以此山為仙者之都矣。』中臺山,山頂方三里,近西北陬有一泉,水不流,謂之太華泉,蓋五臺之層秀。《仙經》云:『此山名紫府,常有紫氣,仙人居之。』《內經》以為清涼山。聖人阜,《水經注》云:『滹沱水東流經聖人阜,阜下有泉,泉側石有十二手跡,其西覆有二腳跡,甚大,莫窮所自,在縣西南四十八里。仙人山,在縣東南五十里。石巖上有人坐跡,山腹石上有手跡,山下石上有雙腳跡,皆西向立。』渾河,出枝回山。盧虒水,在縣北十五里,源出縣界,漢因此水以立縣。張公城。十六國時,石勒將張平築城,東有平碑。」

一山一水,一草一木,都有動人的傳說故事,這表達了人民熱愛家鄉、熱愛生活的樸素情感,是中國文化的重要傳統。在《太平寰宇記》中,幾乎每一個地方都有這類風物傳說故事的記敘,如卷五「河南道」的「西京」所記述:

伊陽縣。

南二百六十里,舊三鄉,今四鄉。本陸渾地,唐先天元年十二月,割陸渾縣置伊陽縣,在伊水之陽,去伊水一里。女幾廟:在縣西三十里。鳴臯山:在縣東三十里。鳴臯廟,則天立。石扇山:在縣西三百里,有石如扇。龍駒澗:在縣北一十二里。王母澗:在縣南六里。蠻王城:在縣南五十里。新羅王子陵:在縣東北七十里,高二百尺。元魯山墓:有碑見存,在縣北二十五里,李華文、李陽冰篆額,顏真卿書,魯山有德行,呼為四絕碑。湯泉:在縣南一百三十里,即四眼湯。

第八章
傳說地圖：《太平寰宇記》的文化地理學

鞏縣。

東南三十里，舊四鄉今三鄉。郭緣生《述征記》云：「鞏縣，周之鞏伯邑。」《春秋左氏傳》：「晉師克鞏，逐王子朝。」杜預注云：「周地，河南鞏縣也。」《史記》：「周顯王二年，西周惠公封少子班於鞏，以奉王，號東周。」皇甫謐曰：「以王城為東周，以鞏為西周。」其子武公為秦所滅，秦莊襄王元年，韓獻成皋、鞏，秦界至大梁；漢以為縣，屬河南郡；晉、宋不改；李密自潁川率群盜十餘萬襲破洛口倉，因據鞏縣，仍築城，斷洛川，包南北山，周迴三十里，屯營其中，後為王世充所破；縣本與成皋中分洛水，西則鞏，東則成皋，後魏始並焉。黃河西自偃師縣界流入，河於此有五社渡，又為五社津，後漢朱鮪遣賈強從五社津渡是也。天陵山：在縣南六十里。潘岳〈家風詩〉所云天陵巖，謂此也。侯山：在縣南二十五里，盧元明《嵩山記》云：「漢有王彥者隱於此山，景帝累徵不出，遂就而封侯，山因為名。」後學道得成，至今指所住為王彥崖。九山：在縣西南五十五里，《水經注》：「白桐澗水流經九山東。」仲長統云：「昔密有卜成者，身遊九山之上，放心不拘之鄉。」謂此山也，山際有九山廟碑，晉永康二年立，文曰：九山府君太華元子之稱也。岑原丘：在縣西北三十五里，《水經注》云：「鞏縣北有山臨河，謂之岑原丘，下有穴，謂之鞏穴，言山潛通淮濟，北達於河。直穴有渚，謂之鮪渚，成公子安〈大河賦〉云：「鱣鱧王鮪暮春來遊。」即此也。洛汭：洛水入河之處，《水經注》云：「洛水東流經洛汭，北對琅邪渚，入於河，謂之洛口，清濁異流，皦焉殊別，亦名什谷。」《史記》：「張儀說秦王下兵三川，塞什谷之口。」是此也。一云鞏縣鄩谷，皆是也。京相璠曰：「今鞏洛渡北有鄩谷水，東入洛，謂之下鄩，故有上鄩、下鄩之名，亦謂之北鄩，於是有南鄩、北鄩之稱也。明溪水：《左傳・昭公二十二年》：「晉軍於溪泉。」杜預注云：「鞏縣有明溪泉。」又《水經注》云：「明樂泉，今俗謂之五道泉。」小平縣城：漢縣，廢城在

今縣西北,有河津曰小平津,即城之隅也。周王廟:在縣界。鞏王廟:在縣西二十里孝義鎮西山立。大刀山神廟:在縣北八里。青龍山:在縣西南十里。安陵與永昌陵:並在縣西南四十里。岐王墳:在縣西南四十里。嵩山:在縣西南六十里。

密縣。

東南一百里,元四鄉。古密國也,亦鄶國之地,《左傳·僖公六年》:「諸侯伐鄭,圍新密。」漢為縣,屬河南郡;後漢卓茂理此,今縣東南三十里有古密城,即漢理所,兼有卓茂祠尚存;晉太和二年,分河南置陽翟郡,以密縣屬焉;高齊文宣移理於今縣東四十里故密縣城為理;後周屬滎州;隋屬鄭州,大業十二年,又移於今理,即古法橋堡城;唐武德三年於此置密州,四年州廢以縣屬鄭州,卻隸河南府。《爾雅》曰:「山如堂者密,因以為名。」方山:《山海經》云:「浮戲之山,汜水出焉。」《水經注》云:「汜水出浮戲山,世謂之方山也。」大騩山:在縣東南五十里,《水經注》云:「大騩山即具茨山也,黃帝登具茨之山升於洪堤之上,受《神芝圖》於黃蓋童子,即是山也。」莊子謂之具茨之山,溱水源出於此。馬嶺山:在縣南十五里,洧水源出於此山,有洧水在縣西南流,合汜水入河。鄶水:《水經注》云:「潧水出鄶城西北雞絡塢下,東南流,世亦謂之鄶水。」瀝滴泉:《水經注》云:「瀝滴泉出密縣深溪之側,懸水散注,故世以瀝滴稱。」承雲水:《水經注》云:「出承雲山,二源雙導,世謂之東、西承雲。」

澠池縣。

西一百五十里,舊三鄉,今四鄉。即古池名,秦、趙所會之地;漢為縣,屬弘農郡,今縣西十三里即秦趙所會,城猶存,漢為縣,理於此城西三里,今無基跡。高帝八年,復澠池中鄉民,景帝中二年初城,徙萬家為縣;莽曰陝亭,《周地圖記》云:「魏賈逵為令時縣理蠡城。」按《四夷郡國縣道記》云:「漢澠池城當與澠池水源南北相對。」曹魏移於福昌縣西

第八章
傳說地圖：《太平寰宇記》的文化地理學

六十五里蠱城；後魏初猶屬弘農郡，大統十一年，又移於今縣西十三里故澠池縣為理，改屬河南郡；周改屬同軌郡；隋大業元年，又移於今縣東二十五里新安驛置，屬熊州，十二年，復移理大塢城；唐貞觀三年，自大塢城移於今理，兼立谷州；後周廢為縣，今屬洛澠池。《史記》：「張儀說趙王曰：『莫如與秦王遇於澠池，面相見，請按兵無攻。』於是趙惠文王、秦昭王相會澠池。秦王飲酒酣曰：『寡人竊聞趙王好音，請奏瑟。』趙王鼓瑟，秦御史書：『某年月日，秦王與趙王會飲，令趙王鼓瑟。』藺相如前曰：『趙王竊聞秦王善為秦聲，請奏盆缶。』秦王怒，不許，相如前進缶，因跪請秦王，秦王不肯擊，相如曰：『五步之內，相如請得以頸血濺大王。』左右欲刃相如，相如張目叱之，秦王不懌，為一擊缶，相如顧趙御史書曰：『某年月日，秦王為趙王擊缶。』秦群臣請以趙十五城為秦王壽，相如亦請以秦咸陽為趙王壽。秦王竟酒，終不能加勝於趙，趙亦設兵以待秦，秦不敢動。谷水：在縣南二百步。俱利城：秦、趙二君會處，今縣西有俱利城，一名秦趙城，東城在縣西十三里，西城在縣西十四里。《水經注》：「谷水東經秦、趙二城南。」《續漢書》云：「赤眉從澠池自利陽南欲赴宜陽。」是此地，今俗謂之俱利城，以秦、趙各據一城，秦王擊缶、趙王鼓瑟，俱稱有利，名之。千秋亭：在縣東二十里，潘岳喪子之處。〈西征賦〉云：「夭赤子於新安，坎路側而瘞之。亭有千秋之號，子無七旬之期。」又有水曰千秋澗。天壇山：在縣東北十八里，高五百丈，四絕如壇，後魏孝文帝西巡至此，有天壇神。廣陽山：在縣東北二十里，亦名澠池山。桓王山：在縣東北一百二十里。大媚山：在縣東一百三十里，有大媚洞。谷山：在縣南八十步。馬蹄泉：在縣界。伍戶神：在縣北一百二十里。禹廟：在縣西二十里。周桓王陵：在縣東北一百二十里。

緱氏縣。

東南六十里，舊三鄉，今一鄉。古滑國也，《春秋》云「滑伯同盟於

幽」「鄭人入滑」皆此也,秦滅之,後屬晉,漢以為縣。《輿地誌》云:「因山以名縣。」漢屬河南;莽曰中亭,至宋猶屬河南。按此前緱氏縣在今縣東二十五里緱氏故城,後魏太和十七年省併入洛陽;東魏天平元年復以洛陽城中置緱氏縣;後周建德六年又自洛陽城移於今縣北七里鈎鎖故壘置;隋開皇四年又移於今縣北十里洛陽故郡城;大業元年復移於今縣東南十里置,十年又移縣據公路澗西憑岸為城;唐貞觀十八年省。上元二年又置,今迴向南近孝敬陵西置,屬洛陽不改。洛水:西自洛陽縣界流入。緱氏山:在縣東南二十里。《列仙傳》:「王子晉見桓良曰:『告我家七月七日待我於緱氏山頭。』果乘白鶴駐山巔望之,不得到,拱手謝時人而去。」山上有石室、飲鶴池。按盧氏《嵩山記》云:「覆釜堆,亦名赴父堆,即緱嶺也。」玉女山:在縣東北三十五里。轘山:在縣東南四十六里,《左傳》謂:「欒盈過周,王使候出諸轘。」杜注:關名。按轘道十二曲,今置關焉。又按薛綜〈注東京賦〉云:「轘坂十二曲,道將去復還,故曰轘,漢河南尹何進所置八關,此其一也。」半石山:在縣南十五里。按《山海經》云:「半石之山,其上有草焉,生而秀,其高丈餘,赤莖赤華,華而不實,其名曰嘉榮,服之不畏雷霆。」景山:在縣東北八里,曹子建〈洛神賦〉云「經通谷陵景山」即此也。鄂嶺坂:在縣東南三十七里,《晉八王故事》云「范陽王保於鄂坂,後於其上置關」即此地也。黃馬坂:在縣西北十里,戴氏《西征記》云:「次前至黃馬坂,去計索渚十里。」即此地也。半馬澗:按盧元明《嵩山記》云:「半馬澗,人或云百馬澗,亦曰拜馬澗。」《古老傳》:「王子晉得仙而馬還,國人思之不見,乃拜其馬於此也。」上接佛光谷,下徹公路澗。靈星塢:一名延壽城,盧氏《嵩山記》云:「此塢有道士浮丘公接太子晉登仙之所也。」袁術固:一名袁術塢,在縣西南十五里,四周絕澗,甚險。《宋武北征記》云:「少室山西有袁術固,可容十萬人,一夫守險,千人莫當。」柏谷塢:戴延之《西征記》云:「塢在川南,因原為塢,高數丈,在縣東北,姚泓部將趙玄所守,為檀王所破。」塢西有二寺,亦在原

第八章
傳說地圖：《太平寰宇記》的文化地理學

上。入谷數百步又有二佛，精巧美貌，有牛舂、馬簸、水碓之利。古緱氏縣城：在縣西北六里。鉤鎖壘：在今縣北七里，按《宋書》：「武帝西征，營軍於柏谷塢西。」即此壘也，有三壘相連如鎖，因以為名。公路壘、公路澗：在縣西南三里，有壘，以袁術字公路而稱。少林寺：後魏孝文太和十九年立，西域沙門號跋陁，有道業，深為高祖所敬信，故制於少室山陰，立少林寺以居之，公給衣供食。曹城：在縣東十里，曹操與袁術相拒，築城於此。古滑城：在縣東一十八里，城東南角有招提寺。唐昭宗陵：在縣東北五里。百生墓：在縣東十里，《後漢書·獨行傳》云：「周暢字伯持，性仁慈，為河南尹。永初二年夏旱，久禱無應，暢因收葬洛城傍客死骸骨萬餘人於洛水北，應時澍雨，歲乃登今墓，有千數皆相類，對列成行，在洛城之東，而北近洛水，即周暢之遺址也，今號百生墓。芝田鄉：在縣北。啟母少姨廟：在縣東門外。王仙君廟：在縣東八十里。百工神廟：在縣南八里岡上。九江娘子廟：在縣南八十里。王子喬壇：在縣東南五里。則天行宮：在縣北十里。仙鶴觀：在縣東三里。賀蘭溪：在縣南八里。雙泉：在縣南十里。恭陵、唐孝敬陵：在縣東北五里。古灰城：在縣西北八里。鳳凰臺：在縣南三十里佛光谷內。武三思塚：在縣西南十五里。

潁陽縣。

東南九十里，元一鄉。本夏之綸國，《竹書紀年》云「楚及秦伐鄭，圍綸氏」是也。漢置縣，屬潁川；後魏太和十三年，於綸氏城置潁陽縣，屬河南郡；後周省入堙陽縣；隋開皇六年改為武林縣，十八年改為綸氏，大業元年改為嵩陽。唐貞觀十七年廢，咸亨四年入河南、洛陽、伊闕、嵩陽等縣，又置武林縣；開元十五年九月改為潁陽縣。大苦山：《山海經》云：「其陽狂水出焉，水多三足龜，食之無大疾，可以已腫。」箕山：連亙郡界。陽乾山：在縣東二十五里，按《說文》云：「潁水出陽乾山。」八風溪：溪水南流合三交水，北岸有沙細潤可以澡濯，隋代常進後宮，雜以香

藥，以當豆屑，號曰玉女沙。」三交水：按《水經注》云：「三交水石上菖蒲一寸九節為藥最妙，服久化仙。」古武林亭：按《水經注》云：「湮水西南流經武林亭。」倚箔山：在縣北十五里，望之如立箔。山西北崖下有鍾乳，隋時充貢。太谷口：在縣西北三十五里，孫堅停兵太谷，距洛陽九十里，即此谷。太谷故關：在縣西北四十五里，何進八關，此其一也。一斗泉：在縣西南十五里，汲與不汲，長有一斗。勾龍本廟：在縣北十三里。醴泉：在縣西十步，源出岳廟下。七姑塚：在縣西三十里。蠻王塚：在縣南二十里。

王屋縣。

西北一百里，舊二鄉，今三鄉。本周畿內地，召公之邑，平王東遷亦為采地，今縣西有康公祠。六國屬魏；漢為河東郡垣縣地；後魏皇興四年於此分置長平縣，屬邵州；北齊置懷州；後周武成元年州廢，改為王屋縣，因縣北十里山為名，仍於縣理置王屋郡，天和六年又於郡理立西懷州，建德六年州省，又為王屋郡；隋開皇三年罷郡，以縣屬邵州，大業三年省州，以縣入河內郡；唐武德元年改為邵伯縣，後建都河洛，顯慶二年復為王屋，隸河南。王屋山：在縣北十五里，《尚書》：「底柱析城，至於王屋山。」在河東垣縣之北，《古今地名》云：「王屋山，狀如垣形，故以名縣。」《列子》：「太行、王屋二山，方七百里，高萬仞，本在冀州之南，河陽之北。北山愚公者，年且九十，面山而居，懲山北之塞，叩石墾壤，畚箕運於渤海之尾，操蛇之神聞其不已也，告之於帝，帝感其誠，命誇娥氏負二山，一措朔東，一措雍南。」《神仙傳》：「甘始，太原人，善行氣，不食，服天門冬，療病不用針灸，在人間三百歲，乃入王屋山。」《茅君內傳》云：「王屋山之洞，周圍萬里，名曰小有清靈之天。」清靈洞：有垂簪峰。天壇山：此山高，登之可以望海。陽臺觀：在縣西北八十里。靈都觀：在縣東三十里。齊子嶺：在縣東十二里，即宇文周與齊分境之所也。黃河：

第八章
傳說地圖：《太平寰宇記》的文化地理學

在縣南五十里。野王城：光武時寇恂所築。石室：在縣西南七十里，有石室，即夫子昔與門徒講論之所，臨大河，水勢湍急，至此室五里之間，寂無水聲，如似聽義之處。邵原：在縣西四十里，即康公之采地也。析城山：在縣西北六十里，峰四面其形如城，有南門焉，故曰析城。中條山：魏王泰《地誌》云：「在縣西北九十里，東接王屋山，西入絳州垣縣界。」邵康公廟：在縣西十五里，《輿地誌》云：「垣縣邵康公之邑。」《春秋注》云：「邵康公周太保邵公奭也。」

河清縣。

北六十里，元三鄉。本《左氏》所謂晉陰地。漢為平陰縣，屬河南郡；按《郡國縣道記》云：「唐武德二年，黃君漢鎮柏崖，遂於柏崖東置大基縣，八年省，先天元年，以諱改名河清縣，貞觀中縣界黃河清，因以為名，後廢，至咸通中，考功郎中王本立奏再置，復隸河南府，大順元年，因干戈毀壞，移在柏崖隙地權置。」皇朝開寶元年，移在白波。河陰故城：在縣東南三十五里，《地理志》云：「即漢平陰縣。」《左傳》云：「晉師在平陰。」杜預注云：「今河陰縣是也。」宋東垣縣：在縣西南二十五里，《地理志》云：「東垣縣宋屬河南郡。」柏崖城：在縣西三里，臨黃河，侯景所築，唐高祖武德二年，滑州人黃君漢以城歸，乃屬懷州，四年，移懷州於河內縣，乾元中，太尉李光弼重修，以拒史思明。冉耕墓：在縣東南十七里，孔子弟子也。後漢靈帝陵：在縣東南三十里，高十二丈。晉景帝陵：在縣南三十里，高六丈四尺。湯王廟：在縣南三十里。柏崖廟：在縣西北三十二里。堯廟：在縣西南八十五里。後漢光武廟：在縣東南七里。貓兒山：在縣西十里。吉水：在縣西南六十里。瀧水在縣西南六十里。金谷水：在縣西南六十里。迷仙崖：在縣五十里。歇鶴臺：在縣西北三十里，王子喬、浮丘公遊王屋，歇鶴於此。小郎水：在縣西四里。

偃師縣。

東北七十里，元三鄉。本漢舊縣，帝嚳及湯、盤庚並都之，商有三亳，成湯居南亳，即此也。至盤庚，又自河北移理於亳，殷商從此改號曰殷，故殷有天下，此為新都。故城在今縣西十里，周武王伐紂回，息偃戎師，遂名偃師。周為畿內之邑，秦屬三川，漢屬河南，即今縣理是也，晉併入洛陽，隋開皇十六年復置。北邙山：在縣北二里。首陽山：在縣西北三十五里，阮籍詩云：「步出上東門，北望首陽岑，下有採薇士，上有嘉樹林。」山上今有夷齊祠。按後魏正光元年夏，首陽山晚有虹飲於溪，樵人楊萬見之，良久化為一美女，乃竊告蒲津戍將宇文顯，顯取之進明帝，帝見容貌姝美，掩於六宮。或問之，曰：「我天女也，暫降人間。」帝欲逼幸，其色甚難，乃令左右擁抱，作異聲如鍾，復化為虹，經天而去，後帝尋崩。魏文帝廟：在縣西北十八里。魏文帝陵：在首陽山南。杜預墓：在首陽山南。乾脯山：《九州要記》云：「周敬王於此曝乾脯，因以為名。」覆舟山：《九州要記》云：「昔，盧世明登嵩嶽，望覆舟如蟻垤，黃河如帶。」又陶季述《京邦記》云：「周迴二十里，下有林，號白水苑是也。」屍鄉：劉澄之《永初山川記》云：「屍鄉有石室，有仇生者居焉。」又云：「祝雞翁者，洛陽人，居屍鄉山下，養雞百餘年。」盟津：在縣西北三十一里，河東經小平縣，俗謂之小平津，河南岸有鉤陳壘，河於斯有盟津之目，昔武王伐紂，諸侯不期而會者八百，故曰盟津，亦曰富平津。廢北陂義堂路：此古大驛路，唐天寶七年四月，河南尹韋濟奏於偃師縣東山下開驛路通孝義橋，故此路廢矣。曲洛：《穆天子傳》云：「天子東遊於黃澤，宿於曲洛，今縣東洛北有曲河驛，以洛水之曲為名，洛經其南。」《續齊諧記》云：「晉武帝問尚書郎摯虞曰：『三日曲水，其義何指』？答曰：『漢章帝時，平原徐肇以三月初生三女，至三日俱亡，一村以為怪，乃攜之水濱盥洗，遂因水以流觴，曲水之義起於此』，帝曰：『若如所談，便非好事。』尚書郎束皙曰：『摯虞小生，不足以知此。昔周公成雒邑，因流水以泛酒，故逸《詩》云：羽觴隨波。又秦昭王三日置酒河曲，見有金人出，奉水心劍曰：令君制有西夏。

第八章
傳說地圖：《太平寰宇記》的文化地理學

及秦霸諸侯，乃因此處立為曲水祠，二漢相緣，皆為盛集。』帝曰：『善。』賜金五十斤，左遷虞為陽城令。洛洞：劉義慶《幽明錄》曰：「洛下有洞。昔有婦人推其夫下崖，乃得一穴，行百餘里，覺所踐如塵，啖之，裹以為糧。行至交州，以問張華，華曰：『洛洞，仙人所處，在縣東南。』」故平縣城：漢平縣故城也，在今縣西北二十五里。湯王廟：在縣東三百四十八步。湯王陵坑：在縣東北山上八里。湯王聖母廟：在縣西三里。舜王廟：在縣西北二十里。周王廟：在縣西二十五里。薄妃廟：在縣西十五里。伊尹墓：在縣西北五里。比干墓：在縣西北一十五里。田橫墓：在縣西十里。王弼墓：在縣南三里。鍾繇墓：在縣東八里。啟母少姨行廟：在縣西南二十五里。杜預墓：在縣西北山上二十里。割乳塚：在縣西二十五里。

具體的名勝與一定的傳說故事相連繫，在被描述時，表面上看起來互不相連，其實環環相扣，獨立成篇。如卷一「河南道」的「開封縣」，有一處關於「逢澤」水引發的記述：

逢澤，在縣東北十四里，今名蓬池。《史記》：「秦孝公二十年，使公子少官率師會諸侯逢澤。」又為衛國之匡地。唐天寶六年，改為福源池。夷門，《史記》：「大梁城有十二門，東曰夷門。隱士侯嬴，年七十，家貧，為夷門門吏。魏公子無忌厚遺之，不受。」吹臺，在縣南五里。《陳留風俗傳》：「縣有蒼頡、師曠城，其城上有列仙吹臺，梁孝王亦增築焉。」朱梁開平二年，改繁臺為講武臺，此即吹臺也。其後有繁氏居其側，里人乃以姓呼之。沙海在縣西北十二里。《戰國策》曰：「齊欲發卒取周九鼎，顏率說曰：『夫梁之君臣欲得九鼎，謀於沙海之上，為日久矣』」即謂此也。至隋文疏鑿舊跡，引汴水注之，習舟師，以伐陳。陳平之後，立碑其側，以紀功焉。今無水。蓼堤，在縣東北六里，高六尺，廣四丈。梁孝王都大梁，以其地卑溼，東徙睢陽，乃築此堤。至宋州三百里。蔡水，在縣南。梁溝，始皇二十二年，王賁引水攻大梁是此。通濟渠，在縣南三里。隋大

業元年，以汴水迂曲，回覆稍難，自大梁城西南鑿渠引汴水入，號通濟渠。開封故城，在縣南五十里。鄭莊公所築。《陳留風俗傳》曰：「阮簡為開封令，有劫賊，外白甚急，簡方圍棋，長嘯曰：『局上有劫亦甚急。』」高陽故城。甘城，即秦太師甘公所居之地。因星文說張耳，令背項羽，依高祖，即於此城。信陵亭，在城內，臨河，當相國寺前，即魏公子無忌勝概之地。琵琶溝，在縣南一十里，西從中牟縣界流入通濟渠。隋煬帝欲幸江都，自大梁城西南鑿渠引汴水入，即蒗蕩渠也。《舊圖經》云：「形似琵琶，故名。」倉垣城，在縣東北二十里。《水經注》云：「濟水東經倉垣城。」《輿地誌》云：「倉垣城，南臨汴水，西北有倉頡墳，城有列仙臺。」棘城，在縣西南三十里。《左傳》云：「晉荀吳涉自棘津。」新里縣故城，在縣東三十里。隋高祖開皇十六年，分浚儀縣置，因新里為名。煬帝大業二年廢。唐武德四年，復置。貞觀元年，又廢。倉頡墓，在縣東北二十里。《輿地誌》云：「倉垣城西北有倉頡塚。」樊於期墓，在縣南一十三里。《史記》云：「樊於期逃秦罪，入燕。燕荊軻謂之曰：『須君首可以謀秦王。於是自殺，函封送秦。』」魏人葬於此。張儀墓，在縣東北七里。《史記》云：「儀，魏人，相秦十年。」卒，葬於此。俗以墳形似硯，因名硯子臺。與張耳墓南北相對，因謂張耳墓為南硯臺，此為北硯臺。張耳墓，在縣東七里。《漢書》：「耳，大梁人。高祖布衣時嘗從耳遊，後破趙有功，受封。」卒，葬於此。蔡伯喈墓，在縣東北四十五里。《後漢書》：「蔡邕，字伯喈，陳留圉人。漢靈帝時，坐收廷尉，死獄中。」葬於此。荊軻墓，在縣東四十里。《史記》云：「軻，衛人也。遊燕，為丹入秦刺秦王，不中而死。」《舊圖經》云：「招魂葬於此。」

又如，「河南道」之「開封府」關於浚儀縣「寒泉陂」的記述：

寒泉陂，在縣西六十里。《詩》云：「爰有寒泉，在浚之下，其水冬夏常冷，因曰寒泉。」醋池，在縣西北七里，古大梁城內。梁孝王作。博㙰

第八章
傳說地圖：《太平寰宇記》的文化地理學

城，在縣西北三十里。《史記》：「張良報韓讎，伏處於博浪俟秦始皇。」古浚儀城二：一在縣東三十里，一在縣北四里。赤城，在縣西南一十五里。《水經注》云：「蒗蕩渠，東南徑赤城至浚儀。」信陵君墓，在縣南十二里。《史記》：「魏公子無忌，昭王少子，安釐王弟，封為信陵君。」侯嬴墓，在縣南十二里。《史記》：「魏公子無忌，謀救趙。詢於夷門監者侯嬴，為之謀，辭老不能往。公子行，嬴向北面，自刎而死。」遂葬於此。段干木墓，在縣西北二十里。《風俗傳》云：「浚儀有段干木祠，能興雲致雨。」干木死西土，魏王遷都之日，子孫改葬於此。陸雲祠，在縣東北三里。《晉書》：「陸雲嘗為浚儀令，民為立祠。」青丘，亦曰玄池。女媧簡狄浴於青丘之水，有玄鳥遺卵，吞之，生契。即此水也。鴻池，即衛獻公射鴻於此。望京樓，城西門樓，本無名。唐文宗太和二年，節度使令狐綯重修。因登臨賦詩曰：「夷門一鎮五經秋，未得朝天未免愁。因上此樓望京國，便名樓作望京樓。」

再如「河南道」之「開封府」關於陳留縣「阿谷水」的記述：

阿谷水，在縣北五十八里。《家語》曰「孔子南遊於楚，至阿谷之隧，使子貢奉觶從女子乞飲」即此也。小黃城，漢縣名，屬陳留，故城在今縣東北三十三里，亦曰小黃園。昭靈夫人陵廟，在縣北三十七里。《風俗傳》云：「沛公起兵，野戰，喪皇妣於黃鄉。天下平定，乃命使以梓宮招魂幽野。有丹蛇在水，自濯灑入梓宮。其浴處仍有遺髮。今廟號昭靈焉。」睢溝，在縣東南五里。《輿地誌》云：「汴水自滎陽受睢水，東至陳留、彭城，南入泗水，經縣界入雍丘界。自後開通濟渠，此渠廢。今無水。」漢武帝宮，在縣羅城內。《風俗傳》：「孝武帝元狩元年，置行宮，今廢為倉。」逍遙宮，在縣南六里餘。隋大業六年置，今廢。陳陵，在縣北二十里。按《城塚記》云：「大梁城東三十里，汴水北五里有黃柏山，陳元方祖父墓二十區，有碑存。」故莘城，在縣東北三十五里，古莘國。《國語》：「湯伐

桀,桀與韋顧之君等拒湯於莘之墟,遂戰於鳴條之野。」老丘城,在縣北四十五里。按《春秋傳》云:「定公十五年,鄭罕達敗宋師於老丘。」杜預注云:「老丘,宋地。」平丘城,在縣北九十里。《陳留風俗傳》云:「平丘城,衛靈公邑。」《春秋‧昭公十三年》:「公會劉子、晉侯等諸侯於平丘。」杜預注云:「平丘,在陳留長垣縣西南。」斗城,在縣南三十五里。按《左傳‧襄公三十年》:「子產葬伯有於斗城。」杜預注云:「斗城,鄭地名。」裘氏城,在縣南六十里。《風俗傳》云:「陳留有裘氏鄉。」《城塚記》云:「秦時故縣也。」小陳留城,在縣南三里。晉太康《道地記》云:「陳留,先有陳留縣,以北有大城,故此號小陳留,縣城今無城壁。」牛首城,在縣西南十一里。《左傳》:「桓公十四年冬,宋人伐鄭東郊,取牛首。」杜預注云:「東郊,鄭郊。牛首,鄭邑。」小黃縣,在縣西南四十里。唐武德四年,大使任環於此置縣,以小黃為名。貞觀中,省入陳留、浚儀二縣。石倉城,在縣西南七十里。按酈善長注《水經》云:「八里溝,南經石倉城西。」《城塚記》:「鄭莊公理開封,東南築此城,積倉粟,因名盛倉城。盛與石音相似,故號石倉城。」李壽九子墓,在縣西南三里。《風俗傳》云:「李壽,字長孟,為太守。九子並葬於此。」陳司農墓,在縣北二十八里。有碑篆文:「大司農陳群墓也。」澹臺子羽墓,在縣南六十里。《風俗傳》:「子羽塚,在陳留縣裘氏鄉。」張良城,在縣東六十里。按《城塚記》云:「張城,漢高祖為張良築,亦名張良城。」良十三世孫名德,為兗州刺史,襲封陳留侯,食小黃萬戶。至殤帝時,葬張城西南三百步。今呼為張光墓者是也。

　　海洋文化展現出中國人民對遠方的憧憬與想像,常常被賦予神奇的意義,所以,在中國古代神話傳說中海洋總是與求仙故事連繫在一起。《太平寰宇記》卷六十五「河北道」之「滄州」「無棣縣」記述了秦始皇時期徐福的故事:無棣縣,東南一百二十里,舊二十三鄉,今五鄉。古齊之北境

第八章
傳說地圖：《太平寰宇記》的文化地理學

漢陽信縣地，今縣東南三十里陽信故城存，高齊天保七年，自此城移於今陽信縣東馬嶺城置，隋開皇六年，於今所置無棣縣，取縣南無棣溝為名。唐貞觀元年，併入陽信，八年，復置。馬谷山與老烏山，皆邑之名山。月明沽，在縣東界，西接馬谷山，東濱海，煮鹽之所。無棣溝，《周禮》：「川曰河、泲。」河在今無棣縣，按其溝東流經縣理南，又東流，與髙津枯溝合而入海，隋末，其溝廢，唐永徽元年，薛大鼎為刺史，奏開之，引魚鹽之利於海，百姓歌曰：「新河得通舟楫利，直達滄海魚鹽至。昔日徒行今跨馬，美哉薛公德滂被。」黃河，在縣東南一百六十里，東北流經馬谷小山，東南注於海。千童城，秦始皇遣徐福將童男女千人入海，求蓬萊不死之藥，置此城以居之，漢曾為縣。蒲縈臺，《郡國志》云：「始皇東遊海上，於臺縈蒲繫馬。」今猶有蒲，似水楊而勁，堪為箭。赤河，在縣西南三百步，自饒安縣來一百里入海，其水赤渾色。

從這裡可以看出，與其說《太平寰宇記》是一部地理著作，不如說它是宋代社會風物傳說的集大成者。神話傳說故事是其中的亮點，有許多故事一直流傳到今天，源遠流長。

三、古典神話的地理圖譜與歷史傳承

中國古代神話傳說濫觴於原始文明，經過歷史的雲煙，在春秋戰國、漢魏兩晉和唐五代等重要歷史階段，神話主題發生了許多變化。宋代社會風俗文化同樣發生了巨大變化，宋初三先生孫復、胡瑗、石介所代表的思想與儒釋道融會，極大地衝擊了宋代社會風俗文化的發展變化。《太平寰宇記》的歷史文化地理描寫，保存了當時流傳的神話傳說故事，為我們認識宋代神話傳說形態提供了重要參考。

神話傳說的流傳，首先在於民族古老信仰的傳承。信仰存在於具體的社會生活中，表現為具體的風俗，或作為具體的儀式，一定的符號，被這個時代所承接、敘說。總體講，神話融入生活，是《太平寰宇記》記述中國古代神話傳說的主要途徑。

一定的神話傳說存在於一定的「風景」之中，是風俗的一部分。這是中國古代神話傳說流傳的規律，也是中國古代文獻記錄和保存中國古代神話傳說的普遍形態。

在「風景」中記述，神話傳說與許多地方的名勝在整體上相互呼應，藉此可以梳理出一個相對完整的中國古代神話譜系。

其譜系中心恰應合於司馬遷在《史記》中所論述的「昔三代之居皆在河洛之間」，以黃河沿岸分布的名勝為參照，可以看到一個從伏羲、女媧到神農、炎帝、黃帝、顓頊、堯舜、大禹，包括夸父、王母等眾多神話群的體系。應該說，這並非偶然，而是有著深厚的歷史文化底蘊作為依託的。

女媧摶土造人故事、大禹治水故事家喻戶曉。如卷六〈河南道〉之「陝州」中「閿鄉縣」對女媧墓和大禹治水神話傳說的記述：

閿鄉縣，西一百七十里，舊五鄉，今六鄉。本漢湖縣，屬京兆尹，因津以名邑焉，又為戾園之地，有思子臺、太子園陵存焉。周明帝二年，於湖城故地置閿鄉郡。隋開皇三年廢，十六年自湖城故城移於今理，仍改為閿鄉縣。唐貞觀元年，移鼎州於此，八年，州廢為縣，復屬虢。皇朝太平興國二年，割閿鄉、湖城二縣隸陝州。秦山，一名秦嶺山，在縣南五十里。《山海經》云：「華山之首，有錢來之山。」又西四十五里有松果山，又西六十里有大華山，郭氏注云：「即西嶽華陰山也。」又按夸父山，其北有桃林，郭注：「桃林，今弘農湖縣閿鄉南谷中是也。」黃河，在縣北三里。閿鄉津，去縣三十里，即舊風陵關。蒲城，子路為孔子問津之所。黃卷坂，

第八章
傳說地圖：《太平寰宇記》的文化地理學

即潼關路，《述征記》云：「河自關東北流，水側有長坂謂之黃卷坂是也。」按坂在縣西北二十五里，潘岳〈西征賦〉云：「溯黃卷以濟潼。」謂此古道為車轍所輾成。玉澗，《水經》云：「河水入東北，玉澗水注之。」注云：「水南出玉溪北，流經皇天原。」女媧墓，自秦漢以來皆系祀典。唐乾元二年，虢州刺史王奇光奏所部閿鄉縣界有女媧墓，於天寶末失其所在，今月一日夜，河上側近忽聞風雷聲，曉見墓踴出，上有雙柳樹，下有巨石，其柳各高丈餘。戾太子陵，在縣南十六里，高百五十尺。思子宮故城，在縣東北二十五里，漢武思戾太子所築。全鳩水，一名全節水，戾太子亡匿處。宋武七營，宋高祖武帝徵姚泓於長安，其將檀道濟、王鎮惡，濱河帶險，大小七營皆在縣西沿河。赫連氏京觀，在縣西北二十三里，俗號平吳臺，赫連勃勃使太原公昌引兵攻宋將朱齡石於潼關，克之，乃築臺以表武功也。

女媧墓不獨在黃河岸邊，卷十「河南道」之「陳州」「西華縣」記述道：

西華縣，西八十里，舊十鄉，今四鄉。本漢長平縣，屬汝南郡。唐武德八年為基城縣。貞觀元年，省入宛丘縣。長壽元年，又置為武城縣。神龍元年，改為基城縣。景雲元年，改為西華縣。宜陽山，在縣東北五里，高五丈，翟王河出焉。夏亭城，在縣西南三十里。按《陳詩‧株林》，刺靈公也：「胡為乎株林，從夏南。」注云：「夏南，夏徵舒也。」今城北五里，有株林，即夏氏邑，一名華亭。柳城，在縣西二十里。《古老傳》云：「女媧氏之都，本名媧城。魏鄧艾營稻陂，時柳舒為陂長，後人因為柳城。」隋開皇元年，於此置柳城縣，隋末廢。閭倉城，在縣東北三十里。《左傳》云：「宋華向之亂，公子成、公孫忌奔鄭，其徒與華氏戰於鬼閭。」杜預注云：「潁川長平縣西北有閭亭。」隋《淮陽圖》云：「閭倉城，在扶溝縣西南五十里。」城在今故長平縣西北。涼馬臺，在縣西三十里。相傳陳靈公涼馬臺，東南去陳靈公陵五百七十步。集糧城，在縣西十里。魏使鄧艾營田，築之貯糧，故名。

軒轅黃帝是中華民族重要的祖先神。新鄭是傳說中的軒轅黃帝都城。《太平寰宇記》卷九記述道：

新鄭縣，西南九十里，舊二鄉，今四鄉。昔黃帝都於有熊，即其地。又為祝融之墟，於周為鄭武公之國。按《國語》：「鄭桓公問於史伯曰：『王室多故，余懼及焉，其何所可以逃死？』曰：『其濟、洛、河、潁之間乎！虢鄶為大，驕貪背君。君以成周之眾，奉辭伐罪，無不克矣！若前莘後河，右洛左濟，主芣騩而食溱洧，修典刑以守之，唯是可以少固。』又曰：『唯謝、郟之間。』」言在謝之北，郟之南。謝在南陽。後為韓地。哀侯滅鄭，韓自平陽又徙都之。秦並天下，其地為潁川郡。漢以為新鄭縣，屬河南郡。晉省，宋復立，隸滎陽郡。東魏行臺侯景於此縣屯軍。北齊省。隋文十六年，又置，迄今為新鄭之理焉。

黃帝還是一位注重治理的領袖，其問道於廣成子的神話傳說被記述在《太平寰宇記》卷八的「河南道」之「汝州」「梁縣」中：

明皋山即放皋山也，一名狼皋山，在縣南六十里。《水經注》云：「汝水自狼皋山東出峽，謂之汝阨。」霍陽山俗謂峴山，在縣西南七十里。《左傳·哀公四年》謂：「楚為一昔之期，而襲梁及霍。」按杜注即此山。漢立霍陽縣，因山以為名，今有故城俗謂張侯城是也。魚齒山連接縣界。《左傳》謂：「楚師侵鄭，涉於魚齒之下。」即此處也。黃成山一名苦菜山，沮溺耦耕即其處也。汝水在縣南三里。《水經》云：「汝水出河南梁縣勉鄉。」溫湯在縣西四十里。《水經注》云：「溫水數源，揚波於川左泉上。」華宇連陰，茨甍交拒，方塘石沼，錯落其間。頤道之士，多歸之。其水東南流，注廣城澤水。唐聖歷三年正月，則天駕幸。今有碑石，斷折。廣城澤在縣西四十里。後漢安帝永初元年，以廣城遊獵地假與貧人。二年，鄧太后臨朝，鄧騭兄弟輔政，以為文德可興，武功可廢，請寢蒐狩之禮。於

第八章
傳說地圖：《太平寰宇記》的文化地理學

是馬融作〈廣城頌〉，以諷云大漢之初基也。揆厥靈囿營於南郊，右彎三塗，左枕嵩嶽，面據衡陰，背箕王屋，浸以波溠，演以滎洛，金山石林殷起乎其中，神泉側出，丹水涅池，怪石浮磬，耀焜於其陂，是此澤也。隋大業中，置馬牧焉。亦名黃陂，有灌溉之利，至今百姓賴之。注城，《續漢書‧郡國志》云：「河南縣有注城。」即此也。廣成城，《九州要記》云：「廣成子為黃帝師，始居此城，後於崆峒山成道。」今此城猶有廟像存焉。崆峒山在縣西南四十里，有廣成子廟，即黃帝問道於廣成子之所也。按唐開元二年，汝州刺史充本州防禦使，盧貞立碑。其略云：「《爾雅》曰：『北戴斗極為崆峒，其地絕遠，華夏之君所不至。』禹跡之內，山名崆峒者有三焉：其一在臨洮，秦築長城之所起也。其一在安定。二山高大，可取財用，彼人亦各於其處為廣成子立廟。而莊生述黃帝問道崆峒，遂言遊襄城，登具茨，訪大隗，皆與此山接壤。則臨洮、安定非問道之所明矣。」《仙經》敘三十六洞，五嶽不在其列，是知靈蹟所存，不繫山之小大也。此山之下有洞焉，其戶上出。耆舊相傳云：「洞中白犬往往外遊，故號山塚為玉狗峰。昔之守宰以為神居潔，懼樵牧者褻弄，因積土封之。今升踐其頂，響連於下甚深遠云耳。」汝北故城即高齊置汝北郡城。在縣南，亦名王塢城，以備周寇也。承休故城，在今郡東，即後漢光武封姬常為承休公，以主周祀，即此城是也。陽人聚在州西。即秦滅東周，徙其君於此是也。亦孫堅大破董卓軍於此地。蠻中聚即戎蠻子國。在今郡西南，俗謂「麻城」是也。流杯池在城南三十里。唐則天嘗與侍臣姚元崇、蘇頲、武三思、薛耀等遊宴賦詩，李嶠為序。今有碑石存焉。

堯舜的活動中心主要在黃河中下游地區，即歷史上的河東。今天考古發掘發現的陶寺遺址，引發我們的諸多聯想。《太平寰宇記》卷四十六「河東道」之「蒲州」「河東縣」記述：

河東縣，舊十三鄉，今五鄉。即漢蒲坂縣也，屬河東郡。春秋，秦、

晉戰於河曲,即其地。後魏移郡於縣理。隋開皇三年,罷郡;十六年,移蒲坂縣於城東,仍於今理置河東縣。大業二年,省蒲坂縣入河東。三山,在縣南三十里,即舜耕歷山處。《禹貢》謂:「壺口、雷首至於太嶽」。壺口山,在慈州。太嶽,在晉州。雷首,在河東界。此山有九名,謂歷山、首山、薄山、襄山、甘棗山、渠豬山、獨頭山、陑山等之名。又湯伐桀升自陑。(注:陑在河曲之南。)三輅山,《郡國志》:「三輅山,北曰大輅,西曰小輅,東曰荀輅。」長原,即蒲坂也,在縣東二里。《漢志》:「始皇東巡見長坂。」即此也。其原出龍骨,又北五十三里有朔坂,即漢水所經,西南入河。堯山,在縣南二十八里。《水經注》云:「河東有堯山,上有堯城,即堯所理處。」風陵堆山,在縣南五十里,與潼關相對。有風陵城在其上。中條山,經邑界。首陽山,即在雷首山南阜也。昔夷齊守節於首陽。虞坂。一名吳坂,在虞城北十三里。蒲津關。在縣西二里,亦子路問津之所。魏太祖西征,馬超、韓遂夜渡蒲坂津,即此也。後魏大統四年,造舟為梁;九年,築城,亦關河之巨防。嬀汭水。源出縣南三十里首山。此二泉南流者曰嬀,北流者曰汭,異源同歸,渾流西注而入於河。即「厘降二女」之所,今有舜祠存焉,即後周宇文護所造。涷水,《冀州圖》云:「東從絳郡界入至長陽城南,為陂。」《水經》云:「涷水,出河北縣雷首山。」一名雷水,經桑泉界。鐵牛,開元十二年,於河東縣開東、西門,各造鐵牛四,鐵人四。其牛下並鐵柱,連腹入地丈餘,並前後鐵柱十六維橋跨河,至今存。故陶城,在縣北三十里。《史記》謂「舜陶於河濱」,即此是。皇甫謐以為在定陶,不在此。羈馬故城,在縣南三十六里。《郡國志》云:「今謂之涉丘」;即《左傳》謂「翦我羈馬」。蒲坂故城,《郡國志》云:「州南二里,有蒲坂城。」舊地理書相傳曰漢蒲坂城即今郡所理大城,後人增築。大河在其西,雷首山在其南。後魏太武帝神元年,自安邑移郡於此城。涷水故城,在縣東北二十六里。《左傳》曰:「晉侯使呂相絕秦,曰『伐我涷川』。」風陵故關,一名風陵津,在縣南五十里。魏太祖西征,

第八章
傳說地圖：《太平寰宇記》的文化地理學

韓遂自潼關北渡，即此處也。舜祠，在州理城中。唐貞觀十一年，詔致祭以時灑掃。伯夷、叔齊祠，在縣北三十五里。二妃陵，帝舜二妃之陵，在縣東一十里，俗謂娥皇、女英陵。伯夷墓，在縣南三十五里，雷首山南。貞觀十一年，詔禁樵蘇。伯樂墓，在縣南四十里，又濟陰、定陶及雍州亦有伯樂塚，未詳孰是。

顓頊神話、大禹治水神話與伊尹傳說共處於一個語域。如卷一「河南道」之「開封府」「圉城」所記述：

圉城，在縣南五十里。《左傳》：「昭公五年，晉韓起如楚，送女還過鄭，鄭伯勞諸圉。」《風俗傳》云：「舊陳地。苦楚之難，修干戈於境，以虞其患，故曰圉。」《輿地誌》：「漢高祖使樊噲下之，為縣，屬宋州。」今故城存。外黃城，《左傳》謂：「惠公敗宋師於黃。」杜注：「黃，宋邑，漢縣，屬陳留。以魏郡有內黃，此故加外焉。」今境內有山號黃柏山。故城在今縣東六十里。《漢書》：「外黃縣，即繁陽城。六國時為魏地。趙廉頗攻取之，即此也。」雍丘故城，今縣城是也，春秋時杞國城也。杞為宋滅，城北臨汴河。晉永嘉末，鎮西將軍祖逖為豫州刺史，理於此。逖累破石勒軍，由是黃河以南皆為晉土，人皆感悅。逖卒，百姓立祠焉。鳴雁亭，在縣北四十里。《左氏傳》：「衛侯伐鄭至鳴雁。」杜注：「在雍丘鳴雁亭也。」夏後祠，祠中有井，能興雲雨，祈禱甚應。空桑城，在縣西二十里。按《帝王世紀》云：「伊尹生於空桑。」此是伊尹生處。祺城，在縣西北一十八里。按《陳思王襲封雍丘王表》云：「禹祠原在此城，漢光武迎其神，移在雍丘城內。植城於雍丘，作宮，請遷其神於舊館。」其贊曰：「懸仰聖業，功濟唐虞，微君之勤，吾其為魚。」《爾雅》曰：「祺者，吉祥名。」婦姑城，在縣東十里。按戴延之《西征記》云：「梁東百里，古有婦人寡居，養姑孝謹。鄉人義之，為築此城，故曰婦姑城。」後人音訛呼為婦固城。肥陽城，在縣東北二十里。按《城塚記》云：「禹治洪水時，在肥

澤之陽所築。」高陽城，在縣西二十九里。顓頊高陽氏，佐少昊有功，受封此邑。范雎墓，在縣北六十八里。《史記》：「雎，先事魏中大夫須賈。後入秦為相，號曰應侯。」卒，葬於此。酈食其墓，在縣西南二十八里。《漢書》：「食其，陳留高陽人。好讀書。家貧，為里監門，賢豪謂之狂生。後為齊所烹，乃葬於此。」《陳思王集》云：「植獵於高陽之下，過食其墓，以斗水束藻薦於座。贊曰：『野無厄酒，唯茲行潦；食無嘉鯖，宴用蘋藻。』」酈商墓，在縣西南二十八里。《漢書》：「商，食其之弟也。陳勝起兵，商乃聚少年，得數千人。屬高祖，從征伐有功，封曲周侯。」葬於此。白虎墓。王業，字子香，雍丘人。為荊州刺史。有惠化，卒於枝江。有白虎夾柩送歸，因此號之。今子孫號為白虎王氏。

堯舜禹神話群的分布在《太平寰宇記》中有完整的表現。如其卷四十六「河東道」之「解州」「安邑縣」記述：

安邑縣，西南四十五里，元四鄉。本冀州之域。《帝王世紀》：「堯以二女妻舜，為築宮室，封之於虞。」故《尚書》云「釐降二女於媯、汭，嬪於虞」即此也。三代以降為晉之境。《漢書·地理志》云：「河東土地平衍，有鹽鐵之饒。」晉《太康地記》云：「舜受禪安邑。」或云蒲坂。又《帝王世紀》：「禹或營安邑，即虞、夏之兩都也。」隋義寧元年，置安邑郡。唐武德元年，廢，置虞州；貞觀十七年，又廢虞州縣，隸河東郡。今虞邑縣東三里即廢州之地也。龍池宮，在縣東南一十八里。唐開元八年置，傍有龍池水，流入鹽池，因以為名。今古蹟微存。鹽宗廟，在縣東南十里。按呂忱云：「宿沙氏煮海，謂之鹽宗，尊之也。以其滋潤生人，可得置祠。」分雲神祠，在縣西南四十里。中條之陰，特標諸峰，山頂出雲，東西分散，遂號「分雲」。又有風谷，每風出，吹砂飛石，樹木皆摧，俗謂之「鹽南風」。其祠見存。中條山，在縣南二十里。其山西連華嶽，東接太行。山有路，名曰「虞坂」。周武王封吳太伯之弟仲雍之後虞仲於夏墟，因虞為

第八章
傳說地圖：《太平寰宇記》的文化地理學

稱，謂之「虞坂」。昔騏驥駕鹽車，即此坂也。《春秋》僖公二年：「晉荀息請以屈產之乘，垂棘之璧，假道於虞以伐虢。」即此路也。稷山，在縣東北六十七里。《尚書·舜典》：「帝曰棄，黎民阻飢，汝后稷播時百穀。」孔安國曰：「棄，后稷也。」按《左傳》宣公十五年：「晉侯治兵於稷。」杜預注云「河東聞喜縣西有稷山」是也。《山海經》云：「其山多錫，舊名玉山。后稷播時百穀於此，遂以名山。」東自陝府夏縣界，經縣十二里。玉鉤山，在縣東北二十里。其山東西一十里，勢如玉鉤，因此為名。涑水，在縣東北三十四里。《春秋》曰：「晉侯使呂相絕秦，伐我涑川。」（注：涑水，出河東聞喜縣西南流至蒲坂，入黃河是也。）《水經》云：「涑水，出河東聞喜縣界。」黎葭谷，謂之葦谷。其水東自陝府夏縣界來，經縣四十里，西入河中府界。銀谷，在縣西南三十五里中條山下。隋開皇十九年於此置鹽冶。司鹽城，在縣西二十里。蚩尤城，在縣南一十八里。《管子》記曰：「雍孤之山出金，蚩尤愛之以為劍戟。」《史記》曰：「黃帝與蚩尤戰於涿鹿之野。」按《皇覽·塚墓記》云：「蚩尤塚在東平郡壽張縣，墳高七丈。常十月祀之，塚上有赤氣如一匹紅練，土人謂之蚩尤旗。其肩髀塚在山陽郡鉅野縣，身體異處，故別葬之。」《孔子三朝記》云：「蚩尤，庶人之貪者而有喜怒，故惡名歸之。」其城今摧毀。鹽池，在縣南五里。其池周迴一百一十四里。《山海經》云：「景山南望鹽澤。」今在河東狩氏縣。又按《地理志》云：「鹽池在安邑縣西南，許慎謂之鹽池。」呂忱曰：「宿沙氏煮海謂之鹽，河東鹽池謂之鹽。」今池水紫色，湛然不流，造鹽，貯水深三寸，經三日，則結鹽。苦池，在縣東北一十八里。其水鹹苦，牛羊不食，因以名之，亦名紅花池。衛瓘墓，在縣東十七里高堠原上。按《晉陽秋》曰：「太保菑陽侯衛瓘，河東安邑人也。瓘子恆，恆子玠，舊傳云衛瓘葬高檮，今墓前有高檮古道。」鳴條陌，在縣東北一十五里。按《地理志》：「鳴條陌，在安邑西北。」《尚書》云：「伊尹相湯伐桀，升自陑，遂與桀戰於鳴條之野。」孔安國曰：「地在安邑之西，桀逆拒湯，陑在河曲之南，其

地在縣北二十里是也。」昆吾亭。舊《圖經》云:「在縣西南一十里,為夏方伯助桀拒湯。湯師先伐昆吾,然後伐桀。」《春秋左傳》注:「昆吾以乙卯日與桀同誅。」宋永初《山川記》曰:「安邑有昆吾亭,古昆吾國也。」清原,在縣北五十里。《春秋》僖公三十一年,晉蒐於清原作五軍,以御狄,即此也。

如大禹治水,「導河積石,疏決龍門」成為千古傳唱的故事,既是上古人民治水經驗的總結和讚頌,更是人們眾志成城、克服艱險願望的表達。《太平寰宇記》卷四十六「河東道」之「蒲州」「龍門縣」記述:

龍門縣,北一百九十八里,舊十鄉,今八鄉。古耿國,殷王祖乙所都。晉獻公滅之,以賜趙夙。秦置為皮氏縣。漢屬河東郡。(按:皮氏縣,在今縣西一里八十步,古皮氏城是也。)後漢屬郡不改。魏屬平陽。晉不改。後魏太武改皮氏為龍門,因山為名,屬北鄉郡。隋開皇三年,廢郡以縣屬絳州。十六年,割屬蒲州。武德三年,屬泰州。貞觀十七年,州廢,隸絳州。大順二年,與萬泉割屬蒲州。汾水,東自稷山縣界流入,北去縣五里,又南入汾陰縣界。漢武帝行幸河東,作〈秋風辭〉曰「泛樓船兮濟汾河,橫中流兮揚素波」即此水也。故耿城,在縣南十二(一作三)里,古耿國也。伏龍原,在縣西南十八里。黃河,北自慈州太寧縣界流入,去縣二(一作三)十五里,即龍門口也。〈禹貢〉曰:「浮於積石,至於龍門。」《注》曰:「龍門山,在河之西界。」《水經注》云「大禹導河積石,疏決龍門」即此處也。魏《風土記》曰:「梁山,北有龍門,大禹所鑿,通其河。」廣八十步,巖際鐫跡,遺功尚存。《慎子》曰:「河水之下,其流駛竹箭,駟馬追之不能及。」《淮南子》曰:「禹沐淫雨,櫛疾風,鑿龍門。」辛氏《三秦記》曰:「河津,一名龍門。水陸不通,魚鱉之屬莫能上。江海大魚集龍門下數千,不得上。上則為龍,不得上則曝腮龍門。」《水經注》云:「《爾雅》曰:『鱣鮪也出鞏穴,三月則上渡龍門,得渡為龍,否則點額而還。』」《十六

第八章
傳說地圖：《太平寰宇記》的文化地理學

國春秋》：「左賢王劉豹妻呼延氏祈子於龍門，有白魚至於祭所，其夜夢見魚化為人，左手把一物大如雞子，授呼延，曰日精，服之生貴子。以是，十三月而生劉元海。」蜚廉故城，在縣南七里。《史記》曰：「蜚廉生惡來，蜚廉善走，惡來多力。父子俱事紂，武王伐紂，殺之。」龍門關，在縣西北二十二里。大禹祠，在縣西二十五里。魏《風土記》曰：「梁山北有龍門，山上有禹廟。」隋末摧毀。唐貞觀九年，奉敕更令修理。唐高祖廟，在禹廟南絕頂上，畫作行幸儀衛之像，蓋義寧初義旗至此處也。故萬春縣，唐武德五年，割龍門縣置，屬泰州。貞觀十七年，廢泰州，地入龍門縣。

夸父追日神話傳說是一首具有英雄主義、理想主義色彩的頌歌，其在宋代被賦予了什麼新意呢？其流傳情況，如卷六「河南道」之「陝州」中「靈寶縣」對夸父神話桃林塞的記述：

靈寶縣，西四十五里，舊八鄉，今三鄉，本秦桃林縣。漢為弘農縣地，按漢縣在今縣西南二十里函谷故關城是也。隋開皇十六年，於今所置桃林縣，屬陝州，取古桃林塞為名。唐開元末，其地得天寶靈符，因改元天寶，兼改此縣為靈寶焉。門水，俗名鴻臚澗。柏谷水，亦名壑澗，《水經》云：「河水又東，合柏谷水。」《注》云：「水出弘農縣南石堤山。」桃林塞，《山海經》云：「夸父之山，其北有林，名曰桃林。廣員三百里，中多馬湖。水出焉，北流注於河。其中多珚玉，造父於此得騄駬、騄耳之乘獻穆王。」《尚書》謂：「放牛桃林之野。」《左傳》謂：「以守桃林之塞。」其地則自縣以西至潼關皆是也。《三秦記》：「桃林塞在長安東四百里，若有軍馬經過，好行則牧華山，休息林下，惡行則決河蔓延，馬不得過矣。」曹陽城，在縣東南十四里，陳涉使周文西入秦，秦使章邯擊破之，殺文於曹陽城，即此。後曹公改為好陽。晉王斜路，即《漢書·地理志》：「函谷關路也。」西接湖城縣，東至此縣界六十一里，已廢。開皇九年晉王自揚州回覆此路，因名晉王斜路，至今不絕。黃河，在縣西北五里。古函谷

關,在縣南十里一百六十步,秦之舊關也。孟嘗君田文被逐,夜半關閉,下客為雞鳴而得出之處也。漢高祖入武關,居灞上,閉函谷關不納,項王亞父怒燒關門。又漢樓船將軍楊僕立大功,恥為關外民,請以家僮七百人助築關城。武帝意好廣闊,遂東移於新安,以其故關為弘農縣也。《地理志》云:「弘農,故秦函谷關也。」崔浩注云:「東自崤山,西至潼津,通名函谷,號曰天險,所謂秦得百二。」戴延之《西征記》云:「舊函谷關帶函道。」《漢書・訓纂》云:「道形如函也。」酈善長《水經注》云:「門水北經弘農縣故城東。城即故函谷關校尉舊治處,終軍棄之所。」老子西入關,尹喜望氣於此也。王元說隗囂,請以一丸泥東封函谷關,亦此處也。《三秦記》云:「函谷關去長安四百里,日入則閉,雞鳴則開,秦法也。」又晉《道地記》云:「漢弘農本函谷關,有桃林也。」潘岳〈西征賦〉云:「躡函谷之重阻。」即此關也。其城北帶河、南依山,周迴五里餘四十步,高二丈。唐天寶元年,於尹真人舊宅所掘得靈寶符,遂立靈寶縣於此。稠桑澤,在縣西十八里。按《山海經》云:「桃林,地方三百里。」此澤即古之桃林也。《春秋》云:「虢公敗戎於桑田。」杜預注云:「桑田,虢地,在弘農陝縣東北。」蓋此也。細腰原,在州西南七十九里,東西闊三里,南北長十里,當中五十步。《俗傳》云:「中心狹細,如束素之腰,故名。」尹喜臺,在縣南十二里。關龍逢墳,在縣西南七里,《城塚記》云:「關龍逢葬在龜頭原左脅,高三丈。」唐太宗東巡致祭,開元十三年立碑,舍人吳鞏之詞。楊駿五公墓,在縣東南十里,《晉陽秋》云:「惠帝永平元年殺太傅楊駿並父及子孫九人,故吏潘岳等收葬之。」

老子,李耳,是著名的哲學家、思想家,也是一位在宗教文化中被神聖化的歷史人物。在神壇上,他是太上老君,是連接天界與人間的文化使者、文化領袖。在宋代,他已成為被高度神仙化的人物。如其在《太平寰宇記》卷十二「河南道」之「亳州」「真源縣」中被記述:

第八章
傳說地圖：《太平寰宇記》的文化地理學

真源縣，西南五十九里，舊十八鄉，今八鄉。即楚之苦縣地。《史記》謂：「老子，苦縣人也。」漢為縣，屬淮陽國。晉咸康三年，更名谷陽，蓋谷水之陽，因以為名。隋初改為仙源，以老子所生之地為名。唐麟德三年，高宗幸瀨鄉，改谷陽為真源縣，以隸亳焉。老子祠，崔元山《瀨鄉記》：「老子祠，平時教化學堂故基也。」漢桓帝命邊韶為文，云：「老子伏義時為鬱華子，祝融時為廣成子，黃帝時為大成子，顓頊時為赤精子，帝嚳時為錄回子，堯時為務成子，皆有像。」李母祠，《瀨鄉記》：「李母祠在老子祠北三里，祠門內右有聖母碑，東院內有九井。」《述征記》：「廟內九井，或云汲一井而八井動。」《輿地誌》：「老子祠即老子所生舊宅。」老子者，道君也。三皇之始，乘白鹿下託於李母，練體易形，覆命胞中七十二年，生於楚國。李母，星名也，在斗魁中。老子，星精也，為人黃色美目，面有壽徵，黃額廣耳，大目疏齒，方口厚唇，額有參子，達理日角月角，鼻有雙柱，耳有三漏，足蹈二五，手把十文。十二聖師各有三法，凡三十六法。唐乾封元年冊李母為先天太后，因改祠為洞霄宮。太清宮，玄元舊宅，今有檜樹、鹿跡存焉，宮前有闕，各高一丈七尺，魏黃初三年文帝所立。其闕有銘，是鍾繇書，皆破缺，唯四字存焉。李母墳，在縣東十三里。《水經注》云：「老子宮前有李母墳，東有碑，漢桓帝永興元年譙縣令長沙王阜所建。枯柏，裴松之《述征記》云：「老子宮前有松柏雙株，左階之柏久枯。隋大業十三年，忽從根生一枝，聳幹一丈三尺，枝葉青翠。唐武德二年更生一叢，直上五尺，橫枝兩層，枝葉相覆，異於常樹。」瀨水，在縣東南十二里，於苦縣界相縣故城西南五里谷水分流，入靈溪池，東入渦水。相縣，在瀨水東是也。靈溪池。在玄元宮北。寧平城，在縣西北五十五里。按《漢書‧地理志》：「寧平縣屬淮陽。」晉東海王越自陽城率甲士四萬東屯於項。永嘉五年薨，祕不發喪。石勒進兵追之，及寧平城，焚越屍於此。數萬眾斂手受害，屍積如山。王夷甫亦遇害。

宋代神話傳說的流傳在《太平寰宇記》中得到詳細的保存，各個地區都有自己的神話傳說類型。

四、民間故事的紀錄與社會價值

民間故事與民間傳說有著非常密切的連繫，所不同的在於前者以其幻想性流傳，後者依附於一定的人或物。《太平寰宇記》藉助民間傳說的形式保存了豐富的民間故事類型。如卷三「河南道」之「河南府」中「人物」篇記述的「孝」故事：

許由，字武仲，登封人。申伯，洛陽人，《詩》「唯嶽降神，生甫及申」即申伯也。仲山甫，洛陽人，《詩》：「保茲天子，生仲山甫。」又：「袞職有闕，仲山甫補之。」蘇秦，洛陽人，讀《陰符經》欲睡，引錐刺股，後遊趙，說六國，受相印。賈誼，洛陽人，遷大中大夫，出為長沙王傅。司馬遷。劇孟。洛陽人，以俠顯，文帝時，吳、楚告變，周亞夫乘傳至洛，得孟，喜曰：「吳楚舉大事而不求劇孟，吾知其無能為已。」卜式，河南人，拜緱氏令，賜爵關內侯。郭賀，字喬卿，洛陽人。杜密，字周甫，登封人，北海相，罷歸，每謁守令，多所陳託，與李膺同坐黨事。吳雄，字季高，河南人，官廷尉。少貧，死，喪事促辦，葬人所不封之地，不卜日，術者皆言其後必滅，而子、孫恭並三世為廷尉。胡昭，居陸渾山，躬耕力學，閭里嚴事之。時孫狼作亂，至陸渾，相戒曰：「胡居士賢者，不得犯其境。」合邑賴昭以安。韓擒虎，平陳有功，進上柱國。疾篤，時有人詣其家曰：「我欲見閻羅王。」虎聞之，曰：「生為上柱國，死作閻羅王，足矣。」唐長孫無忌，洛陽人，佐太宗定天下，與褚遂良同受顧命。賈曾。洛陽人，為祕書郎，掌制誥。于志寧，河南人。張說，字道濟，策賢

第八章
傳說地圖：《太平寰宇記》的文化地理學

良第一，封燕國公，其先范陽人，代居河東，又徙家為河南之洛陽人。賈至，曾子。玄宗傳位，至撰冊，帝曰：「兩朝盛典，出卿父子，可謂繼美乎。元德秀，字紫芝，河南人，少孤，事母孝。嘗隱居陸渾山中，無牆垣扃鑰，歲飢或不爨，以彈琴自娛。房琯每謂：「見紫芝眉宇，使人名利之心都盡。」房琯，字次律，洛陽人。長才博學，風度修整，與韋見素同平章事。武元衡，緱氏人。韋應物，河南人，性高潔，能詩，為蘇州刺史，多惠政，世號韋蘇州。元稹，字微之，河南人，官拜御史，長於詩，與白居易齊名，世稱「元白」。畢誠，字存之，偃師人，燃薪夜讀達旦，官學士，進大司馬。蕭昕。賈，河南人。裴休，濟源人。曹確，河南人。

夫婦化鳥故事在卷九「河南道」之「鄭州」「滎陽縣」中被記述為：

靈源山，按《神境記》云：「滎陽縣西有靈源山，其間生靈芝、石菌。其巖頂有石髓、紫菊，往往人聞有長嘯之聲。」蘭巖山，《神境記》云：「滎陽縣西有蘭巖山，峭拔千丈，常有雙鵠不絕往來。傳云：『昔有夫婦隱此山數百年，化為此鵠。忽一旦，一鵠為人所害，其一鵠歲常哀鳴，至今響動巖谷，莫知年歲。』」嵩渚山，一名小陘山，俗名周山。在縣南三十五里，索水所出。《山海經》所謂：「小陘之山，器難之水出焉。」舊傳：「器難之水，即索水也。」鴻溝，在縣西，即楚漢分界之所。殷渠，晉殷褒，字元祚。為滎陽令，時多雨。褒乃課穿渠入河，疏導原隰，因致豐年。時人號為殷渠。今尚存。京水，在縣東二十二里。《水經注》云：「黃水發源京縣黃堆山，東南流，亦名祝龍泉。泉勢沸湧，狀似鼎湯，世謂之京水也。」索水，在縣南三十五里。《水經注》云：「索水出京縣西南嵩渚山，與東關水同源分流，即古旃然水也。」《左傳》謂：「楚伐鄭，次旃然。」即此水名。《漢書》云：「京、索之間，亦楚漢戰鬥之所。」京城，在縣東南二十里。春秋姜氏為叔段請京。又《鄭詩》云：「叔出於京。」漢以為縣，後魏省。

书生化鹤冲天故事在卷六十一「河北道」中「镇州」「获鹿县」被记述为：

获鹿县，西南九十五里。旧七乡，本汉石邑县地，属常山郡。隋开皇十六年，置鹿泉县于此，有鹿泉水，属并州。大业二年省，义宁初重置，还属并州。至德元年，改名获鹿。飞龙山，在县西南四十五里，一名封龙山。《十六国春秋·前赵录》云：「王浚遣祁宏率鲜卑讨石勒，战于飞龙山下，勒师大败。」郦道元注《水经》云：「洨水，东经飞龙山，北是井陉口。今又名土门。」《赵记》云：「每岁疾风霆雨东南而行，俗传此山神女为东海神儿妻，故岁一往来。」今祠林尽坏，而三石人犹存，衣冠具全。其北即张耳故墟。耳山，上有水，周迴四十步，俗呼为龙泉。大翮山，隋《图经》云：「鹿泉县有大翮山，昔有二书生得道，化为二鹤冲天，堕二翮于此山，故得名。」萆山，今名抱犊山。韩信伐赵，使轻骑二千人持赤帜，从间道萆山而望，後遂呼为萆山。後魏葛荣之乱，百姓抱犊而上，故以为名。井陉口，今名土门口，在县西南十里，即太行八陉之第五陉也。四面高，中央下，似井，故名之。韩信击赵，欲下井陉。成安君陈馀聚兵井陉口，号二十万，李左车说馀曰：「臣闻千里馈粮，士有饥色。今井陉之道，车不得方轨，骑不得成列，师行数百里，其势粮食必在後。愿足下假臣奇兵三万人，从间道绝其辎重，足下深沟高垒，勿与战。彼前不得还，吾奇兵绝其後，使野无可掠，不至十日，两将之头可致麾下。」成安君儒者，不从，故败。鹿泉，出井陉口南山下。

仙人巖故事在许多地方都有流传。《太平寰宇记》卷六十一「河北道」之「镇州」「行唐县」记述道：

行唐县，北七十里。旧八乡。本赵南行唐邑。《史记》云：「赵惠文王八年，城南行唐。」秦为真定地。汉初割真定地置为县，因旧名，後汉因

第八章
傳說地圖：《太平寰宇記》的文化地理學

之，屬常山郡。後魏去「南」字，為行唐縣。太和初，移置夫人城。孝昌四年，復行唐縣於舊城，即今理是也。唐長壽二年，改為章武縣。神龍初，仍舊為行唐縣。至大曆三年，於此置泜州，以界內泜水為名。割恆州靈壽、定州恆陽二縣以隸焉。至九年，廢泜州，縣復還舊。梁開平二年，改為彰武縣。後唐同光初，復舊。晉改為永昌縣。漢復舊名。滋水，在縣北三十六里，隋《圖經》云：「行唐縣，滋水經其境。」鹿水，隋《圖經》云：「行唐縣，鹿水東入博陵，謂之木刀溝，經石山。」仙人巖，晉《太康地記》云：「故行唐縣西北，有仙人巖。」滹沱水，出州西，流至忻口而東出房山縣界，其源自派山下理所潳漭兩渠，至下博，非方舟不濟矣。輪井，《水經注》云：「行唐城上西南隅，有大井若輪，水深不測。」王山祠，《水經注》云：「行唐城內北門東側祠後有神女廟，前有碑。其文曰：『王山將軍，故燕、薊之神童，後為城神。』聖女者，此土華族石神夫人之元女。趙武靈王初營斯邑，城彌載不立。聖女發嘆，應與人俱遂。妃、神童潛刊真石，百堵皆興，不日而就，故此神，後之靈應不泯焉。」夫人城，《晉太康記》曰：「行唐縣北二十里有夫人城，即王神女所築。」

水仙聖姑故事在宋代民間廣泛流傳，《太平寰宇記》卷六十六「河北道」之「瀛洲」「高陽縣」中記述道：

高陽縣，西北七十里，舊二十一鄉，今三鄉。本漢舊縣，屬涿郡。應劭《注》云：「在高河之陽。」後魏高陽郡領高陽縣。隋開皇三年，罷郡。十六年，又於縣理置蒲州。大業中，廢州。唐武德四年，又置蒲州。貞觀初，州廢，以縣隸瀛州。滹沱河，在今縣東北十四里。易水，今名南易水，又名雹水，西自易州遂城縣界流入。王尊塚，隋《圖經》云：「塚原在武垣城東北隅，為東郡太守而卒，其柩一夜自歸。」今猶祀之，呼為東郡河翁神。蔡仲塚，《九州要記》云：「漢南陽太守高陽侯蔡仲塚在城北，仲曉厭勝之術。」其塚至今無狐狸之穴。聖姑祠，邢子顒《記》云：「聖姑姓

郝,字女君。魏青龍二年四月下旬,與鄰女採樵於滱、徐二水合流之處,忽有數婦人從水出,皆著連腰裙,若今之青衣,至女君前曰:『東海公聘女君為婦,故遣相迎。』因敷連茵褥於水中,置女君於茵上,青衣者侍側,順流而下,其家大小皆走往看,唯得涕泣,遙望莫能就,女君怡然,曰:『今幸得為水仙,願勿憂憶。』語訖,風起,遂遙,因為立祠。」桓翊以大臣子為尚書郎,試高陽長,主簿丁馥白縣有聖姑祠,前後守令皆謁而後入,翊曰:「何浮言之甚?」遂立杖而教,曰:「若祀者有罪。」未經月餘,在廳視事忽見十餘婦人各持扇從門入,謂翊曰:「今古既殊,何相妨害,而斷吾路。」翊性方直,教斷更甚。未經旬,無病暴卒。今水岸上有郝女君招魂葬處,時人呼為元姬塚,亦名聖母陵。

《太平寰宇記》卷六十六「河北道」中「莫州」「任丘縣」記述了宋代流傳的狐狸故事:

任丘縣,南四十三里,舊十九鄉,今四鄉。本漢鄚縣地,屬涿郡。隋初,廢。至開皇十六年,又置。大業末,又廢。唐武德五年,置復舊名,屬瀛州。景雲中,自瀛州隸莫州。狐狸澱,在縣西北二十里。《水經注》云:「鄚縣東南隅,水有狐狸澱,俗亦謂之掘鯉澱。非也,按澱中有蒲柳,多葭葦。」滱水枯瀆,在縣西一里。故阿陵城,在縣東北二十里阿陵故城是。後漢省,後魏曾徙鄚縣理此。周武帝宣政元年,廢。神白,邢子顯《三郡記》云:「縣南三十里有一石白,受物一石二斗,昔有沙門移之至寺,經宿血滿其中,乃移舊處,復淨如人掃。」今見存。任丘古城,在縣南二十六里。《三郡記》云:「漢元始二年,巡檢海使中郎將任丘築此城以防海寇,即以為名。至後漢桓帝崩,無子,太后使校尉竇武詣河間迎靈帝,乃居此城,群臣至此朝謁,又謂之謁城。」

其卷六十七「河北道」之「易州」「易縣」也記述了一則狐狸故事:

第八章
傳說地圖：《太平寰宇記》的文化地理學

　　易縣，舊十九鄉，今十三鄉。本漢故安縣也。《漢書》：「文帝封申屠嘉為故安侯。」《地理志》：「故安縣屬涿郡。」晉《道地記》：「屬范陽國」。按故城在今縣東南七百步，武陽故城東南隅，故安故城是也。高齊天保七年省，其武陽故城，即是燕之南鄙。隋開皇十六年，於故安故城西北隅置易縣，即今理。龍山，隋《圖經》云：「易縣西南三十里，龍山石上往往有仙人及龍跡，四麓各有一洞，大如車輪，春則風出東，夏出南，秋出西，冬出北。有沙門法猛，以夏日入其東穴，見石堂石人，欲窮諸穴，有一人屬聲曰：『法師，其餘三穴皆如東者，不宜更入。』猛仍意不息，不覺身在外穴也。」蓋神異難測。孔山，在州西南四十五里。《水經注》云：「易水又東，經孔山北，其山有孔，表裡通澈，故名。山下有穴，出鍾乳，尤佳。」白馬山，在縣北一十八里。《郡國志》云：「周時人多學道於白馬山。」天寶六年，敕改為燕丹山。送荊陘，《九州記》云：「易縣西南三十里，即荊軻入秦之路也。」駁牛山，《郡國志》云：「山色黑白斑駁，形如牛，故以為名，易水出其東。」北易水，一名安國河，亦名北易水，源出縣西北窮獨山中，東南流經武陽故城南，又東入淶水縣界。中易水，《水經注》云：「出固安閻鄉城谷中，東逕五大夫城，又東逕易京城，與北易水合流入巨馬河。」《史記》云：「燕太子丹遣荊軻刺秦王，祖送易水之上。」即此處也。魚丘水，《竹書紀年》云：「晉荀瑤伐中山，取窮魚之丘。」《水經注》云：「魚水出魚山，山有石如巨魚，水發其下。」濡水，源出縣西窮獨山南谷。雹水，一名南易水，源出縣西南石獸岡。淶水河，一名巨馬河，西自蔚州飛狐縣界入。《水經注》云：「巨馬河即淶水也。東北經郎山西望，眾崖競舉，若鳥翼立石，嶄巖似劍戟之杪，又南逕藏刀山下，層巖壁立，直上幹霄，遠望崖側，若積刀環。」紫石水，《水經注》曰：「在易縣南。」大豐嶺，霍原隱此教授之所，在州北一百九十里。荊卿城，在縣西九里，周迴二里。《九州要記》云：「荊軻城北臨濡水，即軻以金圓投龜處。軻入秦，樊於期刎頭付軻於此城。」高漸離城，在縣南十六里。《史記》云：「荊軻

死,秦始皇得高漸離,惜其善擊築,重赦之,漸離復進得近,乃以鉛置築中,舉築撲秦皇,不中。」此即漸離所居。長安城,在縣東南二十七里。《漢書》云:「宣帝時,幽州刺史李宣尚范陽公主,主憶長安,乃築此城像長安,故以為名。」城中有棗樹,花而不結,皆向西南而引,俗謂之思鄉棗。斜安城,《郡國志》云:「易縣有斜安城,傅岡不正,因以名之,東隅上有班姬祠是也。」范陽故城,漢范陽縣理於此,故城在今縣東南六十里,古城即秦置,一名故城。後魏明帝孝昌二年,為杜洛周攻破。高齊後主武平七年,又移范陽於東故城北十七里。伏圖城,一名小范陽是也,西北去州四十五里。隋初,自伏圖城移范陽名於今淶水縣,又於伏圖城別置遒縣,以屬昌黎郡。大業十年,又移遒縣於伏圖城西南,即今州東南三十四里故遒城是。十三年,陷於寇,二城俱廢。五公城,在廢縣東三十里,去州西三十里,《河北記》云:「易縣有五公城,王譚不從。王莽譚子興生五子避隱於此。世祖並封為侯。元才,北平侯;顯才,蒲陰侯;益才,安熹侯;仲才,新市侯;季才,唐侯,所謂中山五王。」其西三十里有五大夫城,說與此同。加夷城,在廢城西北四十里,去州六十里。《水經注》云:「巨馬水東流經加夷山,即睒子於山中養無目父母之所也。」《輿地誌》云:「易縣加夷城有坑,闊三丈,深五尺,俗呼子窟。」金臺,在縣東南三十里,燕昭王所造,置金於上,以招賢士。又有西金臺,俗呼此為東金臺。古野狐城,在縣東三十里,《耆老》云:「昔有狐於九荊嶺,食五粒松子後得仙,謂之飛狐,其狐常來至此城,時人呼為野狐城。」西金臺,在縣東南六十里,即燕王以金招賢士之所。小金臺,在縣東南十五里,燕昭王所造,即郭隗臺也。按《春秋後語》云:「郭隗謂燕王禮賢先從隗始,乃為碣石館於臺前。」蘭馬臺,在縣東南十五里,《水經注》云:「小金臺北有蘭馬臺。」候臺,在州子城西南隅,高三層,燕昭王所築,以候雲物。三公臺,在縣東南十八里,其臺相去三十六步,並高大,燕昭王所立,樂毅、鄒衍、劇辛所遊之處,故曰三公臺。石柱,在縣東南三十里,臨易

第八章
傳說地圖：《太平寰宇記》的文化地理學

水,《州郡志》云:「易州義石柱,後魏末,杜、葛亂殺人,骸骨狼藉如亂麻,至齊神武,起兵掃除凶醜,拾遺骸骨葬於此,立石柱以志之。」廢淶水縣,在州北四十二里,十四鄉。本漢道縣,屬涿郡。《漢書‧年表》:「景帝封匈奴降王陸疆為道侯。」今縣北一里故道城是也。後漢,移於故城南,即今淶水縣所理。後周大象二年,省入涿縣。隋初,自伏圖城移范陽,名於此。六年,又改為故安縣。九年,又移故安於涿縣東界,今涿州故安也。十年,又於此置永陽縣。十八年,改為淶水縣,以近淶水為名,按縣地即周封召公於此也。皇朝太平興國六年,併入易縣。巨馬河,在縣東北二里。郎山,在易縣西南四十里。

這些風俗思想與神話傳說故事內容的保存與表達,構成《太平寰宇記》的記述特色,深刻影響到後世民間文藝的發展。

第九章
歷史的側影：
《宋史》中的傳說與社會記憶

第九章
歷史的側影：《宋史》中的傳說與社會記憶

宋代是中國歷史上文化發展的鼎盛時期，各種文化形式與社會風俗生活都出現高度的模式化，表現出成熟的品格。宋代的傳說故事及其中的人和事，因為文化發展而對後世社會風俗產生了尤為深刻的影響。元代脫脫主修的《宋史》，典型地表現出這些內容。

宋代歷史文獻非常豐富，而脫脫所修《宋史》以另一種方式敘說宋代社會風俗與傳說故事，與其他歷史文獻共同構成宋代社會風俗生活的歷史畫面，相得益彰。

脫脫，一名托克托、托托帖木兒，蔑兒乞氏，字大用，蒙古族蔑兒乞人。至正三年，元順帝詔修遼、金、宋三史，脫脫擔任總裁官。《元史》稱其：「功施社稷而不伐，位極人臣而不驕，輕貨財，遠聲色，好賢禮士，皆出於天性。至於事君之際，始終不失臣節，雖古之有道之臣，何以過之。」他召集眾人修撰宋代社會歷史，為那些傳說中的人物立傳，保存了豐富的宋代人物傳說故事，形成取材民間傳說入史的敘說方式。

《宋史》保存宋代民間傳說，主要展現在《文苑傳》、《列女傳》、《孝義傳》、《隱逸傳》、《方技傳》、《忠義傳》等列傳，分別記述不同身分社會人物的性情、德行及其傳說故事。

其記述文人傳說故事，表現出宋代文人的個性。

如《文苑一》所記〈宋白〉，曰：

「宋白，字太素，大名人。年十三，善屬文。多遊鄴、杜間，嘗館於張瓊家，瓊武人，賞白有才，遇之甚厚。白豪俊，尚氣節，重交友，在詞場名稱甚著。」其舉例「白嘗過何承矩家，方陳倡優飲宴。有進士趙慶者，素無行檢，遊承矩之門，因潛出拜白，求為薦名，及掌貢部，慶遂獲薦，人多指以為辭。又女弟適王沔，淳化二年，沔罷參知政事。時寇準方詆許求進，故沔被出，復言白家用黃金器蓋舉人所賂，其實白嘗奉詔撰錢

唯濬碑，得塗金器爾。」「張去華者，白同年生也，坐尼道安事貶。白素與去華厚善，遂出為保大軍節度行軍司馬。踰年，抗疏自陳，有『來日苦少，去日苦多』之語，太宗覽而憫之，召還，為衛尉卿，俄復拜為禮部侍郎，修國史。至道初，為翰林學士承旨。二年，遷戶部侍郎，俄兼祕書監。真宗即位，改吏部侍郎、判昭文館」，「白學問宏博，屬文敏贍，然辭意放蕩，少法度。在內署久，頗厭番直，草辭疏略，多不愜旨。景德二年，與梁周翰俱罷，拜刑部尚書、集賢院學士、判院事。舊三館學士止五日內殿起居，會錢易上言，悉令赴外朝。白羸老步梗，就班足跌。未幾，抗表引年。上以舊臣，眷顧未允。再上表辭，乃以兵部尚書致仕，因就宰臣訪問其資產，虞其匱乏，時白繼母尚無恙，上東封，白肩輿辭於北苑，召對久之，進吏部尚書，賜帛五十匹」，「白善談謔，不拘小節，贍濟親族，撫卹孤嫠，世稱其雍睦。聚書數萬卷，圖畫亦多奇古者。嘗類故事千餘門，號《建章集》。唐賢編集遺落者，白多纘綴之。後進之有文藝者，必極意稱獎，時彥多宗之，如胡旦、田錫，皆出其門下。陳彭年舉進士，輕俊喜嘲謗，白惡其為人，黜落之，彭年憾焉，後居近侍，為貢舉條制，多所關防，蓋為白設也。會有司諡白為文憲，內出密奏言白素無檢操，遂改文安。有集百卷。」記述其傳說故事。其記述「朱昂」故事曰：「朱昂，字舉之，其先京兆人，世家洑陂。唐天覆末，徙家南陽。梁祖篡唐，父葆光與唐舊臣顏蕘、李濤數輩挈家南渡，寓潭州。每正旦夕至，必序立南嶽祠前，北望號慟，殆二十年。後濤北歸，葆光樂衡山之勝，遂往家焉。昂少與熊若谷、鄧洵美同學。朱遵度好讀書，人號之為朱萬卷，目昂為小萬卷。昂嘗間行經廬陵，道遇異人，謂之曰：中原不久當有真主平一天下，子仕至四品，安用南為？遂北遊江、淮。時周世宗南征，韓令坤統兵至揚州，昂謁見，陳治亂方略，令坤奇之，署權知揚州揚子縣。適兵革之際，逃亡過半，昂便宜綏輯，復逋亡者七千餘家，令坤即表授本縣令。」其記述「何承裕」故事曰：「時又有何承裕者，晉天福末擢進士第，有清才，好

第九章
歷史的側影：《宋史》中的傳說與社會記憶

為歌詩，而嗜酒狂逸。初為中都主簿，桑維翰鎮兗州，知其真率，不責以吏事。累官至著作佐郎、直史館，出為盩厔、咸陽二縣令，醉則露首跨牛趨府，府尹王彥超以其名士而容之，然為治清而不煩，民頗安焉。每覽牒訴，必戲判以喻曲直，訴者多心伏引去。往往召豪吏接坐，引滿，吏因醉挾私白事，承裕悟之，笑曰：『此見罔也，當受杖』。杖訖，復召與飲。其無檢多類此。」其又記：「時有郭昱者，好為古文，狹中詭僻。周顯德中登進士第，恥赴常選，獻書於宰相趙普，自比巢、由，朝議惡其矯激，故久不調。後復伺普，望塵自陳，普笑謂人曰：『今日甚榮，得巢、由拜於馬首。』開寶末，普出鎮河陽，昱詣薛居正上書，極言謗普，居正奏之，詔署襄州觀察推官。潘美鎮襄陽，討金陵，以昱隨軍。昱中夜被酒號叫，軍中皆驚，翌日，美遣還。歲餘，坐盜用官錢，除名，因居襄陽，遊索樊、鄧間。雍熙中，卒。又有馬應者，薄有文藝，多服道士衣，自稱先生。開寶初，效元結〈中興頌〉作〈勃興頌〉，以述太祖下荊、湖之功，欲刊石於永州結〈頌〉之側，縣令惡其誇誕，不以聞。太平興國初，登第，授大理評事，坐事除名，羈旅積年。淳化中，以詩乾同年殿中丞牛景，景因奏上，太宗覽而嘉之，復授大理評事，未幾卒。又有穎贄、董淳、劉從義善為文章，張翼、譚用之善為詩，張之翰善箋啟。贄拔萃登科，至太子中允。淳為工部員外郎、直史館，奉詔撰《孟昶紀事》。從義多藏書，嘗續長安碑文為《遺風集》二十卷。餘皆官不達。」其記「馮吉，字唯一，河南洛陽人。父道，周太師、中書令，追封瀛王。吉，晉天福初以父任祕書省校書郎，遷膳部、金部、職方員外郎、屯田、戶部、司勳郎中，累階金紫。周顯德中，遷太常少卿」，稱其「嗜學，善屬文，工草隸，議者以掌誥許之。然性滑稽無操行，每中書舍人缺，宰相即欲用吉，終以佻薄而止」，「雅好琵琶，尤臻其妙，教坊供奉號名手者亦莫能及。父常戒令勿習，吉性所好，亦不能改。道欲辱之，因家宴，令吉奏琵琶為壽，賜以束帛，吉置於肩，左抱琵琶，按膝再拜如伶官狀，了無怍色，家人皆大

笑」,「及為少卿,頗不得意,以杯酒自娛。每朝士宴集,雖不召,亦常自至,酒酣即彈琵琶,彈罷賦詩,詩成起舞。時人愛其俊逸,謂之三絕」。

如《文苑二》記述:

「柳開,字仲塗,大名人。父承翰,乾德初監察御史。開幼穎異,有膽勇。周顯德末,侍父任南樂,夜與家人立庭中,有盜入室,眾恐不敢動,開裁十三,亟取劍逐之,<u>盜逾垣出,開揮刃斷二足指</u>。」其又記:「安德裕,字益之,一字師皋,河南人。父重榮,晉成德軍節度,《五代史》有傳。德裕生於真定,未期,重榮舉兵敗,乳母抱逃水竇中。將出,為守兵所得,執以見軍校秦習,習與重榮有舊,因匿之。習先養石守瓊為子,及年壯無嗣,以德裕付瓊養之,因姓秦氏。習世兵家,以弓矢、狗馬為事。德裕孩提即喜筆硯,遇文字輒為誦讀聲,諸子不之齒,習獨異之。既成童,俾就學,遂博貫文史,精於《禮》、《傳》,嗜《西漢書》。習卒,德裕行三年服,然後還本姓。習家盡以橐裝與之,凡白金萬餘兩。德裕卻之,曰:斯秦氏之蓄,於我何有?丈夫當自樹功名,以取富貴,豈屑於他人所有耶!聞者高之。」

如《文苑三》記述:

「徐弦,字鼎臣,揚州廣陵人。十歲能屬文,不妄遊處,與韓熙載齊名,江東謂之韓、徐」,「太平興國初,李昉獨直翰林,鉉直學士院。從征太原,軍中書詔填委,鉉援筆無滯,辭理精當,時論能之。師還,加給事中。八年,出為右散騎常侍,遷左常侍。淳化二年,廬州女僧道安誣鉉奸私事,道安坐不實抵罪,鉉亦貶靜難行軍司馬」,「鉉性簡淡寡慾,質直無矯飾,不喜釋氏而好神怪,有以此獻者,所求必如其請。」

如《文苑四》所記:

第九章
歷史的側影：《宋史》中的傳說與社會記憶

「穆修，字伯長，鄆州人。幼嗜學，不事章句。真宗東封，詔舉齊、魯經行之士，修預選，賜進士出身，調泰州司理參軍。負才，與眾齟齬，通判忌之，使人誣告其罪，貶池州。中道亡至京師，叩登聞鼓訴冤，不報。居貶所歲餘，遇赦得釋，迎母居京師，間出遊匄以給養。久之，補潁州文學參軍，徙蔡州。明道中，卒。修性剛介，好論斥時病，詆誚權貴，人慾與交結，往往拒之。張知白守亳，亳有豪士作佛廟成，知白使人召修作記，記成，不書士名。士以白金五百遺修為壽，且求載名於記，修投金庭下，俶裝去郡。士謝之，終不受，且曰：『吾寧餬口為旅人，終不以匪人汙吾文也。』宰相欲識修，且將用為學官，修終不往見。母死，自負櫬以葬，日誦《孝經》、《喪記》，不飯浮屠為佛事。自五代文敝，國初，柳開始為古文。其後，楊億、劉筠尚聲偶之辭，天下學者靡然從之。修於是時獨以古文稱，蘇舜欽兄弟多從之遊。修雖窮死，然一時士大夫稱能文者必曰穆參軍。」其記石延年曰：「石延年，字曼卿，先世幽州人。晉以幽州遺契丹，其祖舉族南走，家於宋城。延年為人跌宕任氣節，讀書通大略，為文勁健，於詩最工而善書。累舉進士，不中，真宗錄三舉進士，以為三班奉職，延年恥不就。張知白素奇之，謂曰：『母老乃擇祿耶？』延年不得已就命。後以右班殿直改太常寺太祝，知金鄉縣，有治名。用薦者通判乾寧軍，徙永靜軍，為大理評事、館閣校勘，歷光祿、大理寺丞，上書章獻太后，請還政天子。太后崩，范諷欲引延年，延年力止之。後諷敗，延年坐與諷善，落職通判海州。久之，為祕閣校理，遷太子中允，同判登聞鼓院。嘗上言天下不識戰三十餘年，請為二邊之備。不報。及元昊反，始思其言，召見，稍用其說。命往河東籍鄉兵，凡得十數萬，時邊將遂欲以捍賊，延年笑曰：『此得吾粗也。夫不教之兵勇怯相雜，若怯者見敵而動，則勇者亦牽而潰矣。今既不暇教，宜募其敢行者，則人人皆勝兵也。』又嘗請募人使唃廝囉及回鶻舉兵攻元昊，帝嘉納之。延年喜劇飲，嘗與劉潛造王氏酒樓對飲，終日不交一言。王氏怪其飲多，以為非常人，

256

益奉美酒餚果,二人飲啖自若,至夕無酒色,相揖而去。明日,都下傳王氏酒樓有二仙來飲,已乃知劉、石也。延年雖酣放,若不可櫻以世務,然與人論天下事,是非無不當。」其記蕭貫,稱:「蕭貫,字貫之,臨江軍新喻人。俊邁能文,尚氣概。舉進士甲科,為大理評事,通判安、宿二州,遷太子中允、直史館。仁宗即位,進太常丞、同判禮院。歷吏部南曹、開封府推官、三司鹽鐵判官,為京東轉運使。時提舉捉賊劉舜卿善捕盜,號『劉鐵彈』,恃功為不法,前後畏其凶悍,莫敢治。貫至,發之,廢為民。徙江東,改知洪州,累遷尚書刑部員外郎。坐前使江東不察所部吏受賕,降知饒州。有撫州司法參軍孫齊者,初以明法得官,以其妻杜氏留里中,而紿娶周氏入蜀。後周欲訴於官,齊斷髮誓出杜氏。久之,又納倡陳氏,挈周所生子之撫州。未逾月,周氏至,齊捽置廡下,出偽券曰:『若傭婢也,敢爾邪!』乃殺其所生子。周訴於州及轉運使,皆不受。人或告之曰:『得知饒州蕭史君者訴之,事當白矣。』周氏以布衣書姓名,乞食道上,馳告貫。撫非所部,而貫特為治之。更赦,猶編管齊、濠州。遷兵部員外郎,召還,將試知制誥,會營建獻、懿二皇太后陵,未及試而卒。貫臨事敢為,不苟合於時。初,感疾,夢綠衣中人召至帝所,賦〈禁中曉寒歌〉,詞語清麗,人以比唐李賀。」其記蘇舜欽道:「蘇舜欽,字子美,參知政事易簡之孫。父耆,有才名,嘗為工部郎中,直集賢院。舜欽少慷慨有大志,狀貌怪偉。當天聖中,學者為文多病偶對,獨舜欽與河南穆修好為古文、歌詩,一時豪俊多從之遊」,「舜欽數上書論朝廷事,在蘇州買水石作滄浪亭,益讀書,時發憤懣於歌詩,其體豪放,往往驚人。善草書,每酣酒落筆,爭為人所傳。及謫死。世尤惜之」。其記黃亢稱:「黃亢,字清臣,建州浦城人也。母夢星殞於懷,掬而吞之,遂有娠。少奇穎過人,年十五,以文謁翰林學士章得像,得像奇之。遊錢塘,以詩贈處士林逋,逋尤激賞。時王隨知杭州,奏禁西湖為放生池,亢作詩數百言以諷,士人爭傳之。亢為人侏儒,不飾小節,對人野率,如不能言。然嗜學彊記,

第九章
歷史的側影：《宋史》中的傳說與社會記憶

為文詞奇偉。卒，鄉人類其文為十二卷，號《東溪集》。」其記顏太初云：「顏太初，字醇之，徐州彭城人，顏子四十七世孫。少博學，有雋才，慷慨好義。喜為詩，多譏切時事。天聖中，亳州衛真令黎德潤為吏誣構，死獄中，太初以詩發其冤，覽者壯之。文宣公孔聖祐卒，無子，除襲封且十年。是時有醫許希以針愈仁宗疾，拜賜已，西向拜扁鵲曰：『不敢忘師也！』帝為封扁鵲神應侯，立祠城西。太初作〈許希詩〉，指聖祐事以諷在位，又致書參知政事蔡齊，齊為言於上，遂以聖祐弟襲封。山東人范諷、石延年、劉潛之徒喜豪放劇飲，不循禮法，後生多慕之，太初作〈東州逸黨詩〉，孔道輔深器之。太國中進士後，為莒縣尉，因事忤轉運使，投劾去。久之，補閬中主簿。時范諷以罪貶，同黨皆坐斥，齊與道輔薦太初，上其嘗所為詩，召試中書，言者以為此嘲譏之辭，遂報改臨晉主簿。前此有太常博士宋武通判同州，與守爭事，恚死，守憾之，捃構其子以罪，發狂亦死，父子寓骨僧舍。時守方貴顯，無敢為直冤，太初因事至同州，葬武父子，蘇舜欽表其事於墓左。後移應天府戶曹參軍、南京國子監說書，卒。著書號《洙南子》，所居在鳧、繹兩山之間，號鳧繹處士。有集十卷，《淳曤聯英》二十卷。」其記郭忠恕稱：「郭忠恕，字恕先，河南洛陽人。七歲能誦書屬文，舉童子及第，尤工篆籀。弱冠，漢湘陰公召之，忠恕拂衣遽辭去。周廣順中，召為宗正丞兼國子書學博士，改《周易》博士。

建隆初，被酒與監察御史符昭文競於朝堂，御史彈奏，忠恕叱臺吏奪其奏，毀之，坐貶為乾州司戶參軍。乘醉毆從事范滌，擅離貶所，削籍配隸靈武。其後，流落不復求仕進，多遊岐、雍、京、洛間，縱酒跅弛，逢人無貴賤輒呼『苗』。有佳山水即淹留，浹旬不能去。或逾月不食。盛暑暴露日中，體不沾汗，窮冬鑿河冰而浴，其傍凌澌消釋，人皆異之。尤善畫，所圖屋室重複之狀，頗極精妙。多遊王侯公卿家，或待以美醞，豫張紈素倚於壁，乘興即畫之，苟意不欲而固請之，必怒而去，得者藏以為

寶。太宗即位，聞其名，召赴闕，授國子監主簿，賜襲衣、銀帶、錢五萬，館於太學，令刊定歷代字書。忠恕性無檢局，放縱敗度，上憐其才，每優容之。益使酒，肆言謗讟，時擅鬻官物取其直，詔減死，決杖流登州。時太平興國二年。已行至齊州臨邑，謂部送吏曰：『我今逝矣！』因掊地為穴，度可容其面，俯窺焉而卒，稿葬於道側。後累月，故人取其屍將改葬之，其體甚輕，空空然若蟬蛻焉。所定《古今尚書》並《釋文》並行於世。」

《文苑五》記述：

「梅堯臣，字聖俞，宣州宣城人，侍讀學士詢從子也。工為詩，以深遠古淡為意，間出奇巧，初未為人所知。用詢蔭為河南主簿，錢唯演留守西京，特嗟賞之，為忘年交，引與酬倡，一府盡傾。歐陽脩與為詩友，自以為不及。堯臣益刻屬，精思苦學，繇是知名於時。宋興，以詩名家為世所傳如堯臣者，蓋少也。嘗語人曰：『凡詩，意新語工，得前人所未道者，斯為善矣。必能狀難寫之景如在目前，含不盡之意見於言外，然後為至也。』世以為知言。歷德興縣令，知建德、襄城縣，監湖州稅，簽書忠武、鎮安判官，監永豐倉。大臣屢薦宜在館閣，召試，賜進士出身，為國子監直講，累遷尚書都官員外郎。預修《唐書》，成，未奏而卒，錄其子一人。」稱「堯臣家貧，喜飲酒，賢士大夫多從之遊，時載酒過門。善談笑，與物無忤，詼嘲刺譏託於詩，晚益工。有人得西南夷布弓衣，其織文乃堯臣詩也，名重於時如此」。其記蘇洵曰：「蘇洵，字明允，眉州眉山人。年二十七始發憤為學，歲餘舉進士，又舉茂才異等，皆不中。悉焚常所為文，閉戶益讀書，遂通《六經》、百家之說，下筆頃刻數千言。至和、嘉祐間，與其二子軾、轍皆至京師，翰林學士歐陽脩上其所著書二十二篇，既出，士大夫爭傳之，一時學者競效蘇氏為文章。」其記述文同故事：「文同，字與可，梓州梓潼人，漢文翁之後，蜀人猶以石室名其

第九章
歷史的側影：《宋史》中的傳說與社會記憶

家。同方口秀眉，以學名世，操韻高潔，自號笑笑先生。善詩、文、篆、隸、行、草、飛白。文彥博守成都，奇之，致書同曰：『與可襟韻灑落，如晴雲秋月，塵埃不到。』司馬光、蘇軾尤敬重之。軾，同之從表弟也。同又善畫竹，初不自貴重，四方之人持縑素請者，足相躡於門。同厭之，投縑於地，罵曰：『吾將以為襪。』好事者傳之以為口實。初舉進士，稍遷太常博士、集賢校理，知陵州，又知洋州。元豐初，知湖州，明年，至陳州宛丘驛，忽留不行，沐浴衣冠，正坐而卒。」「崔公度嘗與同同為館職，見同京南，殊無言，及將別，但云：『明日復來乎？與子話。』公度意以『話』為『畫』，明日再往，同曰：『與公話。』則左右顧，恐有聽者。公度方知同將有言，非畫也。同曰：『吾聞人不妄語者，舌可過鼻。』即吐其舌，三疊之如餅狀，引之至眉間，公度大驚。及京中傳同死，公度乃悟所見非生者。」其記「黃伯思」故事曰：「黃伯思，字長睿，其遠祖自光州固始徙閩，為邵武人。祖履，資政殿大學士。父應求，饒州司錄。伯思體弱，如不勝衣，風韻灑落，飄飄有凌雲意。自幼警敏，不好弄，日誦書千餘言。每聽履講經史，退與他兒言，無遺誤者。嘗夢孔雀集於庭，覺而賦之，詞采甚麗。以履任為假承務郎。甫冠，入太學，校藝屢占上游。履將以恩例奏增秩，伯思固辭，履益奇之。元符三年，進士高等，調磁州司法參軍，久不任，改通州司戶。丁內艱，服除，除河南府戶曹參軍，治劇不勞而辦。秩滿，留守鄧洵武闢知右軍巡院。」「伯思頗好道家，自號雲林子，別字霄賓。及至京，夢人告曰：『子非久人間，上帝有命典司文翰。』覺而書之。不逾月，以政和八年卒，年四十。」

《文苑六》記述黃庭堅故事曰：

「黃庭堅字魯直，洪州分寧人。幼警悟，讀書數過輒成誦。舅李常過其家，取架上書問之，無不通，常驚，以為一日千里。舉進士，調葉縣尉。熙寧初，舉四京學官，第文為優，教授北京國子監，留守文彥博才

之，留再任。蘇軾嘗見其詩文，以為超軼絕塵，獨立萬物之表，世久無此作，由是聲名始震。知太和縣，以平易為治。時課頒鹽策，諸縣爭占多數，太和獨否，吏不悅，而民安之。」「庭堅學問文章，天成性得，陳師道謂其詩得法杜甫，學甫而不為者。善行、草書，楷法亦自成一家。與張耒、晁補之、秦觀俱遊蘇軾門，天下稱為四學士，而庭堅於文章尤長於詩，蜀、江西君子以庭堅配軾，故稱蘇、黃。軾為侍從時，舉以自代，其詞有『瑰偉之文，妙絕當世，孝友之行，追配古人』之語，其重之也如此。」其記述秦觀故事，曰：「秦觀，字少遊，一字太虛，揚州高郵人。少豪雋，慷慨溢於文詞，舉進士不中。強志盛氣，好大而見奇，讀兵家書與己意合。見蘇軾於徐，為賦黃樓，軾以為有屈、宋才。又介其詩於王安石，安石亦謂清新似鮑、謝。軾勉以應舉為親養，始登第，調定海主簿、蔡州教授。元祐初，軾以賢良方正薦於朝，除太學博士，校正祕書省書籍。遷正字，而復為兼國史院編修官，上日有硯墨器幣之賜。」秦觀「紹聖初，坐黨籍，出通判杭州。以御史劉拯論其增損實錄，貶監處州酒稅。使者承風望指，候伺過失，既而無所得，則以謁告寫佛書為罪，削秩徙郴州，繼編管橫州，又徙雷州。徽宗立，復宣德郎，放還。至藤州，出遊華光亭，為客道夢中長短句，索水欲飲，水至，笑視之而卒。先自作輓詞，其語哀甚，讀者悲傷之。」「觀長於議論，文麗而思深。及死，軾聞之嘆曰：『少遊不幸死道路，哀哉！世豈復有斯人乎！』」其記劉恕故事曰：「劉恕，字道原，筠州人。父渙字凝之，為潁上令，以剛直不能事上官，棄去。家於廬山之陽，時年五十。歐陽脩與渙，同年進士也，高其節，作〈廬山高〉詩以美之。渙居廬山三十餘年，環堵蕭然，粥以為食，而遊心塵垢之外，超然無戚戚意，以壽終。」「恕少穎悟，書過目即成誦。八歲時，坐客有言孔子無兄弟者，恕應聲曰：『以其兄之子妻之。』一坐驚異。」「王安石與之有舊，欲引置三司條例。恕以不習金谷為辭，因言天子方屬公大政，宜恢張堯、舜之道以佐明主，不應以利為先。又條陳所更法令不

第九章
歷史的側影：《宋史》中的傳說與社會記憶

合眾心者，勸使復舊，至面刺其過，安石怒，變色如鐵，恕不少屈。或稱人廣坐，抗言其失無所避，遂與之絕。方安石用事，呼吸成禍福，高論之士，始異而終附之，面譽而背毀之，口順而心非之者，皆是也。恕奮屬不顧，直指其事，得失無所隱。」「光出知永興軍，恕亦以親老，求監南康軍酒以就養，許即官修書。光判西京御史臺，恕請詣光，留數月而歸。道得風掣疾，右手足廢，然苦學如故，少間，輒修書，病亟乃止。官至祕書丞，卒，年四十七。」其稱「恕為學，自歷數、地理、官職、族姓至前代公府案牘，皆取以審證。求書不遠數百里，身就之讀且抄，殆忘寢食」云云。其記述米芾故事道：「米芾，字元章，吳人也。以母侍宣仁後藩邸舊恩，補浛光尉。歷知雍丘縣、漣水軍，太常博士，知無為軍，召為書畫學博士，賜對便殿，上其子友仁所作〈楚山清曉圖〉，擢禮部員外郎，出知淮陽軍。卒，年四十九。」「芾為文奇險，不蹈襲前人軌轍。特妙於翰墨，沈著飛翥，得王獻之筆意。畫山水人物，自名一家，尤工臨移，至亂真不可辨。精於鑑裁，遇古器物書畫則極力求取，必得乃已。王安石嘗摘其詩句書扇上，蘇軾亦喜譽之。冠服效唐人，風神蕭散，音吐清暢，所至人聚觀之。而好潔成癖，至不與人同巾器。所為譎異，時有可傳笑者。無為州治有巨石，狀奇醜，芾見大喜曰：『此足以當吾拜！』具衣冠拜之，呼之為兄。又不能與世俯仰，故從仕數困。嘗奉詔仿《黃庭》小楷作周興嗣《千字韻語》。又入宣和殿觀禁內所藏，人以為寵。」其記述周邦彥故事，曰：「周邦彥，字美成，錢塘人。疏雋少檢，不為州里推重，而博涉百家之書。元豐初，遊京師，獻〈汴都賦〉餘萬言，神宗異之，命侍臣讀於邇英閣，召赴政事堂，自太學諸生一命為正，居五歲不遷，益盡力於辭章。出教授廬州，知溧水縣，還為國子主簿。哲宗召對，使誦前賦，除祕書省正字。歷校書郎、考功員外郎，衛尉、宗正少卿，兼議禮局檢討，以直龍圖閣知河中府。徽宗欲使畢禮書，復留之。踰年，乃知隆德府，徙明州，入拜祕書監，進徽猷閣待制、提舉大晟府。未幾，知順昌府，徙處州，卒，

年六十六,贈宣奉大夫。邦彥好音樂,能自度曲,制樂府長短句,詞韻清蔚,傳於世。」

宋代人才輩出,文人得到社會重視。《文苑傳》生動記述了這些人的傳說故事,是中國民間文藝史上文人傳說的高峰。或曰,宋代文人傳說故事的歷史記述,對後世文人傳說的敘說方式產生了非常重要的影響。

其次是《宋史》之《列女傳》記述了富有時代特色的宋代婦女傳說故事,表現出宋代社會婦女階層的時尚與傳統,特別是她們的優秀品格以及她們對社會穩定和文明進步所作的貢獻。

宋代社會的思想文化環境對於婦女階層較為寬鬆。一般學者以為,宋代出現程朱理學,男尊女卑,婦女地位低下。其實,並非完全如此。在當時的社會生產方式與社會生活方式影響下,雖然男權居於主導地位,但婦女階層在家庭中仍然具有相當重要的地位,這從歷史文獻中可以看出。如陳師道《後山談叢》卷二記述:「文元賈公,居守北都。歐陽永叔使北還,公預戒官妓辦詞以勸酒,妓唯唯。復使都廳召而喻之,妓亦唯唯。公怪嘆,以為山野。既燕,妓奉觴歌以為壽,永叔把盞側聽,每為引滿。公復怪之,召問,所歌皆其詞也。」龐元英《談藪》記述:「曹詠侍郎妻碩人厲氏,餘姚大族女,始嫁四明曹秀才,與夫不相得,仳離而歸,乃適詠。」

《宋史》的《列女傳》注意到婦女階層在宋代社會風俗傳統中的重要作用,聲稱:「古者天子親耕,教男子力作,皇后親蠶,教女子治生。王道之本,風俗之原,固有在矣。男有塾師,女有師氏,國有其官,家有其訓,然而詩書所稱男女之賢,尚可數也。世道既降,教典非古,男子之志四方,猶可隆師親友以為善;女子生長環堵之中,能著美行垂於汗青,豈易得哉。故歷代所傳列女,何可棄也?考宋舊史得列女若干人,作《列女傳》。」

第九章
歷史的側影：《宋史》中的傳說與社會記憶

　　《列女傳》用簡潔的語言敘述了一系列社會風俗生活故事，其首先記述的是一個勇於救人的女性英雄：「朱娥者，越州上虞朱回女也。母早亡，養於祖媼。娥十歲，里中朱顏與媼競，持刀欲殺媼，一家驚潰，獨娥號呼突前，擁蔽其媼，手挽顏衣，以身下墜顏刀，曰：『寧殺我，毋殺媼也。』媼以娥故得脫。娥連被數十刀，猶手挽顏衣不釋，顏忿恚，斷其喉以死。事聞，賜其家粟帛。其後，會稽令董皆為娥立像於曹娥廟，歲時配享焉。」其次是不怕犧牲，寧死不從的女性，其記述曰：「張氏，鄂州江夏民婦。里惡少謝師乞過其家，持刀逼欲與為亂，曰：『從我則全，不從則死。』張大罵曰：『庸奴！可死，不可它也。』至以刃斷其喉，猶能走，擒師乞，以告鄉人。既死，朝廷聞之，詔封旌德縣君，表墳曰『列女之墓』，賜酒帛，令郡縣致奠。」再者是勇於虎口救父的女性：「彭列女，生洪州分寧農家。從父泰入山伐薪，父遇虎，將不脫，女拔刀斫虎，奪其父而還。事聞，詔賜粟帛，敕州縣歲時存問。」與「彭列女」故事相似的，在《列女傳》中記述曰：「童八娜，鄞之通遠鄉建奧人。虎銜其大母，女手拽虎尾，祈以身代。虎為釋其大母，銜女以去。始，林栗侍親官其地，嘗目睹之。已而為守，以聞於朝，祠祀之。」這些女性都是社會道德的楷模，以大無畏的精神展現在世人面前，堪稱勇敢、無邪。

　　宋代城市發展迅速，故事講述中出現娼妓身分的婦女。《列女傳》講述了一個節義故事：「郝節娥，嘉州娼家女。生五歲，母娼苦貧，賣於洪雅良家為養女。始笄，母奪而歸，欲令世其娼，娥不樂娼，日逼之，娥曰：『少育良家，習織作組之事，又輒精巧，粗可以給母朝夕，欲求此身使終為良，可乎？』母益怒，且棰且罵。洪雅春時為蠶叢祠，娼與邑少年期，因蠶叢具酒邀娥。娼與娥徐往，娥見少年，倉皇驚走，母挽捽不使去。不得已留坐中，時時顧酒食輒唾，強飲之，則嘔噦滿地，少年卒不得

侵凌。暮歸，過雞鳴渡，娥度他日必不可脫，陽渴求飲，自投於江以死。鄉人謂之節娥云。」其又記：「朱氏，開封民婦也。家貧，賣巾屨簪珥以給其夫。夫日與俠少飲博，不以家為事，犯法徙武昌。父母欲奪而嫁之，朱曰：『何迫我如是耶？』其夫將行，一夕自經死，且曰：『及吾夫未去，使知我不為不義屈也。』吳充時為開封府判官，作〈阿朱詩〉以道其事。」其「高郵妓女毛惜惜」故事記述曰：「毛惜惜者，高郵妓女也。端平二年，別將榮全率眾據城以畔，制置使遣人以武翼郎招之。全偽降，欲殺使者，方與同黨王安等宴飲，惜惜恥於供給，安斥責之，惜惜曰：『初謂太尉降，為太尉更生賀。今乃閉門不納使者，縱酒不法，乃畔逆耳。妾雖賤妓，不能事畔臣。』全怒，遂殺之。越三日，李虎破關，禽全斬之，並其妻子及王安以下預畔者百有餘人悉傅以法。」

《列女傳》講述民間傳說，涉及到包拯和包拯家族，曰：

「崔氏，合淝包妻。，樞密副使拯之子，早亡，唯一稚兒。拯夫婦意崔不能守也，使左右嘗其心。崔蓬垢涕泣出堂下，見拯曰：翁，天下名公也。婦得齒賤獲，執瀚滌之事幸矣，況敢汙家乎！生為包婦，死為包鬼，誓無它也。其後，稚兒亦卒。母呂自荊州來，誘崔欲嫁其族人，因謂曰：『喪夫守子，子死孰守？』崔曰：『昔之留也，非以子也，舅姑故也。今舅歿，姑老矣，將舍而去乎？』呂怒，詛罵曰：『我寧死此，絕不獨歸，須爾同往也。』崔泣曰：『母遠來，義不當使母獨還。』然到荊州儻以不義見迫，必絕於尺組之下，願以屍還包氏。遂偕去。母見其誓必死，卒還包氏。」

節義與品格相伴相生，《列女傳》著力渲染忠於操守的女性，用意在於對當時社會風俗生活產生引導作用。其記述曰：「趙氏，貝州人。父嘗舉學究。王則反，聞趙氏有殊色，使人劫致之，欲納為妻。趙曰號哭慢罵求死，賊愛其色不殺，多使人守之。趙知不脫，乃紿曰：『必欲妻我，宜

265

第九章
歷史的側影:《宋史》中的傳說與社會記憶

擇日以禮聘。』賊信之,使歸其家。家人懼其自殞,得禍於賊,益使人守視。賊具聘帛,盛輿從來迎。趙與家人訣曰:『吾不復歸此矣。』問其故,答曰:『豈有為賊汙辱至此,而尚有生理乎!』家人曰:『汝忍不為家族計?』趙曰:『第亡患。』遂涕泣登輿而去。至州廨,舉簾視之,已自縊輿中死矣。」

值得注意的是,《宋史》之《列女傳》特別記述了面對金兵入侵,臨危不懼,誓死不屈的女性故事。如其所記:「張晉卿妻丁氏,鄭州新鄭人,參知政事度五世孫也。靖康中,與晉卿避金兵於大隗山。金兵入山,為所得,挾之鞍上。丁自投於地,戟手大罵,連呼曰:『我死即死耳,誓不受辱於爾輩。』復挾上馬,再三罵不已。卒乃忿然舉梃縱擊,遂死杖下。」「項氏,吉州吉水人。居永昌里,適同里孫氏。宣和七年,為里胥所逮,至中途欲侵凌之,項引刀自刺而死。郡以聞,詔贈孺人,旌表其廬。」「王氏二婦,汝州人。建炎初,金人至汝州,二婦為所掠,擁置舟中,遂投漢江以死。屍皆浮出不壞,人為收葬之城外江上,為雙塚以表之。」「徐氏,和州人。閬中女也,適同郡張彌。建炎三年春,金人犯唯揚,官軍望風奔潰,多肆虜掠,執徐欲汙之。徐瞋目大罵曰:『朝廷蓄汝輩以備緩急,今敵犯行在,既不能赴難,又乘時為盜,我恨一女子不能引劍斷汝頭,以快眾憤,肯為汝辱以苟活耶!第速殺我。』賊慚恚,以刃刺殺之,投江中而去。」

「建炎」作為一種歷史記憶,動亂中遇賊,成為《列女傳》講述故事的重要背景,「不懼賊」故事被濃墨重彩地渲染,如其所記述:「榮氏,蕤女弟也。自幼如成人,讀《論語》、《孝經》,能通大義,事父母孝。歸將作監主簿馬元穎。建炎二年,賊張遇寇儀真,榮與其姑及二女走唯揚,姑素羸,榮扶掖不忍舍。俄賊至,脅之不從,賊殺其女,脅之益急,榮厲聲詬

罵,遂遇害。」「何氏,吳人。吳永年之妻也。建炎四年春,金兵道三吳,官兵遁去,城中人死者五十餘萬。永年與其姊及其妻何奉母而逃。母老,待挾持而行,卒為賊所得,將縶其姊及何,何紿謂賊曰:『諸君何不武耶!婦人東西唯命爾。』賊信之。行次水濱,謂其夫曰:『我不負君。』遂投於河,其姊繼之。」「董氏,沂州滕縣人,許適劉氏子。建炎元年,盜李昱攻剽滕縣,悅其色,欲亂之,誘諭再三,曰:『汝不我從,當剉汝萬段。』女終不屈,遂斷其首。劉氏子聞女死狀,大慟曰:『列女也。』葬之,為立祠。」「三年春,盜馬進掠臨淮縣,王宣要其妻曹氏避之,曹曰:『我聞婦人死不出閨房。』賊至,宣避之,曹堅臥不起。眾賊劫持之,大罵不屈,為所害。」「四年,盜祝友聚眾於滁州龔家城,掠人為糧。東安縣民丁國兵者及其妻為友所掠,妻泣曰:『丁氏族流亡已盡,乞存夫以續其祀。』賊遂釋夫而害之。」「同時,叛卒楊勍寇南劍州,道出小常村,掠一民婦,欲與亂,婦毅然誓死不受汙,遂遇害,棄屍道傍。賊退,人為收瘞。屍所枕藉處,跡宛然不滅。每雨則乾,晴則溼,或削去即復見。覆以他土,其跡愈明。」

面對強敵賊寇,寧死不屈,以死相拚,保持節操,是《列女傳》的重要主題。其意在表彰一種堅持操守的精神、品格和意志。這也表明追求氣節和勇敢,不僅僅是某一個時代頌揚的品格,更是超越時代的精神。

中華民族之所以綿延五千年不絕,正是因其寶貴的民族精神。富貴不能淫,威武不能屈,自然成為《列女傳》敘說的重要主題。如其所記:

「譚氏,英州真陽縣人,曲江村士人吳琪妻也。紹興五年,英州飢,觀音山盜起,攻剽鄉落。琪竄去,譚不能俱,與其女被執。譚有姿色,盜欲妻之,譚怒罵曰:『爾輩賊也。我良家女,豈若偶耶?』賊度無可奈何,害之。」其又記:「同時,有南雄李科妻謝氏,保昌故村人。囚於虔盜

第九章
歷史的側影：《宋史》中的傳說與社會記憶

中，數日，有欲犯之，謝唾其面曰：『寧萬段我，不汝徇也。』盜怒，銼之而去。」其記述「海州朐山劉氏」故事曰：「劉氏，海州朐山人，適同里陳公緒。紹興末，金人犯山東，郡縣震響，公緒倡義來歸，偶劉歸寧，倉卒不得與偕，唯挈其子庚以行，宋授以八品官，後累功至正使。劉留北方，音問不通。或語之曰：『人言貴易交，富易妻。今陳已貴，必他娶矣，盍改適？』曰：『吾知守吾志而已，皇恤乎他？』公緒亦不他娶。子庚浸長，輒思念涕泣，傾家貲，結任俠，奔走淮甸，險阻備嘗。如是者十餘年，遂得迎母以歸。劉在北二十五年，嘗緯蕭以自給。」其記述「羅江張氏」故事曰：「張氏，羅江士人女。其母楊氏寡居。一日，親黨有婚會，母女偕往，其典庫雍乙者從行。既就坐，乙先歸。會罷，楊氏歸，則乙死於庫，莫知殺者主名。提點成都府路刑獄張文饒疑楊有私，懼為人知，殺乙以滅口，遂命石泉軍劾治。楊言與女同榻，實無他。遂逮其女，考掠無實。吏乃掘地為坑，縛母於其內，旁列熾火，間以水沃之，絕而復甦者屢，辭終不服。一日，女謂獄吏曰：『我不勝苦毒，將死矣，願一見母而絕。』吏憐而許之。既見，謂母曰：『母以清潔聞，奈何受此汙辱。寧死棰楚，不可自誣。女今死，死將訟冤於天。』言終而絕。於是石泉連三日地大震，有聲如雷，天雨雪，屋瓦皆落，邦人震恐。勘官李志寧疑其獄，夕具衣冠禱於天。俄假寐坐廳事，恍有猿墜前，驚寤，呼吏卒索之，不見。志寧自念夢兆：『非殺人者袁姓乎？』有門卒忽言張氏饋食之夫曰袁大，明日袁至，使吏執之，曰：『殺人者汝也。』袁色動，遽曰：『吾憐之久矣，願就死。』問之，云：『適盜庫金，會雍歸，遂殺之。』楊乃得免。時女死才數日也。獄上，郡榜其所居曰孝感坊。」其記述「彭州永豐師氏」故事曰：「師氏，彭州永豐人。父驥，政和二年省試第一。宣和中，為右正言十餘日，凡七八疏，論權幸及廉訪使者之害而去。女適范世雍子孝純。建炎初，還蜀，至唐州方城縣，會賊朱顯終掠方城，孝純先被害，賊執師氏欲強之，許以不死。師罵曰：『我中朝言官女，豈可受賊辱！吾夫已死，宜速殺我。』賊知

不可屈,遂害之。」如其記述「臨江軍貢士歐陽希文之妻廖氏」故事曰:「廖氏,臨江軍貢士歐陽希文之妻也。紹興三年春,盜起建昌,號『白氈笠』,過臨江,希文與妻共挾其母傅走山中,為賊所追。廖以身蔽姑,使希文負之逃。賊執廖氏,廖正色叱之。賊知不可屈,揮刃斷其耳與臂,廖猶謂賊曰:『爾輩叛逆至此,我即死,爾輩亦不久屠戮。』語絕而仆。鄉人義而葬之,號『廖節婦墓』。是年,盜彭友犯吉州龍泉,李生妻梁氏義不受辱,赴水而死。」其記述「塗端友妻陳氏」故事曰:「塗端友妻陳氏,撫州臨川人。紹興九年,盜起,被驅入黃山寺,賊逼之不從,以刃加其頸,叱曰:『汝輩鼠竊,命若蜉蝣,我良家子,義豈爾辱!縱殺我,官兵即至,爾其免乎?』賊知不可屈,乃幽之屋壁。居數日,族黨有得釋者,咸齎金帛以贖其孥。賊引端友妻令歸。曰:『吾聞貞女不出閨閣,今吾被驅至此,何面目登塗氏堂!』復罵賊不絕,竟死之。」其記述「吉州永新譚氏婦趙」故事曰:「譚氏婦趙,吉州永新人。至元十四年,江南既內附,永新復嬰城自守。天兵破城,趙氏抱嬰兒隨其舅、姑同匿邑校中,為悍卒所獲,殺其舅、姑,執趙欲汙之,不可,臨之以刃曰:『從我則生,不從則死。』趙罵曰:『吾舅死於汝,吾姑又死於汝,吾與其不義而生,寧從吾舅、姑以死耳。』遂與嬰兒同遇害。血漬於禮殿兩楹之間,入磚為婦人與嬰兒狀,久而宛然如新。或斲之,磨以沙石不滅,又煅以熾炭,其狀益顯。」其記述「永春人林老女」故事曰:「林老女,永春人,及笄未婚。紹定三年夏,寇犯邑,入山避之。猝遇寇,欲汙之,不從。度不得脫,紿曰:『有金帛埋於家,盍同取之?』甫入門,大呼曰:『吾寧死於家,絕不辱吾身。』賊怒殺之,越三日面如生。」

　　以己之力,救人於水火之中,這也是《列女傳》所敘說的主題。如其「曾氏婦晏」故事所述:

第九章
歷史的側影：《宋史》中的傳說與社會記憶

「曾氏婦晏，汀州寧化人。夫死，守幼子不嫁。紹定間，寇破寧化縣，令佐俱逃，將樂縣宰黃垺令土豪王萬全、王倫結約諸砦以拒賊，晏首助兵給糧，多所殺獲。賊忿其敗，結集愈眾，諸砦不能御，晏乃依黃牛山傍，自為一砦。一日，賊遣數十人來索婦女金帛，晏召其田丁諭曰：『汝曹衣食我家，賊求婦女，意實在我。汝念主母，各當用命，不勝即殺我。』因解首飾悉與田丁，田丁感激思奮。晏自捶鼓，使諸婢鳴金，以作其勇。賊復退敗。鄰鄉知其可依，挈家依黃牛山避難者甚眾。有不能自給者，晏悉以家糧助之。於是聚眾日廣，復與倫、萬全共措置，析黃牛山為五砦，選少壯為義丁，有急則互相應援以為掎角，賊屢攻弗克。所活老幼數萬人。」又如其所記「王袤妻趙氏」故事曰：「王袤妻趙氏，饒州樂平人。建炎中，袤監上高酒稅，金兵犯筠，袤棄官逃去，趙從之行。遇金人，縛以去，系袤夫婦於劉氏門，而入剽掠劉室。趙宛轉解縛，並解袤，謂袤曰：『君速去。』俄而金人出，問袤安往，趙他指以誤之。金人追之不得，怒趙欺己，殺之。袤方伏叢薄間，望之悲痛，歸刻趙像以葬。袤後仕至孝順監鎮。」其記述「蕪湖人詹氏女」故事曰：「詹氏女，蕪湖人。紹興初，年十七，淮寇號『一窠蜂』倏破縣，女嘆曰：『父子無俱生理，我計決矣。』」頃之賊至，欲殺其父兄，女趨而前拜曰：『妾雖窶陋，願執巾帚以事將軍，贖父兄命。不然，父子並命，無益也。』賊釋父兄縛，女麾手使亟去：『無顧我，我得侍將軍，何所憾哉。』遂隨賊。行數里，過市東橋，躍身入水死。賊相顧駭嘆而去。」其「饒州安仁人謝枋得妻李氏」故事記述曰：「謝枋得妻李氏，饒州安仁人也。色美而慧，通女訓諸書。嫁枋得，事舅姑、奉祭、待賓皆有禮。枋得起兵守安仁，兵敗逃入閩中。武萬戶以枋得豪傑，恐其扇變，購捕之，根及其家人。李氏攜二子匿貴溪山荊棘中，採草木而食。至元十四年冬，信兵蹤跡至山中，令曰：『苟不獲李氏，屠而墟！』李聞之，曰：『豈可以我故累人，吾出，事塞矣。』遂就俘。明年，徙囚建康。或指李言曰：『明當沒入矣。』李聞之，撫二子，悽然而泣。左

右曰：『雖沒入，將不失為官人妻，何泣也？』李曰：『吾豈可嫁二夫耶！』顧謂二子曰：『若幸生還，善事吾姑，吾不得終養矣。』是夕，解裙帶自經獄中死。」

在動盪歲月中，死於節義，展現出宋代婦女誓死抗爭的意志。《列女傳》中記述「巴陵人韓氏女」故事曰：「韓氏女，字希孟，巴陵人，或曰丞相琦之裔。少明慧，知讀書。開慶元年，大元兵至岳陽，女年十有八，為卒所掠，將挾以獻其主將。女知必不免，竟赴水死。越三日得其屍，於練裙帶有詩曰：『我質本瑚璉，宗廟供蘋蘩。一朝嬰禍難，失身戎馬間。寧當血刃死，不作衽席完。漢上有王猛，江南無謝安。長號赴洪流，激烈摧心肝。』」其「臨川人王氏婦梁」故事記述曰：

「王氏婦梁，臨川人。歸夫家才數月，會大元兵至，一夕，與夫約曰：『吾遇兵必死，義不受汙辱。若後娶，當告我。』頃之，夫婦被掠。有軍千戶強使從己，婦紿曰：『夫在，伉儷之情有所不忍，乞歸之而後可。』千戶以所得金帛與其夫而歸之，並與一矢，以卻後兵。約行十餘里，千戶即之，婦拒且罵曰：『斫頭奴！吾與夫誓，天地鬼神實臨之，此身寧死不可得也。』因奮搏之，乃被殺。有同掠脫歸者道其事。越數年，夫以無嗣謀更娶，議輒不諧，因告其故妻，夜夢妻曰：『我死後生某氏家，今十歲矣。後七年，當復為君婦。』明日遣人聘之，一言而合。詢其生，與婦死年月同云。」

這些故事既展現婦女吃苦耐勞、樂於奉獻、捨生取義的美好品格，也從另一方面記述了社會風俗生活中的種種醜惡，在善與惡的較量中展示出女性的不平凡。如其記述「漢州雒縣王氏女陳堂前」故事曰：

「陳堂前，漢州雒縣王氏女。節操行義，為鄉人所敬，但呼曰『堂前』，猶私家尊其母也。堂前年十八，歸同郡陳安節，歲餘夫卒，僅有一

第九章
歷史的側影：《宋史》中的傳說與社會記憶

子。舅姑無生事，堂前斂泣告曰：『人之有子，在奉親克家爾。今已無可奈何，婦願幹蠱，如子在日。』舅姑曰：『若然，吾子不亡矣。』既葬其夫，事親治家有法，舅姑安之。子曰新，年稍長，延名儒訓導，既冠，入太學，年三十卒。二孫曰綱曰紱，咸篤學有聞。初，堂前歸陳，夫之妹尚幼，堂前教育之，及笄，以厚禮嫁遣。舅姑亡，妹求分財產，堂前盡遺室中所有，無靳色。不五年，妹所得財為夫所罄，乃歸悔。堂前為買田置屋，撫育諸甥無異己子。親屬有貧窶不能自存者，收養婚嫁至三四十人，自後宗族無慮百數。里有故家甘氏，貧而質其季女於酒家，堂前出金贖之，俾有所歸。子孫遵其遺訓，五世同居，並以孝友儒業著聞。乾道九年，詔旌表其門閭云。」

《列女傳》中的「南豐人謝泌妻侯氏」是又一種典型，面對賊寇來襲，毫不屈服，面對財富，仍不動容，其更看重的是家族持續發展的大義。其記述曰：「謝泌妻侯氏，南豐人。始笄，家貧，事姑孝謹。盜起，焚里舍殺人，遠近逃避。姑疾篤不能去，侯號泣姑側。盜逼之，侯曰：『寧死不從』。盜刃之，仆溝中。賊退，漸蘇，見一篋在側，發之皆金珠，族婦以為己物，侯悉歸之，婦分其一以謝，侯辭曰：『非我有，不願也。』後夫與姑俱亡，子幼，父母欲更嫁之，侯曰：『兒以賤婦人，得歸隱居賢者之門已幸矣，忍去而使謝氏無後乎？寧貧以養其子，雖餓死亦命也。』」顯然，故事加入了對家族的守護，與程朱理學皈依家族的忠孝觀念相呼應。或曰，這正是宋代社會家族意識在社會風俗生活中的具體展現。

與《列女傳》內容相似的是《孝義傳》。如《孝義傳》開篇所言：「冠冕百行莫大於孝，範防百為莫大於義。先王興孝以教民厚，民用不薄；興義以教民睦，民用不爭。率天下而由孝義，非履信思順之世乎。太祖、太宗以來，子有復父仇而殺人者，壯而釋之；刲股割肝，咸見褒賞；至於數世同居，輒復其家。一百餘年，孝義所感，醴泉、甘露、芝草、異木之瑞，

史不絕書，宋之教化有足觀者矣。」所以，其「作《孝義傳》」。

在傳統文化的視野中，孝的基點在於家，其核心有兩個，一是奉養父母長輩，二是維護父母的尊嚴。《孝義傳》所舉之例，講述的傳說故事，就是具有復仇情結的孝義。如其「瀛州河間人李璘」故事記述曰：「李璘，瀛州河間人。晉開運末，契丹犯邊，有陳友者乘亂殺璘父及家屬三人。乾德初，璘隸殿前散祗候，友為軍小校，相遇於京師寶積坊北，璘手刃殺友而不遁去，自言復父仇，案鞫得實，太祖壯而釋之。」其「京兆鄠縣民甄婆兒」故事記述曰：

「雍熙中，又有京兆鄠縣民甄婆兒，母劉與同里人董知政忿競，知政擊殺劉氏。婆兒始十歲，妹方襁褓，託鄰人張氏乳養。婆兒避仇，徙居赦村，後數年稍長大，念母為知政所殺，又念其妹寄張氏，與兄課兒同詣張氏求見妹，張氏拒之，不得見。婆兒憤怒悲泣，謂兄曰：『我母為人所殺，妹流寄他姓，大仇不報，何用生為！』時方寒食，具酒餚詣母墳慟哭，歸取條桑斧置袖中，往見知政。知政方與小兒戲，婆兒出其後，以斧斫其腦殺之。有司以其事上請，太宗嘉其能復母仇，特貸焉。」

另外，其講述孝義的另一種意義，即家族和睦可以受到鄉里社會讚頌，為父母賺得榮譽。如：「徐承珪，萊州掖人。幼失父母，與兄弟三人及其族三十口同甘藜藿，衣服相讓，歷四十年不改其操。所居崇善鄉緝俗里，木連理，瓜瓠異蔓同實，州以聞。乾德元年，詔改鄉名義感，里名和順。承珪嘗為贊皇令。」同類故事記述曰：

「李罕澄，冀州阜城人也，七世同居。漢乾祐三年，詔改鄉里名及旌其門閭。太平興國六年，長吏以漢所賜詔書來上，復旌表之。」「許祚，江州德化人。八世同居，長幼七百八十一口。太平興國七年，旌其門閭。淳化二年，本州言祚家春夏常乏食，詔歲貸米千斛。」「又有信州李琳十五世

第九章
歷史的側影：《宋史》中的傳說與社會記憶

同居，貝州田祚、京兆惠從順十世同居，廬州趙廣、順安軍鄭彥圭、信州俞雋八世同居，陝州張文裕六世同居，襄州張巨源、劉芳、潭州瞿景鴻、溫州陳侹、江陵褚彥逢五世同居，徐州彭程四世同居，皆賜詔旌表門閭。巨源素習法律，太平興國五年，賜明法及第。芳淳化四年來賀壽寧節，賜進士出身。侹事母至孝，賜其母粟帛。彥逢兄弟五人皆年七十餘，至道元年，轉運使表其事，詔補彥逢教練使。」其記述尤為詳細者，為「江州德安人陳兢」故事，曰：「陳兢，江州德安人，陳宜都王叔明之後。叔明五世孫兼，唐右補闕。兼生京，祕書少監、集賢院學士，無子，以從子褒為嗣，褒至鹽官令。褒生灌，高安丞。灌孫伯宣，避難泉州，與馬總善注司馬遷《史記》行於世。後遊廬山，因居德安，嘗以著作佐郎召，不起，大順初卒。伯宣子崇為江州長史，益置田園，為家法戒子孫，擇群從掌其事，建書堂教誨之。僖宗時嘗詔旌其門，南唐又為立義門，免其徭役。崇子袞，江州司戶。袞子昉，試奉禮郎。昉家十三世同居，長幼七百口，不畜僕妾，上下姻睦，人無間言。每食，必群坐廣堂，未成人者別為一席。有犬百餘，亦置一槽共食，一犬不至，群犬亦皆不食。建書樓於別墅，延四方之士，肄業者多依焉。鄉里率化，爭訟稀少。開寶初，平江南，知州張齊上請仍舊免其徭役，從之。昉弟之子鴻。太平興國七年，江南轉運使張齊賢又奏免雜科。兢即鴻之弟。淳化元年，知州康戩又上言兢家常苦食不足，詔本州每歲貸粟二千石。後兢死，其從父弟旭每歲止受貸粟之半，云省嗇而食，可以及秋成。屬歲儉穀貴，或勸其全受而糶之，可邀善價，旭曰：『朝廷以旭家群從千口，軫其乏食，貸以公粟，豈可見利忘義，為罔上之事乎？』至道初，遣內侍裴愈就賜御書，還，言旭家孝友儉讓，近於淳古。太宗嘗對近臣言之，參知政事張洎對曰：『旭宗族千餘口，世守家法，孝謹不衰，閨門之內，肅於公府。』且言及旭受貸事。上以遠民義聚，復能固廉節，為之嘆息。大中祥符四年，以旭為江州助教。旭卒，弟蘊主家事。天聖元年，又以蘊繼為助教。蘊卒，弟泰主之。泰弟度，太子

中舍致仕。從子延賞、可,並舉進士。延賞職方員外郎。」

其記犧牲自我的「割肉救母」故事曰:

「劉孝忠,并州太原人。母病經三年,孝忠割股肉、斷左乳以食母。母病心痛劇,孝忠然火掌中,代母受痛。母尋愈。後數歲母死,孝忠傭為富家奴,得錢以葬。富家知其孝行,養為己子。後養父兩目失明,孝忠為舐之,經七日復能視。以親故,事佛謹,嘗於像前割雙股肉,注油創中,然燈一晝夜。劉鈞聞而召見,給以衣服、錢帛、銀鞍勒馬,署宣陵副使。開寶二年,太祖親征太原,召見慰諭。」其同類故事記述曰:「呂升,萊州人。父權失明,剖腹探肝以救父疾,父復能視而升不死。冀州南宮人王翰,母喪明,翰自抉右目睛補之,母目明如故。淳化中,並下詔賜粟帛。」其「渠州流江人成象」故事記述曰:「成象,渠州流江人。以詩書訓授里中,事父母以孝聞。母病,割股肉食之,詔賜束帛醪酒。淳化中,李順盜據郡縣,象父母驚悸而死,爐骨寄浮圖舍,象號泣營葬。賊平,鄉里率錢三百萬贈之。象廬於墓側,以衰服襟袂篩土於墳上,日三斗。每慟,聞者咸愴。未嘗食肉衣帛,或贈之亦不受。虎豹環廬而臥,象無畏色。燕百餘集廬中,禾生墓側吐九穗。服終猶未還家,知禮者為書以諭之,遂歸教授,遠近目為成孝子。」其「江陵人龐天祐」故事記述曰:「龐天祐,江陵人。以經籍教授里中。父疾,天祐割股肉食之。疾愈,又復病目喪明,天祐號泣祈天舐之。父年八十餘,大中祥符四年卒,天祐負土封墳,結廬其側,晝夜號不絕聲。知府陳堯諮親往致奠,上其事,詔旌表門閭。天祐家無儋石儲,居委巷中,堯諮為徙里門之右,築闕表之。」其「鄆人楊慶」故事記述曰:「楊慶,鄆人。父病,貧不能召醫,乃刲股肉啖之,良已。其後母病不能食,慶取右乳焚之,以灰和藥進焉,入口遂差,久之乳復生。宣和三年,守樓异名其坊曰崇孝。紹興七年,守仇念為之請。十二年,詔表其門,復之。念曰:『韓退之作〈鄠人對〉,以毀傷支體為害義。

第九章
歷史的側影：《宋史》中的傳說與社會記憶

而匹夫單人，身膏草莽，軌訓之理未宏，汲引之徒多闕，而乃行成於內，情發自天。使稍知詩書禮義之說，推其所存，出身事主，臨難伏節死義，豈減介之推、安金藏哉！』」

維護父母的尊嚴，聽從父母的話語，讓父母得到幸福和快樂，是孝義的一大內容。《孝義傳》記述「臺州黃岩人郭琮」故事曰：

「郭琮，臺州黃岩人。幼喪父，事母極恭順。娶妻有子，移居母室。凡母之所欲，必親奉之。居常不過中食，絕飲酒茹葷者三十年，以祈母壽。母年百歲，耳目不衰，飲食不減，鄉里異之。至道三年，詔書存恤孝悌，鄉老陳贊率同里四十人狀琮事於轉運使以聞，有詔旌表門閭，除其徭役。明年，母無疾而終。琮哀號幾乎滅性，鄉閭率金帛以助葬。」同類故事記述道：「又有越州應天寺僧者，幼貧無以養母，剃髮乞食以給晨夕。母年一百五歲而終。」「潭州長沙人畢贊，仕郡為引贊吏，性至孝，父母皆年八十餘。轉運使表其事，詔贊解職終養。」「又有杭州仁和人李瓊，以鬻繒為業，事母孝，夜常十餘起省母。母喜食時新，瓊百方求市，得必十倍酬其直。」

無條件贍養父母，是人子的職責。《孝義傳》記述「泰州泰興人顧忻」故事曰：

「顧忻，泰州泰興人。十歲喪父，以母病，葷辛不入口者十載。雞初鳴，具冠帶率妻子詣母之室，問其所欲，如此五十年，未嘗離母左右。母老，目不能睹物，忻日夜號泣祈天，刺血寫佛經數卷。母目忽明，燭下能縫紝，九十餘無疾而終。」

守護父母，包括敬奉父母的靈魂，也是孝義的重要內容。《孝義傳》記述「筠州上高人易延慶」故事曰：

「易延慶字餘慶,筠州上高人。父贇,以勇力仕南唐至雄州刺史。延慶幼聰慧,涉獵經史,尤長聲律,以父蔭為奉禮郎。顯德四年,周師克淮南,贇歸朝,授道州刺史,延慶亦授大名府兵曹參軍,後為大理評事,知臨淮縣。乾德末,贇卒,葬臨淮。延慶居喪摧毀,廬於墓側,手植松柏數百本,旦出守墓,夕歸侍母。紫芝生於墓之西北,數年又生玉芝十八莖。本州將表其事,延慶懇辭。或畫其芝來京師,朝士多為詩賦,稱其孝感。服闋,延慶以母老稱疾不就官。母卒後,槁殯數年,延慶出為大理寺丞。嘗司建安市徵,及母葬有期,私歸營葬,掩壙而返。知軍扈繼升言其擅去職,坐免所居官,復廬墓側數年。母平生嗜粟,延慶樹二粟樹墓側,二樹連理。蘇易簡、朱臺符為讚美之。後知端州,卒。子綸,大中祥符元年,進士及第。」其「江陰人陳思道」故事記述曰:「陳思道,江陰人。喪父,事母兄以孝悌聞。鬻醯市側,以給晨夕,買物不酬價,如所索與之。母病,思道衣不解帶者數月,雙目瘡爛,飲食隨母多少。洎母喪,水漿不入口七日。既葬,哀鬻醯之利,得錢十萬,奉其兄。結廬墓側,日夜悲慟,其妻時攜兒女詣之,拒絕與見。夏日種瓜,以待過客。晝則白兔馴狎,夜則虎豹環其廬而臥。咸平元年,知軍上其事,詔賜束帛,旌其門。」其「大名宗城人李玭」故事記述曰:「李玭,大名宗城人。性篤孝,力耕以事母。母卒,讓田與其弟堅,遂廬於葬所,晝夜號泣,負土築墳高丈餘。又以二代及諸族父母槁葬者盡禮築之,凡三年成六墳,皆丈餘。不食肉衣帛,不預人事,遑遑然唯恐築之不及,墳成,復留守墳三年。常令兄之子賣藥以自給。年六十餘,足未嘗入縣門。鄉人目為李孝子。天禧中,知府張知白以狀聞,詔賜粟帛,令府縣安存之。里中有母在而析產者聞玭被旌,兄弟慚懼,復相率同居。」其「應天府楚丘人侯義」故事記述曰:「侯義,應天府楚丘人。貧無產,傭田以事母。里人有葬其親而遽返者,義母過其塚,泣謂義曰:『我死,其若是乎!』義乃感激自誓而不欲言,但慰其母曰:『勿悲,義必不爾。』咸平中,母卒,義力自辦葬,不掩墳壙,晝則

第九章
歷史的側影：《宋史》中的傳說與社會記憶

負土築墳，夜則慟哭柩側。妻子困匱不給，田主曹氏哀憐之，資以餱糧。踰年，墳間瓜異蒂、木連理，又有巨蛇繞其側不暴物，野鴿飛而不去。嘗遇盜劫其衣服，既而知是義物，悉還之。」其「洵同縣人李籌」故事記述曰：「李籌者，洵同縣人，字彥良。與弟衡字平國生同乳，二歲喪母，十歲喪父，兄弟每以不逮事親為恨。政和中，改葬其母於楊山，負土成墳，廬於墓左。未幾，廬所產木一本兩幹，高丈許複合於一，至其末乃分兩幹五枝，鄉人以為瑞。」

在《孝義傳》中，孝能感動生靈，賦予神奇。如其所記述「湖州武康人朱泰」故事曰：

「朱泰，湖州武康人。家貧，鬻薪養母，常適數十里外易甘旨以奉母。泰服食粗糲，戒妻子常候母色。一日，雞初鳴入山，及明，憩於山足，遇虎搏攫負之而去。泰已瞑眩，行百餘步，忽稍醒，屬聲曰：『虎為暴食我，所恨母無托爾！』虎忽棄泰於地，走不顧，如人疾驅狀。泰匍匐而歸。母扶持以泣，泰亦強舉動，不逾月如故。鄉里聞其孝感，率金帛遺之，里人目為朱虎殘。」其「資州資陽人支漸」故事記述曰：「支漸，資州資陽人。年七十，持母喪，既葬，廬墓側，負土成墳，蓬首垢面，三時號泣，哀毀瘠甚。白蛇貍兔擾其旁，白雀白烏日集於塋木，五色雀至萬餘，迴翔悲鳴若助哀者。鄉人句文鼎自娶婦即與父母離居，睹漸至行，深自悔責，號慟而歸，孝養盡志。鄉閭觀感而化者甚眾。」

在社會風俗生活的建構中，孝義和忠烈是文化發展的重要導向，引導社會風俗的潮流。《宋史》敘說的傳說故事被不斷放大，以提升社會道德水準，維繫社會的穩定，呈示祥和。民間信仰與傳說故事共同述說著這些思想文化，這是中國文化的重要傳統。

與此相連繫的社會文化思潮，還有歷史上的「方技」，《宋史》的編撰

者快班車《方技傳》對此解釋道:「昔者少皞氏之衰,九黎亂德,家為巫史,神人淆焉。顓頊氏命南正重司天以屬神,北正黎司地以屬民,其患遂息。厥後三苗復棄典常,帝堯命羲、和修重、黎之職,絕地天通,其患又息。然而天有王相孤虛,地有燥溼高下,人事有吉凶悔吝、疾病札瘥,聖人欲斯民趨安而避危,則巫醫不可廢也。後世占候、測驗、厭禳、禜禬,至於兵家遁甲、風角、鳥占,與夫方士修煉、吐納、導引、黃白、房中,一切煢薵妖誕之說,皆以巫醫為宗。漢以來,司馬遷、劉歆又亟稱焉。然而歷代之君臣,一惑於其言,害於而國,凶於而家,靡不有之。宋景德、宣和之世,可鑑乎哉!然則歷代方技何修而可以善其事乎?曰:『人而無恆,不可以作巫醫。』漢嚴君平、唐孫思邈呂才言皆近道,孰得而少之哉。宋舊史有《老釋》、《符瑞》二志,又有《方技傳》,多言祥。今省二志,存《方技傳》云。」

對於民間文藝流傳範圍等問題的認定,長期以來,存在著二元對立的失誤,即簡單理解為上層社會與底層社會的相互對立引發了文獻典籍的記述與口頭表達相對立。繼而,又以為文獻典籍屬於上層社會士大夫之流的文化權利,而底層社會的基本象徵就是不識字。誠然,上層社會與底層社會的價值立場存在著許多不同,但是,其共處於文化整體之中,便會有許多共同認同的內容。諸如「方技」,其發生基礎在於中國傳統社會的民間信仰,以誇張、奇異、荒誕為特點,給予人新奇的感覺,而它不僅僅存在於民間社會。《宋史》的修撰者稱省去此「《老釋》、《符瑞》」,正是看到其內容與方技的共通性。從神話主義理論講,方技具有神話的屬性,即超越自然和日常,其中的社會風俗與民間傳說故事與社會各階層皆有關聯。方技的背後發揮主導作用的是巫術,是天人相通的神話思維,由此演繹為民間傳說故事和民間文藝,是社會風俗生活的重要內容。

第九章
歷史的側影：《宋史》中的傳說與社會記憶

　　方技的神與奇，主要在於預測，未卜先知。概括講，就是能夠通神，知曉未來將會發生的事情。在民間社會，方技的化身是巫婆神漢，是民間社會風俗話語權的重要掌握者。

　　《宋史》之《方技傳》敘說奇異，首先舉例「開封浚儀人趙修己」故事，其記述曰：

　　「趙修己，開封浚儀人，少精天文推步之學。晉天福中，李守真掌禁軍，領滑州節制，表為司戶參軍，留門下。守真每出征，修己必從，軍中占候多中。奏試大理評事，賜緋。漢乾祐中，守真鎮蒲津，陰懷異志，修己屢以禍福諭之，不聽，遂辭疾歸鄉里。明年，守真果叛，幕吏多伏誅，獨修己得免。朝廷知其能，召為翰林天文」「周祖鎮鄴，奏參軍謀。會隱帝誅楊邠、史弘肇等，且將害周祖，修己知天命所在，密謂周祖曰：『釁發蕭牆，禍難斯作。公擁全師，臨巨屏，臣節方立，忠誠見疑。今幼主信讒，大臣受戮，公位極將相，居功高不賞之地，雖欲殺身成仁，何益於事？不如引兵南渡，詣闕自訴，則明公之命，是天所與也。天與不取，悔何可追！』周祖然之，遂決渡河之計。即位，以為殿中省尚食奉御，賜金紫。改鴻臚少卿，遷司天監。顯德中，累加檢校戶部尚書。嘗遣副翰林學士承旨陶谷，以御衣、金帶、戰馬、器幣賜吳越錢俶。宋初，遷太府卿，判監事，上章告老，優詔不許。建隆三年卒，年七十一。」其又舉例「河南洛陽人王處訥」故事，記述曰：「王處訥，河南洛陽人。少時有老叟至舍，煮洛河石如麵，令處訥食之，且曰：『汝性聰悟，後當為人師。』又嘗夢人持巨鑑，星宿燦然滿中，剖腹納之，覺而汗洽，月餘，心胸猶覺痛。因留意星曆、占候之學，深究其旨。晉末之亂，避地太原，漢祖時領節制，闢置幕府。即位，擢為司天夏官正，出補許田令，召為國子《尚書》博士，判司天監事」「周祖嘗與處訥同事漢祖，雅相厚善，及自鄴舉兵入汴，遽命訪求處訥，得之甚喜，因問以劉氏祚短事。對曰：『人君未得位，

嘗務寬大；既得位，即思復仇。漢氏據中土，承正統，以歷數推之，其載祀猶永。第以高祖得位之後，多報仇殺人及夷人之族，結怨天下，所以運祚不長。』周祖蹴然太息。適發兵圍漢大臣蘇逢吉、劉銖等家，待旦將行孥戮，遽命止之。逢吉已自殺，止誅劉銖，餘悉全活。」其記述「河中人苗訓」故事曰：「苗訓，河中人，善天文占候之術。仕周為殿前散員右第一直散指揮使。顯德末，從太祖北征，訓視日上覆有一日，久相摩蕩，指謂楚昭輔曰：『此天命也。』夕次陳橋，太祖為六師推戴，訓皆預白其事。既受禪，擢為翰林天文，尋加銀青光祿大夫、檢校工部尚書。年七十餘卒。」其記述「汝州襄城人楚芝蘭」故事曰：「楚芝蘭，汝州襄城人，初習《三禮》，忽自言遇有道之士，教以符天、六壬、遁甲之術。屬朝廷博求方技，詣闕自薦，得錄為學生。以占候有據，擢為翰林天文。授樂源縣主簿，遷司天春官正、判司天監事。占者言五福太一臨吳分，當於蘇州建太一祠。芝蘭獨上言：『京師帝王之都，百神所集。且今京城東南一舍地名蘇村，若於此為五福太一建宮，萬乘可以親謁，有司便於祇事，何為遠趨江外，以蘇臺為吳分乎？』輿論不能奪，遂從其議，仍令同定本宮四時祭祀儀及醮法。宮成，特遷尚書工部員外郎，賜五品服。淳化初，與馬韶同判監，俱坐事，芝蘭出為遂平令。卒，年六十。錄其子繼芳為城父縣主簿。」

總之，他們都能預知未來，逢凶化吉，化險為夷。或曰，這是後世民間文藝中機智人物故事的原型。

方技身分有差異，不過精通於卜筮等技能是他們的共性，其記述內容有詳有略。這些方技，無異於方士，雖然不一定都是裝神弄鬼，卻也與鬼神相通，身兼道術與儒術，被民間社會視為先知、神仙。當然，其結局也不盡相同。如《方技傳》記述「周克明」故事曰：

第九章
歷史的側影：《宋史》中的傳說與社會記憶

「周克明字昭文。曾祖德扶，唐司農卿。祖傑，開成中進士，解褐獲嘉尉，歷弘文館校書郎。中和中，僖宗在蜀，傑上書言治亂萬餘言。擢水部員外郎，三遷司農少卿。傑精於曆算，嘗以《大衍曆》數有差，因敷衍其法，著《極衍》二十四篇，以究天地之數。時天下方亂，傑以天文占之，唯嶺南可以避地，乃遣其弟鼎求為封州錄事參軍。傑天覆中亦棄官攜家南適嶺表。劉隱素聞其名，每令占候天文災變。傑自以年老，嘗策名中朝，恥以星曆事僭偽，乃謝病不出。龑襲位，強起之，令知司天監事，因問國祚修短。傑以《周易》筮之，得《比》之《復》，曰：『卦有二土，土數生五，成於十，二五相比，以歲言之，當五百五十。』龑大喜，賞甚厚。龑以梁貞明三年僭號，至開寶四年國滅，止五十五年。蓋傑舉成數以避害爾。大有中，遷太常少卿，卒，年九十餘。傑生茂元，亦世其學，事龑至司天少監，歸宋授監丞而卒，即克明之父也。克明精於數術，凡律曆、天官、五行、讖緯及三式、風雲、龜筮之書，靡不究其指要。開寶中授司天六壬，改臺主簿，轉監丞，五遷春官正。克明頗修詞藻，喜藏書。景德初，嘗獻所著文十編，召試中書，賜同進士出身。三年，有大星出氐西，眾莫能辨，或言國皇妖星，為兵凶之兆。克明時使嶺表，及還，亟請對，言：『臣按《天文錄》、《荊州占》，其星名曰周伯，其色黃，其光煌煌然，所見之國大昌，是德星也。臣在塗聞中外之人頗惑其事，願許文武稱慶，以安天下心。』上嘉之，即從其請。拜太子洗馬、殿中丞，皆兼翰林天文，又權判監事。屬修兩朝國史，其天文律曆事，命克明參之。大中祥符九年，坐本監擇日差互，例降為洗馬。天禧元年夏，火犯靈臺，克明語所親曰：『去歲太白犯靈臺，掌曆者悉被降譴，上天垂象，深可畏也。今熒惑又犯之，吾其不起乎！』八月，疽發背，卒，年六十四。克明久居司天之職，頗勤慎，凡奏對必據經盡言。及卒，上頗悼惜，遣內侍諭其婿直龍圖閣馮元，令主喪事，賜賻甚厚」。又如其記述「濮州臨泉人王老志」故事曰：「王老志，濮州臨泉人。事親以孝聞。為轉運小吏，不受賂謝。遇異

人於丐中，自言：『吾所謂鍾離先生也。』予之丹，服之而狂。遂棄妻子，結草廬田間，時為人言休咎。政和三年，太僕卿王亶以其名聞。召至京師，館於蔡京第。嘗緘書一封至帝所，徽宗啟讀，乃昔歲秋中與喬、劉二妃燕好之語也。帝由是稍信之，封為洞微先生。朝士多從求書，初若不可解，後卒應者十八九，故其門如市。京慮太甚，頗以為戒；老志亦謹畏，乃奏禁絕之。嘗獻乾坤鑑法，命鑄之。既成，謂帝與皇后他日皆有難，請時坐鑑下，思所以儆懼消變者。明年，見其師，責以擅處富貴，乃丐歸，未得請，病甚，始許其去。步行出，就居，病已失矣。歸濮而死。詔賜金以葬，贈正議大夫。初，王黼未達時，父為臨泉令，問黼名位所至，即書『太平宰相』四字。旋以墨塗去之，曰：『恐洩機也』。黼敗，人乃悟。」

其記述「臨安富陽人孫守榮」故事曰：「孫守榮，臨安富陽人。生七歲，病瞽。遇異人教以風角、鳥占之術，其法以音律推五數，播五行，測度萬物始終盛衰之理。凡問者，一語頃，輒知休咎。守榮既悟，異人授以鐵笛，遂去不復見。守榮因號富春子，吹笛市中，人初不異也。然其術率驗。寶慶間，遊吳興，聞譙樓鼓角聲，驚曰：『旦夕且有變，土人當有典郡者。』見王元春，即賀之曰：『作鄉郡者，必君也。』元春初不之信。越兩月，潘丙作亂，元春以告變功，果典郡。自是富春子之名大顯，貴人爭延致之。淮南帥李曾伯薦諸朝。既至，謁丞相史嵩之，閽者以晝寢辭。守榮曰：『丞相方釣魚園池，何得云爾。』閽者驚異，入白丞相，丞相一見，頗喜之。自是數出入相府。一日，庭鵲噪，令占之，曰：『來日晴時，當有寶物至。』明日，李全果以玉柱斧為貢。嵩之又嘗得李全橄藏袖中，詢其事，守榮曰：『此李全詐假布囊二十萬爾。』剝封，果如其說。士大夫咸詢履歷，守榮不盡答。私謂所知曰：『吾以音推諸朝紳，互有贏縮，宋祿其殆終乎！』後為嵩之所忌，誣以他罪，貶死遠郡。」

第九章
歷史的側影：《宋史》中的傳說與社會記憶

值得注意的是，一些方技精通醫術，留下世間傳奇。如其所記述「宋州睢陽人王懷隱」故事：

「王懷隱，宋州睢陽人。初為道士，住京城建隆觀，善醫診。太宗尹京，懷隱以湯劑祗事。太平興國初，詔歸俗，命為尚藥奉御，三遷至翰林醫官使。三年。吳越遣子唯濬入朝，唯濬被疾，詔懷隱視之。初，太宗在藩邸，暇日多留意醫術，藏名方千餘首，皆嘗有驗者。至是，詔翰林醫官院各具家傳經驗方以獻，又萬餘首，命懷隱與副使王祐、鄭奇、醫官陳昭遇參對編類。每部以隋太醫令巢元方《病源候論》冠其首，而方藥次之，成一百卷。太宗御制序，賜名曰《太平聖惠方》，仍令鏤板頒行天下，諸州各置醫博士掌之。懷隱後數年卒。昭遇本嶺南人，醫術尤精驗，初為醫官，領溫水主簿，後加光祿寺丞，賜金紫」。又如其記述「德州平原人趙自化」故事曰：「趙自化，本德州平原人。高祖常，為景州刺史，後舉家陷契丹。父知嚴脫身南歸，寓居洛陽，習經方名藥之術，又以授二子自正、自化。周顯德中，偕來京師，悉以醫術稱。知嵒卒，自正試方技，補翰林醫學。會秦國長公主疾，有薦自化診候者，疾愈，表為醫學，再加尚藥奉御。淳化五年，授醫官副使。時召陳州隱士萬適至，館於自化家。會以適補慎縣主簿，適素強力無疾，詔下日，自化怪其色變，為切脈曰：『君將死矣。』不數日，適果卒。至道中，有布衣鄭元輔者，嘗依自化之姻吏部令史張崇敏家。元輔時從自化丐索，無所得，心銜之。乃詣檢上書，告自化漏洩禁中語，及指斥非所宜言等事。太宗初甚駭，命王繼恩就御史府鞫之，皆無狀，斬元輔於都市。自化坐交遊非類，黜為鄆州團練副使。未幾，復舊職。咸平三年，加正使。景德初，雍王元份洎晉國長公主並上言：『自化藥餌有功。請加使秩，領遙郡。』上以自化居太醫之長，不當復為請求，令樞密院召自化戒之。雍王薨，坐診治無狀，降為副使。二年，復舊官。是冬卒，年五十七。遺表以所撰《四時養頤錄》為獻，真宗

改名《調膳攝生圖》,仍為制序。自化頗喜為篇什,其貶鄆州也,有《漢沔詩集》五卷,宋白、李若拙為之序。又嘗纘自古以方技至貴仕者,為《名醫顯秩傳》三卷。」其記述「蘄州蘄水人龐安時」故事曰:「龐安時字安常,蘄州蘄水人。兒時能讀書,過目輒記。父,世醫也,授以脈訣。安時曰:『是不足為也。』獨取黃帝、扁鵲之脈書治之,未久,已能通其說,時出新意,辨詰不可屈,父大驚,時年猶未冠。已而病聵,乃益讀《靈樞》、《太素》、《甲乙》諸祕書,凡經傳百家之涉其道者,靡不通貫。嘗曰:『世所謂醫書,予皆見之,唯扁鵲之言深矣。蓋所謂《難經》者,扁鵲寓術於其書,而言之不祥,意者使後人自求之歟!予之術蓋出於此。以之視淺深,決死生,若合符節。且察脈之要,莫急於人迎、寸口。是二脈陰陽相應,如兩引繩,陰陽均,則繩之大小等,故定陰陽於喉、手,配覆溢於尺、寸,寓九候於浮沉,分四溫於傷寒。此皆扁鵲略開其端,而予參以《內經》諸書,考究而得其說。審而用之,順而治之,病不得逃矣。』又欲以術告後世,故著《難經辨》數萬言。觀草木之性與五藏之宜,秩其職任,官其寒熱,班其奇偶,以療百疾,著《主對集》一卷。古今異宜,方術脫遺,備陰陽之變,補仲景《論》。藥有後出,古所未知,今不能辨,嘗試有功,不可遺也。作《本草補遺》。為人治病,率十愈八九。踵門求診者,為闢邸舍居之,親視饘粥、藥物,必愈而後遣;其不可為者,必實告之,不復為治。活人無數。病家持金帛來謝,不盡取也。嘗詣舒之桐城,有民家婦孕將產,七日而子不下,百術無所效。安時之弟子李百全適在傍舍,邀安時往視之。才見,即連呼不死,令其家人以湯溫其腰腹,自為上下拊摩。孕者覺腸胃微痛,呻吟間生一男子。其家驚喜,而不知所以然。安時曰:『兒已出胞,而一手誤執母腸不復能脫,故非符藥所能為。吾隔腹捫兒手所在,針其虎口,既痛即縮手,所以遽生,無他術也。』取兒視之,右手虎口針痕存焉。其妙如此。有問以華佗之事者,曰:『術若是,非人所能為也。其史之妄乎!』年五十八而疾作,門人請自視脈,笑

第九章
歷史的側影：《宋史》中的傳說與社會記憶

曰：『吾察之審矣。且出入息亦脈也，今胃氣已絕。死矣。』遂屏卻藥餌。後數日，與客坐語而卒。」其記述「紹興、乾道間名醫王克明」故事曰：「王克明字彥昭，其始饒州樂平人，後徙湖州烏程縣。紹興、乾道間名醫也。初生時，母乏乳，餌以粥，遂得脾胃疾，長益甚，醫以為不可治。克明自讀《難經》、《素問》以求其法，刻意處藥，其病乃愈。始以術行江、淮，入蘇、湖，針灸尤精。診脈有難療者，必沉思得其要，然後予之藥。病雖數證，或用一藥以除其本，本除而餘病自去。亦有不予藥者，期以某日自安。有以為非藥之過，過在某事，當隨其事治之。言無不驗。士大夫皆自屈與遊。魏安行妻風痿十年不起，克明施針，而步履如初。胡秉妻病氣祕腹脹，號呼逾旬，克明視之。時秉家方會食，克明謂秉曰：『吾愈恭人病，使預會可乎？』以半硫圓碾生薑調乳香下之，俄起對食如平常。廬州守王安道風禁不語旬日，他醫莫知所為。克明令熾炭燒地，灑藥，置安道於上，須臾而蘇。金使黑鹿谷過姑蘇，病傷寒垂死，克明治之，明日愈。及從徐度聘金，黑鹿谷適為先排使，待克明厚甚。克明訝之，谷乃道其故，由是名聞北方。後再從呂正己使金，金接伴使忽被危疾，克明立起之，卻其謝。張子蓋救海州，戰士大疫，克明時在軍中，全活者幾萬人。子蓋上其功，克明力辭之。克明頗知書，好俠尚義，常數千里赴人之急。初試禮部中選，累任醫官。王炎宣撫四川，闢克明，不就。炎怒，劾克明避事，坐貶秩。後遷至額內翰林醫痊局，賜金紫。紹興五年卒，年六十七。」

方技為世間所推崇，在於其技與術，或為僧，或為道。《方技傳》記述此類故事，保存宋代社會歷史傳說。如其記述「沙門洪蘊」故事曰：

「沙門洪蘊，本姓藍，潭州長沙人。母翁，初以無子，專誦佛經，既而有娠，生洪蘊。年十三，詣郡之開福寺沙門智岊，求出家，習方技之書，後遊京師，以醫術知名。太祖召見，賜紫方袍，號廣利大師。太平興國中，詔購醫方，洪蘊錄古方數十以獻。真宗在蜀邸，洪蘊嘗以方藥謁

286

見。咸平初,補右街首座,累轉左街副僧錄。洪蘊尤工診切,每先歲時言人生死,無不應。湯劑精至,貴戚大臣有疾者,多詔遣診療。」此為僧人。又如其記述「龍興觀道士」故事,曰:「蘇澄隱字棲真,真定人。為道士,住龍興觀,得養生之術,年八十餘不衰老。後唐明宗嘗下詔召之,又令宰相馮道致書諭旨,歷清泰、天福中繼有聘命,並辭疾不至。開運末,契丹主兀欲立,求有名稱僧道加以恩命,唯澄隱不受。當時公卿自馮道、李崧、和凝而下,皆在鎮陽,日造其室與談宴,各賦詩以贈。周廣順、顯德中,詔存問之。太祖徵太原還,駐蹕鎮陽,召見行宮,命中使掖升殿,謂之曰:『京師作建隆觀,思得有道之士居之,師累辭召命,豈懷土耶?』

對曰:『大梁帝宅,浩穰繁會,非林泉之士所可寄跡也。』上察其意,亦不強之,賜茶百斤、絹二百匹。又幸其觀,問曰:『師年逾八十而氣貌益壯,善養生者也。』因問其術,對曰:『臣之養生,不過精思練氣爾,帝王養生即異於是。老子曰,我無為而民自化,我無慾而民自正。無為無慾,凝神太和,昔黃帝、唐堯享國永年,得此道也。』上大悅,賜紫衣一襲、銀器五百兩、帛五百匹。年僅百歲而卒。」

此為道士。

民間傳說中的方技不乏變幻無窮之輩,常常既是僧,又為道,見機行事,望風使舵,行招搖撞騙。《方技傳》記述的「林靈素」故事,即屬此類。如其所記述:

「林靈素,溫州人。少從浮屠學,苦其師笞罵,去為道士。善妖幻,往來淮、泗間,丐食僧寺,僧寺苦之。政和末,王老志、王仔昔既衰,徽宗訪方士於左道錄徐知常,以靈素對。既見,大言曰:『天有九霄,而神霄為最高,其治曰府。神霄玉清王者,上帝之長子,主南方,號長生大帝君,陛下是也,既下降於世,其弟號青華帝君者,主東方,攝領之。己乃府仙卿曰褚慧,亦下降佐帝君之治。』又謂蔡京為左元仙伯,王黼為文華

第九章
歷史的側影：《宋史》中的傳說與社會記憶

「吏，盛章、王革為園苑寶華吏，鄭居中、童貫及諸巨閹皆為之名。貴妃劉氏方有寵，曰九華玉真安妃。帝心獨喜其事，賜號通真達靈先生，賞賚無算。建上清寶籙宮，密連禁省。天下皆建神霄萬壽宮。浸浸造為青華正畫臨壇，及火龍神劍夜降內宮之事，假帝誥、天書、雲篆，務以欺世惑眾。其說妄誕，不可究質，實無所能解。唯稍識五雷法，召呼風霆，間禱雨有小驗而已。令吏民詣宮受神霄祕籙，朝士之嗜進者，亦靡然趨之。每設大齋，輒費緡錢數萬，謂之千道會。帝設幄其側，而靈素升高正坐，問者皆再拜以請。所言無殊異，時時雜捷給嘲詼以資媟笑。其徒美衣玉食，幾二萬人。遂立道學，置郎、大夫十等，有諸殿侍晨、校籍、授經，以擬待制、修撰、直閣。始欲盡廢釋氏以逞前憾，既而改其名稱冠服。靈素益尊重，升溫州為應道軍節度，加號元妙先生、金門羽客、沖和殿侍晨，出入呵引，至與諸王爭道。都人稱曰：『道家兩府。』本與道士王允誠共為怪神，後忌其相軋，毒之死。宣和初，都城暴水，遣靈素厭勝。方率其徒步虛城上，役夫爭舉梃將擊之，走而免。帝知眾所怨，始不樂。靈素在京師四年，恣橫愈不悛，道遇皇太子弗斂避。太子入訴，帝怒，以為太虛大夫，斥還故里，命江端本通判溫州，幾察之。端本廉得其居處過制罪，詔徙置楚州而已死。遺奏至，猶以侍從禮葬焉。」

僧人，或曰出家人，與方士某些方面相通，性情迥異於常人。如《方技傳》所記「壽春人僧志言」故事曰：

「僧志言，自言姓許，壽春人。落髮東京景德寺七俱胝院，事清璪。初，璪誦經勤苦，志言忽造璪，跪前願為弟子。璪見其相貌奇古，直視不瞬，心異之，為授具戒。然動止軒昂，語笑無度，多行市里，褰裳疾趨，舉指畫空，佇立良久，時從屠酤遊，飲啖無所擇。眾以為狂，璪獨曰：『此異人也。』」「普淨院施浴，夜漏初盡，門扉未啟，方迎佛而浴室有人聲，往視，則言在焉。有具齋薦膾者，並食之，臨流而吐，化為小鮮，群泳而

去。海客遇風且沒，見僧操絙引舶而濟。客至都下遇言，忽謂之曰：『非我，汝奈何？』客記其貌，真引舟者也。與曹州士趙棠善，後棠棄官隱居番禺。人傳棠與言數以偈頌相寄，萬里間輒數日而達。棠死，亦盛夏身不壞」。又如其記述「僧懷丙」故事曰：「僧懷丙，真定人。巧思出天性，非學所能至也。真定構木為浮圖十三級，勢尤孤絕。既久而中級大柱壞，欲西北傾，他匠莫能為。懷丙度短長，別作柱，命眾工維而上。已而卻眾工，以一介自從，閉戶良久，易柱下，不聞斧鑿聲。趙州洨河鑿石為橋，熔鐵貫其中。自唐以來相傳數百年，大水不能壞。歲久，鄉民多盜鑿鐵，橋遂欹倒，計千夫不能正。懷丙不役眾工，以術正之，使復故。河中府浮梁用鐵牛八維之，一牛且數萬斤。後水暴漲絕梁，牽牛沒於河，募能出之者。懷丙以二大舟實土，夾牛維之，用大木為權衡狀鉤牛，徐去其土，舟浮牛出。轉運使張燾以聞，賜紫衣。」其記述「隨州人僧智緣」故事曰：「僧智緣，隨州人，善醫。嘉祐末，召至京師，舍於相國寺。每察脈，知人貴賤、禍福、休咎，診父之脈而能道其子吉凶，所言若神，士大夫爭造之。王珪與王安石在翰林，珪疑古無此，安石曰：『昔醫和診晉侯，而知其良臣將死。夫良臣之命乃見於其君之脈，則視父知子，亦何足怪哉！』熙寧中，王韶謀取青唐，上言蕃族重僧，而僧結吳叱臘主部帳甚眾，請智緣與俱至邊。神宗召見，賜白金，遣乘傳而西，遂稱『經略大師』。智緣有辯口，徑入蕃中，說結吳叱臘歸化，而他族俞龍珂、禹藏訥令支等皆因以書款。韶頗忌惡之，言其撓邊事，召還，以為右街首坐，卒。」

道士與方技連繫相當密切。或曰，道術即方術。如《方技傳》所記「賀蘭棲真」故事曰：

「賀蘭棲真，不知何許人。為道士，自言百歲。善服氣，不憚寒暑，往往不食。或時縱酒，遊市廛間，能啖肉至數斤。始居嵩山紫虛觀，後徙濟源奉仙觀，張齊賢與之善。景德二年，詔曰：『師棲身巖壑，抗志煙霞，

第九章
歷史的側影：《宋史》中的傳說與社會記憶

觀心眾妙之門，脫屣浮雲之外。朕奉希夷而為教，法清靜以臨民，思得有道之人，訪以無為之理。久懷上士，欲覩真風，爰命使車，往申禮聘。師其暫別林谷，來儀闕庭，必副招延，無憚登涉。今遣入內內品李懷贇召師赴闕。』既至，真宗作二韻詩賜之，號宗玄大師，貲以紫服、白金、茶、帛、香、藥，特蠲觀之田租，度其侍者。未幾，求還舊居。大中祥符三年卒，時大雪，經三日，頂猶熱，人多異之。」又如其記述「陝州閺鄉人柴通玄」故事曰：「柴通玄，字又玄，陝州閺鄉人。為道士於承天觀。年百餘歲，善辟穀長嘯，唯飲酒。言唐末事，歷歷可聽。太宗召至闕下，懇求歸本觀。真宗即位，屢來京師。召對，語無文飾，多以修身慎行為說。祀汾陰，召至行在，命坐，問以無為之要。所居觀即唐軒遊宮，有明皇詩石及所書《道德經》二碑。上作二韻詩賜之，並貲以茶、藥、束帛。詔為修道院，蠲其田租，度弟子二人。明年春，通玄作遺表，自稱羅山太一洞主，遣弟子張守元、李守一詣闕，以龜鶴為獻，又召官僚士庶言生死之要。夜分，盥濯，然香庭中，望闕而坐，遲明卒。時又召河中草澤劉巽、華山隱士鄭隱、敷水隱士李寧。巽年七十餘，以經傳講授，躬耕自給。授大理評事致仕，賜綠袍、笏、銀帶。隱以經術為業，遇道士傳辟穀煉氣之法，修習頗驗，居華山王刁巖逾二十年，冬夏常衣皮裘。寧精於藥術，老而不衰，常以藥施人，人以金帛為報，輒拒之。景德中，萬安太后不豫，驛召寧赴闕，未至而後崩。大中祥符四年，賜號正晦先生。上並作詩為賜，加以茶、藥、繒帛。獨隱辭賜物不受。」其記述「單州單父人甄棲真」故事曰：「甄棲真，字道淵，單州單父人。博涉經傳，長於詩賦。一應進士舉，不中第，嘆曰：『勞神敝精，以追虛名，無益也。』遂棄其業，讀道家書以自樂。初訪道於牢山華蓋先生，久之出遊京師，因入建隆觀為道士。周曆四方。以藥術濟人，不取其報。祥符中，寓居晉州，性和靜無所好惡，晉人愛之，以為紫極宮主。年七十有五，遇人，或以為許元陽，語之曰：『汝風神秀異，有如李筌。雖老矣，尚可仙也。』因授煉形養元之訣，且曰：

『得道如反掌,第行之唯艱,汝勉之。』棲真行之二三年,漸反童顏,攀高攝危,輕若飛舉。乾興元年秋,謂其徒曰:『此歲之暮,吾當逝矣。』即宮西北隅自甃殯室。室成,不食一月,與平居所知敘別,以十二月二日衣紙衣臥磚塌卒。人未之奇也。及歲久,形如生,眾始驚,傳以為屍解。」

也有經歷過奇異遭遇,「度為道士」者,如其所記述「秦州民家子趙抱一」故事曰:「又有秦州民家子趙抱一者,常牧羊田間。一夕,有叩門召之者,以杖引行,杖端有氣如煙,其香可悅。俄至山崖絕頂,見數人會飲,音樂交奏,與人間無異。抱一駭而不測。會巡檢司過其下,聞樂聲,疑群盜歡聚,集村民梯崖而上。至則無所睹,抱一獨在,援以下之,具言其故。凡經夕,若俄頃。自是不喜熟食,凡火化者未嘗歷口。茹甘菊、柏葉、果實、井泉,間亦飲酒,貌如嬰兒。素不習文墨,口占辭句,頗成篇詠。有道家之趣。遂不親農事,野行露宿。大中祥符四年,至京師,猶丱角,詔賜名,度為道士。自是間歲或一至京師,常令居太一宮,與人言多養生事焉。」此與遇仙傳說故事內容相似,只是缺少了仙界生活的描述。

《方技傳》還記述了民間傳說的「夢中神授」模式,更增添了傳說故事的神祕性。如其所記「太平繁昌人趙自然」故事曰:

「趙自然,太平繁昌人,家荻港旁,以鬻茗為業,本名王九。始十三,疾甚,父抱詣青華觀,許為道士。後夢一人狀貌魁偉,綸巾素袍,鬢髮班白,自云姓陰,引之登高山,謂曰:『汝有道氣,吾將教汝辟穀之法。』乃出青柏枝令啖,夢中食之。及覺,遂不食,神氣清爽,每聞火食氣即嘔,唯生果清泉而已。歲餘,復夢向見老人教以篆書數百字,寤悉能記。寫以示人,皆不能識。或云:『此非篆也,乃道家符籙耳。』嘗為〈元道歌〉,言修煉之要。知州王洞表其事,太宗召赴闕,親問之,賜道士服,改名自然,錢三十萬。月餘遣還,住青華觀。後因病,飲食如故。大

第九章
歷史的側影：《宋史》中的傳說與社會記憶

中祥符二年，詔曰：『如聞自然頗精修養之術。』委發轉使楊覃訪其行跡，命內侍武永全召至闕下，屢得對，賜紫衣，改青華觀曰延禧。自然以母老求還侍養，許之。」其記述「大中祥符中鄭榮」故事，曰：「大中祥符中，又有鄭榮者，本禁軍，戍壁州還，夜遇神人謂曰：『汝有道氣，勿火食。』因授以醫術救人。七年，賜名自清，度為道士，居上清宮。所傳藥能愈大風疾，民多求之。皆刺臂血和餅給焉。」

方技代表著古老的民間信仰，形形色色，各盡其能，各顯其能，展現出社會風俗的各方面，也展現出社會文化的興衰走向。其中的傳說故事，包含著世俗社會的喜怒哀樂。這是中國民間文藝史上源遠流長，長盛不衰的一種類型。

宋代各個階層的人物傳說故事，以《宋史》中的《忠義傳》為典型，展現出國家意志與世俗精神的結合。宋代文明發達，崇尚節義，英雄輩出，此如《忠義傳》所言：「士大夫忠義之氣，至於五季，變化殆盡。宋之初興，范質、王溥，猶有餘憾，況其他哉！藝祖首褒韓通，次表衛融，足示意向。厥後西北疆場之臣，勇於死敵，往往無懼。真、仁之世，田錫、王禹偁、范仲淹、歐陽脩、唐介諸賢，以直言讜論倡於朝，於是中外搢紳知以名節相高，廉恥相尚，盡去五季之陋矣。故靖康之變，志士投袂，起而勤王，臨難不屈，所在有之。及宋之亡，忠節相望，班班可書，匡直輔翼之功，蓋非一日之積也。」

其中的忠義英雄成為民間傳說故事角色的重要象徵，就是他們除了受到國家表彰，還受到民間社會的擁戴，「哭祭於路」，民眾為之「立祠」。如《忠義傳》所記「趙師旦」、「蘇緘」反抗儂智高的傳說故事。其記述「趙師旦」故事曰：

「趙師旦字潛叔，樞密副使稹之從子。美容儀，身長六尺。少年頗涉

書史,尤刻意刑名之學。用積蔭,試將作監主簿,累遷寧海軍節度推官。知江山縣,斷治出己,吏不能得民一錢,棄物道上,人無敢取。以薦者改大理寺丞、知彭城縣,遷太子右贊善大夫,移知康州。儂智高破邕州,順流東下,師旦使人覘賊,還報曰:『諸州守皆棄城走矣!』師旦叱曰:『汝亦欲吾走矣。』乃大索,得諜者三人,斬以徇。而賊已薄城下,師旦止有兵三百,開門迎戰,殺數十人。會暮,賊稍卻,師旦語其妻,取州印佩之,使負其子以匿,曰:『明日賊必大至,吾知不敵,然不可以去,爾留,死無益也。』遂與監押馬貴部士卒固守州城。召貴食,貴不能食,師旦獨飽如平時。至夜,貴臥不安席,師旦即臥內大鼾。遲明,賊攻城愈急,左右請少避,師旦曰:『戰死與戮死何如?』眾皆曰:『願為國家死。』至城破無一人逃者。矢盡,與貴俱還,據堂而坐。智高麾兵鼓譟爭入,脅師旦,師旦大罵曰:『餓獠,朝廷負若何事,乃敢反邪!天子發一校兵,汝無遺類矣。』智高怒,並貴害之。賊既去,州人為立廟。事平,贈光祿少卿,賜其母王長安縣太君冠帔,錄其子弟並從子三人。師旦遇害時,年四十二。柩過江山,江山之人迎師旦喪,哭祭於路,絡繹數百里不絕。」

其記述「蘇緘」故事曰:「蘇緘,字宣甫,泉州晉江人。舉進士,調廣州南海主簿。州領蕃舶,每商至,則擇官閱實其貨,商皆豪家大姓,習以客禮見主者,緘以選往,商樊氏輒升階就席,緘詰而杖之。樊訴於州,州召責緘,緘曰:『主簿雖卑,邑官也,商雖富,部民也,邑官杖部民,有何不可?』州不能詰。再調陽武尉,劇盜李囊橐於民,賊曹莫能捕。緘訪得其處,萃眾大索,火旁舍以迫之。李從中逸出,緘馳馬逐,斬其首送府。府尹賈昌朝驚曰:『儒者乃爾輕生邪!』累遷祕書丞,知英州。儂智高圍廣,緘曰:『廣,吾都府也,且去州近,今城危在旦暮而不往救,非義也。』即募士數千人,委印於提點刑獄鮑軻,夜行赴難,去廣二十里止營。廣人黃師宓陷賊中,為之謀主,緘擒斬其父。群不逞並緣為盜,復捕殺六十餘人,招其詿誤者六千八百人,使復業。賊勢沮,將解去,緘分兵先扼其歸

293

第九章
歷史的側影：《宋史》中的傳說與社會記憶

路，布槎木亙四十里。賊至不得前，乃繞出數舍渡江，由連、賀而西。緘與賊戰，摧傷甚眾，盡得其所掠物。時諸將皆罷，獨緘有功，仁宗喜，換為供備庫副使、廣東都監，管押兩路兵甲，遣中使賜朝衣、金帶。襲賊至邕，大將陳曙以失律誅，緘亦貶房州司馬。復著作佐郎，監越州稅十餘年，始還副使。知廉州，屋多茅竹，戍卒楊禧醉焚營，延燒民廬，因乘以為竊，緘戮之於市，又坐謫潭州都監。未幾，知鼎州。熙寧初，進如京使、廣東鈐轄。四年，交阯謀入寇，以緘為皇城使知邕州。緘伺得實，以書抵知桂州沈起，起不以為意。及劉彝代起，緘致書於彝，請罷所行事。彝不聽，反移文責緘沮議，令勿得輒言。八年，蠻遂入寇，眾號八萬，陷欽、廉，破邕四砦。緘聞其至，閱州兵得二千八百，召僚吏與郡人之材者，授以方略，勒部隊，使分地自守。民驚震四出，緘悉出官帑及私藏示之曰：『吾兵械既具，蓄聚不乏，今賊已薄城，宜固守以遲外援。若一人舉足，則群心搖矣，幸聽吾言，敢越佚則孥戮汝。』有大校翟績潛出，斬以徇，由是上下脅息。緘子子元為桂州司戶，因公事攜妻子來省，欲還而寇至。緘念人不可戶曉，必以郡守家出城，乃獨遣子元，留其妻子。選勇士拏舟逆戰，斬蠻酋二。邕既受圍，緘晝夜行勞士卒，發神臂弓射賊，所殪甚眾。緘初求救於劉彝，彝遣將張守節救之，逗遛不進。緘又以蠟書告急於提點刑獄宋球，球得書驚泣，督守節。守節皇恐，遽移屯大夾嶺，回保崑崙關，猝遇賊，不及陣，舉軍皆覆。蠻獲北軍，知其善攻城，啗以利，使為雲梯，又為攻濠洞子，蒙以華布，緘悉焚之。蠻計已窮，將引去，而知外援不至，或教賊囊土傅城者，頃刻高數丈，蟻附而登，城遂陷。緘猶領傷卒馳騎戰愈屬，而力不敵，乃曰：『吾義不死賊手』。亟還州治，殺其家三十六人，藏於坎，縱火自焚。蠻至，求屍皆不得，屠郡民五萬餘人，率百人為一積，凡五百八十餘積，三州城以填江。邕被圍四十二日，糧盡泉涸，人吸漚麻水以濟渴，多病下痢，相枕藉以死，然訖無一叛者。緘憤沈起、劉彝致寇，又不救患，欲上疏論之。屬道梗不通，乃榜其

罪於市,冀朝廷得聞焉。神宗聞緘死,嗟悼,贈奉國軍節度使,諡曰忠勇,賜都城甲第五、鄉里上田十頃,聽其家自擇。以子元為西頭供奉官、閤門祗候,召對,謂曰:『邕管賴卿父守禦,儻如欽、廉即破,則賊乘勝奔突,桂、象皆不得保矣。昔張巡、許遠以睢陽蔽遮江、淮,較之卿父,不能過也。』改授殿中丞,通判邕州。次子子明、子正,孫廣淵、直溫,與緘同死,皆褒贈焉。起與彝皆坐謫官。緘沒後,交人謀寇桂州,行數舍,其眾見大兵從北來,呼曰:『蘇皇城領兵來報怨。』懼而引歸。邕人為緘立祠,元祐中賜額懷忠。」

所謂「忠義」,即「忠於國家社稷」、「服從人生大義」。《忠義傳》中的人物得到社會的尊重和敬畏,表現出時代對英雄人物的崇尚與認同,這是宋代國家意志的重要展現,也是社會風俗生活的表達。此亦如《忠義傳》所述:「然死節死事宜有別矣:若敵王所愾,勇往無前,或銜命出疆,或授職守土,或寓官閒居,感激赴義,雖所處不同,論其捐軀徇節,之死靡二,則皆為忠義之上者也;若勝負不常,陷身俘獲,或慷慨就死,或審義自裁,斯為次矣;若蒼黃遇難,賈命亂兵,雖疑傷勇,終異苟免,況於國破家亡,主辱臣死,功雖無成,志有足尚者乎!若夫世變淪胥,毀跡冥遁,能以貞厲保厥初心,抑又其次歟!至於布衣危言,嬰鱗觸諱,志在衛國,遑恤厥躬,及夫鄉曲之英,方外之傑,賈勇蹈義,厥死唯鈞。以類附從,定為等差,作《忠義傳》。」其傳說故事的敘說背景在於保衛國家社稷安全、守護人生節操的重要關頭,在英雄人物的傳說故事中著力突出大義凜然、堅強不屈、視死如歸的優秀品格,這也是中國民間文藝史上極為寶貴的內容。

概括講,《忠義傳》中的英雄傳說故事基本上可以分為兩大類,一是反抗外敵入侵時勇敢作戰,不怕犧牲,二是面對強敵,不為誘惑所動搖,不屈服。前者為「忠」,後者為「義」。

第九章
歷史的側影：《宋史》中的傳說與社會記憶

　　守衛疆土，即國家興亡，匹夫有責。此類英雄傳說故事中的人物眾多，既有虎門將子，也有凡夫俗子。如《忠義傳》所記述「河南洛陽人康保裔」故事曰：

　　「康保裔，河南洛陽人。祖志忠，後唐長興中，討王都戰沒。父再遇，為龍捷指揮使，從太祖徵李筠，又死於兵。保裔在周屢立戰功，為東班押班，及再遇陣沒，詔以保裔代父職，從石守信破澤州。明年，攻河東之廣陽，獲千餘人。開寶中，又從諸將破契丹於石嶺關，累遷日騎都虞候，轉龍衛指揮使，領登州刺史。端拱初，授淄州團練使，徙定州、天雄軍駐泊部署。尋知代州，移深州，又徙高陽關副都部署，就加侍衛馬軍都虞候，領涼州觀察使。真宗即位，召還，以其母老勤養，賜以上尊酒茶米。俄領彰國軍節度，出為並代都部署，徙知天雄軍，並代列狀請留，詔褒之，復為高陽關都部署。契丹兵大入，諸將與戰於河間，保裔選精銳赴之，會暮，約詰朝合戰。遲明，契丹圍之數重，左右勸易甲馳突以出，保裔曰：『臨難無苟免。』遂決戰。二日，殺傷甚眾，蹂踐塵深二尺，兵盡矢絕，援不至，遂沒焉。時車駕駐大名，聞之震悼，廢朝二日，贈侍中。以其子繼英為六宅使、順州刺史，繼彬為洛苑使，繼明為內園副使，幼子繼宗為西頭供奉官，孫唯一為將作監主簿。繼英等奉告命，謝曰：『臣父不能決勝而死，陛下不以罪其孥幸矣，臣等顧蒙非常之恩！』因悲涕伏地不能起。上惻然曰：『爾父死王事，贈賞之典，所宜加厚。』顧謂左右曰：『保裔父、祖死疆場，身復戰沒，世有忠節，深可嘉也。』保裔有母年八十四，遣使勞問，賜白金五十兩，封為陳國太夫人，其妻已亡，亦追封河東郡夫人。保裔謹厚好禮，喜賓客，善騎謝，弋飛走無不中。嘗握矢三十，引滿以射，筈鏑相連而墜，人服其妙。屢經戰陣，身被七十創。」其記述「曹觀」故事曰：「曹觀，字仲賓，曹修禮子也。叔修古卒，無子，天章閣待制杜杞為言於朝，授觀建州司戶參軍，為修古後。皇祐中，以太

子中舍知封州。儂智高叛，攻陷邕管，趨廣州。行至封州，州人未嘗知兵，士卒才百人，不任戰鬥，又無城隍以守，或勸覲遁去，覲正色叱之曰：『吾守臣也，有死而已，敢言避賊者斬。』麾都監陳曄引兵迎擊賊，封川令率鄉丁、弓手繼進。賊眾數百倍，曄兵敗走，鄉丁亦潰。覲率從卒決戰不勝，被執。賊戒勿殺，捽使拜，且誘之曰：『從我，得美官，付汝兵柄，以女妻汝。』覲不肯拜，且詈曰：『人臣唯北面拜天子，我豈從爾苟生邪！速殺我，幸矣。』賊猶惜不殺，徙置舟中，覲不食者兩日，探懷中印章授其從卒曰：『我且死，若求間道以此上官。』賊知其無降意，害之。至死詈賊聲不絕，投屍江中，時年三十五。」

抗金故事是《忠義傳》用筆墨最多的內容。其記述「霍安國」故事曰：

「霍安國，不知何許人。燕山之復，以直祕閣為轉運判官。宣和末，知懷州。靖康元年，路允迪奉使至懷，表其治狀，加直龍圖閣。歲中，進右文、集英殿修撰，徙知隆德府，未行復留。金騎再至，遂被圍，安國捍禦不遺力，鼎、澧兵亦至，相與共守。拜徽猷閣待制，然竟以閏十一月城陷。將官王美投壕死。黏罕引安國以下分為四行，使夷官問不降者為誰，安國曰：『守臣安國也。』問餘人，通判州事直徽猷閣林淵，兵馬鈐轄、濟州防禦使張彭年，都監趙士、張諶、於潛，鼎、澧將沈敦、張行中及隊將五人，同辭對曰：『淵等與知州一體，皆不肯降。』酋令引於東北鄉，望其國拜降，皆不屈，乃解衣面縛，殺十三人而釋其餘。安國一門無噍類。」其記述「駙馬都尉遵勖曾孫李涓」故事曰：「李涓，字浩然，駙馬都尉遵勖曾孫也。以蔭為殿直，召試中書，易文階，至通直郎，知鄂州崇陽縣。靖康元年，京城被圍，羽檄召天下兵。鄂部縣七，當發二千九百人，皆未集，涓獨以所募六百銳然請行。或謂：『盍徐之，以須他邑。』涓曰：『事急矣，當持一信報天子，為東南倡。』而募士多市人，不能軍，涓出家錢買牛酒激犒之。令曰：『吾固知無益，然世受國恩，唯直死耳。若曹知法

第九章
歷史的側影：《宋史》中的傳說與社會記憶

乎，失將者死，鈞之一死，死國留名，男兒不朽事也。』眾皆泣。即日，引而東，北過淮，蒲圻、嘉魚二縣之兵始至，合而前。至蔡，天大雪，蔡人忽噪而奔，曰：『敵至矣。』即結陣以待。少焉，遊騎果集。涓馳馬先犯其鋒，下皆步卒，蒙鹵盾徑進，頗殺其騎，且走。涓乘勝追北十餘里，大與敵遇，飛矢蝟集，二縣兵亟捨去。涓創甚，猶血戰，大呼叱左右負己，遂死焉，年五十三。」其記述「劉翊」故事曰：「劉翊，靖康元年，以吉州防禦使為真定府路都鈐轄。金人攻廣信、保州不克，遂越中山而攻真定。翊率眾晝夜搏戰城上。金兵初攻北壁，翊拒之，乃偽徙攻東城，宣撫使李邈復趣翊往應，越再宿，潛移攻具還薄北城，眾攀堞而上，城遂陷。邈就執，翊猶集左右巷戰，已而稍亡去，翊顧其弟曰：『我大將也，其可受賊戮乎！』挺身潰圍欲出，諸門已為敵所守，乃之孫氏山亭中，解絛自縊死。」其記述「太宗六世孫趙不試」故事曰：「趙不試，太宗六世孫。宣和末，通判相州，尋權州事兼主管真定府路經略安撫公事。建炎元年，知相州。初，汪伯彥既去相，金人執其子似，遣來割地，似至相，不試固守不下。明年，金人大入。州久被圍，軍民無固志，不試謂之曰：『今城中食乏，外援不至。不試，宗子也，義不降，計將安出？』眾不應。不試知事不可為，遂登城與金人約勿殺，許之。既啟門，乃納其家井中，然後以身赴井，命提轄官實以土。州人皆免於死。」其「太行義士王忠植」故事記述曰：「王忠植，太行義士也。紹興九年，取石州等十一郡，授武功大夫、華州觀察、統制河東忠義軍馬，遂知代州。尋落階官，為建寧軍承宣使、龍神衛四廂都指揮使、河東經略安撫使。明年，金人圍慶陽急，帥臣宋萬年乘城拒守。會川、陝宣撫副使胡世將檄忠植以所部赴陝西會合，行次延安，叛將趙唯清執忠植使拜詔，忠植曰：『本朝詔則拜，金國詔則不拜。』唯清械詣其右副元帥撒離曷，不能屈。使甲士引詣慶陽城下，諭使降，忠植大呼曰：『我河東步佛山忠義人也，為金人所執，使來招降，願將士勿負朝廷，堅守城壁。忠植即死城下。』撒離曷怒詰之，忠植披襟大呼曰：

『當速殺我。』遂遇害。」其記述「汴人李震」故事曰:「李震,汴人也。靖康初,金人迫京師,震時為小校,率所部三百人出戰,殺人馬七百餘,已而被執。金人曰:『南朝皇帝安在?』震曰:『我官家非爾所當問。』金人怒,絣諸庭柱,臠割之,膚肉垂盡,腹有餘氣,猶罵不絕口。」其「代州人僧真寶」故事記述曰:「僧真寶,代州人,為五臺山僧正。學佛,能外死生。靖康之擾,與其徒習武事於山中。欽宗召對便殿,眷齎隆縟。真寶還山,益聚兵助討。州不守,敵眾大至,晝夜拒之,力不敵,寺舍盡焚。酋下令生致真寶,至則抗詞無撓,酋異之,不忍殺也。使郡守劉誘勸百方,終不顧,且曰:『吾法中有口四之罪,吾既許宋皇帝以死,豈當妄言也?』怡然受戮。北人聞見者嘆異焉。」

　　節操常常展現在人生的考驗中。《忠義傳》記述「江寧人秦傳序」故事曰:

「秦傳序,江寧人。淳化五年,充夔峽巡檢使。李順之亂,賊眾奄至,傅夔州城下,傳序督士卒晝夜拒戰,嬰城既久,危蹙日甚,長吏皆奔竄投賊。傳序謂士卒曰:『吾為監軍,盡死節以守城,吾之職也,安可苟免乎!』城中乏食,傳序出囊橐服玩,盡市酒肉以犒士卒,慰勉之,眾皆感泣力戰。傳序度力不能拒,乃為蠟書遣人間道上言:『臣盡死力,誓不降賊。』城壞,傳序赴火死。」其記述「睦州分水人詹良臣」故事曰:「詹良臣,字元公,睦州分水人。舉進士不第,以恩得官,調縉雲縣尉。方臘起,其黨洪再犯處州,守二俱棄城遁。又有他盜霍成富者,用臘年號,剽掠縉雲。良臣曰:『捕盜,尉職也,縱不勝,敢愛死乎?』率弓兵數十人出禦之,為所執。成富誘使降,良臣曰:『汝輩不知求生,顧欲降我邪!昔年李順反於蜀,王倫反於淮南,王則反於貝州,身首橫分,妻子與同惡,無少長皆誅死,旦暮官軍至,汝肉飼狗鼠矣。』賊怒,臠其肉,使自啖之。良臣吐且罵,至死不絕聲,見者掩面流涕,時年七十二。」其記述「揚州泰興人孫益」故事曰:「孫益,揚州泰興人。少豪俠。紹定中,李全

第九章
歷史的側影：《宋史》中的傳說與社會記憶

犯揚州，遊騎薄泰興城下，縣令王燧募人守禦，益起從之。俄賊兵大至，益率眾拒之。眾見賊勢盛，且前且卻，益厲聲呼曰：『王令君募我來，將以守護城邑也。今賊至城下，我輩不為一死，復何面目見令君乎？』遂身先赴敵，死之。」其記述「隆州井研人鄧若水」故事曰：「鄧若水，字平仲，隆州井研人。博通經史，為文章有氣骨。吳曦叛，州縣莫敢抗，若水方為布衣，憤甚，將殺縣令，起兵討之。夜刲雞盟其僕曰：『我明日謁知縣，汝密懷刃以從，我顧汝，即殺之。』僕佯許諾，至期三顧不發。歸責其僕以背盟，僕曰：『平人尚不可殺，況知縣乎？此何等事，而使我為之。』若水乃仗劍徒步如武興，欲手刃曦，中道聞曦死，乃還。人皆笑其狂，而壯其志。」

勇於反對橫行霸道的權貴，匡扶正義，也是一種忠義。如「陳東」故事記述曰：

「陳東，字少陽，鎮江丹陽人。早有儁聲，俶儻負氣，不戚戚於貧賤。蔡京、王黼方用事，人莫敢指言，獨東無所隱諱。所至宴集，坐客懼為己累，稍引去。以貢入太學。欽宗即位，率其徒伏闕上書，論：『今日之事，蔡京壞亂於前，梁師成陰謀於後。李彥結怨於西北，朱勔結怨於東南，王黼、童貫又結怨於遼、金，創開邊隙。宜誅六賊，傳首四方，以謝天下。』言極憤切。明年春，貫等挾徽宗東行，東獨上書請追貫還正典刑，別選忠信之人往侍左右。金人迫京師，又請誅六賊。時師成尚留禁中，東發其前後姦謀，乃謫死。」又如「東平人馬伸」故事：「馬伸，字時中，東平人。紹聖四年進士。不樂馳騖，每調官，未嘗擇便利。為成都郫縣丞，守委受成都租。前受輸者率以食色玩好蠱誅而敗，伸請絕宿弊。民爭先輸，至沿途假寐以達旦，常平使者孫俟早行，怪問之，皆應曰：『今年馬縣丞受納，不病我也。』俟薦於朝。崇寧初，范致虛攻程頤為邪說，下河南府盡逐學徒。伸注西京法曹，欲依頤門以學，因張繹求見，十反

愈恭，頤固辭之。伸欲休官而來，頤曰：『時論方異，恐貽子累，子能棄官，則官不必棄也。』曰：『使伸得聞道，死何憾，況未必死乎？』頤嘆其有志，進之。自是公暇雖風雨必日一造，忌媢者飛語中傷之，弗顧，卒受《中庸》以歸。靖康初，孫傳以卓行薦召，御史中丞秦檜迎闢之，擢監察御史。及汴京陷，金人立張邦昌，集百官，環以兵脅之，俾推戴。眾唯唯，伸獨奮曰：『吾職諫爭，忍坐視乎！』乃與御史吳給約秦檜共為議狀，乞存趙氏，復嗣君位。會統制官吳革起義，募兵圖復二帝，伸預其謀。邦昌既僭立，賊臣多從臾之，伸首具書請邦昌速迎奉元帥康王。同院無肯連名者，伸獨持以往，而銀臺司視書不稱臣，辭不受。伸投袂叱之曰：『吾今日不愛一死，正為此耳，爾欲吾稱臣邪？』即繳申尚書省，以示邦昌。」又如其記述「昭武人何兌」故事：「有何兌者，昭武人，受學於伸。伸沒，兌嘗輯其事狀。紹興中，為辰州通判，睹郵報，秦檜自陳其存趙之功，謂它人莫預。兌遽取所輯事狀達尚書省，檜大怒，下兌荊南詔獄，獄辭皆出吏手，兌坐削官竄真陽。」

往事如煙，歷史人物的傳說故事常常被記起，在記述和流傳中，每一次述說都是一種選擇和認同。也正是在這種選擇和認同中，不斷生長的文化精神之樹枝繁葉茂、滋養人心。中國民間文藝包含著許許多多的歷史記憶，在不盡的訴說中流露著千百萬人的情感。

燈火話平生，宋代文藝的繁華盛景：

從《夷堅志》到《太平寰宇記》，民間傳說與文化百態如何塑造宋代的精神世界？

作　　　者：	高有鵬	
發　行　人：	黃振庭	
出　版　者：	崧燁文化事業有限公司	
發　行　者：	崧燁文化事業有限公司	
E - m a i l：	sonbookservice@gmail.com	
粉　絲　頁：	https://www.facebook.com/sonbookss/	
網　　　址：	https://sonbook.net/	
地　　　址：	台北市中正區重慶南路一段 61 號 8 樓 8F., No.61, Sec. 1, Chongqing S. Rd., Zhongzheng Dist., Taipei City 100, Taiwan	
電　　　話：	(02)2370-3310	
傳　　　真：	(02)2388-1990	
印　　　刷：	京峯數位服務有限公司	
律師顧問：	廣華律師事務所 張珮琦律師	

國家圖書館出版品預行編目資料

燈火話平生，宋代文藝的繁華盛景：從《夷堅志》到《太平寰宇記》，民間傳說與文化百態如何塑造宋代的精神世界？/ 高有鵬 著 . -- 第一版 . -- 臺北市：崧燁文化事業有限公司，2025.03
面；　公分
POD 版
ISBN 978-626-416-329-3(平裝)
1.CST: 民間文學 2.CST: 文藝思潮 3.CST: 宋代
858　　114002149

-版權聲明-

本書版權為淞博數字科技所有授權崧燁文化事業有限公司獨家發行電子書及紙本書。若有其他相關權利及授權需求請與本公司聯繫。

未經書面許可，不得複製、發行。

定　　　價：420 元
發行日期：2025 年 03 月第一版
◎本書以 POD 印製

電子書購買

爽讀 APP　　　臉書